黒牢城

米澤穂信

目次

序章　因

進めば極楽、退かば地獄――。

勇み声が難波潟を渡っていく。戦え、戦え、それこそが救いへの道であると、声が人を駆り立てる。応仁の大乱からはや百年、本朝の津々浦々に至るまで戦のない土地はなく、数多の家が興り、また滅びていく。飢えと病と戦は、それぞれがそれぞれの悪因となり悪果となって、憂き世を苦しみで満たす。苦から逃れたくば、いざ進め、戦って死ねば極楽往生疑いなし。進めば極楽、退かば地獄ぞと、声は際限もなく繰り返す。

摂津国大坂にいつしか一向門徒が集い、念仏三昧の大伽藍を築いて、これを本願寺と号した。乱世の事とて堀や土塁を巡らし、いまや寺とも城ともつかぬその要害に武具兵粮を運び入れ、織田討つべし、仏法護持のこの戦に参じぬ者は破門ぞと門主が檄を飛ばしてから、八年が経つ。

口さがない京童は、明け暮れの憂さを晴らそうと噂に興じる。いま仮に、織田と本願寺どちらが勝つかを案ずれば、いかに大坂が難攻不落であろうとも本願寺に勝ち目はない。されど本願寺は毛利と手を組んだ。片や武田上杉を退けた日の出の勢いの織田、片や陰陽十州を領する大毛利、この戦はどう転ぶか、まだまだわからぬ。さても見ものよ――と。

天正六年十一月とは、そうした時節であった。

大坂は城と砦に囲まれている。

織田は一向一揆を相手に越前で勝ち、伊勢で勝ったが、大坂だけはいまだ攻めきれずにいた。あたかも本願寺の念仏があふれ出すのを堰き止めるかのように、大坂を囲んで城や砦を新たに数多く築き、既にあった城はより堅固に普請し直した。天王寺砦しかり、大和田城しかり、だが最も大きく姿を変えたのは、大坂から北に歩むこと半日、伊丹郷の城である。村々から集めた夫丸のみならず、武士らが自ら石を運んで築き上げた新しい城は、元の城とは考え方からして異なっていた。

本朝において、城はもともと町を守るためのものではなかった。城の役目はあくまでも軍勢を留めて敵を禦ぐことであり、それゆえに城は人里離れた山上や、街道沿いに多く築かれてきた。だが、伊丹の新城は違う。堀と柵木で町をすっかりと囲み、周囲に逆茂木を巡らして伊丹郷そのものを城内へと囲い込む、惣構を備えていたのである。土地のなだらかな北摂にあって、その巨城は、人が築いた丘のごとくにさえ見えた。伴天連ルイス・フロイスが「甚だ壮大にして見事」と評した大城塞、その名も改め、有岡城という。

いま、重い荷を背負った人や牛馬が列をなして有岡城へと入っていく。荷の中身はさまざまであった。米が運ばれる。塩が運ばれる。味噌が運ばれる。薪炭が運ばれる。竹木が運ばれる。金銀、銅銭が運ばれる。鉛、玉薬、鉄、革、そのほか一切が有岡城へと運び込まれている。用を果たした者らは、みな一様に安堵を面に浮かべ、足早に城から立ち去る。誰もが、こうした種々のものが城に運び込まれるのは戦が近い証しだと知っているからだ。

目端の利く者は、戦とは誰と誰の戦かと首を傾げもする。有岡城の御城主は大の織田方、このあたりで織田に敵すると言えば大坂の本願寺じゃが、四方を幾重にも囲まれた坊主どもがここまで攻め寄せるはずもなし。合点のいかぬことよ、と。だがそうした者どもも後難を恐れ、戦の相手を人に問うような真似はせず、ただ去るのみである。

——有岡城の最奥にそびえる天守から、往来を見下ろす男がいる。

あたかも巖のごとく、体の大きな男だ。顔は浅黒く焼け、細く落ち窪んだ目はどこか眠たげで、人が見れば鈍根とも思うだろう。だがかれはひとたび戦場に立てば火を噴くように烈しく戦い、重い口を開けば諸人を説き伏せ、要に応じて奸計をめぐらせる乱世の武士であった。年は四十半ば。有岡城の主にして、織田家から摂津一職支配を許された一世の雄、荒木摂津守村重である。

ふと階下から足音が響き、警固の者どもがぴんと気を張る。上がってきた武者は村重の背後で膝をついて、野太い声を上げる。

「御注進。ただいま、織田方と申す使者が参じてござりまする」

村重はしばし無言であった。使者はこれで何人目になるだろうか。ただ少し奇妙である。織田方の使者ではなく、織田方と「申す」使者とはいかなることか。村重はおもむろに振り返る。

「何者が参った」

「は」

武者の声には、やや戸惑いがあった。

「それが、小寺と」

「なに」

村重は眉根を寄せる。

「小寺はたしかに織田を離れ、毛利についた。その小寺から、織田方と言って使者が来るはずはないが」

「は。されどたしかに小寺、小寺官兵衛と名乗っておりまする」

村重はわずかに目を見開く。その口許がくつろいだ。

「そうか、官兵衛か。一別以来じゃな。会おう」

武者は頭を垂れ、官兵衛は屋敷に控えていると告げた。


小寺官兵衛は、もとの名を黒田官兵衛という。主君である小寺の名字を与えられ、いま、公には小寺を名乗っている。

かれにはとかくの評判がある。鑓捌きは堂に入ったものだ。馬にも巧みである。良き士を抱え、要害を堅く守っている。兵を率いさせれば、なかなかの戦をする……要するに、小寺官兵衛は良将であると評されている。だが村重は、そのような通り一遍のことばでは官兵衛の人物を言い尽くせぬと考えている。

村重は、屋敷の広間に官兵衛を通した。備え付けの違い棚には黄目の色合いをした茶壺、銘〈寅申〉が飾られている。この壺ひとつで城が買えるとまで言われる、名物中の名物だ。これを飾るのは、村重の官兵衛に対する礼であった。

近習に板襖を開けさせ、村重が広間に入る。官兵衛は胡坐を組み、両拳を床につけて、深々と平伏していた。村重は近習を下がらせ、坐して命じる。

「面を上げよ」

「はっ」

歯切れよく応え、官兵衛が体を起こす。

年は三十を越えたというから、もう若武者とは呼べない。だが官兵衛は実に若やいだ、見目に花のある武士であった。口許は、きりりと引き締まるうちにもどこか笑みを湛え、やや細身の体軀は柔和ですらある。だが村重は、優男と言ってもいいこの男が、小寺家をして織田に味方させしめた、播磨において最も油断のならない相手であることを知っている。

「お目通りをお許し下さり、かたじけなく存じまする」

官兵衛の声はよく通る。対する村重の声は、いつもどこか重い。

たからである。


「官兵衛、久しいな」

「は。まことに」

村重と官兵衛、この二人は、轡を並べて同じ戦場で戦うこともあった。荒木家の当主たる村重と小寺家の家臣に過ぎない官兵衛とでは身分に大きな隔たりがあるが、それでも村重はしばしば、官兵衛とことばを交わしてきた。官兵衛をただ者ではないと見ていたからである。

官兵衛がうやうやしく一礼する。

「摂津守様にはご機嫌麗しく、官兵衛お慶びを申し上げまする」

その大仰な礼に苦笑いしつつ、村重も応じる。

「おぬしも息災でなにより。美濃守殿は達者かな」

「父は、なにぶんこの時世にござれば楽隠居もならず、姫路の守りを固めておりまする。この頃は織田に出した人質を案じて繰り言ばかり、我が父ながらはや耄碌したかと、いささか頼りなく思うておりまする」

「ほう。おぬし、織田に人質を入れたか」

官兵衛は、おやという顔をした。

「ご存じではござらぬか。それがし、てっきり」

「播磨のことは、いまは羽柴筑前が任されておる。どこの人質を取ったかなどと、筑前はいちいち儂には報せぬ」

「左様にござったか」

そう言うと、官兵衛は容を改める。

「我が子松壽丸は、先般より織田への人質として羽柴様に預けてござりまする」

「そうか。それは美濃守殿が案ずるも道理じゃ」

「なに、羽柴家中には竹中半兵衛殿もござれば、文武の修養にはむしろ良うござりましょう」

村重は、それには答えなかった。羽柴筑前守秀吉はたしかに人質を疎略に扱いはしないだろうが、その家臣の竹中半兵衛という男は少々切れ者すぎて、何を考えているかわからないところがある。村重が思うに、官兵衛が竹中半兵衛を信ずるのは、どこか似た者同士、相通じるところがあるからだろう。

官兵衛は、わずかに愧じる様子を見せた。

「益体もない我が子の話などいたして、時を費やし申した。それがし、そのようなことを申し上げるために参じたのではござり申さぬ」

そして官兵衛は、口許にわずかに笑みを含ませた。

「御城下を拝見いたしたが、いや、たしかに戦支度にござりまするな。摂津守様が籠城の備えを整えておられると聞いた折には、まさかそのようなことはあるまい、尋常の備えを粗忽者が大袈裟に言い立てたのであろうと思い申したが、これはそれがしの誤りにござった。どうやら摂津守様はまことに――織田に、背かれる御様子」

村重は、やはり何も言わなかった。言うまでもないことであったからだ。

荒木村重は織田家に謀叛（むほん）した。

この有岡城は間もなく、幾万の織田勢に囲まれることになる。


欄間から差し込む日の光が、赤みを帯びている。ようやく口を開いて、村重は言う。

「おぬしも儂を説きに来たか。既に何人来たか、数えてもおらぬが」

官兵衛は頷き、ことばも滑らかに言う。

「でもございましょう。いま摂津守様が御謀叛なさるとは、まさに青天の霹靂（へきれき）。織田家中は蜂（はち）の巣をつついたような騒ぎにございまする。説いて摂津守様を翻心させられるならば、何びとでも、幾度でも参りましょう」

「それで、小寺官兵衛も来たというか。藤兵衛（とうのひょうえ）殿の指図とは思われぬが、どうじゃ」

小寺藤兵衛尉政職（まさもと）は、官兵衛の主君である。もっとも近年、官兵衛は織田と小寺、両方のために働いている。主を二人持つ者は古来珍しくないが、いま小寺の名前を出されたことに、さすがに官兵衛は苦い顔をした。

「たしかに、小寺家は摂津守様と一味同心の構えにござれば、それがしは殿の御指図で参じたにあらず。さればそれがし、この有岡城にある限りは小寺の名を忘れようと存ずる。ただの官兵衛と思し召せ」

「よかろう」

村重は鷹揚に頷く。

「それで、ただの官兵衛が何用じゃ。まだいまならば許される、不足があったのならば言え、安土に参じて信長に詫びよ……みな、似たようなことを言って帰ったぞ。おぬしもそう言いに参じたか」

「仰せの通りと申し上げたいが、さにあらず。そうしたことを申し上げて効があるならば左様にもいたしまするが、それはいささか、難しゅう存ずるゆえ」

「ではおぬしは、何をば言うか」

官兵衛は莞爾と笑った。

「まずは、この官兵衛、度肝を抜かれたと申し上げる。いま織田に背くということは、毛利、本願寺方に参ずるということにござろう。それがし、事が出来いたすまで夢にも思わざれど、いまここで摂津守様が毛利につけば、なるほど織田は大いに困る。播磨に進んだ羽柴様の軍兵が、まるごと死に石と化す。さすがに摂津守様、打たれてみればいましかない、ここしかないという絶妙の一手にござりまするな」

「されば官兵衛、おぬしも」

と村重は言う。

「儂の下に参ずるか。おぬしならば重く用いようぞ」

「それは、お断り致す」

官兵衛は笑みを浮かべたままである。

「たしかにこの御謀叛は鬼手妙手、されどそれは、やがて押し寄せる織田勢を押し返すことが叶えばの話にござろう。それがしは摂津守様に、信長卿に詫び言いたすべしと申すつもりはござらぬ。ただ一言を申し上げようとて、馳せ参じてござる」

「一言とな」

村重は官兵衛をじっと見た。

「よかろう。言え」

「されば」

官兵衛はふと真顔に戻り、重々しく言い放つ。

「この戦、勝てませせぬぞ」

刹那、広間はしんと静まり返る。

村重は無言であった。戦の前に勝てぬと言った、それだけでも官兵衛を斬る充分な訳になる。だが村重はただ、

「続けよ」

と言った。官兵衛は臆する風もなく、ことばを継ぐ。

「官兵衛も乱世の武士にござれば、摂津守様が勝つと読めば、一も二もなく膝下に参じ申す。されど、尾張勢は弱卒揃いとはこれ何ぴとの言か。この乱世を勝ち抜いてきた織田の強さと数は、尋常ではござらぬ。北摂を見まわしても、織田を相手にまわして支え切れるのは、まずこの有岡城あるのみ。いかに堅城といえど城ひとつでは、信貴山城に

頼った松永弾正（まつながだんじょう）殿の二の舞を演ずることになりましょう」

老将松永弾正久秀（ひさひで）は昨年、大和国（やまと）で謀叛を起こしたが衆寡（しゅうか）敵せずたちまち敗れ、自らの城に火を放って死んだ。

村重は言う。

「弾正には後詰（ごづめ）がなかった。ゆえに敗れた」

それを待っていたかのように、官兵衛は即座にことばを返す。

「摂津守様が当てにする後詰とは、毛利のことにござろう。毛利勢が山陽道を駆け上って有岡城を救いに来ると、摂津守様は信じておられる」

官兵衛は膝を詰めんばかりにして言い募（つの）る。

「来ませぬぞ。毛利は、毛利右馬頭輝元（うまのかみてるもと）は、そのようなおひとではない。信長卿は長篠（ながしの）城を救うため三河（みかわ）まで出張ってござったが、右馬頭に同じことは出来申さぬ。織田が正直とはそれがし口が裂けても申さぬが、毛利はそれにも増してなお、謀（はかりごと）の多い家にござる。摂津守様は何とて、右馬頭づれをお信じなされたか。官兵衛それが悔しゅうござりまする」

ずっと眠たげにしていた村重が、わずかに顔をしかめた。官兵衛のことばは、痛いところを突いてきた。この謀叛はよく練られ、策が成れば、信長を首にすることも至難ではない。毛利や本願寺と起請文（きしょうもん）は交わした。約定は幾重にも結んだ。毛利傘下の将には信ずべき仁も多い。北摂はほぼ村重の采配（さいはい）に従い、播磨の国衆も多く誘いに乗った。一代にして名を上げた名将荒木村重の、まさに面目躍如たる周到さであった。

だが、ただ一点だけ。いまの毛利家当主輝元が本当に信ずるに足るのか、その一点だけは、村重も確信を持てずにいる。そして官兵衛は、まさにそこを突いたのだ。

官兵衛は息を詰めて、村重のことばを待っている。その目は熱を帯び、そして村重は官兵衛の目の奥に、正しさへの自負を見た。

やはり――と、村重は思う。

官兵衛は、ただの良将に納まる器ではない。弓馬に長けた将も、戦上手の将も、村々の成り立ちを整えることに長けた将も、この世には多い。だが官兵衛の能はそれだけではない。官兵衛は大局を見ることが出来る。大局を見て、急所を一突きにすることが出来る。こうした者は、そうはいない。そして厄介なことに、官兵衛自身、おのれが知恵ある者だということを知っている。

いまさら官兵衛ひとりが何を言おうが、謀叛は止まらない。大計は既に動き出し、もはや村重の一存で左右できる話ではないのだ。それでも村重が官兵衛の話を聞いていた訳はただ一つ、官兵衛がこの謀叛にとって害になるか否か、それを量るためであった。

そしていま、村重は量り終えた。

「官兵衛」

村重は、あわれを含んだ声で言う。

「おぬしの言い条、ずんと腹に響いたぞ。それだけに、どうやら儂は、おぬしを帰すわけにはいかぬらしい。おぬしが播磨に帰れば、小寺をはじめ、毛利に転じた播磨の国衆がことごとく織田になびきかねぬ。それは儂にとって迷惑じゃ」

そして村重は腹の底から「出会え」と一声上げた。

広間を囲む三方の板襖がいっせいに開き、鎧武者が十人ばかりなだれ込んでくる。かれらは村重の身辺を守る御前衆、荒木家選(え)りすぐりの精兵であった。官兵衛はたちまち、鑓の穂先に囲まれる。

死地にあって官兵衛は、微笑んだ。

「――やはり、こうなりまするか」

穏やかなことばに、村重は眉をひそめる。

「覚悟して参ったと言うか」

「謀叛の城に乗り込むのでござる。もとより、生きて帰れるとは思うておらず」

「ならばなぜ来た。儂とて、共に戦場に立ったおぬしを、徒(いたず)らに苦しめとうはない。来ねばよかった」

「羽柴筑前様に行けと申しつけられ、嫌とも言えず。いや、それにしても」

官兵衛は、あたかも斬首(ざんしゅ)を待つがごとく、すっと首を差し伸べる。

「乱世には少々疲れ申した。羽柴様に義理を立てて死んだとあらば武士の面目も立つ、黒田の生きるすべも残る。……それがしの命運も、まずまず、こんなところでござろう」

村重は、その潔さを見事に思う。だが、かれは言った。

「殺しはせぬ」

　さしもの官兵衛が、怪訝そうに眉を寄せる。

「……されば、それがしはこれにて失礼仕る」

「いや、帰すこともせぬ」

　官兵衛を囲む御前衆らは微動だにせず、鑓は官兵衛に突きつけられたままである。官兵衛の面から、すっと血の気が引く。

「摂津守様。何を仰せか」

「難しいことではない。官兵衛、おぬしを捕らえる。戦が終わるまで、この有岡城に留まってもらおう」

　束の間、官兵衛はことばを失った。眼前の穂先の輝きに我を取り戻したように、ようやくのことで言う。

「何とてそのようなことを。使者は帰すが定法、帰せぬならば斬るのも武門の定めにござろうが。世の習いにもなきことをなされば……」

　官兵衛は絶句し、わずかに青ざめ、絞り出すように言った。

「……因果が巡りましょうぞ」

「これも武略じゃ。命を助けてつかわそうというに、不服があるか」

　途端、官兵衛が動いた。

「大いに不服！」

官兵衛は腰のものを抜き放つ。殺せという命を受けていない御前衆は、瞬時、迷った。村重を護るべく、官兵衛の前に一人が立ちふさがる。官兵衛はその鎧武者に斬りかかる……と見せて、振り返りざま背後に突きを放つ。官兵衛は何も狙っていなかったが、その突きは背後に立つ御前衆の脇の下に入った。血しぶきが上がる。――助からぬ血の量である。

「おのれ！」

同輩の血を見て、御前衆がいきり立つ。

「殺すな！　刀を奪え！」

という村重の命を聞き、御前衆の一人が官兵衛を後ろから組み伏せる。血に濡れた床に突っ伏し、刀を奪われた官兵衛は、それでも叫ぶ。

「なぜ殺さぬ！　殺せ、村重！」

「儂に下知は許さぬ！　馬鹿め官兵衛、家中の者を殺したな。客として遇そうと思うておったに、郎党を殺されてはそうもいかぬ！」

「お聞きあれ摂津守様、それがしを殺さねば……」

「聞かぬ！　誰ぞ、この男を黙らせよ！」

その命が下るや、御前衆の殴打と蹴りが官兵衛に降り注ぐ。官兵衛は猿轡を噛まされ、村重の命になかった目隠しまでが巻きつけられる。それでも官兵衛は何かを叫び続けるが、その声を聞く者はない。

御前衆の一人が、村重の前に膝をつく。

「殿。こやつをいずこに移しまするか」

村重の心は決まっていた。ふたたびもとの眠たげな目に戻り、命じる。

「土牢に入れよ。誰にも会わせず、決して殺さず、儂がよいと言うまで生かし続けよ」

官兵衛はもがき続ける。水のごとく穏やかというふだんの評判にも似ず、官兵衛は見苦しいまでに死に物狂いである。しかし刀を奪われ、手足を押さえられ、もはや逃れるすべはない。村重は既に、官兵衛に背を向けている。

こうして官兵衛は、摂津国有岡城に囚われた。

――因果が巡り始める。

第一章　雪夜灯籠

1

冬の北摂に戦雲がたなびく。水に薄氷が張り、地には霜柱が立つ。

万物が枯れる冬に備えるためにこそ、天下の民は農に勤(いそ)しむ。寒を乗り切れるだけの糧は蓄えたはず——そうは思っても、木の実一つ生(な)らない冬を眼前にしては、生きて次の春を迎えられるのか、誰の胸にもふと不安がきざすものだ。まして、戦の冬ともなれば、なおのことである。

　伊丹の家々にも城中の蔵にも、箕面(みのお)や甲山(かぶとやま)から伐り出した薪炭(しんたん)が蓄えられている。だがそれで足りるのかは、誰にもわからない。畿内をほぼ征した織田(おだ)の大軍は、あたかも美田(びでん)を見つけた雲霞(うんか)のごとく、この有岡城に殺到しつつある。戦がどれほど長引くのか、たしかなことを言える者は、この世に一人としていない。

　武庫颪(むこおろし)が吹き降る。乾いた風は枯れた葦(あし)をそよがせ、松柏(しょうはく)の梢(こずえ)を揺らす。風の冷たさは老人から最後の生きる力を奪い、赤子の肺腑(はいふ)を痛めつけ、いずれも死に至らしめる。壮健な旅人や旅僧は簑(みの)の前を合わせ、首をすくめて鈍(にび)色の空を見上げ、雪が近いかと呟く。

　風は猪名川(いながわ)に沿って吹く。いまは廃城となった池田(いけだ)城跡にも寒風は吹きつける。戦を避けて山へと逃げる民草にも、無人となった村々で金目の物をあさる野盗にも、荒木勢の動きを探ろうと蠢動する織田の間者にも、風は等しく吹きつける。土地の起伏がなだらかな北摂を、風は何にも遮られることなく吹き抜けていく。

風は有岡城に達し、櫓の上で目を凝らす番卒をぶるりとふるわせ、今日一日の飯を炊ぐ足軽どもの焚き火を揺らめかせる。そして風は猪名川に面してそそり立つ有岡城天守に当たって、矢狭間や石落としから天守へと吹き込んでいく。だがいま天守には、冬の風をも寄せつけぬ、沸き立つような熱気が渦巻いている。熱——すなわち、怒気であった。

天守の一階には、軍議のため、城中の主だった将が参集している。霜月二十五日、この日もたらされた報せに、将らはどよめき、いきり立った。有岡城から東に五里、茨木城を守っていた猛将中川瀬兵衛が、織田の軍勢が迫ると見るや一矢をも放たず城門を開き、城を織田に明け渡して自身も降参したというのである。

「おのれ、おのれ瀬兵衛め」

前列に控える若年の武士が、歯嚙みして吐き捨てる。

「勝てる勝てるとさんざん放言いたして、早々に降参とは！　口ほどにもない、まっこと、三国一の臆病者よ！」

これは荒木久左衛門といい、年は三十を少し越えたばかりである。近郷に盤踞していた国衆池田家の流れを汲む男で、その家格の高さだけではなく、年に似合わぬ思慮深さをもって家中に重きを成している。慎重なこの男がしかし今日ばかりはことばを荒らげ、居並ぶ諸将からは我が意を得たりとばかりに、さよう、とんだ卑怯者じゃと声が上がる。

村重は茵に胡坐をかき、眠たげな目で、声を上げる面々を見るともなしに見ていた。将らはいずれも顔を赤くし、眦を吊り上げて、中川の裏切りを口々になじる。家中の憤懣はもっともだ——中川瀬兵衛は村重に対し、こたびの謀叛をことに熱心に勧めた将であった。それが一戦もせずに織田に帰参したとあっては、怒りを覚えるのは理の当然だ。だが村重は諸将の瞋恚の裏に、強い動揺を看て取る。

中川の裏切りに先立って、十六日には高山右近が守る高槻城が開城している。高山右近の高槻城と中川瀬兵衛の茨木城は、京からなだれ込む織田勢を食い止めるための、二枚の楯であった。それが、立て続けに降ったのだ。むろん、この戦には勝算があり、村重の胸には必勝の策があり、諸将もそれを知っている。だがそれでも諸将は戦の先行きを危ぶみ始め、その恐れを人に見透かされぬように、嵩にかかって中川瀬兵衛を罵る。

村重は黙したまま、将らの顔を見る。怒り、不信、怯え……だが村重は満座の中に、一人だけ笑う者がいることに気づいていた。その男は、村重と目が合ったことに力を得たのか、出し抜けに声を張り上げる。

「おのおのがた！　中川はしょせん寄騎、われら荒木家中の者ではござらぬ。この戦はもとより中川づれなど当てにしてござるまい。われらが頼るは摂津第一、いや畿内一の戦上手、われらが殿の采配あるのみ！　茨木城など、くれてやればよろしいではござらぬか。この有岡城さえ堅く守れば、われらの勝ちはつゆ疑いなし。左様にござろうぞ！」

これは中西新八郎といい、年の頃は三十に少し足りない、剽悍な武士である。家中では新参者にあたる。

新八郎の大言を聞いて、応と一声上げた者がいる。

「いかにも、いかにも。新八郎め、軽輩の身でよくぞ申した！　だいたい中川殿は、弱きに強く、強きに怯む猪武者。あれが支えきれぬのは、先刻より知れたことにござろう」

これは四十を越えた体軀の大なる将で、名を野村丹後という。村重の妹を娶って一門並みに遇され、城の南端に築かれた鵯塚砦を任されている。丹後はなおもことばを継ぐ。

「かようなことは殿も見通しておられたと存ずる。されば、慌てるほどのことはござるまい。殿、いかがか」

諸将の目がすべて村重に向けられる。静まった天守広間に、冬の日の光が差し込んでいる。

おもむろに、村重が口を開く。

「丹後の言はもっともじゃ。中川瀬兵衛は、我が家中の者にあらず。不審なる者を前に置くは、戦の習いよ。茨木が落ちようとそれまでのこと、有岡城内で背かれては戦を失う。それゆえ、この有岡城には入れず、茨木城に留め置いた」

寝返りのおそれがある者を後ろに置けば、いざ寝返られた折に挟み撃ちとなる。前に置けば、たとえ寝返られてもそのまま戦を続けられる。理屈を聞いて、諸将は歓喜に沸きたった。

「おお、殿！」

「瀬兵衛づれの魂胆などお見通しでござったか」

「さすがの深謀、恐れ入り奉りまする！」

村重がわずかに手を振ると、それだけで軍議の場は水を打ったように静まり返る。

「じゃが、よもやあの中川瀬兵衛が鑓を合わせもせずに降るとは、さすがに思うておらなんだ。あれとは長い付き合いであったが、瀬兵衛め老いたか、儂が思うていたよりもいささか早う、腰が抜けおったわ」

諸将は村重の言に聞き入る。村重の声の響きには嘲りと寂しさが相半ばし、聞く者に諧謔味と、世の移り変わりのはかなさを知らしめた。

――だがひとり、村重だけは、自らの言を信じていなかった。

中川瀬兵衛は腰抜けどころではなく、丹後が言うような猪武者でもない。かれは昔も今も手がつけられぬほどの猛将であり、村重はそれを知っている。

村重が荒木家を興し、北摂一帯を領するに至るまでには、いとこであり、若年からの友でもある瀬兵衛の勇猛さに拠るところが大であった。だが村重が摂津守まで昇ったのに対し、瀬兵衛は一城を得たとはいえ、しょせん村重の寄騎に過ぎない。村重の風下に立って生涯を送るぐらいならば、織田家中で鑓を振るってもう一花咲かせてみせる――瀬兵衛ならばそう考えもするだろう、と村重は思っていた。茨木城が開城したという報せを聞いて村重は、瀬兵衛という男はまったく変わっておらぬとほくそ笑んだほどだ。

もちろん村重は、瀬兵衛がおのれの下で戦い続けてくれることを、本心では望んでいた。茨木の小城では織田の力攻めには耐えられないだろうが、瀬兵衛が血塗(ちまみ)れになるまで戦い抜いて、負けた負けた、いや織田もさる者と軽口を叩きながら有岡城に引き上げて来ないものかと思っていた。勝利の日を瀬兵衛と迎えたいとも思っていた。乱世の習いとはいえ、友と袂(たもと)を分かったことを何とも思わぬほど、村重は非情の人ではなかった。

だが村重は、そうしたことを語りはしない。村重にとって軍議は、おのれの胸の内を語る場ではなかったからだ。

「やはり殿の御了見には、万に一つの誤りもございませぬな」

中西新八郎がそう言って、呵々(かか)と笑う。

狭間から覗(のぞ)く空は、低い雲に覆われつつあった。

2

師走(しわす)に入ってさっそく降り始めた雪が、猪名川に落ちて儚(はかな)く溶けてゆく。

有岡城は猪名川の西岸、伊丹の地に築かれた城である。その東は茫漠(ぼうばく)たる沼沢(しょうたく)であり、京から有岡城を目指す者は、不毛な葦原(あしはら)の彼方(かなた)に、天守がそびえるのを見ることになる。

城の南は大和田を経て大坂へ、北は池田を経て丹波(たんば)の天険へと通じ、西は播磨への道が延びている。大坂が戦の巷(ちまた)にあるいま、伊丹は、京と西国とを繋(つな)ぐ無二の要衝である。

村重は天守の最上階に上り、四囲を見る。街道を行く者の姿は、めっきり減った。眼下の有岡城に目を移せば、町を土塁と板塀で囲った惣構はいかにも心強い。兵粮や矢玉をはじめ戦備えも充分で、織田の精兵が五万十万と押し寄せても落ちるものではあるまいと思われた。

「されど」

と、村重はひとり呟く。かの武田信玄入道は、人は城と言ったとやら。たしかにそうだ、城が堅いのは堀が深く城塁が高いからではなく、そこに籠る将卒が城の不落を信じるからにほかならない。

かつてこの城は伊丹城と呼ばれ、その頃から、天下の堅城として世間に知られていた。——だが村重は、その伊丹城をいとも容易く落とした。兵が大将の器量を疑い、城の堅さを疑っていたが故に、あの時の伊丹城は脆かったのだ。その轍を踏んではならぬ、有岡城が真に堅城たり得るかは、ひとえに将卒の意気にかかっている——村重はそう考える。

階下から、踏み段を踏みならす音が聞こえてくる。心せわしげに、しかし沈着に上ってくる足音を聞いて村重は、これはさしずめ久左衛門であろうと当たりをつける。案の定痩せた顔を覗かせると、久左衛門は村重ひとりと知ってなお、声を殺して「殿」と呼びかけた。

「どうした。青い顔をしおって」

「悪い報せにて」

「であろうな。申せ」

久左衛門は唾を飲み、頭を垂れて言った。

「大和田城が降ってござる」

「なんと」

常にも似ず、村重は声に驚きを滲ませた。


村重は、高槻城の高山右近、茨木城の中川瀬兵衛が降ることは読んでいた。右近は南蛮宗の敬虔な信者で、最前から村重が織田から離れることの非を鳴らしていた。瀬兵衛はもとより身命をなげうって荒木家に忠誠を尽くすような男ではない。しかし村重は、大和田城までが降るとは夢にも考えていなかった。

急遽開かれた軍議で大和田の開城を伝えられた諸将も、怒りも蔑みも忘れ、なによりもまず、信じられぬといった顔をした。

「安部兄弟が降ったと仰せられるか」

さしも剛毅な中西新八郎も、そう言ったきり二の句が継げない。ほかの将もどよめき、囁き合い、中には織田の流言ではないかと言う者までいる。

大和田城を守る安部兄弟は熱心な一向門徒で、村重が織田家中にあった頃はさすがに大坂に味方するような振る舞いは慎んでいたが、それでもいざ荒木が本願寺に攻めかかることになれば、どちらにつくか量りかねるようなところがあった。禅宗徒の村重にも陰に陽に念仏を勧め、本願寺と縁がある者を村重が側室に迎え入れると、手を打たんばかりに喜んだ。安部兄弟の言に惑わされるような村重ではなかったが、荒木家が織田から本願寺に乗り換えると聞くと、兄弟は揃ってはらはらと涙を流して言ったものだ。

「ようご決心なさいました、ようご決心なさいました。大坂門跡もさぞお喜びでしょう。これで摂州様も極楽往生疑いなし、まことに目出度いことにございます。織田と鑓を交える折は、われら兄弟に先陣を仰せつけあれ。仏敵信長めを見事首にしてみせましょうぞ」

　その安部兄弟が戦いもせずに織田に降ったというのは、なんとしても解しかねることであった。

　大和田城から辛うじて抜け出した使番によれば、降伏を決めたのは安部兄弟ではなく、その息子の二右衛門であったという。二右衛門は、開城に同心せぬ父と叔父を謀るために織田と戦うと見せかけ、満足した安部兄弟の油断を衝いて刀を取り上げ、二人を縛り上げると、人質として織田に送ったのだ。

　話を聞き、村重は低く呟いた。

「安部二右衛門、さほどの知恵者とも思わなんだが、憎いやつよ」

　降るはずのない城が降った驚きが去ると、大和田が織田に渡った意味が、将たちのあいだにも次第に了解されていった。

大和田は有岡と大坂を結ぶ街道の中途にある。十重二十重に取り囲まれた大坂本願寺を一朝一夕に救い出すことは難しいが、大和田が荒木の手にあるあいだは、大坂と有岡城の間には道が通じていた。大坂が襲われれば有岡から、有岡が襲われれば大坂から兵を出し、それぞれ織田の後背を衝くことが出来たのだ。

しかしいま、織田は急所に石を打ち込んだ。織田は後顧の憂いなく有岡を襲うだろう。それもこれも、すべては安部二右衛門の寝返りによる。

「殿」

久左衛門が重々しく言った。

「安部二右衛門の一子自念、人質として城中にあり」

「知っておる」

「では、早速に。はたものでよろしゅうござるか」

そう久左衛門が訊いたのは、人質の成敗にも幾通りか手があるからだ。はたものは磔であり、衆目に晒しながら殺すことになる。斬首は苦しみが少ない。人質に最後の憐れみをかけるならば、武士としての名をまっとうさせるため、自害を命じてもよい。いずれにしても、寝返り者の人質を殺すのは、乱世の習いであった。

しかし村重は一言、こう言った。

「自念は牢に繫ぐ」

そのことばに、久左衛門が目を剝く。

「牢ですと。殿、まさか自念を生かすおつもりか」

村重は何も言わない。軍議の場がどよめく。久左衛門は身を乗り出して言う。

「殿。お考えあれ、これほどの卑怯を見過ごしては、荒木家中は人質も刑せぬと侮られまする。ほかの端城も降りかねませぬぞ」

居並ぶ将のあいだから、久左衛門に同心する声が上がる。

「久左衛門殿の申す条、いかにももっとも。ご成敗を！」

「殿、どうかお考え直しあれ」

「憎き安部の人質、何の躊躇がありましょうや！」

喧騒の中、村重は少し、声を低める。

「騒ぐな」

ただそれだけで諸将は気圧され、場は静まり返る。やがて村重は、おもむろにことばを続けた。

「二右衛門はいずれ逆さ磔にしてくれよう。危うい端城には改めて目付を送る。自念は、いまは殺さぬ。久左衛門、下知に従え」

久左衛門にはまだ言いたいことがあったが、村重の威には逆らえず、

「は。仰せの通りに」

と平伏するしかなかった。

村重は、訝しげに首を傾げる将が多い中で、ただひとり疑心のかけらもない素直な眼

差し向けてくる者がいることに気づいた。中西新八郎である。人質を殺す殺さぬということは考えもしない、村重の決めたことならば従うまでと決めてかかっているような顔であった。

3

人質は、それを差し出した者が裏切らない限りは、大切な客である。村重は人質たちを信の置ける家臣に預け、その屋敷に住まわせることが多かった。しかし安部自念は体が弱く若年でもあり、余人に預けることが憚られた。村重の側室が一向門徒という誼みもあり、自念は、村重の屋敷に置かれていた。

天守がある本曲輪は別名本丸とも呼ばれ、馬屋や煙硝蔵、鉄炮蔵、三間鑓を納めた鑓蔵などが並んでいる。そして村重がふだん寝起きする屋敷は、本曲輪の東端、城の最奥部ともいうべき場所に構えられている。軍議の後、村重は久左衛門を伴って屋敷へと向かった。

「おぬしの息子も」

と、歩きながら村重が言う。

「自念というたな」

数歩後について歩く久左衛門は、風に紛れる村重の声に耳を澄ませ、答える。

「左様にござる」

「二右衛門の息子は十一だ。おぬしの息子は十三であったか」

「は」

「名は同じ、年も近い。情は湧かぬか」

久左衛門はきっと目を吊り上げる。

「これは、殿のおことばとも思えず。御成敗あってしかるべき人質に、我が子と同じ名だからと情けをかけるなど、それがし聞いたこともござらぬ」

「であろうな」

思いあまったかのように、久左衛門はことばを続ける。

「殿。それがし、むろんのこと御下知には従いまするが、やはり得心がいきませぬ。高山右近の人質も、生かしておかれましたな」

村重は黙して歩を進める。

高槻城の高山右近は、まだことばも満足でない幼い男児と、その姉を人質に出していた。村重はこの二人も、殺していなかった。

久左衛門が言う。

「右近の人質を生かし置いた所以は、それがしにもわかり申す。右近めは織田に降ったとはいえ、父の大慮殿とその一党は御味方としてこの城中にござれば、人質は生かすというのも道理にござろう。されど、やはり右近が寝返った以上、あれは殺しておくべきではなかったかと申す声も聞きまする」

　それは何者が言っているのか、とは、村重は訊かなかった。そのような声が出るのも理の当然と考えているからである。久左衛門は言を続ける。

「中川瀬兵衛にしても、人質を取るべきではなかったかと訝る者もござる。人質を取っておれば、瀬兵衛めもあのように容易く降りはせなんだはず、と。殿、いまさらながらお尋ね申す。なにゆえ殿は、瀬兵衛から人質を召されなんだか」

「瀬兵衛は」

　ようやく、村重が答える。

「人質を取られておるから降らぬ、という男ではない。きゃつが織田につくと決めたなら、人質など取ろうが取るまいが、同じことよ」

「さ、それは」

　久左衛門がことばを濁す。久左衛門も中川瀬兵衛とは同じ戦場で戦った男であり、瀬兵衛の気性は知っているのだ。

「左様にもござろうが、それはそれとして、安部の人質を殺さぬのは、いかにしても道理が通りませぬぞ。申すまでもなきこと、情けや仁は坊主の徳にはなれど、決して武士の徳にはならず。殺すべき者は必ず殺さねば、この世に武門は成り立ち申さぬ」

　村重は足を止め、振り返った。咄嗟（とっさ）に頭を垂れた久左衛門に、常と変わらぬ低い声で問う。

「儂が、情けや仁で人質を生かしておると思うか」

「はっ」

久左衛門は答えに窮した。

村重はもともと、国衆池田氏の一家臣、荒木弥介に過ぎなかった。そのかれが今日の荒木摂津守村重になるまでの道は、むろんのこと、平坦なものではなかった。久左衛門もまた池田氏の家臣で、その頃は池田久左衛門と呼ばれていた。村重がどのように池田家で頭角を現し、どのように池田家を乗っ取って荒木家を打ち立てたか、久左衛門はそれを間近に見ている。

寝返り、謀略、戦、戦、また寝返り。殺し殺され、血で血を洗って荒木弥介は荒木摂津守になったのだ。その村重が、情けや仁で人質を生かすか。久左衛門は答える。

「……左様とは思いませぬ」

しかし久左衛門は食い下がる。

「されば、いかなる存念で安部自念を生かすのか、それがしにお聞かせあれ。さすれば、城内の誰が不審を申しても、必ずやこの久左衛門が鎮めてみせまする」

村重はじっと久左衛門を見る。その口が開きかけ、やはり、きっと閉じられる。冷たい風が吹き、やがて村重は言った。

「安部の人質は蔵にでも放り込む。おぬしは、人質を容れるための牢を造れ。木は惜しい、竹を用いよ。あまり大層なものは造るなよ。この先、竹も入り用じゃ」

久左衛門はうなだれ、それでも腹に力を込めて命を承ける。

「はっ」

村重は空を見上げた。雲が重く垂れ込める冬空は、早くも暮れかけている。

「明日の昼までに造らせよ。行け」

久左衛門は頭を下げたまま後ずさり、やがて踵を返して歩み去る。雪が降り始めた。


織田家中にあった頃、村重の屋敷には目通りを求める客が絶え間なく訪れた。それらの客は、板戸絵や襖絵の見事さ、格式高い格天井に目を瞠り、さすがに摂津国主様のお屋敷はまことに立派なものよと感心して帰っていった。

しかし、それら手の込んだ造作は体裁を保つためのもので、客を通さぬ奥の間ともなると、造りはいたって簡素なものである。村重は茶道具にこそ万金を出すが、日々の起き伏しに贅を凝らすことは好まぬたちであった。

屋敷に戻った村重が奥の間の障子を開けると、部屋では側室の千代保が縫い物をしていた。いま村重に正室はなく、室は千代保のみである。千代保は板敷の間で火鉢も用いず、裾のほつれた木綿の小袖を着ただけで、村重の陣羽織を繕っていたのである。千代保は布と針を置くと指をつき、深々と頭を下げた。村重が問う。

「寒うはないか」

千代保は顔を上げて微笑んだ。

「寒うはありませぬ」

美しい女性(にょしょう)であった。しかし生の輝きのない女性でもあった。肌は白く、青みを帯びているようでさえあり、目元にはいつもそこはかとないかなしみが漂う。年は二十(はたち)過ぎで、四十を越えた村重とは親子ほども年が離れている。

千代保のことを今楊貴妃(ようきひ)と呼んだ都人(みやこびと)がいたというが、楊貴妃のように我が儘(まま)な女であってくれたなら、と村重は思うことがあった。千代保の美しさは、いのちを諦めたところから生じているのではないか、そんなふうに思うことがある。体が弱いわけではなく、大きな病にもかかったことはないが、明日にはふといなくなっているのではないかと思わせる、千代保はそんな女性であった。

村重は、立ったままで話す。

「自念はどこだ」

「手習いをしております」

そう答え、千代保は少し首を傾げてことばを継ぐ。

「安部様が寝返ったと聞きました」

「耳が早いな」

「屋敷の者から聞いたことにございます。二右衛門様が心変わりし、自らの父を縛ったと」

千代保はめったに屋敷から出ないが、屋敷で働く女房衆や近習どもから噂を聞くらしく、意外に耳聡い。

「哀れなこと……自念殿も武士の子、覚悟は出来ておりましょう」

そのことだが、と村重が言いかけたところで、障子の外から声がした。

「摂津守様。安部自念でございます。お目通りを願いとうございます」

声変わり前の高い声が、心なしかうわずっている。

村重は眉をひそめた。屋敷に置いている者だとはいえ、余人が取次も請わず奥の間に来るのは不作法である。しかし、自念もそれだけ取り乱しているのだろう、無理もないことよと思い直す。

「入れ」

「はい」

障子を開けた自念は、千代保がいることに気づいて顔をこわばらせ、慌てて平伏する。

「これは、ご無礼仕りました」

自念はまだ元服も済ませておらず、惣髪であった。体は細く、顔つきは柔和で、どこから見ても武士の子らしくはない。ひとにそう見られていることは知っているらしく、朝はまだ暗いうちに起き、日が落ちるまで、武芸に学問にと打ち込んでいる。若年ながら祖父に似た熱心な門徒であり、念仏を欠かさない若者でもあった。

「よい。面を上げよ」

村重のことばに従い、自念は半身を起こす。

ふだんからあまり血色のよくない自念の顔は、いま、雪のように白い。しかし自念は気丈にも、堂々と声高に口上を述べた。

「お目通り、かたじけなく存じまする」

「何用か」

「されば、我が父のことにて。父は摂州様の御恩を忘れ、城を織田方に明け渡したと聞きました。これはまことにござりましょうや」

村重は、素っ気なく答えた。

「まことじゃ」

自念は息を詰めて俯く。その両眼から涙がこぼれた。

「我が父ながら、なんと命惜しみな。ふだんは阿弥陀仏の本願におすがりするが肝心、進めば極楽退かば地獄などともっともらしいことを仰せでござったに、敵が迫るやたちどころに降るとは、思いも寄りませなんだ。では、父が祖父を縛って織田に送ったというのも」

「そう聞いた」

わっと声を上げ、自念は泣き伏す。村重は摺り足で千代保と自念のあいだに我が身を置き、その目を自念が腰に帯びた刀へと据える。ひとと話す折には、常に斬りかかられる用心をする。それは相手が何者であっても同じであった。

自念は顔も上げず、そのまま涙声で訴える。

「……詮方ないことにございます。摂津守様、どうぞ、存分に御成敗を。自念は極楽に参りとうございまする」

村重は、人質の好き嫌いでその扱いを決めることはない。そしていま、村重は自念のことばを、好ましくは思わなかった。潔さは武士にとって美徳である。望みもないのに生にしがみつこうとする武士は軽んじられる。自念の物言いは潔く聞こえる。――だがその実、自念の覚悟は武士のそれではない、と村重は思った。

いま土牢に放り込まれている官兵衛も、殺せと言った。だが、自念の言い分は、官兵衛のそれとは違う。極楽に行きたいので殺せとは、武士のことばには聞こえない。

わずかに力を抜いた村重の後ろから、千代保が取りなす。

「殿。武門のことに口を挟むは慮外とお思いにもなりましょうが、ここをお聞き願えませぬか。気丈なことを申しても自念殿は十一、いまだ分別もついておりませぬ。わたくしにとっては同じ宗門の子、どうか……」

衣擦れがした。

「どうかひと思いの御成敗を、お願いしとうございます」

村重がさっと背後に目を走らせると、千代保はひたいを床板にすりつけて平伏していた。おのれの望みなど口にすることさえ稀な千代保が、自念のために安らかな死を願っている。聞き届けてやりたいという思いがふと湧くが、村重はその念を押し殺す。

「ならぬ。自念は牢に繋ぐ」

「牢」

千代保が悲鳴のような声を上げる。

「殿、まさか土牢に」

その叫びの意味を量りかね、自念は顔を涙で汚したまま村重をじっと見上げる。やや
あって、村重は言った。

「土牢は空いておらぬ。牢は久左衛門に造らせておるゆえ、明日には仕上がろう。それ
まで自念は屋敷に置く」

そして村重は、自念に命じる。

「刀を出せ。寸鉄も帯びてはならぬ」

白かった自念の顔が、さっと赤くなった。

「摂津守様、何と仰せか。それはあんまりなこと」

刀を取り上げられるのは、武士のみならず、誰にとっても屈辱である。しかし村重は
容赦をしない。

「思い違いをいたすな。おぬしは安部の人質、安部が寝返ったいま、生かすも殺すも儂
が決める。儂が生かすと決めたゆえ、おぬしが心のままに死ぬことは許さんのだ。刀を
出せ」

なおも自念がためらうと、村重は声を上げて人を呼んだ。たちまち現れた近習らは苦

もなく自念を組み伏せ、打擲し、その腰の物を奪い取る。這いつくばる自念を見下ろし、村重は命じる。

「奥の納戸に放り込んでおけ。誰も近づけさせるな」

自念が連れ去られ、部屋が静かになると、村重は千代保の前に屈んでその頰にふれた。

「騒がせたな。許せよ」

千代保はわずかに首を横に振る。目はいつものようにかなしげである。障子は開け放たれたままで、冬の空は既に縹色であった。

4

磔である。

磔、磔、磔である。五人、十人、いいやまだまだ。

木が足りぬ。山の木を伐り出す。木の皮を剝いだ端から、磔の柱に作り成す。

女を縛り、童を縛り、磔にする。十人、二十人、いいやまだまだ。

脇の下から鑓で突く。血と脂がまとわりついて、鈍った穂先で突いていく。

右府様の御下知じゃ。磔にせい。

磔じゃ。

磔じゃ。

上月城の衆は一人残らず磔にし、ずらり並べよと右府様の御下知じゃ。百人、二百人、老いも若きも男も女も、並べて晒せとの御下知にござる。お慈悲を、お慈悲を。わはは、坊主め、この期に及んで。

磔である。

「このような戦は話にも聞かぬ」

うむと呻いて、村重は目を覚ます。障子の外は薄明であった。膝をついた人影が障子にうつっている。枕元の脇差に手を伸ばし、村重は訊く。

「何事か」

人影は頭を垂れた。

「申し訳ございませぬ。安部自念殿、生害にござりまする」

村重は、がばと跳ね起きた。

5

自念が閉じ込められた納戸は屋敷の奥にあり、ふだんは使われていない。自念は刀こそ奪われたものの、縛られることもなく、せめてもの情けにと仏典を与えられてさえいた。万が一にも自念が逃げ出さぬよう、そして万々が一にも、安部を憎む家臣が自念を害することのないよう、村重は日のあるうちは近習に守りを固めさせ、日が落ちてからは、精兵である御前衆に警固を引き継がせた。御前衆は篝火を焚いて納戸への往来を厳に見張り、寝ずの番をしていたのである。

しかし自念は死んだ。

夜が白々と明けてくる。どこかで鶏が鳴く声もする。村重は御前衆と近習を引き連れ、誰も近づけぬよう命じておいて、自ら自念を検分した。

安部自念はもとより血の気のないような顔をした男であったが、むくろの顔色は、やはり生者のものとは違う。死んだような顔と死んだ者の顔には、見間違えようのない差があるのだ。村重はかっと目を見開いた自念の死に顔を見て、ふと心にあわれを覚えた。村重は禅宗徒だが、一向門徒であった自念への廻向に、手を合わせて念仏を呟いた。

この納戸は三方が壁になった狭い板の間であり、残る一方は、外に面した廻り廊下へ通じる障子戸になっている。むくろが見つかった時この障子は開いており、自念は障子の桟を横切って、足を廊下に向けて仰向けに斃れていた。着ている小袖は、胸から腹にかけて血に染まっている。

村重はむくろの側に膝をつき、小袖を脱がしていく。近習らが狼狽し、

「殿、なりませぬ」

「そのような雑事はそれがしらが」

と止めにかかるが、村重は意に介さない。血塗れの小袖には穴が一つ開いていて、その穴の下にはたしかに、深い傷が一つあった。村重はその傷を見て、呟く。

「む……これは」

矢傷だ、と村重は見た。戦場で嫌というほど見てきた傷である。見間違えるはずがない。使われた鏃(やじり)には返しがなかったことまでわかる。返しのある矢を抜くと傷口はひどく乱れるものだが、自念のむくろに穿(うが)たれた傷口は荒れていなかった。

村重はむくろをうつ伏せにする。血は背には伝っておらず、青白い肌には傷がない。矢傷は背中まで徹(とお)っていないのだ。自念の胸板は薄く、着ている物も小袖だけであった。強弓(こわゆみ)を用いれば矢は容易く背まで徹っただろうな、と村重は思った。

村重はむくろを元通りに仰向けにして、顔を上げる。

「十右衛門(じゅうえもん)。おるか」

たちまち応(こた)えがある。

「は。ここに」

鎧を鳴らして一人の武者が進み出て、村重の近くに膝をつく。

これは郡(こおり)十右衛門といい、もとは伊丹氏であったが、猶子(ゆうし)として郡家に入った男である。年は三十の坂を越え、どことなくとぼけた顔つきをしているが、武芸は馬、弓、刀術から鉄炮までおよそそつなくこなし、算術や漢籍にも通じている。だが村重が十右衛門を重んじるのは、かれが気働きに優れ、物事を広く見られるからである。決して家格は高くないが、村重はその働きぶりを買って、十右衛門を御前衆の組頭に任じていた。

「昨夜、かの納戸を警固しておったのは、おぬしらだな」

「は」

　十右衛門はうなだれた。

「申し訳もございませぬ。殿の御下命を受けながら、この不始末」

「誰々を用いたか」

「それがしのほかは、秋岡四郎介（あきおかしろうのすけ）、伊丹一郎左衛門（いたみいちろうざえもん）、乾助三郎（いぬいすけさぶろう）、森可兵衛（もりかへえ）が警固に就いてござり申した」

「ふむ」

　村重は顎（あご）を撫（な）でた。名前の挙がった四人に十右衛門自身を加えた五人は、荒木御前衆の五本鑓とも称（たた）えられる、家中でも頭抜けた強兵だ。十右衛門は万事に通じ、ほかの四人はそれぞれ、得物を用いれば家中随一である。

「五本鑓を用いたのであれば、ほかに打つ手はあるまい。おぬしの責めは問わぬ」

「は……ありがたき仰せ！」

　十右衛門ががばと平伏する。

「よい。それより、答えよ。このむくろを見つけたのは誰で、それはいつのことであったか。詳しく申せ」

　問われ、十右衛門は即座に答える。

「それがしと秋岡四郎介が見つけてござりまする。明け六つ頃、あっというような声が上がるのを聞き四郎介と共に駆けつけましたるところ、自念殿はこの通り、斃れてござり申した。まだ息がござれば介抱せんといたしたところ、自念殿はただ『西へゆきます』と呟いたきり、相果ててござりまする。それがしはむくろを守り、四郎介はあたりに曲者が潜んでおらぬか検め、遅れて駆けつけたる同輩に殿にお報せいたすよう頼んでござりまする」

西は、極楽の方角である。西へ行くというのは、極楽往生を望む一向門徒であった自念の最期のことばとして、別段不審なものではなかった。村重はさらに尋ねる。

「おぬし、自念のむくろから何か取りはせなんだか」

十右衛門は目を剝いた。

「これは心外なおことば。それがしが何を取ったと仰せか」

「矢じゃ」

「は。矢、にござりまするか」

十右衛門は拍子抜けしたように言い、答える。

「いえ、それがし、自念殿の声が上がるや否や駆けつけ申したが、矢は見ておりませぬ。それは四郎介も存じておるはず」

その十右衛門の顔色が、さっと青くなった。

「殿。もしや自念殿は、矢で射殺されてござりまするか」

「…………」

「されど殿、たしかに矢はござらず。何者かが抜いたか……いや、矢にも増して、曲者を見逃すはずがござりませぬ！　殿、自念殿は、目に見えぬ矢に射られたとでもお考えか」

村重は答えず、ただ、薄雪の積もった外を見る。

この納戸は、広い庭に面している。もともと、庭を見るための部屋に備え付けられた納戸であるのだ。だが、優れた茶人でもある村重は作庭に思い入れがあり、庭はいまだ手がつけられていない。平らに均された閑地には、いまのところ、春日灯籠がぽつねんと置かれているだけである。

庭は、雪に覆われている。春日灯籠にも白雪が積もっている。

そして、庭に積もった雪は平らかであった。足跡はない。何もない。村重は庭の雪に毛一筋ほどの乱れもないことを、目を凝らし、幾度も幾度も確かめていた。

噂は矢よりも早い。安部自念の奇怪な死は、正午までには城中の誰もが知るところとなった。安部自念は払暁、矢で射られて殺された。しかし、射られてすぐに警固の者が駆けつけたにもかかわらず、矢は消え失せていた。あたかも不可視の矢で射られたがごとき死に方であった、と。

やがて、これは冥罰、御仏の罰じゃと嘯く者が現れた。

冥とは見えざるもののことを言う。冥罰とは、神か仏か、鬼か天魔か、あるいは天道か、見えざるものが下す罰のことを言う。

安部二右衛門は父と叔父を縛り、子を見捨て、摂津守様と法主様を裏切った。その罰が下り、雷の矢が自念を貫いた、これはまさに冥罰だというのである。やがてうろたえ者が、音もなく空を裂いた雷を見たと言い始めた。門徒の中には阿弥陀仏のありがたさに踊り出す者もいたし、武士の中にも、安部の人質には神仏の罰が下ってしかるべきと考える者が少なくなかった。しかし、自念の死を神仏の罰によるものとは考えなかった武士は、別のことを考えた。

軍議の場で、久左衛門が感に堪えたように言った。

「さすがは殿。安部の人質を生かすと仰せられたときはいかなる御了見かと思い申したが、やはり成敗なされたか。それでこそ荒木の武名が立つというもの。いや、まことにようござった」

居並ぶ将のあいだに、久左衛門に同心する声が広がっていく。中には、なるほど自念の死は村重による成敗であったかと、たったいま得心したような顔をしている者もいる。村重が御前衆に命じて自念を討ったのであれば、その矢が見えなかったというのも御前衆の空言(そらごと)に過ぎぬということになり、なんの不思議もない。村重は茵に胡坐をかいて、何も見ていないような目をして、誰が何を言ったのかを憶えていく。

やがて潮が引くように喧騒が収まると、村重は言った。

「さにあらず。儂は、安部自念を成敗してはおらぬ」

「なんと」

久左衛門は、思いも寄らぬといった顔をした。

「では、まさか殿も、あれは神仏の罰だと仰せか」

「烏滸の沙汰よ。罰ならば自念ではなく、二右衛門に下るのが筋であろう」

軍議の場がざわめく。いかにも、もっともなことじゃ、という囁きが上がる。

訳がわからぬというように、久左衛門が首を振る。

「成敗ではない、神仏の罰でもない。では殿、安部の人質はなにゆえに死んだと仰せか」

「知れたこと」

ぎろり、と村重は居並ぶ将を睨めつける。

「殺されたのじゃ」

将たちは、ようやく村重の怒りを悟った。牢に繋ぐ、生かしておくのだと皆の前で言った安部自念が、次の朝には物言わぬむくろに成り果てた。自念の死は、村重の面目を傷つけたのである。

主の怒りをおそれつつ、それでも久左衛門は声を励ます。

「殺されたと仰せになれど、安部の人質を射殺した矢は目に見えずと聞き及んでござる。これ常人の仕業とは思えませぬぞ」

野村丹後が薄気味悪そうに呟く。

「さればもしや、南蛮宗のあやしの技ではござるまいか。本朝に鉄炮を持ち込んだ南蛮人なれば、目に見えぬ矢を放つ技も心得ておるやもしれず」

村重は不興であった。

「傷は尋常の矢傷じゃ。見間違うはずもなし。南蛮宗がかようなあやしの技を用いるなら、南蛮宗の高山右近は不敗であったろうよ。たわけたことを申すな」

丹後は面に朱を注いで声を張り上げる。

「されば殿は、何者が、いかように殺したと仰せか」

「急くな、丹後」

そう制して、村重は言う。

「わからぬ。いまは、まだわからぬ。じゃが何者が手を下したにせよ、そやつはこの有岡城で、儂が殺さぬと言った者を殺した科人じゃ。許しては置かぬ」

そして村重は、唸るような低い声で続けた。

「検断を行う。数日のうちに、誰が、どのように安部自念を殺したのか検める。それまで胡乱の流言を成すべからず。背く者は罰する」

主君の命に、将たちはひれ伏す。

しかし将たちのあいだには、不満足の気配が漂っていた。そして村重は、それに気づかぬほど鈍な大将ではなかったのである。

6

二日が過ぎた。晴れが続いて雪が融け、有岡城内の道はことごとくぬかるみになった。城の守りの足らざるところを修繕し、幾度目になるかもわからぬ書状を毛利や本願寺に発し、物見に織田勢の動きを探らせ、端城に目付を送って睨みを利かせる。戦が迫る中、村重には成すべきことがいくらでもあったが、それらのどれにもまして、かれは自念殺しの検断を急いでいた。しかし、検めれば検めるほど――殺しの奇怪さがあらわになるばかりであった。

急ぎの書状を書き終えて近習に託すと、幾度目になろうか、村重はかの納戸へと足を運ぶ。供を務めるのは郡十右衛門であった。

村重の屋敷は、外に面して廻り廊下が巡らしてある。三方が壁になっているその納戸には、廻り廊下から障子戸を開けて出入りするよりほかはない。ずだりずだりと足音を立てて廊下を歩みながら、村重は十右衛門に問いを下す。

「件の納戸に近づくには、この廻り廊下を通るほかにいかなるすべがあるか」

十右衛門はたちどころに答える。

「天井裏から近づき、天井板を外して入る法がござります。床下から近づき、床板を外して入る法がござります。また、納戸の壁はさほど厚いものではござらぬゆえ、斧か木槌でもあれば、壁を打ち破って入ることも叶うかと存じまする」

「よし。しからば、自念を殺した曲者は、そうしたすべを用いて納戸に入り込んだか」

「左様とは思えませぬ。床、天井、壁のいずれにも、外したり毀したりした跡はござらず。蜘蛛の巣や埃の具合、当夜の警固の次第を考えても、床下や天井裏に曲者がいたとは思われませぬ」

「さらば、曲者は廊下を通って自念のおった納戸に近づいたか」

「廊下はわれら御前衆が警固いたし、何ぴとも近づくを許さず。曲者が廊下を通って参ったとは思えませぬ」

「では何者も、何処からも、自念には近づけなんだことになる。そうではあるまい」

十右衛門は苦渋をにじませて、答える。

「御意にござりまする」

主従は、件の納戸の前に立った。自念のむくろは、既に武士らしく葬られている。村重は障子を開けて納戸の中に入り、振り返る。廊下越しにいずれ庭になる平地が見え、そこには春日灯籠だけが据えられている。

この灯籠は、中川瀬兵衛の義弟である織田家臣、古田左介から贈られたものであった。茶の湯に長ける古田はさすがに目も利くようで、これもありふれた春日灯籠のように見えて、笠の傾きといい宝珠の丸みといい、どことはなしに心を惹かれる。織田とは手を切った村重だが、この灯籠を捨てる気にはなれなかった。本来灯火を置く火袋には、まだ何も置かれていない。

庭の先には、ひとの腰ほどの高さに椿が植え込まれている。この植え込みはいずれ庭を造る際、庭の外縁をふち取るためのものである。植え込みの先には武骨な漆喰塀がそそり立ち、有岡城と城外とを隔てている。塀には決められた間隔ごとに、三角の鉄炮狭間、縦長の矢狭間が穿たれていた。

村重は納戸から出て廻り廊下に立った。右を見れば、四間――一間は大人の男の歩幅でおおよそ三歩分――ほど先で廊下は右に折れている。左を見れば、これも四間ほど先で廊下は左に折れている。

「当夜、廊下警固の様子はいかに」

村重が問い、十右衛門が答える。

「右に折れた先では、それがしと秋岡四郎介が篝火を焚いて寝ずの番をいたし、左に折れた先では、伊丹一郎左と乾助三郎が警固してござり申した。一郎左も助三郎も律儀者、不寝番のあいだあやしきことはなかったと申す二人の言い分に、偽りはなかろうと存じまする」

「であろうな」

どれも、この二日のあいだ村重が幾度も確かめたことである。春日灯籠を見つめ、村重は言う。

「では、外はどうじゃ。庭を造るべき平地を横切り、廊下に上がってこの納戸に入ることは出来たか」

「それもあり得ぬことにござりまする。いまだ作庭ならずとは申せ、殿の御庭を踏み荒らすことをはばかって、庭には何者も立ち入らず。されど、漆喰塀に沿って、森可兵衛が夜通し見廻っており申した。可兵衛も愚直者ゆえ、務めは怠るまいと存じまする」

「明かりはどうじゃ。可兵衛は篝火を焚いたか」

「可兵衛には納戸の見張りを命じてござれば、闇夜に目を慣らすため、火は焚いており申さず」

「うむ」

「また、あの夜は雪が降り、夜更けには止んでおり申した。御庭は一面雪に覆われてござったが、自念殿生害の折、雪に足跡は一切ござらず。いかな軽業の使い手でも、足跡を残さずこの御庭を飛び越すことは出来ぬかと」

納戸から見て、庭は奥行き五間、横には左右合わせて八間広がっている。春日灯籠はその中央、障子戸の真正面に置かれており、灯籠を飛び石代わりにして庭を飛び渡ることは、壇ノ浦の戦で八艘(そう)の船を飛んで渡ったという義経(よしつね)ならば出来そうでもある。しかし灯籠はしょせん石を積み上げただけのものであり、よじ登るならまだしも、飛び移れば間違いなく倒れてしまう。それに加えて、自念が殺されたとき、春日灯籠の笠には雪が積もっていた。誰かが灯籠に飛び移ったということは、あり得ない。

村重は、庭の先にある椿の植え込みをじっと見ていた。

「可兵衛ならば、自念を射殺すことは出来たな」

心得のある武士ならば、漆喰塀沿いから庭越しに自念を射殺すことも容易かったはずだ。可兵衛は十人力という触れ込みの、大力の男である。村重は可兵衛が弓を使うところを見たことはないが、軽輩とはいえあれも武士、まるで使えぬということもなかろうと思っている。

十右衛門が答える。

「可兵衛はそのようなことをいたす男にはござりませぬ。が、出来たか出来ぬかと問われれば、御意、出来たと存じまする。……されど」

「可兵衛には矢を消すことが出来ぬ。そうであろう」

十右衛門は頭を垂れる。

「はっ」

自念のむくろには矢傷があり、矢がなかった。可兵衛が庭越しに自念を射殺したと考えては、矢が消えた道理が通らない。

城外から射たとは思われない。消えた矢の行方をひとまず置くとしても、外廊下には庇があり、飛来する矢は庇に妨げられる。

塀に穿たれている狭間を通して矢を射込む法は、考えられなくもない。見れば都合よく、むくろの正面には、庭を隔てて鉄炮狭間が口を開けている。だが村重は、自念がそのように殺されたとは露ほども考えない。そもそも狭間は外からの矢玉を通さぬよう、内に広く、外に狭く作るものである。城外から十万の矢を射立てたとしても、狭間を通して自念を射殺す矢は、一矢あるとさえ思われない。

右手の遠くに物見櫓が見えている。およそ四十間も離れているだろうが、見えるということは、矢が通るということでもある。弓の上手であれば、六十間先のひとを射ることも出来る。

「十右衛門。あの櫓には誰がいたか」

初めて、十右衛門はことばに詰まった。

「わかりませぬ。申し訳もなく」

あの物見櫓から自念を射たとして、矢を消すことが出来ないのは可兵衛と同じである。自念が死んだ刻限は払暁、伸ばした手の先がようやく見えようかという暗さであった。四十間先から狙いがつけられたとも思えないが、それを承知で、村重は命じる。

「調べよ」

「はっ」

十右衛門が畏(かしこ)まったときである。不意に、有岡城に陣太鼓の音が響き渡った。村重の目がぎらりと光り、十右衛門もまた引き締まった顔つきで面を上げる。

陣太鼓は敲(たた)き方によって意味がわかる。いま打ち鳴らされたのは、敵勢近しの合図であった。

7

かねての手はず通り、村重は天守へと向かう。御前衆も次々に集まり、荒木久左衛門も駆けつける。近習が、ふだんは屋敷に置かれている村重の鎧を天守に運び込んでくる。何を措いても、村重はまず、敵の方角を見定めようとした。まさにそのための天守である。たちまち城の西で小競り合いが起きているのを見つけ、どうやら織田が総力を挙げて力攻めに及んだわけではないらしい、と村重は少し息をつく。旗印は見えないこともないが、やはり遠く、誰と誰が戦っているのかははっきりしなかった。

近習に手伝わせ、村重は腹巻を身にまとい、肩紐を結ばせる。草摺、籠手などを順々に身に着けるうちに、使番が息せき切って駆け込んでくる。

「申し上げます！　中西様、手勢三十を引き連れて城の西方へ物見いたしたるところ、織田家中武藤殿の手勢と鉢合わせ、そのまま競り合ってござりまする」

「宗右衛門であったか。懲りぬやつ」

武藤宗右衛門舜秀は、敦賀を領し、信長直臣として仕える知勇兼備の将である。摂津には他に先駆けて攻め入っており、先月、荒木勢と鑓を交えていた。その時は互いに兜首を取り合う乱戦となり、戦は武藤が引く形で終わっていた。

「敵の数は」

「四十ばかりかと見受けまする」

その数なら、武藤に城を攻めるつもりはない。大物見であろうと村重は察した。

村重は改めて、城の西を見る。馬標を見る限り、新八郎も敵将も健在のようだ。鉄炮の音は聞こえない。両勢に鉄炮がないことはないのだろうが、あまりに間が詰まった打物戦で、玉を込める暇がないのだろう。

しばし戦の様子を見て、村重が言う。

「新八郎が押しておるな」

使番の注進通りであれば、数の上では新八郎が不利のはずである。だが戦場にあって、敵の数は常に多く見えるものだ。数は劣っていない、と村重は見た。新八郎の馬標が右へ左へと動きまわるのに対して、武藤の馬標は動き少なく、じりじりと退いているようにも見える。おそらく、新八郎がやや押している――と、村重は見た。

「殿。出陣の御下知を」

久左衛門が言う。

「待て」

そう言って、村重は天守から北と東、南に目を凝らす。どの方角も見慣れた北摂の景色が広がるばかりだが、見通しの利かない疎林や葦原によもや伏兵が潜んでいないか、村重は念入りに見定める。少数の兵を餌にして城兵を誘い出し、城門を開けさせて急襲するというのは、城攻めの方策としては初歩に当たる。よもや、そのような手にかかるわけにはいかない。

　梢の揺れ、鳥の怯え、穂先のきらめき、立ち上る炊煙……兵の気配を隠しきることは難しい。村重はこの北摂の地勢に精通し、有岡城を落とせるほどの多勢であれば、どのように潜もうと見つけ出せる自負があった。その自負が、伏兵はないと断を下す。この戦は仕組まれたものではなく、中西と武藤はどちらも地形のわずかな起伏に見通しを遮られ、不用意にぶつかってしまったのだろう。

　であれば、好機である。

「よし」

　と村重は呟き、久左衛門に命じる。

「宗右衛門の首を取るぞ。上臈塚砦から人数を出せ」

「はっ」

　上臈塚砦は有岡城内の西端にあり、砦とはいうが、有岡城内に築かれた兵の溜まり場であった。いま、そこから兵を出せば間に合うはずだ。たちまち太鼓櫓の陣太鼓が打ち鳴らされる。上臈塚砦の足軽大将らに出陣を命じる合図である。

　どのような戦でも、戦機はまたたく間にうつろう。命を下してから兵が動くまでの時は、いつも耐え難いほどに長い。村重は息を詰めて戦況を見守っていた。高山右近、中川瀬兵衛の離反に加え、安部二右衛門の寝返りで城内の勢いは衰えた。ここで織田の一将を討ち取ることが出来れば、兵の意気は大いに上がる。何にも増して、首が欲しかった。

「十右衛門、北を見張れ。敵の姿がちらとでも見えたらすぐに報せよ」

「はっ」

「足軽どもはどうじゃ」

上臈塚砦に目を移すが、兵に動きはない。動き出しが遅いのではない、動いていないのだ。

「久左衛門、上臈塚砦に下知が届いておらぬ。いま一度命じよ」

久左衛門は畏まり、速やかに村重の命を伝える。ふたたび陣太鼓が敲かれ、加えて法螺貝も吹かれた。ここに至ってようやく、上臈塚砦に動きが見えた。足軽が手に持つ三間鑓の穂先が、きらきらと光っている。が、動きが鈍い。とても、いま出陣という動きではない。

戦場を見れば、武藤勢はとうとう崩れ、北西に向けて退いていく。しかし不慮の戦で疲れ果てたのか、中西新八郎は追い打ちをかけない。戦は勝ちと言えるだろうが、武藤の首は取れそうもなかった。

敵が退いていくのを見て、天守に詰めた兵どもはわっと喜びの声を上げる。久左衛門も破顔していた。

「殿。御味方の勝ちにござる！ 勝鬨を上げてはいかが」

しかし、村重はにこりともしない。

「……新八郎を迎えるが先じゃ」

そう言う村重の目は、上臈塚砦にひしと据えられていた。

武士が戦で首を取れば、大将はその首を検分する。首実検の習いである。村重は、本曲輪で首実検を行うと決めた。新八郎らを本曲輪まで歩かせることで勝ち姿を多くの者に見せつけ、もって城内の意気を高めるためである。戦を終えた中西勢は城門をくぐり、伊丹の町を抜け、侍町を通って本曲輪へと登る。その道々でかれらは歓呼を浴びた。小競り合いとはいえ織田の手勢に勝った者どもを見ることは、村重が図った通り、兵と言わず民と言わず城内すべての者を喜ばせた。新八郎は顔まで返り血を浴び、兵らも泥と土埃に塗れた凄惨な姿であったが、その汚れこそが勇戦の証しとひとびとは見た。

中西勢は馬上武者がひとり手傷を負っていたが、兜首をひとつ得ていた。虜にした武藤勢の足軽に確かめさせ、名を検める。首は若狭の侍のものとわかった。手柄を立てた武者は感状と刀を与えられ、大いに面目を施した。

首実検を終えると、中西勢は身分の高下を問わず、天守の下にて酒を振る舞われた。兵らは地べたに車座になり、新八郎は床几に腰を下ろして、童のように手を打って喜んだ。

「振る舞い酒とは、やれ、嬉しや！　武藤とやら、与し易い相手であったな。顔は憶えたゆえ、次は首にして、殿のお目にかけようぞ！」

村重はその様子を、天守の中から見ていた。

鎧を脱ぐ間もなく腹巻や籠手は着けたままだが、兜は外している。既に久左衛門は退出し、その場にいるのは村重と御前衆だけである。

酒を酌み交わす中西勢は、村重に見られていることに気づいていない。新八郎は、素焼きの盃(さかずき)に注がれた酒をぐびぐびと干し、笑い、放言する。その一方で、兵らはそれほど無邪気ではなかった。酒を飲む者の目にも、戦塵(せんじん)を払い落とす者の目にも、どことなく暗さがある。明るい酒ではなかった。村重はその暗さが、采配への不満に基づくことを察していた。

よいことではないな、と村重は思う。

「十右衛門」

控えていた郡十右衛門が応じる。

「は。ここに」

「自念殺しの検断は急がねばならぬ。じゃがおぬしには、別の任を与える」

「は。して、いかなる」

「うむ」

兵らは、城方が加勢を出さなかったため、無駄に危うい戦をさせられたと思っているのだ。

村重は命じる。

「上臈塚砦の足軽大将どもの動きが鈍かった。新八郎が優勢であったゆえ大事なかったが、もし押されておったら、あの刹那(せつな)の遅れで総崩れになったやもしれぬ」

大将の意を伝えるのに太鼓や法螺貝、使番に頼らねばならない以上、下知が果たされるまでに時がかかるのは当然である。だが、それを差し引いても、上臈塚砦の動きは遅かった。その場にいた誰も疑いはしないことであったが、村重だけは疑った——何かがあった、と。

「寝返りならば斬らねばならぬ。下知の伝わりに不都合があったなら、改めねばならぬ。足軽大将は、おぬしも知っておろうが、山脇(やまわき)、星野(ほしの)、隠岐(おき)、宮脇(みやわき)の四将。なにゆえの遅滞であったか調べて参れ。……儂の警固は、そうじゃな、乾助三郎を代わりに呼べ」

十右衛門は即座に首を垂れた。

「はっ！　承ってござりまする。されば御免」

そのまま後ずさり、村重から離れると、十右衛門はぱっと駆け出す。

十右衛門よりも武芸に長けた者は、御前衆には数多(あまた)いる。だがそれらの者を差し置いて十右衛門が組頭に任じられているのは、気働きや算術に優れているためでもあるが、何よりもこの早さを村重が認めているからであった。

8

その夜は静かで、底冷えした。

日が暮れてしまえば、出来ることは何もない。灯明や松明に用いる油には限りがあり、浪費は出来ない。遅くまで起きていれば無為に眠りが深くなり、火急の折に目を覚ますのが遅くなる。早く眠るのは武士の心得であった。だがこの日、村重は起きていた。持仏堂で灯明を点し、釈迦牟尼仏の像の前で、じっと座禅を組んでいた。

空は重く垂れ込めている。村重は、雪を待っていたのだ。ほどなく、足音が廊下を近づいてくる。村重は目を開けた。

「助三郎か」

「は」

「降ったか」

「降りましてござりまする。何もかも、あの日の通りに」

天祐よな、と、村重は口の中で呟いた。

廊下に出ると、大兵肥満の助三郎と、御前衆でもまだ軽輩の武士が一人、控えていた。上臈塚砦の様子を探りに出た十右衛門に代わって呼ばれた助三郎は、十右衛門とはまるで正反対のたちである。気が利かず、何事も遅く、勘が鈍い……だが力は可兵衛と甲乙つけがたく、相撲を取らせれば意外に技を使う。村重のことばに至って忠実な、信の置ける男であるというところは、十右衛門と同じであった。

村重が雪を待っていたのは、むろん、安部自念が死んだ日の様子をその目で見るためである。自念が死んだのは明け方まだ暗い頃で、いまは、宵の口の明るさがまだ残っている。

御前衆に手燭を持たせ、村重は廊下に出る。自念が死んでいた納戸のまわりには既にほかの御前衆が集まり、松明を掲げ、篝火を焚いていた。庭のために空けてある平地には雪が薄く積もり、古田左介が見立てた春日灯籠もあの朝のように雪をかぶっている。納戸の障子を開け、村重はしばし沈思した。

安部自念はここで死んだ。胸に深い矢傷を負い、駆けつけた十右衛門の目の前で事切れた。矢はどこにもなく、庭に積もった雪にも乱れはなかった。廻り廊下は右と左のどちらに行っても二人組の警固がおり、庭を挟んだ城壁沿いにも屈強の兵がいた――。

この納戸に安部自念を閉じ込めることを決めたのは、自念の死の前日のことであった。警固の手配りも、村重が自念を押し込めよと命じてから決められた。それまでは、自念がどこに入れられるか、誰にもわからなかった。村重自身も、別段ここしかないと思って納戸を選んだわけではなかったのだ。自念殺しが誰であれ、ひどく手の込んだ細工を拵えるような時はなかったはずである。

村重はふと、外を見た。暗さの中で見えないが、四十間ほど先に物見櫓が建っているはずだ。

「助三郎。向こうの櫓に、物見がおるはずじゃな」

「は……」

なぜか、助三郎の声が狼狽する。

「されば、組頭の十右衛門殿から、自念殿生害の朝に櫓で物見をいたしておったのは何者か、調べるよう仰せつかっております」

上﨟塚砦の様子を検めに行く前に、十右衛門は下知を残していったものらしい。さすがに手配りの行き届いたことよ、と村重は思った。

「それで、調べたのか」

「調べてござります。物見の兵は雑賀の者で、下針と呼ばれる上手の鉄炮放にござります。この者が夜通し物見をしておったことは、ほかの夜番が請け合ってござる」

助三郎の声に落ち着きがないのは、とうに調べていたことを村重に告げ報せていなかったからだろう。それに気づきはしたが、村重は助三郎を叱責はしなかった。鈍いとわかっている者が鈍かったことよりも、いまは時の方が惜しい。払暁に似た宵の口の薄明かりは、長く続くものではない。

代わりに、村重は問いを下す。

「雑賀か。そやつは弓を持っておったか、わかるか」

「下針は、夜の見張りにはいつも鉄炮を持っていくそうにござりまする。されど、当夜もしかと左様であったかは、知る者がござらず」

「そうか」

村重は顎を撫でた。

有岡城には、本願寺からの加勢として少数ながら雑賀の者が入っていた。雑賀は紀伊国の里で、そこに住む者らの多くは海賊を生業としている。早くに鉄炮が入った雑賀庄の者どもは、乱世の中で戦慣れした強兵となった。かれらは童の頃から戦に慣れ、戦意は高く操船に長け、陸にあっては鉄炮を能く使う。しかし、武士ではなかった。

武士であれば弓馬のたしなみは表芸である。上手下手はあれど、弓の引けぬ武士、馬に乗れぬ武士はいない。だが雑賀の者どもは、どうだろうか。弓は鉄炮と違い、修練に長い時がかかる。名人上手の域に達しようというのでなければ鉄炮は一両日で放ち方が身につくが、弓はまともに引くだけでも、まず一ト月は見ねばならない。鉄炮上手でありながら弓も習い覚えるのは無駄なこと、と考えるのが雑賀の者ではないか――村重はそう思った。

それに、安部自念が死んだのは、まだ夜も明けきらぬ頃のことだった。やはり、あの櫓から安部自念が見えたはずはない。あの櫓から自念を射るのは、那須与一にも叶わぬ不可能事であったろう。村重は、櫓の見張り、雑賀の下針とやらが自念を殺したという考えを捨てた。しかしそこからがわからない。

「……ふむ」

納戸と庭、城壁と廊下、あらゆるものを見て、村重が呟く。

「まず無理であろうが、やってみよう。助三郎、巻き藁を自念に見立て、納戸の障子戸の桟を跨いで据えよ。ほかに弓矢と鞢、それと、麻紐を持て」

「麻紐、でござりまするか」

「そうじゃ。小者に命じ、十間はある、長いものを探させよ」

「は、畏まってござりまする」

助三郎がどたどたと廊下を駆けていく。村重はその場に残った御前衆に指図し、用意を整える。履物を持たせて庭に下りようとして、自念が死んだ折に雪の上には足跡は残っていなかったことを思い出し、庭を大きく迂回して城壁沿いに立つ。

ほどなく、自念がいた場所に巻き藁が置かれる。巻き藁はその名の通り藁を巻いたもので、的にして弓矢の修練に用いるものだ。村重は助三郎が持ち来たった弓を執り、二度、三度と試しに引く。村重は幼少の時分から並ぶ者のない大力の持ち主である。弓は強弓、手入れは入念、自念の背に矢が徹っていなかったことを思い出し、村重は少し弦を緩めた。

村重が立つ城壁沿いは、自念が死んだ朝、森可兵衛が見廻っていた場所である。そこから庭を挟んで、巻き藁が立っている。巻き藁までは五間、近くはないが、矢を外すほど遠くもない。

村重は、松明を掲げる御前衆らをちらりと見た。あの日、自念の警固に就いていた御前衆五本鑓のうち、ここに立ち会っているのは乾助三郎のみである。

助三郎が膝をついて言う。

「麻紐、届いてござりまする」

「よし。されば、この三本の矢に紐を結べ」

助三郎は太い指で、不器用に紐を結びつけた。紐が結ばれた矢を、村重は弓につがえる。

「さて、どうなるか。念のためじゃ、巻き藁から離れよ」

命じられて、御前衆が下がっていく。村重は弓を引く。

村重と巻き藁のあいだに春日灯籠が立っていて、いかにも妨げになる。村重はいったん弓を戻し、少し立ち位置をずらして、ふたたび引く。師走の夜、あたりは静まり返り、松明が燃える音だけが夜空に立ち上る。宵闇の中、巻き藁は暗がりに沈んでいる。村重はひょうと矢を放った。

ぶつりと音を立て、矢は巻き藁に突き立つ。続いて第二矢、第三矢、いずれも巻き藁に深々と突き立つ。

「お見事にござりまする！」

まんざら世辞でもなさそうに、助三郎が感嘆の声を上げる。村重はつまらぬ顔である

——五間の的に三矢を当てる程度のことは、出来て当たり前だと思っている。

村重の手には、三すじの紐が残っている。

「さて……」

と呟き、村重は紐の一本を強く引く。

矢は抜けなかった。助三郎が結んだ紐が抜け、雪上にだらりと垂れ下がる。

「これはしたり」

と助三郎が呟くのを聞き流し、村重は二本目の紐を引く。今度も紐は抜け、さらに悪いことに、抜ける時に矢羽根をこそぎ取った。廻り廊下に矢羽根が散らばる。

村重は無言で、三本目の紐を引く。……今度は、矢は巻き藁から抜けた。矢は村重が紐を引くにつれて地面を滑り、やがて、村重の手に収まった。

「おお」

助三郎が声を上げる。

「自念殿を射て、しかも矢が消える細工、整いましたな」

村重は助三郎を睨みつけた。

「助三郎。御前衆たるもの、武芸だけでは足りぬ。しかと見よ。これではいかぬ」

「されど殿、矢は抜けたではござりませぬか」

「三本のうち、わずかに一本じゃ」

村重は巻き藁を見る。離れていた御前衆が戻って松明を掲げると、巻き藁に突き立ったままの矢が見えた。

「二本は抜けなんだ。あるいは自念を殺した者は、紐が抜けぬ工夫をしておったやもしれぬ。弱弓を用いて、自念の体に矢が深く立たぬようにしたやもしれぬ。じゃが助三郎、見よ」

村重は地面を指さした。平地に積もった雪には、矢を引っ張った跡がくっきりと残っている。

「紐を結びつけた矢では、いかにしても雪に跡が残る。あの朝、このような跡は残っておらなんだ。強く引けば矢が宙を飛び、跡を残さぬこともあろうかと考えてこのように試した。されど、やはり無理じゃ。違うぞ助三郎。自念殺しは、このような手で行われたのではない」

「は、ははっ」

畏まる助三郎は、しかし、どこか嬉しそうでもあった。

「されば殿、手を下したるは、森可兵衛殿ではござりませぬな」

紐をつけた矢で射たというのが正しいとすれば、それを行い得たのは、城壁沿いに見廻っていた森可兵衛だけということになる。助三郎は同じ御前衆五本鑓として、森可兵衛が罪に問われるのは嫌だったのだろう。

だが、村重の顔つきは厳しかった。

「櫓の見張り、下針と言ったか、その者ではあり得ぬ。そして可兵衛でもないとなると、自念殺しは郡十右衛門、秋岡四郎介、伊丹一郎左、そしておぬし、この四人のうちにいることになる」

「……されば、そうなりまするか」

「四郎介と一郎左に、明日の朝、屋敷に来るよう伝えよ。可兵衛も呼べ。おぬしも来い。詮議をいたす」

「は。……して、雑賀の下針はいかがいたしまするか」

「それも呼べ」

助三郎は沈痛な面持ちで畏まった。

9

払暁、まだ日が昇り切らぬうちから、一日が始まる。

屋敷の広間には床の間が設えられ、八幡大菩薩の軸が掛けられている。集められた者どもは別室に入れられ、広間には一人ずつが呼ばれた。

警固の者もいない。村重と、呼ばれた者と二人きりの詮議である。もちろん、万が一に備えて屈強の武者が次の間に控えてはいる。それでも、ことばを交わせるのは村重と詮議の相手の二人だけだ。

最初に呼ばれたのは、雑賀の下針であった。年は三十ばかりであろうか、小男ではあるが、目は淀んで生気に欠ける。下針の身分では、国主である村重の屋敷に上がるのは憚りがあるはずだ。だが下針は別段臆するふうもなく、ただ暗い目をしている。常に戦場に在る兵の目だ、と村重は思った。

「お呼びにより参上」

　と言う口上も、どこかぞんざいである。

「おぬしが下針か」

「そう呼ばれておりまする」

「すると、名は違うのか」

「違いまする。下針は渾名、吊った針にも当てる名人よとおだてられ、ついた二つ名にござる。さりながら、戦では下針の方がよう通じるゆえ、いまは自らもそう名乗っております る」

「上手の鉄炮放とか」

「そのように言われまするな」

　下針は、村重に呼ばれた訳を既に聞かされているはずだ。煩瑣な話を抜きにして、村重はすぐに本題に入る。

「安部自念が死んだ朝、おぬしは、自念が押し込められておった納戸が見える櫓で物見をしておったな」

「左様にござりまする。ただ、その折は納戸にかようなお方が押し込められておろうとは、存じませなんだ」

「さればおぬし、弓は持って上がったか」

下針は心外という顔をした。

「それがし、鉄炮は得手にござれど、弓は持ったこともござらぬ。雑賀の衆にお訊きあれ」

村重は頷いた。そうであろうな、という頷きであった。

「では、自念が死んだ折、おぬしは何か見聞きしたか」

「さ……そのことにござる」

下針は少し、居住まいを正した。

「御家来衆から、安部様は何やら声を上げたと聞き申したが、それがし、そのような声は聞いておりませぬ。ただ鎧の鳴る音を聞き、何事やあらんと御屋敷に目を向けたのみにて」

「そうか。何か見えたか」

「それがし夜目は利く方にござるが、なにぶん遠く、ただ小さな火を見ただけにござります」

「火、とな」

村重は片眉を吊り上げた。火のことは聞いていなかった。下針は気負う風もなく、ことばを続ける。

「さよう。あれは手燭ででもあったかと存ずる。弾かれたように落ちて消えますれば、さしずめ、手傷を負って取り落としたのでござろうか。その後に、松明らしき火が集まるのを見てござる」

それは十右衛門たち警固の者らが手にしていた松明だろう、と村重は思った。

「松明は何本見た」

「二本」

「――しかと、相違ないか」

下針は不敵に笑った。

「それがし、鉄炮の技のほかに、物覚えもよいと評判にござる。あの日、それがしが見た松明、いやさ松明らしき火は、間違いなく二つにござった」

手間賃に銀を与え、村重は下針を下がらせる。


次は伊丹一郎左が呼ばれた。

正しくは一郎左衛門といい、かつて有岡城が伊丹城と呼ばれていた頃、そこを根城にしていた国衆伊丹家に連なる者である。年は二十四、瘦身（そうしん）で風采は上がらぬが鉄炮の上手で、有岡城が建つ伊丹の地勢には誰よりも詳しい。伊丹家では鉄炮を買い付けるため堺（さかい）に遣わされるなど信を置かれていたが、そのため妬（ねた）みを買って讒言（ざんげん）され、一時は逐電していたという。伊丹家は村重に滅ぼされたため、一郎左にとって村重は一族の仇（かたき）ということになる――が、おのれの主家を滅ぼした相手に仕えることは、さして珍しくもない世であった。

村重が訊く。

「おぬしは乾助三郎と組んで警固についておったな」

「仰せの通りにござります」

答える一郎左の声は、落ち着いている。

「夜明け前に、安部自念の声を聞いたか」

「声は聞いてござりまするが、しかと自念殿の声と聞き分けたわけではあり申さず」

村重は内心、少し意外であった。一郎左の言い分は慎重なものであり、自らが思ったことと自らが聞いたことを峻別（しゅんべつ）している。一郎左とはこのような武士であったか、と驚くような思いであった。重ねて問う。

「では、おぬしが聞いたのは、いかなる声であったか」

「驚きの声であったように思いまする。苦悶（くもん）の声、断末魔とは思いませなんだ」

少し、村重は眉を動かした。いまの受け答えは、やや歯切れがよすぎた。自念殺しから時が経ちすぎ、話を整える間があったからだろう。自念殺しの検断に専心できなかったことはやむを得ないが、御前衆の詮議を先送りにしたことは失策だったやもしれぬ、と村重は思った。

「その後は」

「助三郎殿が駆け出そうとするのを止め、それがしが行くと申してござりまする」

「ふむ。なぜ助三郎ではなく、おぬしが行くことにいたしたか」

「されば、助三郎殿は持鑓を具してござったゆえ、納戸に入るより外に備えるが良策と考えてござりまする」

持鑓は手鑓とも呼ばれる、足軽が用いる三間鑓よりもはるかに短い、武士が用いる鑓である。その長さは、用いる者の背丈に対し、五割増しから二倍程度であった。

「それがしの物具は鉄炮と打刀にござったゆえ、鉄炮を置き、用意の松明に篝火で火をつけ、刀の柄に手をかけ駆けつけた次第」

たしかに、もし納戸で組み打ちにでもなれば、助三郎の体は大きすぎ、持鑓は長すぎただろう。村重は一郎左の言い分を認める。

「そうか。続けよ」

「は。それがしが納戸に駆けつけると、既に郡十右衛門殿、秋岡四郎介殿が来ており、自念殿は仰向けに倒れており申した。それがしは十右衛門殿、四郎介殿が駆けつける足音、お二人が自念殿にしっかりせいと呼びかける声も聞いてござりまする」

問われもしないことを答えた。つまり一郎左は、十右衛門と四郎介の動きにあやしいところはなかったと言いたいらしい。同輩を守りたい気持ちから出たことばだろうが、では、これは嘘なのだろうか、と村重は咄嗟に思慮を巡らす。

いまのところ、嘘とも嘘でないとも断ずることは出来ぬ、と村重は思った。ただ、勘は、どうも嘘らしくはないと告げている。

「そうか。何か特に見聞きしたことはあるか」

一郎左は深く頭を下げた。

「申し訳ございませぬ。自念殿に気を取られ、あたりは見ておりませなんだ」

無理もないことだ、と村重は考える。屋敷内でひとが討たれたのだから、ふだんなら、何はともあれ曲者の姿を捜すことが第一だったはずだ。だが一郎左らは、自念を守るよう命じられていた。自念の手傷をまず気にかけたとしても、不覚とは言えない。

「そうか。よし」

とだけ言って、一郎左を下がらせる。


次に呼ばれたのは、森可兵衛であった。森は毛利に通じるというが、可兵衛は阿波国に根づく国人森家の流れを汲む。年は三十、大柄で、豪傑らしい髭を伸ばしている。熱心な一向門徒で大坂本願寺に籠っていたが、荒木と本願寺が関係を深める中で使者の警固役として有岡城に来て、そのまま居残った。武芸百般なんでもござれという武士で、中でも鑓捌きは名人の域に迫るが、勘はいたって鈍く、とうてい人の上に立つ器ではない。村重と差し向かいになって恐れ入り、大きな体をこれでもかと縮こまらせている。

「安部自念が死んだ夜、おぬしは城壁沿いを見廻っておったな」

村重が問うと可兵衛は、

「ははあっ」

と声を上げて平伏し、顔を上げもしない。

「まず訊こう。納戸の前ではなく、外を見廻っておった仔細はいかに」

可兵衛は、納戸の唯一の出入口である障子戸を見張れる位置にいたが、障子戸のすぐ前に控えるのではなく、あえて庭を挟んで見廻っていた。可兵衛は野太い声で答える。

「はっ。それは、組頭殿の下知に従ってのこと」

組頭とは、郡十右衛門のことである。

「十右衛門が、どう命じた」

「されば、障子戸の前に陣取って外を見張れば、自念殿に背を向けることになり、それは危うい。さりとて障子戸に向かい合って見張れば、曲者が近づいても気づかぬ。ゆえに離れて見張るべしと、昼のうちに下知がござり申した」

村重は頷いた。おのれが命を下すとしても、同じようにするだろうと考えた。

「されば、いま一つ尋ねる。おぬし、庭に入らなんだのは、なにゆえじゃ」

件の納戸から見える庭は、庭とは名ばかりで、いずれ庭を造ることになっている空いた土地でしかない。にもかかわらず、残った足跡から見て、可兵衛が庭を避けて見廻っていたことは明らかであった。

可兵衛は太い声で言った。

「それがしごとき軽輩が、殿の御庭を踏み荒らすなど思いも寄り申さず。それがし、決して懈怠の心から御庭を避けたわけではござらず、ただただ、務めに粗相のなきようにと思う一心にて」

「わかった。その律儀は褒めて取らす」

「ありがたきしあわせ」

叫ぶように言うと、可兵衛は音を立ててひたいを床に打ち付ける。

「面を上げよ、可兵衛。自念が死んだ夜明けに何を見聞きしたか、それを話せ」

半身を起こした可兵衛は小刻みに震えていたが、やがて絞り出すような声で言った。

「夜明け前、それがし『あ』と言うがごとき自念殿の声を聞きましてござりまする。見ると納戸の前に、手燭が落ち、ようは見えませなんだが自念殿も倒れておいでのご様子。駆けつけようとは思えど、御庭を踏み荒らすことはやはり畏れ多く、戸惑ううちに同輩が幾人か駆けつけた様子にござれば、それがしが行っても用はなし、なれば目を凝らして番を続けるべしと思い直し、その場に留まってござりまする」

村重は頷いた。

「されば、おぬしは何かを見なんだか。曲者や、飛ぶ矢や、なんでもよい」

ふたたび可兵衛は、ひたいを床にすりつける。

「それがし生まれついての鈍根にて、これというものは見ておらず。まこと、申し開きのしようもござりませぬ」

「――そうか」

ほかの御前衆は、廻り廊下を折れた先、件の納戸は見えぬところで警固をしていた。

明るさのことを考えの外に置くならば納戸が見えたのは可兵衛と下針だけで、下針がいた櫓は、何かを見るには遠すぎた。自念殺しを見たとすれば可兵衛であったろうと思っていたため、村重の落胆は小さなものではなかった。

「話は済んだ。下がれ」

可兵衛が畏まり、立ち上がって去ろうとする。そこで村重はふと、聞き忘れがあることに気がついた。

「可兵衛。おぬし、あの夜は何を具して警固しておった」

背を向けていた可兵衛は雷に打たれたように立ち止まり、振り返ると急ぎその場に平伏する。

「これは御無礼を」

「構わぬ。答えよ」

「はっ。それがし、胴丸を具し、打刀を差してござった」

「それだけか」

「ははっ」

刀は持っていて当たり前のものであり、可兵衛の物具は、警固の役目を課された者としてはいかにも軽い。縁あって取り立てた男だが、武具を揃える金がなかったのだろう、と村重は思った。しかし、それで許されることではない。

「不心得じゃ。武具はよきものを揃えよ。よしんば間に合わぬとしても、鑓蔵から三間鑓なりと持ち出すぐらいの才覚はあって然(しか)るべきぞ。戦のさなかなれば、蔵に鍵など掛かっておらぬわ」

そう叱ると、可兵衛は泣き出しそうな顔をした。


次は秋岡四郎介であった。

秋岡は荒木に仕える家で、四郎介のほかにも多数が奉公している。中でも四郎介は、刀法にかけては家中に右に出る者がいない、抜群の遣い手であった。細身の体軀で、目は鷹(たか)のように鋭い。刀法に長けた者は不思議と気難しい者が多いが、四郎介もその例に洩(も)れず、あまり人と交わることをしない。人と繫がりを持たぬということは戦場において背中を預ける相手がいないということで、武士として、それほどよいことではない。だが村重の身辺を守ることが第一の御前衆としては、うってつけの男だとも言える。

「四郎介、参上仕ってござりまする」

平伏する四郎介を前に、村重はしばし黙ったままだった。四郎介はそれを異とも思わぬ様子で、身じろぎもしない。

「……面を上げよ。いくつか尋ねる」

ようやく、村重はそう切り出した。

「それがしでわかることであれば、なんなりと」

「安部自念が死んだ夜明け、自念のものらしき声を聞き、おぬしと郡十右衛門が件の納戸に駆けつけた。自念はほどなく死んだ。そうであったな」

「御意」

「心して答えよ」

両の拳を床につけ、四郎介は神妙に聞いた。

「安部自念は、郡十右衛門が駆けつける前から既に斃れていたか。――でなくば、十右衛門が駆けつけてから斃れたか。どちらであった」

返答は、すぐにはなかった。その間を村重は好ましく思った。

「そも、あやしき声を聞き、松明を取って駆け出した時、先を行くのはそれがしにござり申した。廊下を折れたのもそれがしが先でござったゆえ……」

細心にことばを選び、四郎介が答える。

「斃れた自念殿を先に見つけたのも、それがしにござる。とは申せ、十右衛門殿も一呼吸遅れて同じものを見たはず。仰向けに斃れた自念殿の胸が朱に染まっておるのを見て、それがし、曲者は納戸の中にいると見て取り、刀を抜いて、障子の隙間から中を覗き申した」

「待て。そのとき、おぬしは左手に松明を持っておったのだな」

「は。左様にござりまする」

少し遅れて、四郎介は微かに笑った。

「それがし、右手のみで刀を抜くのに不都合はござり申さず」

「そうか」

　と村重は言った。

「続けよ」

「はっ。続いてそれがしは不作法ながら足で障子を開け、納戸に踏み込んでござるが、それがしそこがもぬけの殻であったのは、殿もご存じのこと。十右衛門殿は弓を置き、それがしが納戸を検分するあいだに自念殿を抱きかかえ、介抱を試みてござり申した」

「ふむ。十右衛門は弓を持っておったのだな」

「左様にござりまする。それがしが刀を得手としておりまするゆえ、組頭殿は飛び道具を具しておられ申した」

　そして四郎介は顔を上げ、最後に言った。

「こうして一つ一つ思い返せば、間違いござりませぬ。自念殿は、十右衛門殿が駆けつける前に、既に斃れてござり申した」

「――わかった」

　そう言うと、村重は小さく息をついた。

「十右衛門が自念を介抱するあいだ、おぬしが見聞きしたこと、成したることを言え」

「は。それがし、やはり納戸に何者かが潜んでおるのではという疑心を捨てきれず、中を隅々まで検分してござり申した。そして、廊下に落ちていた手燭を見つけ、これは自念殿が使っていたものであろうと察し、用心のため、火の気が絶えていることを検めてござりまする」

　村重は少し考え込んだ。

「手燭はいずこから出て来たか。自念は、いかにして手燭に火を灯したか」

　火はもっぱら、火打石で点ける。だが自念はあの日、刀を奪われ、仏典を与えられたほかは着の身着のままで納戸に押し込められた。常日頃から火打石を懐に忍ばせていたのでなければ、自念には火を点けるすべがなかったはずだ。

「手燭のことは存じ申さぬが」

　と、四郎介がすぐに答える。

「納戸には火鉢がございましたゆえ、埋み火があったものと思われまする」

「――そうか」

　火鉢を置けとは命じなかったが、寒を憂えて誰かが差し入れたものでもあろうか、と村重は思った。


　最後に、乾助三郎が呼ばれた。

　助三郎は牢人であった。もとは美濃で斎藤家に仕えていたが、斎藤が織田に滅ぼされると北摂に流れてきた。その頃は村重もまだ主に仕える身で、それほど多くの者を召し抱えるゆとりはなかったが、村重は助三郎の体軀と大力を見込んで家中に加えた。爾来幾星霜、いまや村重は摂津守で、助三郎は荒木家選りすぐりの御前衆五本鑓となった。

村重は、助三郎が自念を殺したとは思っていなかった。助三郎は一途に命に従う。自念を殺せと村重が命じれば、助三郎はそうしただろう。助三郎は、武士としては些か甘いところがあるため、年端もいかぬ自念を殺すことに悲しい顔はしただろうが、下知には従ったはずだ。だが村重が下した命は、自念を守れというものであった。助三郎は決して、自念を殺してはいないだろう。だが、詮議はしなくてはならなかった。

「安部自念が死んだ夜、おぬしは伊丹一郎左と組んで警固についておったな」

そう問われて助三郎は、

「はっ」

と勢い込んで答え、打ちつけんばかりにひたいを床にすりつけた。

「それがし、一郎左殿と警固いたしておりました」

「そうか。夜明け前、安部自念の声を聞いたか」

「聞きましてござりまする」

「どのような声であったか」

助三郎の勢いがいいのは、ここまでだった。目をさ迷わせ、声はしどろもどろになる。

「は、それは……『あ』というような……『お』というような……」

「おぬし、しかと聞いたのか。偽りなく申せ」

「は、それがし、たしかに声を聞きましてござります」

村重は、助三郎から詳細を聞くことは諦めざるを得なかった。人にはそれぞれ使い道がある。助三郎は力が強く忠実であり、それだけで充分に有能の士なのだ。勘働きに劣るならば、そのような場に使わねばよいだけである。続けて問う。

「声を聞いた後、どう動いた」

「はっ」

高い声を上げ、深く頭を下げて、助三郎は言った。

「それがし、すぐさま駆けつけんといたしますれど、一郎左殿が持ち場を空けてはならぬと申されたので、それもそうかとその場を動かず、様子見は一郎左殿に任せてございまする」

「そうか。沈着なる振る舞いじゃ」

「ありがたき仰せに存じまする」

助三郎の顔は晴れ晴れとしていた。自念のもとに駆けつけなかったことで、懈怠を責められるのではないかと恐れていたのだろう。

「では、持ち場を守っているあいだ、何か見聞きしたことはあるか」

「ござりませぬ」

と、助三郎は胸を張って答える。

「……いま一度、問うぞ。誰かが通った、何かを聞いたなど、変わったことはなかったか」

たちまち自信なげに俯いて、しかし助三郎は同じ答えを繰り返す。

「いえ、何も。大事が出来いたしたる後、殿や供の者らは、十右衛門殿らが警固なされた廊下から納戸へ行かれたご様子で、それがしが警固する側は通る者とてござらず。それがしはひたすら御役目第一に警固しておりました」

廊下を助三郎がずっと塞いでいたことは、憶えておく甲斐もあろうと村重は思った。

「そうか。では、最後にもう一つだけ訊こう。当夜、おぬしと一郎左は、いかなる物具を持しておったか」

助三郎は胸を張った。

「それがしは乾家伝来の具足を着込み、鉢金を巻いて備前物の刀を差し、持鑓を手にしてござり申した」

「一郎左は」

「憶えておりませぬ」

武士は、敵味方の持ち物を見立てることが肝要である。物具を見れば敵の身分がわかり、味方の手柄を証し立てることも出来る。決死の戦場では失念することもやむを得ないが、一晩警固を共にした同輩が何を持っていたかさえ憶えていないのは不心得である——そうしたことをひとしきり教え諭し、村重は助三郎を下がらせる。

これで当夜、件の納戸の近くにいた者は、ただ一人を除いてすべて詮議した。

乾助三郎と伊丹一郎左は一組だったが、自念のものらしき声が上がった後は、一郎左だけが納戸へ向かった。

　郡十右衛門と秋岡四郎介は二人で件の納戸へと向かったが、四郎介は納戸の中を検めており、そのあいだ十右衛門は一人であった。

　森可兵衛は一人であったが、人目につかずに件の納戸に近づくには、庭を通るよりほかになく、庭にはたしかに足跡がなかった。

　下針は少なくとも四十間離れた櫓の上におり、一晩中櫓の上で物見をしていたことは証し立てる者がいる。

　弓を持っていた者は十右衛門だけである……。

　広間でただひとり、八幡大菩薩の軸の前で、村重は瞑目(めいもく)する。

　やがて、障子戸の向こうから近習が声をかけた。

「郡十右衛門様、お目通りを願うておりまする」

　村重は目を開け、言う。

「通せ」

10

　十右衛門は、薄汚れた姿で参上した。

　薄暗い広間に胡坐をかき、両拳を床につけて頭を下げる十右衛門は土埃にまみれ、着ている服も常のものとは違い、足軽が身に着けるような麻の襤褸であった。十右衛門には、上﨟塚砦の様子を探るよう命じている。二、三日は戻るまいと思っていたが、これほど早く戻ろうとは、村重にも思いの外のことであった。

「十右衛門、ただいま戻りましてござりまする」

と、十右衛門はより深く頭を下げた。

「早いな。障りがあったか」

「さにあらず」

もともと十右衛門の顔はどことなくとぼけているが、土に汚れ、襤褸を着ると、これが御前衆五本鑓筆頭の組頭とは思えぬ風采である。だが、その眼光は鋭かった。

「天運に恵まれ、上﨟塚砦の様子、武藤殿との競り合いの折に出遅れたる訳、おおよそ探ってござりまする。兎にも角にもまず復命いたし、より委細を探るか否か、殿の御下命を拝すべく参じた次第」

「わかったか」

「は。殿に申し上げるべきほどのことは」

「よし。言え」

命じられ、十右衛門はおもむろに体を起こしていく。

「それがしの小者に上﨟塚砦の足軽と心安き者がござれば、かの者の手引きで砦に忍び込んでござりまする。されば荒木久左衛門様の糾明に対し、上﨟塚砦の山脇、星野、隠岐、宮脇の四将、いずれも口を揃えて、陣太鼓が聞こえなんだと釈明いたした由」

「……そうか。久左衛門が行っておったか」

久左衛門は戦ののち、上臈塚砦の動きの鈍さを罵りこそすれ、その訳を検めようとはしていなかった。その久左衛門が村重の目の届かないところで足軽大将らを追及していたことを、村重は何となく、面白くは思わない。だが、久左衛門は家老である。その振る舞いが越権とまでは言えまい、と村重は判じた。

「法螺貝は」

「それは聞こえた、と。故に出陣の仕度にかかったが、間に合わなんだと申したとか」

有岡城は惣構で伊丹の町を取り込んでいるため、とにかく広い。広ければ下知も届きにくいのは道理であり、陣太鼓が聞こえなかったという四将の言い分は、それなりに理が通っている。しかし、ならば法螺貝は聞こえたというのがおかしい。

「して、それはまことか」

十右衛門がことばを選ぶ気配があった。

「それはわかりませぬが、きゃつらは、口裏を合わせてござりまする」

「ふむ。……寝返りか」

「殿の仰せにはござれど、その様子はあり申さず。隠岐土佐（とさ）などは、この戦で手柄を立てれば将軍家召し抱えも夢物語ではないと放言いたし、ほかの足軽大将の申すこともおおむねそれと大差なしとか」

村重は腕を組む。

上臈塚砦の四将は、食い詰め者を募り、おのれの力量と手勢の数を売り込んできた足軽大将である。信の置ける者どもではないが、十右衛門の言い分を聞けば、たしかに寝返りと決めつけるのは早いように思われる。

早朝の薄暗さの中、十右衛門が言う。

「ただ」

「ただ、なんだ」

珍しく、十右衛門が口ごもった。村重の面をちらりと見て、十右衛門は思い切ったように太い声を出す。

「甚だ申し上げにくきことながら、足軽大将だけでなく、足軽、そして武士の中にも、殿を誇る噂がござりまする」

村重の太い眉が、ぴくりと動いた。

「噂とな」

「はっ」

「構わぬ。申せ」

師走というのに、十右衛門はひたいに汗をにじませている。

「余の儀にあらず、安部の人質のことにて。自念殿の生害は神仏の罰であったという風聞は根強うござるが、足軽どもの間では、やはりあれは御成敗であったのだという噂が広まってござりまする。きゃつらの言い条は、人質は磔にするなり首を斬るなり、速やかに殺せば名分が立つものを、殺しはせぬ、生かすと言いながら舌の根も乾かぬうちに自念殿を殺し、しかもそれをおのれの仕業にあらずと嘯く(うそぶく)は——卑怯に非ず(あらず)や、と」

村重は黙って聞いている。吹き込む風が冷たい。

「また、考えてみれば、と言う者もあり。自念殿にしてみれば、口では極楽往生を願うと言っても、まだ若年なれば覚悟も充分ではなかったろう。ひとたびは生かすと申し渡され、そうか、まだ生きられるのかと喜びもしたはず。望みを与えておいて、その後で殺すというのは……」

ことばを呑んだ十右衛門を、村重はただじっと見ている。十右衛門は目を伏せる。

「信長卿と選ぶところなき非情の御大将、と」

どこかで犬の鳴く声がする。

「……そうか」

と、村重は言った。

「十右衛門。上﨟塚砦の四将は、それがために儂の下知に従わなんだと言うか」

「左様ではござりますまい。大太鼓、法螺貝が聞き取りにくく、また、それがたしかに上﨟塚砦への下知であると判ずるに時がかかったことが、遅れの元かと存じまする。ただその心の裏に疑心がなかったかどうか、それがしには確としたことが申せませぬ」

少し間を置き、十右衛門はことばを継ぐ。

「山脇、星野らは足軽大将なれば、卑怯はむしろ飯の種にござりましょう。されどきゃつらは、空言を言う大将を最も危ぶみまする。命を懸けて戦に臨んで、手柄も功名も反故にされるのでは甲斐がない――きゃつらは、そう申しておったそうにござりまする」

「儂が安部自念を殺しておきながら、殺しておらぬと言うは空言――そう謗る者が、あると言うのだな」

「おそれながら、御意にござりまする」

噂は、足軽のあいだだけで流れているのではあるまい、と村重は思った。武士のあいだでも、さらに伊丹の民草のあいだでも、似たような噂は流れているのだろう。

村重はおのれの背を、つ、と冷たいものが流れるのを覚えた。

村重は安部自念に情けをかけるつもりなどなく、当然殺すべき自念を殺さなかったのは、別に考えあってのことだ。だが、その理由は、誰も解するまい。村重は言う。

「わかった。――下がれ」

十右衛門が去って、広間には村重ひとりになる。

11

村重は瞑目している。

人は城。将卒が大将の器量を疑う城は、いかに堀深くとも容易く落ちる。なぜならそうした城では、兵が夜ごとに逃げ去り、将は敵の甘言に乗るからだ。十右衛門の復命を聞くまでもなく、自念の死から将卒の信が揺らいでいることを、村重は察していた。それまでは滑らかに進んでいた軍議にわずかな蹉跌が生じ、足軽大将はおそらくそれゆえに、下知に従うことをためらった。乱世を生き抜いてきた村重の、将としての勘が囁く。このまま織田勢が攻め寄せれば、城は保たない。

村重は武士である。切り死には厭わず、むしろ誉れですらある。この大戦に敗れるなどと考えてもいないが、知勇の及ぶ限り戦い抜き、万策尽きて城の中で腹を切ることになったとしても、それもまた武士の死としては上々であろう。だが将卒から疑われ、荒木摂津守は御奉公すべき御大将にあらずと見限られて死んでいくのでは、名折れである。

数万の織田勢はいま、じりじりと有岡城に迫りつつある。織田は初戦において、必ずや力攻めを選ぶはずだ。その戦いさえしのげば、先の策はある。だがその一戦で、わずかなりとも将卒が村重を疑うならば、この城は落ちる。織田は、前右府信長は、疑心にかられながら禦げる相手ではない。

勘は、まだ間に合うとも囁いている。検断さえ上首尾に済み、安部自念を殺したのは誰で、どのように殺したのかを明らかにすることが出来れば、まだ間に合う。だが、わからない。自念が矢で死んだことは間違いない、だがなぜ、その矢が消えたのか。自念を殺した者は、どこからどうやってあの納戸に近づいたのか。まさか、本当に神仏の罰が下ったとでもいうのだろうか。

わからない。

だが村重は、打つべき手を一つだけ残している。

この城に、村重以上に軍略に長けた者はいない。村重ほど謀略に優れた者もいない。村重よりも知恵のあるものは、この城にはいない。

より正しく言うならば、この城の、地の上にはいない。

村重は、のっそりと立ち上がる。


天守の地下には井戸が掘られている。籠城(ろうじょう)の折に、万が一水の手が断たれたときの用心である。もっともこのあたりでは掘ればどこでも水が出るので、あまり用心の意味はない。村重は手燭を用意し、ひとり、地下へと下りていく。井戸の前に立つと、暗闇から嗄(しゃが)れた声がかけられた。

「殿。お珍しゅう」

四十がらみの男が、灯明の明かりの中で頭を下げる。男が動くと、腰に下げた鍵がかちりと鳴る。村重は多くを語らなかった。

「開けよ」

「はっ」

地下の一隅に、錠で閉ざされた小さな開き戸がある。男はその戸の前に立ち、腰の鍵を錠に差し込んだ。濁った音がして、錠が外れる。

「……お供いたします」

「いらぬ。ここで待て」

男は無言で頭を垂れ、引き下がる。

開き戸の先は、下り階段であった。土から染み出る水気で、階段は濡れている。村重は一歩一歩、踏み段を下っていく。ぎしり、ぎしりと音が鳴る。手燭に照らされ、百足(むかで)か馬陸(やすで)か、得体の知れぬ虫が逃げていく。

長くはない階段を下りた先は、床も敷かれていないがらんどうである。村重の足が、溜まった水をぱしゃりと跳ねる。そのとき、暗がりから得体の知れぬ音がした。く、く、く、という音が聞こえてくる。

声である。

その声のする方に明かりを向ける。まず、木格子が見えた。鉄のように硬い栗材を太く切り出し、上手の番匠(ばんしょう)が紙を差し込む隙間もなく組み上げた木格子である。その木格子の奥は、横穴を掘っただけの、狭く小さな牢であった。

最後に、ひとのうずくまる姿が見えてきた。背を向けている。火が眩(まぶ)しいのだ。

村重は言った。

「官兵衛」

土牢の壁に影が揺らめく。かすかな風が吹き込み、村重が持つ手燭の火が揺れているためだ。いつしか忍び笑いは消え、牢は深閑とする。静けさの中、虫の這う音、火の燃える音さえも耳に届く。村重は、もう一度呼びかける。

「官兵衛」

闇の中で官兵衛はわずかに身じろぎし、村重に顔を向ける。

官兵衛が牢に囚われてから一ト月が経った。――一ト月しか、経っていないのである。それがこの変わりようはどうだ。

官兵衛の顔は髭が伸び、髪は乱れて蓬髪である。手足は細ったのに、頬はかえって膨れて見える。着ているものはほつれ、手足も伸ばせぬ牢の中で体軀は奇妙に曲がって見える。謀叛の不利を堂々と訴えた清しい武者は、もういない。

そして何よりも目が変わった。牢の中でうずくまる官兵衛は手燭の光の中で何度もまばたきし、上目遣いに村重を見る。何も見ていない、映ったものがなんであるかもわかっていないような、濁った目であった。

その目を見下ろし、村重は問う。

「官兵衛、笑ったな。何を笑うたか」

声が返る。嗄れた声であった。

「由なきことにござる」

「構わぬ。言え」

官兵衛は顔を伏せ、ぼそぼそと喋る。

「牢番とは目方の違う足音を耳にして、摂津守様のお出でとすぐわかり申した」

「ほう。それで」

「それがし、摂州様にふたたびお目通りが叶うは、この戦が終わる時であろうと思うてござった。しかるに、まだ一ト月にもならぬであろうにお目にかかるとは、何とも慮外な――と、左様に驚いたまで」

「それで笑うか」

「…………」

「官兵衛、埒もないことを言うな。驚いたがゆえに笑う者などおらぬ」

怒りも苛立ちも見せず、むしろどこか親しげに村重は語りかける。官兵衛はやはり俯いたままである。

「……しょせん戦の勝ち負けはわからぬものとは申せ、かように早う織田が敗れるはずもなし、これは有岡落城ならんと察し申した。さればこたびの御謀叛はわずか一ト月の空騒ぎ、このような下らぬ戦で黒田が絶えるのかと思うにつけ……それがし、なにやら面白う覚えたのでござる」

恐れを知らぬ物言いであった。さすがに村重は、かっと血が上るのを覚える。

「胡乱な。有岡は落ちてなどおらぬ」

村重が思わず声を荒らげると、官兵衛は伸びた髪の下から、濁った目でじっと睨め上げてくる。その目は、どこかおかしげでさえあった。

「さあらば……落ちかねぬ、との御趣意か」

村重の怒りはたちどころに消え失せた。官兵衛は、足音だけで有岡の危うきを察したのだ。目は呆けても頭はどうやら鈍っておらぬようだと満足し、村重は笑みさえ含む。

「さすがよな官兵衛。さよう、昨今奇怪なる曲事が出来いたし、これが解けねば城は落ちようほどに、おぬしの命も旦夕に迫っておると伝えに来た。落城の暁に、儂はおぬしの首を刎ねて冥土の土産にするぞ。辞世があらば聞いておこう」

「御城主御自らの訪い、よもや辞世を聞くためなどと仰せられまするな。……摂州様。それがしに何をせよと仰せか」

「ふむ。察しておろう」

官兵衛は少し黙り、それから首を振った。

「まさかのこと」

「さ、そのまさかよ。儂は、おぬしならばこの曲事を解けると思うておる」

官兵衛は物も言わない。

「儂は、このあたりの陪臣で、この者いずれ人に使われる器ではあるまいと思う者を三人知っておった。一人は備州浦上家に仕えた宇喜多和泉守直家。一人は摂州池田家に仕えた、ほかならぬこの儂よ。そしていま一人は、播州小寺家の小寺官兵衛……いや、小寺の名は忘れるとか申しておったな。されば、黒田か。黒田官兵衛孝隆。おぬしのことじゃ」

村重は、うずくまる官兵衛に木格子を隔ててにじり寄る。

「官兵衛。知恵を出せ」

「……摂州様は御失心か。つまらぬ戯言を聞くものかな」

牢の中で、官兵衛はそう吐き捨てた。

まともな話でないことは村重も重々承知していたが、それでも村重には成算があった。官兵衛という男は、よく切れる。切れるがゆえに、小寺家で宿老たちを差し置いて主君の信を得た。切れるがゆえに、小寺は織田に付くべしと訴えた。そして、切れるがゆえに小寺の重臣では満足せず、織田に近づいて、羽柴筑前守秀吉の臣であるかのごとく振る舞った。それほどに切れ、また切れることを誇らずにはいられぬのが黒田官兵衛という男だ。

もとより武士とはそういうものだ。刀法に優れたる者は刀法を、算術に長けたる者は算術を、軍略に秀でた者は軍略を用いずにはいられない。一所懸命の鎌倉武士はいざ知らず、当世の武士は、技量が認められぬときは主家を渡り歩いてでも、おのが器量を天下に鳴らそうとするものである。その中でも官兵衛の業は、ことに深いと村重は見た。難題を与えれば、おのれが誰よりも切れることを誇らんとしてそれを解かずにはいられないのが、この男の性であろう。官兵衛は衆に優れた器量人だが、癖さえ呑み込んでいれば、容易く手玉に取れる男でもある——村重はそう読んでいる。

村重は土の上にどっかと腰を下ろし、胡坐を組む。土牢の冷たさ、湿り気が染みてくる。口を閉じた官兵衛に、村重は語りかける。

「官兵衛、解くか解かぬかは別儀、牢は退屈であろうほどに、ひとつ儂が無聊を慰めてやろう。事の始まりは大和田城主、安部二右衛門の寝返り。その仔細はこうじゃ」

そうして村重は、ここ一ト月の戦の様子、高山右近と中川瀬兵衛に続いて安部二右衛門までもが寝返ったこと、見えざる矢で射られたとしか見えぬ安部自念の死、その夜の警固の手配り、本曲輪に構えた村重の屋敷の造り、自念の死は神仏の罰であるという流言、軍議での騒動など、事の仔細を細大漏らさず官兵衛に語って聞かせた。

官兵衛ははじめ、面を背けていた。耳を塞ぎこそせずにいたが、村重の話を聞くまいと強いて努めるようであった。しかし村重の話が進むにつれ、落ち着かぬ様子で身じろぎし、時折ちらちらと目を上げる。

やがて村重は、自らが土牢に下りてきた次第までを語り終え、口を閉じる。手燭の火は変わらず揺れつづけ、師走の寒気は骨身に染みとおる。

「ふ」

と、官兵衛が声を漏らした。

そして次の刹那、官兵衛は笑った。大きく口を開け、土牢を揺るがすほどの声で哄笑した。天魔に魅入られたかのごとき様相である。木戸が開く。

「何事にござる」

叫んだ牢番を、村重は一喝する。

「下がれ、大事ない」

しかしそう返す村重の声も震えていた。いまの話の、何がそれほどまでに黒田官兵衛の心を掻き乱したのか、村重にはわからない。

得体の知れぬ虫が村重の膝元を這いまわる。村重は虫に拳を振り下ろして叩き潰し、胴間声を上げる。

「官兵衛。乱心したか」

すると官兵衛は、ひたと笑いを止めた。胡坐をかき、頭を垂れる。

「これは御無礼仕った。摂津守様ともあろうお方がこのような児戯に弄ばれ、あまつさえ落城をも御覚悟召されるとは、いや、面白うて」

官兵衛がゆるりと面を上げていく。その目は、油を塗ったがごとくにぎらついている。官兵衛は言った。

「自念殺しの実相を解き明かすこと、それがしには、いと易う覚えまする」

12

「なに。いまの話だけで解いたと申すか」

「むろん」

官兵衛は襤褸を着ている。髪は乱れ、髭も野放図に伸びている。そうした姿であるのに、いまその声は自負に満ち、どこか興がるように軽い。薄暗がりの中、口許には有るか無きかの笑みまでが浮かんでいる。

これが、先刻まで膝を抱え、濁った目をして、ぼそりぼそりと話していた男であろうか。まるで別人である。器量を生かす場を与えれば官兵衛はおのが知略を誇らずにいられぬはずという村重の読みは、図に当たった。

当たりすぎるほどであった。

ふと、村重の胸中に影が差す。やはり官兵衛は乗ってきた。だがそれは、おのれが読んだ通り、官兵衛が知略を誇る男であったからだろうか。この男を、調子づかせれば思うように踊らせられる、才気走っているだけの若造と呑み込んでいいものか。――先の哄笑は、いったい何を笑ったのか。官兵衛は言う。

「摂津守様。かたじけなくも、それがしの無聊を慰めて下さると仰せになりましたな。さりながら、甚だ申し上げ難きことにはござれど、それがし、いまだ退屈でなりませぬ。いかがにござろう、いましばらく、それがしと語ろうてはもらえませぬか」

「自念殺しの実相をか」

蓬髪を揺らし、官兵衛は首を振る。

「そう急かれますな。そのような些事より、それがし、先般より知りとうてたまらぬことがござってな。この機に、是非にも摂津守様にお尋ね申したい」

村重は黙った。戦場で鍛えた勘が働く。――問わせてはならぬ。黒田官兵衛は掌で転がせる男ではなかったやもしれぬ、おのれは土牢に下るべきではなかったやもしれぬ。

この男は剣呑だ――勘が、そう囁いている。

しかし、村重は官兵衛を拒むことは出来ない。このまま牢を去れば城は落ちる。それもまた、勘が告げるところであった。

「いかが」

村重の逡巡を見透かしたように、官兵衛がことばを重ねる。なぜそのまま問わないのか、と村重は疑い、その途端、官兵衛は許すという一語を引き出そうとしているのだと気づく。伏兵を案じるように気を張り、村重は徐ろに答える。

「……許す」

「かたじけのう。さればお尋ね申す。摂州様」

官兵衛のぎらつく目が、ぐいと村重に近づく。

「なぜ殺さぬ」

「――なぜ、とは」

「とぼけるおつもり。まあ、それもようござろう」

そう言うと、官兵衛は口許ににやけた笑みを浮かべて身を引いた。明かりから遠ざかり、官兵衛の身体は暗がりに沈む。

「さらば順を追ってお尋ね申す。そも、摂津守様はいかにして御大身におなりあそばしたか」

官兵衛はそんなことを言い出した。

「摂州様は、おそれながら、池田家にあっては小身でござった。摂州様のあるじは、池田筑後守勝正殿。鈍なるお方ではござらねど、この乱世で池田家を盛り立てるには、ちと器量が不足にござったな。言を左右にいたしたとか、戦に及んで空言を申したとか、いや、それがし小寺の一家臣にござれば、詳しいことは知り申さぬ。ただ存じておるのは、家中の侍大将が先行きを危ぶみ、いっそのことと勝正殿を放逐したこと……この侍大将が、いまの摂津守様にござる」

「そのような話は」

と、村重は言った。

「この摂津では童でも知っておる。かような昔語りを持ち出して、何を言わんとするか」

官兵衛は牢の中で手を振った。

「お怒りあるな、問いを許すと仰せられたではござらぬか。――摂州様は、あるじの勝正殿を生きたまま追放なされた。これをばどう見るか。なにしろ乱世なれば、主を放逐する例は珍しゅうもござらん。斎藤は土岐を追い、宇喜多は浦上を追い、織田も斯波を追い申した。そして――どの家も、旧主を害することはいたさず、生かして追った。ゆえに、摂州様が勝正殿を生かしおいたは、まことに武士らしい御振舞と申せましょう」

「…………」

「さて、こたびの戦にあたって、摂州様は御子息新五郎様の室を離縁させましたな。新五郎様の室と申すは、織田家中に隠れもなき惟任日向守様、前の名乗りで申すなら明智十兵衛光秀様の娘。織田に敵すると決めたからには惟任も敵、敵の娘を家に置いてはおけぬ——道理にござる。されど、これも生害せず、生かして織田に送り届けている。これはいかがか」

態とらしく、官兵衛は首を傾げてみせる。

「さあ、武田が今川を攻めるとき、武田は戦に先だって今川の女を返しましたな。北条が武田を攻めるとき、北条は武田の女を返したと聞いてござる。浅井は織田の女を城に留め置いたものの、最期にはやはり返してござるな。たとえ家が敵味方に別れて離縁のやむなきに至っても、武士たるもの、当てつけに女を殺すようなことはせぬ。なるほど摂州様の御振舞は、ここでもやはり武士らしゅうござった」

「言わずと知れたことをくだくだと。官兵衛、たいがいにせよ」

村重の声が響き渡る。しかし官兵衛は恐れる気配もなく、

「いや、ここからが肝心」

と言った。

「されば、摂州様は織田家中にあっては、大坂攻めの御大将の御一人にござった。付け城を築き、陣を構え、その水も漏らさぬ戦振りには、さすがは摂州一の戦上手と官兵衛ほとほと感服つかまつった。さて、付け城にはそれぞれ織田の城目付が入ってござったな。——この秋、本願寺、ひいては毛利になびくにあたり、摂州様はそれら織田の城目付をいかになされたか」

話の行き着く先を察し、村重は黙る。

「摂州様はそれらの者を、一人も欠くことなく、一指をも加えず、無事に織田に送り返されたな。織田方は、戦の習いとて城目付どもは首にされたと思うておったゆえ、かの者らが生きて戻ると、かえって驚きあきれたと聞き及んでおりまする。さもあらん、城の縄張から造作まで余さず知る城目付をわざわざ生かして送り届けるという仕置きは、官兵衛無学にして存じ申さず。摂州様にお尋ね申す。これ、いかなる故事に倣うてのことにござろうや」

織田の城目付を生かして返したことについては、家中からも訝る声が上がっていた。城目付たちは軽輩ではあったが、敵である。しかも荒木家の内情を知る敵であり、殺して然るべき者どもであった。当時はまだ村重に味方していた中川瀬兵衛は訳がわからぬと怒り散らし、高山右近でさえはてなと首を傾げていた。

村重はそのとき、こう言った。――織田と鑓を交えるとあらば、敵は数万。城目付の十人、二十人を斬ったところでどうなるものでもあるまい。捨て置け、小者じゃ。われらの勝ちは動かぬ。

それを聞いて家中の者どもは、さすがに殿じゃ、織田を相手に豪胆なことよと言って、手を拍って村重を讃えた。中川も高山もいちおう納得した風であった。将卒みな意気軒昂で、村重を信じ切っていたのである。しかし村重自身は、織田の城目付を生かして返すという振る舞いが奇行に属することを知っていた。そしていま官兵衛は、まず、そのおかしさを衝いてきた。

　問い返す村重の声は、苦いものであった。

「――それを聞いてどうする。儂が知りたいのは、何者がいかにして安部自念を殺したか、それだけじゃ」

「さもありなん。されど摂州様、それがしには、すべてが数珠のごとく繋がる様が見え申す。さて話はまだ終わり申さぬ。先ほど摂州様は、中川からは人質を取らず、高山から取った人質は生かしておいたと仰せられましたな。高山の人質を殺さぬことは、家中でもとかくの異論があったと聞いたゆえ、それがし何も申しますまい。では中川はいかがか――中川は縁戚ゆえに一門衆同然の扱いとし、人質は取らぬと摂州様が言えば、ひとは皆そうかと思うたでござろう」

　たしかに、そうであった。中川からも人質を取るべしという異論は、中川が寝返るまで、家中の誰からも出たことがなかった。

「さりながら後のことを考えまするに、官兵衛、もしや摂州様には別の御了見がおありであったかと思われてなりませぬ。それがしの見るところ、中川は勇猛比類なく、さながら虎のような武者にござれば、戦があれば主は摂州様でも織田でも構わぬという御仁。人質を取ったところで、気にかけるような武士にはござりますまい。こう考えてゆくと、摂州様が中川から人質を取らずにおいた訳というものが、おぼろに察せられまするな。すなわち――」

「やめよ、官兵衛」

「――摂州様は、中川が寝返ったとき人質を殺さぬため、もとより人質を求めなかった。いかがにござろうや」

村重は背後の気配を窺った。牢番が二人の話を盗み聞きしてはいないか、確かめるためである。もし聞かれていたら、牢番は斬るしかなかった。黒田官兵衛のことばは、図星を射貫いていたからだ。この話が城中に広まっては、士気に障る。

刀を抜いて官兵衛の口を塞ぐことは出来たが、村重はためらった。自念殺しが誰であったのかを知らねばならぬ、その思いも確固としてあった。しかし同時に、話を聞くだけで秘計を看破した官兵衛に、村重は嫌悪と畏れの念を抱いたのである。殺さねば危うい、しかし殺すには惜しい男。そう思うにつけ、村重は動くに動けなかった。その躊躇を見て取ったか、官兵衛はまた、にいっと笑う。

「果ては、それがしにござる」

そうして官兵衛は、牢の中でゆらりと右手を持ち上げ、自らの胸に当てた。

「――それがし、なにゆえ、まだ生きておるのでござろうか」

その問いは、官兵衛の胸の内にずっとわだかまっていたものに違いなかった。

黒田官兵衛は、織田の軍使として有岡城に来た。村重は官兵衛を追い返すことも出来たし、斬ることも出来た。意に沿わぬ軍使は鼻や耳を削いで送り返すことも、世には珍しいことではなかった。しかし村重はそのどの方策も選ばず、官兵衛を捕らえ、土牢に押し込めた。

囚人は、飯も食えば水も飲む。囚人を見張ろうと思えば、手勢を割いて番人を置かねばならぬ。よいことは一つもない――それでも、村重は官兵衛を斬らなかった。

官兵衛は言う。

「それがしを帰すわけにいかぬ、というのはわかり申す。官兵衛非才なれど播磨表の動きには少々通じてござれば、生きて戻れば、必ずや播磨の荒木方を調略するでござろう。それが摂州様には御厄介なことというのは、ようわかる。それがしとてこたびの使者、生きて戻れる御役目とは思うておらなんだ」

官兵衛のぎらつく目が、牢の中から村重を睨む。

「それが、思いも寄らぬこの仕打ち。官兵衛を殺さず牢に入れたること、御家中の面々もご存じでござろう。摂州様、なぜ殺さぬ。なにゆえか」

「――それが知りたいか。おぬしはそれほど、死にたかったのか」

「死にたかった。それがし、殺せと懇願いたした。よもやお忘れではござりますまい」

もちろん村重は、忘れてはいない。

官兵衛は、ぐいと顔を突き出した。太い木格子がないもののごとく、官兵衛は村重に囁く。

「されど、それがしが知りたいのは別のこと。なんとなれば、なぜ摂州様がひとを殺さぬか、いまのそれがしにはわかってござるゆえ」

「空言じゃ」

「空言にあらず。よく、ようく、わかってござる。摂州様も牢の中で一ト月考えれば、わからぬことも段々にわかって参りますぞ」

村重は、身を引きそうになるおのれを、かろうじて律した。獄中の男に対してわずかでも身を引くことは、武士の自負が許さなかったのである。官兵衛の、諧謔と狂気を秘めたような眼光からも逃げなかった。かえって沈着に、村重は繰り返し問う。

「安部自念を殺したのは何者か」

官兵衛は答えず、ふたたび、暗がりの中に身を沈める。

「――摂州様は、武士の習いを曲げられた。織田の城目付を斬らなかった。中川から人質を取らなかった。軍使を殺すでも放つでもなく、牢に繋いだ。その因果の行き着いた果てが、安部自念の奇怪な死でござろう。ふふ、摂州様、ではそれがし、いよいよお尋ね致す」

官兵衛の声は遠く、かすれるようで、それでもなお村重の耳にははっきりと届いた。

「荒木摂津守様。摂津守様はいったい、何をかように恐れておられるのか。武士の習いを曲げ――織田に楯突いてまで――何をそれほど恐ろしゅう思うておられるのか。官兵衛、それが知りとうござる。それを、お聞かせ願いたい」

手燭の火が燃えている。

どこかで、ぽたりと滴が落ちる。

──村重が立ち上がる。

「時を無駄に費やしたな。官兵衛、おぬし、自念殺しのことなどわかってはおるまい」

官兵衛は答えない。

村重は暗い心持ちで、当たったか、と思った。官兵衛は切れるが、村重の話を聞いただけで自念殺しのすべてを見通すほどの切れ者ではなかった。それならばそれで、別の手を打たねばならない。織田勢は近くまで寄せているはずだ──。

そう考えつつ木戸へと向かう村重の背に、歌が投げられる。

「あら木弓いたみのやりにひはつかず、いるもいられず引もひかれず」

村重は振り返るが、手にした手燭の火はかぼそく、声の主までを照らすことは叶わなかった。

13

師走の清冽な冷気は、日が昇ってからも緩みはしなかった。

屋敷に留まる村重の下に次々に物見が来て、織田の動きを注進する。大和田城を調略した織田方は、雲霞のごとき軍勢で有岡城を包みつつあった。滝川左近と惟住五郎左衛門は摂津国の西方奥深く、播磨国との国境近くまで進んで、有岡の後背を存分に荒らした。数多の寺院が焼き払われ、僧俗、老若男女を問わず斬られた者はその数も知れず、村重の息子が籠る尼崎城への街道も既に塞がれた。

村重に、打って出る気はなかった。

こうまで早く戦が進むとは思っていなかったが、いずれは、有岡城を頼る守城の戦になることは読んでいた。織田が有岡城に拘り、その封じ込めに兵を用いれば用いるほど、村重と盟を結ぶ大坂本願寺、丹波や丹後、播磨の諸勢は楽になる。有岡城堅しの名が天下に轟けば、織田に頭を押さえつけられている諸国の国衆もいまが好機と蠢動し始めるであろう。そうして時を稼げば毛利が来る、足利将軍家が来る。有岡はそれまで充分に持ちこたえられる大要害であることを、村重は信じて疑わない。

しかしその有岡城も、将卒が村重を疑えば砂上の楼閣である。やはりいかにしても、自念殺しを解かねばならぬ。

村重は、持仏堂で胡坐を組み、ただひとり思案していた。火急の用を除いて誰も取り次がぬよう命じ、目は釈迦牟尼仏の像を見据え、心はあの自念が死んだ朝をさまよっていた。

どれほどの時が経ったか、村重が言う。

「誰か」

たちまち戸襖が開き、屋敷詰めの近習が現れる。

「供をせい」

「はっ」

廻り廊下を、件の納戸へと向かう。既に幾度、あの小さな板の間を訪れただろうか。村重が十右衛門たち六人を詮議したのは、もしやという腹案に考えが至ったからである。安部自念は矢傷が元で死んだが、矢はなかった。しかし、矢を以てひとを害するのに、必ずしも弓は要らぬということに、村重は気づいていた。

陣太鼓の音が響く。村重はふと足を止めるが、その打ち方が調練のものであると知り、ふたたび歩を進める。

矢でひとを害するには、矢があればいい。手に持った矢で刺してもひとは死ぬ。そして、手に持った矢が弓から放たれる矢に勝る点が、一つだけある。――矢は、ある程度の長さがなくては弓につがえることが出来ない。しかし手に持って使う分には、いかに短くとも用を為すのである。

村重はこう考えた。あの夜明け、声を上げた時、安部自念はまだ生きていた。傷一つ負ってはいなかった。自念の声を聞いて、警固の御前衆が駆けつける。そして、自念の身を案ずるふりをして、ほかの御前衆に気づかれぬよう素早く、矢を自念の胸に突き立てる。長い矢であれば隠し所もないが、あらかじめ短く切り詰めた矢は、甲冑の内にでも隠すことが出来ただろう。かくして自念は死に、矢もないのに矢傷で死んだむくろが出来上がる――というのが、実相ではなかったか。

この考えが正しいならば、自念殺しは、郡十右衛門である。自念を抱きかかえて介抱したのは、かれだけであったからだ。

しかし詮議の中で村重は、切り詰めた矢を用いて電光石火の早業で殺した、というおのれの考えを捨てざるを得なかった。十右衛門が伊丹一郎左、乾助三郎の組よりも早く納戸に駆けつけられたのは、一郎左が助三郎に持ち場を離れぬよう説いていたからに過ぎない。十右衛門よりも秋岡四郎介が先を駆けていたというし、警固が辿り着いた時には自念は胸を朱に染めて斃れていた。違う、自念殺しは早業で為されたのではない……。

「殿。なんと仰せにござりまするか」

近習の一人が、不意にそう訊いた。

「……なに」

問い返す村重に、その近習は戸惑い顔で答える。

「幾度も同じことばを呟いてござりますれば、それがしが御用を聞き落としたかと」

「儂はなんと言っておった」

俯き、おぼつかぬ口ぶりで近習が言う。

「……いるもいられず、ひくもひかれず、と仰せであったかと」

ぎくりとし、村重は立ちすくむ。官兵衛が土牢で詠んだ狂歌をおのれが口ずさんでいたことに、村重はまったく気づいていなかった。

官兵衛の歌は例のないものではなく、本歌取りである。

今年の春、播磨国にあって織田方に属する上月城が、毛利の大軍に囲まれた。織田勢は羽柴筑前や村重を救援に向かわせたが、毛利の陣は堅く、織田勢は攻めあぐねた。

実のところ、その頃すでに、村重の心は織田から離れていた。それゆえに荒木勢の戦意は低く、まともに戦うことをしなかった。その様子を見て味方の陣中に流れた狂歌が、

あら木弓はりまのかたへおしよせて　いるもいられず引もひかれず

というものであった。荒木勢が播磨に来たが何も出来ずにいるぞ、というほどの戯れ歌である。では官兵衛は、ただ村重を嘲弄(ちょうろう)するために、あの狂歌を詠んだのだろうか。

村重は心のどこかで、そうではないと思っている。あの歌は、官兵衛が村重に宛てた謎かけである。ほれ、自念殺しの実相はこのようなことであるぞ、と、官兵衛はおのれを弄んだ――そして、その謎かけに付き合うよりほかに、この窮地を逃れるすべはない。村重の胸からは、その思いが去らずにいるのだ。

思いがことばに漏れたのは、不覚だ。村重はぎりと歯嚙みし、そしてたちまち常のように自若とした振る舞いを取り戻して、

「忘れよ」

とだけ命ずる。

だがやはり、と村重は思う。「いるもいられず引もひかれず」とは、「射ることも引くことも出来ない」弓を、「居ることも退くことも出来ない」荒木勢と掛けたものだ。しかし官兵衛の狂歌は、まさに弓のことを言っているのだろう。射ることも引くことも出

来ない弓とは、矢による刺殺をほのめかしているとしか思えない。官兵衛もまた、自念殺しは郡十右衛門による早業だったと考えたのだろうか。

しかし狂歌は、それだけではなかった。いたみのやりにひはつかず、ともあった。いたみとは伊丹であろうが、有岡城が伊丹にあるのは自明のことである。これは何かと掛けていると思われる。やりとは、鑓のことだろう。あの夜、鑓を持っていたのは乾助三郎のみであった。だが、「ひはつかず」とは何か。御前衆は松明を持っていたし、安部自念は手燭を持っていた。たしか秋岡四郎介が、手燭の火が消えていることを確かめたと言っていたが……。

村重は首を振り、やはりすべては官兵衛の玩弄であったのだと思い込もうとする。だが思案すればするほど、考えはやはり同じところに戻ってくる。あら木弓——。

件の納戸の前で、村重はひとの気配に気づく。使われていないはずの納戸に誰かがいる。村重が命じると、刀の鯉口を切った近習が二人、唾を飲んで障子の前に立った。そのうちのひとりが、がらりと障子を開ける。

「ひっ」

上がった声は、女のものであった。

思いがけないことに、千代保と側仕えの女房衆二人、合わせて三人が納戸にいた。声を上げたのは女房の一人で、半ばまで抜かれた刀を見て顔を白くしている。しかし千代保は驚く気色もなく、村重に気づくと、

「これは、殿」

と指をついた。

この納戸は、ふだん使われていないだけに、表向きの間とも奥向きの間ともつかない。女衆がいても差し障りはないが、不可解ではある。村重は難しい顔をした。

「ここで何をしておる」

「されば……」

千代保はゆらりと手を持ち上げ、隅に置かれた火鉢を示した。

「あれを取りに参りました」

村重は、そうかと思った。

「火鉢はそなたのものであったか」

「ふだんは使わぬものでございます。殿の御検断の妨げになってはよからずと置いたままにいたしておりましたが、はや三日になりますれば、元に戻そうかと。障りがありましょうや」

「いや。構わぬ」

そう言いつつ、村重の目は火鉢に注がれている。

「火鉢を自念に与えたのも、そなたか」

「はい。寝返り者の子とは申せ、自念はわたくしが世話をしていた者なれば夜の寒さが不憫で、夕餉の折に運ばせました」

「そうか」

村重は自念に暖をとらせる気などなかったが、納戸に押し込められた自念が寒くはないかと千代保が案じるのは、もっともなことであった。

「女衆で火鉢を運ぶのは重かろう。誰か手伝うてやれ」

たまさか火鉢に最も近かった近習が、嬉しそうに「はっ」と答えた。

「儂はいましばらく検断をせねばならぬ。退がるがよい」

「はい」

千代保はそう答え、女房衆を伴って静かに立ち去った。

村重は納戸を検分するつもりでここに来た。しかしいま、村重の目は、庭に据えられた灯籠に向けられている。日は射しいるが冷気は去らず、庭には夜の雪がそのまま美しく残っている。村重は履物を用意させ、庭に下りた。平らかな雪に黒々と足跡を残し、灯籠に近づいていく。別段、これという思いつきがあってのことではない。誰も庭に足跡を残そうとしないことが嫌であったのかもしれないし、古田左介が贈ってきた春日灯籠がふと美しく見えたためだったかもしれない。

灯籠はむろん、灯火を置くためのものである。しかし、その佇(たたず)まいの美しさから、ただ形を愛(め)でるために置かれることもある。村重の屋敷に置かれた灯籠は、庭が造られるまで出番を待っているだけの、当座、用のないものであった。いま、灯籠の笠にはうっすらと雪が積もり、宝珠の頂きにも少しだけ残っている。村重はいままでこの灯籠を、これほど間近でしげしげと見たことはなかった。

　ふと、村重は呟いた。

「灯がついておらぬ――ひはつかず」

　笠の雪を落とし、宝珠の雪を払う。竿を眺め、台の雪を払う。一度も灯火が置かれたことのない火袋を覗いた時、村重の片眉がぴくりと動いた。

　火袋に、ほんのわずかだが、血がついている。

　灯籠の火袋は四方に向けて開いている。血は、屋敷に向いた一辺についていた。火袋を覗き込んだまま村重が目を上げると、四角く切り取られた視野の中に、かの納戸が見えた。

「これは」

　なぜここに血がついているのか。自念が死んだ朝にはたしかに誰も近づかなかったはずの灯籠に、どうして血の痕が残っているのか。灯籠から廻り廊下までは、二間半ある。ひとが飛び移れる近さではないし、飛んだ血が届くとも思えない。

　納戸に背を向ければ、椿の植え込みと、その先の漆喰塀、塀に穿たれた鉄炮狭間が見える。灯籠から植え込みまでも、やはり二間半離れている――。

　雷に打たれたように、村重の総身に痺れが走った。

「いたみのやり」

　村重は忽然と口走る。

「鑓か。いたみの鑓。そうか、官兵衛。さては、そういうことであったか」

笛のような音が鳴る。村重が顔を上げると、天に輪を描く鳶が見えた。

14

陣太鼓が打ち鳴らされる。臨時の軍議に参ぜよという合図の打ち方である。天守で打たれた太鼓の音は、有岡城の然るべき箇所に建てられた太鼓櫓で打ち直され、城主の意を惣構の隅々へと伝えていく。

伊丹の町衆は、陣太鼓の意味するところを知らない。俄に騒がしくなる兵、街中を馬で駆けていく将を見て、さてはいよいよ戦が始まる合図でもあろうかと、互いに不安げな目を交わすだけである。

有岡城内に築かれた三つの砦からも、主立った将が参じる。北端の岸の砦から、南端の鵯塚砦から、西端の上臈塚砦から、それぞれ守将が馬に乗り本曲輪の天守へと馳せ参じる。それらの将の顔は、みな堅く引き締まっている。砦の将たちは、ひたひたと包囲をせばめる織田勢をその目で見ているのだ。軍議に参じるにあたっても、不意の攻めがあってもしばらくは禦げるよう、それぞれに手を打っている。

天守の一階では、村重が茵の上で胡坐を組んでいる。兜こそ被ってはいないが、一枚胴の当世具足を隙なく身に着けていた。両手を膝の上に置き、目は軽く瞑って、さながら黙想するがごとき姿である。

　その村重から少し離れ、六人の男が横一列に並んでいる。御前衆五本鑓と一人の鉄炮放、安部自念が死んだ夜明けに納戸近くを警固していた兵どもである。五本鑓は程度の差こそあれ、緊張を面に浮かべている。ただ一人村重の御前衆ではない男、雑賀の下針は、どこか悟りきったような顔をして背を丸めている。

　瞑黙したまま、村重は、黒田官兵衛がなぜあのような謎かけめいた物言いをしたのか、いまならわかると思っていた。官兵衛は、小身なりといえど織田に与する将である。それが、有岡城の難事を救うためにあからさまに知恵を出したとあっては、寝返りになる。とはいえ知恵がないと見られては業腹であり、それどころか、口を噤んで有岡が落城すれば自らの命も危うい。その板挟みの中で、ようよう口にしたのがあの謎かけではなかったか。とすれば、あの底の知れぬ男にもあれなりの苦労があったのであろう。

　次第に将が集まってくる。将たちは家中での立場、身分、村重との近さに応じて、どのあたりに座るべきかをその場で決めていく。具足を着込んだ将もいれば、小袖姿の将もいる。ひとの役目はそれぞれであり、常に皆が鎧を着込んではいない。そして将たちは、村重の手前に座る六人の男たちに気づくと、あれはなんじゃと一様に首を傾げるのであった。

　ほどなく参ずるべき将は揃い、前列に座る荒木久左衛門が村重に呼びかける。

「殿。皆、参じてござる」

村重は目を開けた。

居並ぶ諸将の顔を一瞥し、徐ろに口を開く。

「……生田、須磨を攻めた滝川左近が引き上げたという報せがあった。織田は陣を張ったが、柵低く堀浅く、堅固には造っておらぬという。戦は長引かぬと見ておる証しよ。されば、この有岡城は力攻めで一息に抜く算段であろう」

将たちは皆、息を詰めて村重のことばを聞いている。疑いをあからさまに面に出している者はいない――だが、間近に迫った戦に気を取られているだけだ、と村重は見抜いた。疑心は勇ましさの陰に隠れる。そして、勝敗の分かれ目で芽吹くのだ。

「織田はすぐにも攻めてこよう。おそらく今日、明日のことじゃ。割り増しの兵粮は、今日配らせる。矢玉も配っておけ。城内に織田の間者が紛れ込んでおることは必定ゆえ、煙硝蔵は殊に堅く守れ。一同、おさおさ備えに怠りなきよう」

将たちは応えの声を上げ、頭を下げる。

やはり、と村重は思った。意気が上がりきっていない。織田なにするものぞの気概が、わずかに削がれている。間に合えよと思いつつ、村重はことばを続ける。

「いまひとつ、皆に伝える。自念殺しのことじゃ」

低いざわめきが天守広間に満ちる。

「殿、それは」

と声を発したのは、荒木久左衛門である。俚諺に藪をつついて蛇を出すとあるが、わからぬことなら黙っている方がまだしもよいと言いたいのだろう。だが村重は、少し手を振って久左衛門を黙らせる。

「検断は済んだ。何者がいかにして安部自念を殺したか、その実相はつまびらかになった」

中西新八郎が縋るような目を村重に向けている。村重に心酔する新八郎ですら、村重が本当にすべてを明らかにしたのか、危ぶんでいるのだ。

村重は、つまらぬことのように淡々と言う。

「そも、自念殺しはなにゆえに奇怪であったか。皆も知っておることと思うが、もう一度話しておこう」

そうして村重は、自念殺しの難点を上げた。それは大きく分けて、二点に絞られる。

ひとつ。廊下も外も警固されており、自念が押し込められていた納戸には何者も近づくことが出来なかった。

ひとつ。自念は矢傷で死んだが、矢は見つからなかった。

この二点ゆえに将兵も伊丹の町衆も、自念の死は神仏の罰であると、あるいは村重による成敗であると噂したのである。南蛮宗のあやしの技によるのではないか、と言う者までいた。

自念殺しの不可解さが、改めて諸将のあいだに広まる。村重はいったん口を閉じ、そして、重々しく言った。

「矢は煙のように消えたのではない。自念殺しは、このようなものを用いて為された」

村重の合図で、長いものが二人がかりで運び込まれてくる。天守にいる将で、それが何であるかわからぬものは一人もいない。

「三間鑓ではござらぬか」

誰かがそう言った。

三間鑓は足軽が用いる長鑓である。もっぱら、数を揃え敵に向けて鑓衾を作り、人馬の接近を禦ぐために用いる。敵とかち合えば、その長さを生かして振り上げ振り下ろし、長大な棒として敵を叩き伏せるのにも使う。その名の通り長さは三間ほど、城中のどこにでもある、ありふれた武具だ。

いま、運ばれてきた三間鑓の穂先は外されており、その代わりに、矢が括りつけられている。村重は胡坐を組んだまま、その三間鑓を軽々と持ち上げる。

「これで突けば、矢傷が残る。鑓を引けば矢も抜ける。わかってみれば易き細工よ」

座がざわめく。あんなもので、という声も上がる。やはりのう、と賢しらに言う者もあった。そんな中、久左衛門が言う。

「されば殿、何者がそれを用いたとお考えか」

「そうよな」

いままでは諸将も、村重の前に坐しているのは自念を警固していた者どもだとわかっている。誰もが息を詰める中、村重はわずかに手を上げ、一人を指さした。

「伊丹一郎左」

名を呼ばれ、一郎左が頭を垂れる。さしも沈着な一郎左も、その声は震えていた。

「……はっ」

「立て」

言われるがまま、一郎左は立つ。

「さて一郎左。おぬしの真後ろ、十歩も下がったあたりに新しき釘を打たせてあるゆえ、それを探せ。皆の者、一郎左を通せ」

満座の将たちは、どうやら伊丹一郎左が自念殺しと名指しされたのではないと悟った。深い溜め息がそちこちで漏れる。

「殿。ありましてございまする」

平静を取り戻し、一郎左が言う。

「よし。その上に立て。一郎左に楯を渡せ」

命に従い、入ってきた近習が一郎左に持楯を渡す。村重は三間鑓をつかみ、のそりと立ち上がって、鑓を構える。

「儂と一郎左は、きっかり五間離れておる」

三間鑓はしなり、矢を括りつけた先端はゆらゆらと揺れていた。

「殿」

言いにくそうに、久左衛門が咳払いをする。

「届いておりませぬ」

三間鑓の長さは三間である。村重が構える鑓は、一郎左には遠く届かない。

「うむ。届かぬならば、届かせればよい」

「もしや、投げたと仰せられるか」

「馬鹿な。投げては、投げた鑓を拾いに行かねばならぬ。久左衛門、見ておれ」

村重が手を上げると、もう一本、三間鑓が運ばれてきた。これもまた穂先が外されている。

鑓を運んできた兵は、荒縄も置いていった。村重は構えを解いて三間鑓を置き、その末端にもう一本の三間鑓を縄で結び、接いでいく。束ねた部分が重なるので三たす三の六間にはならないが、五間半ほどのおそろしく長い鑓が出来た。村重はそれを棒きれのように持ち上げ、

「いたみの鑓か」

と、誰にも聞こえぬ声で呟いた。

いたみとは伊丹ではなく、傷みであったのだろう。穂を取り外されて接がれた、万全ではない、傷んだ鑓を暗示していたのだ。

長さは足りた。しかし、それだけ長い鑓はしなりも大きく、先端に括られた矢はふらふらと宙をさ迷って心許ない。

「おそれながら」

と、またも久左衛門が言う。

「これほどしなっては、使いものになるとは思えませぬ」

「さもあろう」

村重は五間半の鑓を手にしたまま、御前衆の一人を見た。

「秋岡四郎介。立て」

「はっ」

命じられ、四郎介が立つ。

「儂と一郎左の半ばに、やはり釘が打ってある。そこに立ち、鑓を支えよ。横に立って両手を添えるだけでよい」

言われるままに四郎介は二人の中間に立ち、鑓を支えた。しなりは消えないが、先端の揺れは抑えられる。村重が言う。

「あの未明、四郎介の役目は春日灯籠が果たした。継いだ三間鑓を灯籠の火袋に通し、しなりを抑え、狙いを定めたのじゃ。――さて一郎左、楯を構えよ。踏ん張れよ」

「はっ」

伊丹一郎左が持楯を掲げ、片足を後ろに下げて腰を落とす。村重は左手を動かさず、右手の動きだけで鑓を突いた。かつ、という音が響き、鏃が楯に突き立つ。村重は鑓を引き、ふたたび突く。そして三度目、踏み込みながら繰り出した突きは、来るとわかって構えていた伊丹一郎左を突き倒した。喚声が上がる。一郎左は楯を置いてその場に平伏し、感極まったように叫んだ。

「さすがは殿、恐れ入ったるお力にござります」

村重は五間半の鑓を置き、立ったまま言う。

「自念殺しはこのように為された。その証しに、灯籠の火袋に血が残っておったわ」

矢の先に塗られた自念の血が、鑓を仕舞う際、火袋に付いたのである。

「三間鑓は鑓蔵から容易く持ち出せる。いつ織田が攻め寄せるかわからぬとき、鑓蔵に鍵などかけぬからな。縄も矢も、戦近き城中で手に入れるは易きこと。そのまま引けば塀につかえもしようが、鉄炮狭間を通せば済むことよ。鑓はそのまま城外に捨てたのであろう。自念殺しは五間半の鑓を扱える大力の持ち主で、そしてむろんのこと廊下ではなく、外にいた者。雪の降った庭越しに自念を突き殺したは、おぬしよな」

誰もがその男を見ていた。

「森可兵衛」


森可兵衛は、がばりと平伏した。

満面に汗をかいて、震えた、しかし振り絞るような大声で答える。

「御意にござります！」

「なぜじゃ。なにゆえ、儂が生かすと決めた者を殺したか」

可兵衛は顔を上げ、必死に叫ぶ。

「すべては殿の御為。寝返り者の子は敵、仏法の敵、殿の敵にございまする。敵は、殺さねばなりませぬ」

その叫びは天守に満ち、諸将の耳を打つ。頷く者が一人二人ではなかったのを、村重は見た。

「……それでこのような細工をしたか」

「自念を殺したは、それがしにしてそれがしにあらざる者にございまする」

熱い目で、可兵衛は訴える。

「それがしのような鈍根が細工を思いついたは、まこと、天の導き。されば、自念の死は神仏の罰、殿に阿弥陀仏の御加護がある証しに相違ございませぬ」

そのような理屈が通るか、ということばを、村重は呑み込んだ。

神意は、常にそれを語る者のところにある。当人までが愚かと認める可兵衛が有岡城を揺るがす細工をやってのけたのは仏の導きがあったればこそ、という言い分は、否みようがないのだ。

暫時（ざんじ）、村重は迷った。

下知に背いたことを罪として可兵衛を成敗することはいと易いが、しかし諸将は可兵衛の言に理を見ている。ここで可兵衛を成敗すると宣すれば、誰かが可兵衛を庇（かば）うだろう。そうなれば、家中に反目が生じかねない。なにより、いかに村重の下知に背いたと言えど、敵である安部自念を殺したことを罪として味方である森可兵衛を誅（ちゅう）しては、得心いかぬ者も多かろう。

しかしそれらの道理を超えて、可兵衛を殺すべきでない最も大きな所以(ゆえん)が、村重の胸の内にはあった。

――信長なら、殺す。

――ならば、殺さぬ。

村重は信長の逆を為すことを決めていた。

すべて、それであった。なぜ付け城に入っていた織田の目付を生かして返したのか。信長ならば殺すからである。なぜ高山右近の人質を生かし、安部自念を生かそうとしたか。信長ならば殺すからである。なぜに黒田官兵衛を生かしておくのか。それは、信長ならば殺すからであった。

おそらく、と村重は思う。あの男、黒田官兵衛は儂のやり方を見抜いておる。信長の逆を行く、それが人質を殺さぬ訳なのだと見抜いておるだろう。見抜いて、そして嘲笑(あざわら)ってもいる。しょせんは猿真似の裏返し、荒木摂津守村重、その底は見えたと笑っている。

ならば、殺すか。

村重は腰に帯びた名刀、郷義弘(ごうのよしひろ)の鯉口を切った。森可兵衛ごときをこの場で斬ることは、赤子の手を捻(ひね)るようなものである。殺して、儂はただの猿真似ではないと官兵衛に知らしめるか。なにより、家中の者どもは、儂が殺すところをあれほど見たがっているではないか。

　いや——。

　いや。烏滸なる沙汰よ。

　儂はどうあっても信長の逆を行く。なぜなら、信長と同じ道を行くことこそが荒木家の滅亡を約束するからだ。——その訳までは、官兵衛にもわかるまい。

　きん、と音を立てて鯉口を閉じ、村重は口を開く。

「可兵衛。おぬしは儂の下知に背いた。その罪は軽からず」

「ははっ」

「されど」

　それとなく諸将を見渡す。

「……おぬしの言い分も聞きおこう。一命を預ける。手柄を立て、償いとせよ」

　可兵衛はぽかんと口を開けた。その双眸から涙が溢れ出す。

「か、必ずや」

　そう可兵衛が叫ぶ。満座の諸将に安堵と満足の雰囲気が広がるのを、村重は見た。立ち込めていた疑心の雲が晴れるのさえ、見えたように思った。

「よし。軍議、ならびに検断はこれまで」

　そう言って、村重は腹に力をこめる。

「おのおの、持ち場に戻り、織田を退けよ。——儂を信じよ。有岡城の堅さを信じよ。

この城は決して落ちぬ。冬野に織田勢の屍を晒せ」

　おお、と応じる声の大なるさまは、天をも揺るがすかに思われた。

15

　翌、十二月八日は冬晴れであった。

　戦の気というものは、たしかにある。動こうとする軍には気配があるのだ。立ち上るそれを隠しおおせれば、戦いは奇襲となる。織田信長は有岡攻めにあたり、しかし戦の気を隠すつもりはないようであった。竹を束ねた楯が、城中の鉄炮が届かぬ間合いにずらずらと並べられていく。織田の力攻めが始まろうとしていることは、村重はもちろん、足軽から町衆に至るまで、そうと悟らぬ者はいなかった。

　夕刻、有岡城を囲んでいた竹束が、じりじりと城に迫り始める。物見が天守に駆け込んでくる。

「申し上げます。寄せ手の大将は堀久太郎、万見仙千代、菅谷九右衛門」

　村重は、おやという顔をした。いずれも大身の名将ではなかったからである。そばに控える荒木久左衛門に向けて、村重は薄く笑ってみせた。

「どうやら前右府殿は、有岡城を読み違えておいでのようじゃ」

　使番を呼び、命を与える。

「諸将に伝えよ。逸るな。鉄炮の間合いに入るをじっと待ち、入らば揃い打ちに打ち倒せ。立って放つな、膝立ちで放て。いかなる策にも応じられるよう、必ず手空きの浮勢を残せ」

織田勢が眼前まで迫る。村重は泰然自若と構える——が、内心では、気を張りつめていた。寝返りがあるならば、ここである。織田の調略の手が伸びていないはずはないのだ。城内から火の手が上がりはしないか、城門が内側から開けられはしないか、村重は迫る敵勢よりも内応をこそ恐れる。

最初の一発は織田方が放った。岸の砦、上臈塚砦、鵯塚砦をひとときに攻めて守りのほつれを狙う、多勢らしい堂々たる仕寄せである。それからは天に稲妻が駆け巡るがごとく、耳を聾する鉄炮の響きが止むことはない。

内応は、なかった。有岡城の将卒は村重の命に従い、死力を尽くす。

日が落ち、夜になる。竹束に隠れた織田の足軽が身を乗り出して鉄炮を放ったび、その筒先から噴き出す炎を目印に、荒木方の兵は鉄炮を浴びせ返す。織田は弓衆を攻め手に加え、火矢を放たせてきた。村重が浮勢に火を禦がせるよう命じると、火の手はどこからも上がらなかった。

一人の男が村重に駆け寄る。室町武士かと見まごう古式の胴丸を身に着け、南無阿弥陀仏の旗指物を立てた大柄の武者、森可兵衛であった。可兵衛は片膝をつき、胴間声で叫ぶ。

「殿。御恩情かたじけなく。森可兵衛、最後のご奉公仕り、西方浄土へ参りまする。御免」

そうして可兵衛は村重のことばを待たず天守を飛び出し、夜へと消えていく。


翌朝、織田勢のむくろが転がる摂津の野に、森可兵衛が膝をつき、前のめりに倒れて死んでいた。その首は取られていたが、胸には敵の兜首を固く抱いていた。首実検が行われたが、可兵衛が取った首が何者であるか織田方の虜も首を傾げ、

「知らぬ顔でござる。いずれ武士ではあろうが、さして名のある者ではござりますまい」

とのみ言った。

戦は荒木の大勝であった。中でも寄せ手三将の一人、万見仙千代重元(しげもと)を討ち取ったことは有岡城の意気を大いに高め、勝鬨は北摂の枯れ野にこだました。

可兵衛の最期は誰も知らない。

第二章　花影手柄

1

天下は春で、彼方に望む箕面や武庫の山々には花の色が見えた。有岡城にも梅が咲き、やがて萎んで散っていった。荒木摂津守村重は千宗易門下にその人在りと謳われた茶人でもあり、むろん歌にもたしなみがある。花に心誘われることがないではなかったが、遠巻きに織田の旗が翻るのを見れば、何となく興醒めて歌を詠むこともしなかった。

煙花三月のはじめ、有岡城の西を守る上﨟塚砦に一騎の母衣武者が馳せてくる。柵木の合間から無数の弓鉄炮が狙いをつけるのを知ってか知らずか、武者は弓手の大弓を振りかざし、悠揚迫らぬ調子で大音声を張り上げる。

「籠城衆に物申す！　それがし、滝川左近将監家中の佐治新介と申す者。これなるは主よりの文にござれば、摂津守殿にしかとお届けあれ」

きりりと弦を引き絞り、やっと叫んで矢を放てば、矢は狙い過たず砦の門を飛び越える。馬上武者は小気味よさげに笑い、馬の首を巡らして去った。地に突き立った矢を足軽らが物珍しげに取り囲むところに、砦の守将が駆け寄ってくる。

「どけい、ええい、どけい！」

中西新八郎であった。かれは戦功をもってこの上﨟塚砦を任せられ、山脇、星野ら四人の足軽大将を下につけていた。よしやほかの砦が落ちようともこの上﨟塚砦だけは最後まで有岡城の盾でありなんと放言して、日ごろから鼻息が荒い。

新八郎が見れば、矢柄の中ほどに文が結んである。戦のさなかであっても、敵味方で使者の遣り取りをするのは尋常のことであるのに、わざわざ矢文などを放ってくるというのは衒いがある。新八郎は気に入らない顔をした。

滝川左近将監一益は、織田家中にあって隠れなき名将である。由緒はつまびらかでないが、信長が尾張にあった頃から仕えており、抜群の武略をもって伊勢一国を織田の手に落とさしめた。その滝川からの文ともなればいかにも胡乱だが、とはいえ、主君への文だと言われて捨て置くわけにもいかない。新八郎はむんずと矢を抜いて、近くの小者に馬引けと命じた。

有岡城を空から見ればおおよそ、胴膨れの月に似ている。東の端に天守を備え堀で囲まれた本曲輪があり、それを半月形に包むように侍町が造られ、さらにそれを包んで町屋が連なって、その外側、北、西、南にそれぞれ砦を備えている。新八郎は馬を駆り、上臈塚砦から町屋、侍町を抜け、堀を越えて本曲輪に入った。

新八郎が本曲輪に上がった時、村重は自らの屋敷で、諏訪大明神の軸に手を合わせていた。

武士は死に近い生業であり、それだけに神仏の加護を求めぬ武士はいない。戦にあって不運に見舞われぬよう、流れ矢や流れ弾がおのれに当たらぬよう、すべての武士が神仏に祈る。

　拝礼のあいだは些事を取り次がないことになっていたが、戦にかかわることはすべて大事である。新八郎が注進に上がったという報せを受け、村重はすぐに、広間に新八郎を通すよう命じる。

　がらんとした広間で、村重は新八郎に会う。近習を介して矢文を受け取り、村重はそれを披いて一瞥する。

「矢文を放った者は、滝川家中と名乗ったのだな」

「は」

　床に両の拳をつけて、新八郎が平伏する。

「滝川左近将監殿の家中、佐治新介と名乗りましてござりまする」

「新介か。一益の身内であったかな。ふん……しかし、矢文とは」

　苦々しげにそう言うと、村重はそれきりむっつりと黙り込む。焦れた新八郎がついに問う。

「殿。いかに」

　村重はおもむろに文を折りたたんで、

「信長が来る」

　とのみ呟いた。

　新八郎は虚を衝かれて「はあ」と声を洩らす。信長ならば、去年の冬にも来ていた。

また来るからといって、それが何であろうか。そんなことをわざわざ矢文にしたためたのかと新八郎が訝るのも無理はなく、かれはぼそりと付け加えた。

「それだけにござるか」

村重はちらと新八郎を見た。主君に宛てた文の中身を問うのは、差し出がましい振る舞いである。家中の者が村重を軽んじることは決して許されない――軽んじれば侮りを招き、侮りは寝返りを呼び、寝返りはそのまま城を亡ぼす。

いま村重は、新八郎の目つきに怒りを見て取った。つまらぬことを矢文に仕立ててきた滝川左近に腹を立てているようだ。出過ぎたことばは、ただの粗忽から出たものであろう。村重はこたび一度に限り、新八郎を許すことにした。

「……それだけではない」

と、村重は言った。

「左近は、信長が鷹狩りをするゆえ儂に供をせよと言ってきおった」

「なんと」

新八郎の顔がみるみる赤くなる。

「無礼な」

鷹狩りは領内で行うものである。信長が北摂で鷹狩りをするというのは、村重は既に敗れたと天下に広く報せるようなものだ。信長の供を命じるに至っては、挑発にしても、あまりに露骨である。

「おのれ滝川、筋目もあやしき下郎が図に乗りおって」

「動ずるな。下らぬ小刀細工、取り合わねばそれまでよ」

「しかし殿、かような侮辱を」

「取り合うなと言うておる。左近将監ほどの良将がこのような細工を仕掛けてくるのは、この有岡が力攻めでは落ちぬと身に染みたゆえとは思わぬか。してみれば痛快よ」

新八郎は顔を赤くしたまま、しかし、ぐっと頭を下げる。

「……そこまでは、考えませなんだ」

「よし。下がれ。左近はこのような矢文で儂が打って出るとは思うておらんだろうが、城内が浮き足立つとは思うておるかも知れん。心して守れよ」

新八郎は再度平伏し、去った。

村重は敢えて新八郎に口止めをしなかった。その日が暮れる頃には、信長が鷹狩りに来るという噂を知らぬ者は、城内に一人としていなかった。

2

本曲輪にそびえる天守では、日に一度、必ず軍議が行われる。

籠城の中で、談合すべきことが毎日出来(しゅったい)するわけもない。軍議とは名ばかりで、実のところ、もっぱら寝返りの気配がないか互いに見張り合う場である。しかしこの日ばかりは紛糾した。

「殿。信長めの驕慢を捨て置いては、武名が廃ります。ここは是非にも、一鑓馳走すべし。滝川の首を取って、矢文の返礼といたそうぞ！」

　涙を流さんばかりにして訴えたのは、荒木久左衛門である。居並ぶ将たちの多くは久左衛門の訴えに同調し、「応」や「いかにも」という声が上がる。一方、久左衛門よりも下座から、

「むろん、滝川左近の無礼は許せるものではござらん。……さはさりながら、毛利の合力なしに打って出るわけにもいかぬ」

　と声が上がった。声の主は、久左衛門とさして年は離れていないのに、ひどく分別くさい顔をした男である。しかつめらしく眉根を寄せたこの男は池田和泉といい、何事にも細かいその性分を買われて、城内の武具兵粮の差配と、見廻りを任されている。久左衛門が面に朱を注いで言い返す。

「毛利の合力と言うが、その毛利はいつ来るのじゃ。待てど暮らせど来ぬではないか。われらだけでも辱を雪ぐべし」

　和泉は沈着に応える。

「備前の宇喜多は毛利方なれば、毛利が馳せ参じるに何ら障りはござらぬ。今日明日にも来るやもしれず。いや、きっと播磨あたりまでは来ておりましょう。軽挙妄動こそ戒めるべき」

籠城とは、城の堅さで時を稼ぎつつ加勢を待って、加勢と城衆とで敵を挟み撃ちにしようという軍略である。その加勢が来ないままに合戦に及んでは必敗であり、いまは戦おうにも戦えない——それは、久左衛門も和泉もわかっている。久左衛門は、滝川の侮辱を許さぬという顔を建前として作っているだけであり、和泉は、ここは耐えるべしという顔を作っているだけである。

「御一同」

下座の方で、中西新八郎が胴間声を張り上げる。

「どうか、ここをお考えあれ。滝川左近ほどの良将がかような小刀細工をいたすのは、この有岡城が力攻めでは落ちぬと身に染みたからではござらぬか。左様ならば、かえって痛快と存ずる」

そう言って、新八郎はどうだとばかりに村重を見る。村重の言ったことをそのまま繰り返し、それで役に立ったと言いたげである。

村重は胸のうちで、新八郎の忠心をどこか可笑(おか)しくさえ思っていた。新八郎は村重を戦神とでも思っているらしく、どこまでも尊崇してやまない。村重が重々しく頷(うなず)いて見せると、新八郎の顔には年に似合わぬ笑みが浮かんだ。

新八郎の言い分と村重の頷きは、諸将に感銘を与えた。いちおう久左衛門が新八郎を睨(にら)み、

「控えよ、新参の分際で」

と言いはするが、

「……まあ、左様な見方もないではなかろうが」

続けてそう呟きもすると、打って出て滝川に一泡吹かせようという意気は水を掛けられたように鎮まっていく。軍議もこれで終いであろうかという気配が漂ったその時、新八郎よりもなお下座から、陰に籠った声が上がった。

「摂津守様。異見をお許し下さりませぬか」

ことばを発したのは、まばらに髭を生やし、目ばかりがぎろぎろと異様な光を放つ痩せた小男だった。将たちが低くどよめく。この男が何か言い出すとは、誰も思っていなかったのである。村重さえ、どこか困惑したように片眉を上げた。

「孫六か。……許す、言うてみよ」

男は深々と頭を下げた。かれは鈴木孫六といい、有岡城に入った雑賀衆を束ねる将である。

孫六は雑賀の頭目と目される孫一の弟らしいが、詳しいことは村重も聞いていない。籠城の前、有岡城に入る折も、孫六は「大坂門跡の下知により合力仕る」と言っただけであった。村重は孫六のことを、戦ばかりを専一に考える男と見ている。つまり、将らしくはない――将は所領をどう営むかも考えるものだ。

村重は雑賀衆を借り受ける形になってはいるが、摂津守である村重と紀州国衆に過ぎない孫六とでは身分に差がありすぎて、本来なら顔を合わせることも憚られる。初めて軍議で物を言った孫六に、荒木の諸将が好奇とわずかばかりの批難を込めた無遠慮な目を向けるが、孫六は別段気負う風もなかった。

「われら雑賀衆は三年前、天王寺表の合戦にて信長めに鉛玉を撃ち込んでござるが、信長こそ命冥加、仕留め損ねたことが、いかにも無念。この三年というもの、ふたたび信長に鉄炮玉を食らわす日を待っており申した。摂津守様、いかがにござろうか。われらに行けと命じて下されば、必ずや前右府の命を縮めて参りましょう」

軍議の場は水を打ったように静まり返った。雑賀衆が信長に手傷を負わせたことは、誰もが知っている。なんとなればその戦いには、その頃織田に属していた荒木勢も加わっていたからだ。雑賀衆に手練れが揃っていることは、荒木家中のものなら誰しも、骨身に染みている。

矢文一通の誘いに乗ってうかうかと城を出るのは無謀だが、雑賀の者どもなら、あるいは本当に信長を撃ち抜くかもしれぬ……それが叶わずとも、雑賀衆だけで合戦に及ぶなら、われらとしてはありがたい。家臣らの胸をよぎったそんな思いを、村重は鋭敏に嗅ぎ取る。

「いや、待たれよ鈴木殿」

しゃがれ声が、これはやや上座に近い方から上がる。黒糸威の見事な鎧を着込んだ白髪の男が、さらに手を挙げて異を唱える。

「合戦に及ぶとあらば、われら高槻衆こそ先手を仰せつかるべし。それが軍法というものにござろう。われら、武士の義理を通すためにこそ、この有岡城に入り申した。信長の首が欲しいのは雑賀衆のみではござらぬぞ」

かれは高山飛騨守（ひだのかみ）、南蛮宗に帰依して受洗し、いまは大慮（ダリヨ）と名乗る老武者である。

村重が織田に叛旗（はんき）を翻すにあたり、高槻城の高山右近はいったん荒木に与（くみ）したものの、すぐに織田に寝返った。この振る舞いを武士らしからぬ卑怯と憤激したのが、既に隠居していた右近の父、大慮である。大慮は志を同じくする将卒を率いて高槻城を退き、有岡城に入城していた。

先陣を命じられるのは新参者というのが戦場の習いである。ただ、よそ者である雑賀衆と高槻衆が揃って城を出て戦うということになれば、荒木勢も城に籠ってただ見ているというわけにいかない。戦は野戦へとなだれ込むだろう。よもや、そうなるのか――誰もが固唾（かたず）を呑んで成り行きを見守っている。

村重は岩のような体躯（たいく）を小揺るぎもさせず、しばし、鈴木孫六と高山大慮を見た。

やがて、村重は重い声で命じる。

「ならぬ。高槻衆、雑賀衆、どちらも守りには欠かせぬ。兵を犬死にさせる余力はない。出るな、守れ」

孫六と大慮は別段不服そうな顔もせず、板張りに両拳を突いて平伏し、声を合わせたように、

「は」

と応じる。諸将は安堵の息を吐いた。

軍議が終わり、天守に残った村重は、郡十右衛門を呼ぶ。十右衛門はたちどころに参じ、下知を受けた。

「十右衛門、警固の任を解く。高槻衆と雑賀衆を探れ」

十右衛門は畏まり、答える。

「は。何を探りましょう」

「あの者らの、城中での立場」

「承知仕りました。禁物などござりますか」

「諍いは起こすな」

「はっ」

立ち上がり、十右衛門は小走りに天守を去る。春の日は中天に差しかかっている。

3

日が傾き始めた頃、村重は天守の最上階にいた。側には荒木久左衛門が立っていて、ほかに人はいなかった。

「あれで、ようござったか」

久左衛門の問いに、村重はただ頷く。

軍議の場で久左衛門が合戦を、池田和泉が自重を訴えたのは、村重の指図によるものだった。一月には進発すると伝えてきた毛利勢はいまだに姿を見せず、有岡城の将卒は少なからず苛立っている。滝川の挑発に誰かが粗忽にも出陣を訴え、多くの将がそれに同調してしまうことも、充分にあり得た。仮にそうなっても村重が出るなと言って従わぬ者はいなかっただろうが、諸将は胸のうちで不満を抱えることになっただろう。それではうまくない。久左衛門と和泉に争わせ、納得ずくで久左衛門が主戦論を取り下げることで皆の血気を逸らせるのが、村重の策だった。

久左衛門が言う。

「飛騨殿、いや大慮殿と雑賀の者たちが揃って出陣を言い出した時は、肝が冷えてござったわ」

村重は何も言わなかった。

村重は、高山大慮や鈴木孫六が何を言っても、軍議では通るまいと見切っていた。大慮と孫六では身分が違うが、どちらもしょせんは外の人間だからである。そしてかれらも、自らの訴えが通らないことはわかっていたはず。わかっていてなお出陣を訴えたことには、何か訳がある——村重はそのことを考えている。

ふと、久左衛門が長い溜め息をついた。

「それにしても、軍議でそれがしが申したことは、演技ばかりではござらぬて。毛利は、まことに遅い。万々が一にもわれらが落ちれば次は毛利、それがわからぬ両川とは思えぬが……」

毛利家当主の右馬頭輝元はまだ若いが、毛利本家を支える吉川と小早川、人呼んで「両川」を率いる当主はいずれも老練で、戦が上手く時流も読める。だからこそ、毛利が有岡城を見捨てることはあり得ない――そう信じることが、有岡城の将卒の心を支えている。

毛利が陸路から来るのなら、西から来る。通り道にあたる備前岡山の宇喜多家は毛利に味方しており、播磨の国衆も大方は毛利になびいているため、毛利勢が山陽道を通って有岡城まで来る経路に何ら差し支えはない。また海路から来るのなら、瀬戸内海を経て尼崎に船を着け、南から来る。久左衛門は天守から物見をする時、いつも西と南ばかりを見ている。

村重は四方を見る。南の尼崎城、西の三田城はよく耐えている。北には、かつて村重が乗っ取り、そして捨てた池田城があり、その旧跡には織田が陣を構えている。そして東に目を移した時、村重は「む」と声を洩らした。

「……何か、見えまするか」

久左衛門も村重の隣に立って目を凝らす。有岡城の東には沼沢が広がり、その先には小さく茨木城が見えている。中川瀬兵衛に任した茨木城には、いまや織田の軍兵が詰め込まれているはずだ。久左衛門はいまさらながらに苦い顔をするが、村重は、茨木城を見ているのではなかった。その目は、眼下の沼地にじっと注がれている。その目の先を追い、久左衛門もまた「あ」と声をこぼした。葦が生い茂る沼地のただ中に、柵木で囲われた陣があった。

「あのようなところに、いつの間に」

「昨日はなかった。一日で築いたようだな」

「……おのれ、ぬけぬけと！」

有岡城の東には要害が築かれておらず、本曲輪が丸裸になっている。東が守られていないのは、有岡城が西と南の敵、つまり播磨衆と大坂本願寺に備えて築かれたためだが、もう一つ訳がある。すなわち、猪名川と沼沢、それに岸辺の崖が天険の要害となり、有岡城を東から攻めることは出来ないと見込まれたからなのだ。しかしいざこうして東に陣を築かれると、喉元に刃をつきつけられたようで、村重もあまりいい気はしない。

陣は、柵木でまわりを四角く囲い、いくらか陣幕を張っただけの簡便な造りと見えた。城壁からの距離は二町ほど、弓矢や鉄炮で狙える距離ではないとはいえ、目と鼻の先である。村重は苦々しげに言った。

「何者の陣だ」

「さて……ここからでは旗印が見えませぬ」

「誘いか、でなければ」

その呟きはあまりに小さく、久左衛門は思わず訊き返す。

「殿。いま何と仰せられた」

村重はそれに答えず、声を上げて人を呼ぶ。階下から近習が上がってきて畏まるのに、

「御前衆を一人呼べ。郡……」

郡十右衛門を呼べと言いかけて、かれには城内の探りを命じていたことを思い出す。

「いや、そうよな。伊丹一郎左衛門がよかろう」

近習は静かに下がり、階下に下りてからは駆けていった。村重は久左衛門を見やり、

「おぬしは外せ」と言う。久左衛門は少し不満そうな顔をしたが、黙って天守を下りていった。


御前衆五本鑓、伊丹一郎左衛門が天守に上がって来る頃には、西の空が赤く染まり始めていた。番に就いていたらしく、一郎左は具足を着けたままである。末流とはいえ伊丹家に連なるだけはあり、胴は仏胴（ほとけどう）、兜（かぶと）は星兜といたって当世風だ。痩身の一郎左だが、こうして皆具（かいぐ）した姿はさすがに武士らしく堂々としている。戦の習いとして、一郎左は兜も脱がずに頭（こうべ）を垂れる。

「来たか、一郎左。あれを見よ」

村重が指さすのに従って一郎左は城外を見た。村重が続けて訊く。

「沼に陣張りするとはいかにも奇妙。あれで戦になると思うか」

一郎左は伊丹の地勢によく通じている。目を凝らし、答える。

「城の東は悪地とはいえ、海に浮かぶ島にも似て、ところどころに固い砂地もございまする。そうした場所であればさしあたりの陣は築けましょうが、それも雨が降るまで。一雨降ればたちまちぬかるみ、軍勢はとても居着けぬかと存じまする」

「杭を打ち、床を敷けばどうじゃ」

「そこまでの普請をいたすなら、しばらくは持つかと」

「ふむ。あの陣は、われらを誘い出す囮のようにも見える。あれが何者の陣で、何を目論んで築いたのかを知りたい。一郎左、やれるか」

一郎左は陣から目を離さず、

「は」

とのみ答えた。

「よし。連れていきたい者はおるか」

「おりませぬ」

「欲しいものは」

「金が役に立つかと」

村重は頷き、懐から小さな革袋を出してその口をくつろげた。金の粒を幾らかつかんで、一郎左の手に載せると、一郎左はそれを押し戴いて、訊く。

「日に限りはありまするか」

「早いほどよいが、急いて仕損じてはならぬ。実を見極めることこそ肝要と心得よ」

「は」

「よいか」

一郎左は少し黙り、頭を垂れる。

「おそれながら申し上げまする。それがし陣夫になりすまして陣に入り込むつもりなれど、武運拙く見破られて落命いたせば、兜もつけぬそれがしは、さしずめ匹夫として野に捨て置かれましょう。それではあまりに無念にござれば、それがしが戻らねば伊丹の一郎左はあっぱれ討死と見做し、我が子をお引き立て願いとうござります」

「よし」

「一筆たまわりたく」

「よかろう」

村重は人を呼び、紙と筆を命じた。身命無曲致し候らわば子を引き立てべく候と書き、花押を加えて一郎左に下げ渡す。無曲とは「面白くないこと」の意であり、ここでは婉曲に死を指している。一郎左は文面をとくと読んで、

「かたじけなく」

と書面をひたいに当てる。村重が命じる。

「よし、行け」

一郎左は頭を垂れ、後ずさりする。一人天守に残った村重は、何者のものともしれぬ陣を、それが夜の闇に包まれるまでじっと睨んでいた。

4

翌日。正午を過ぎた頃、村重は御前衆に供を命じ、馬に乗って本曲輪を出た。

村重は時折、こうして供廻りを連れて城内を巡見する。今日、供を務めるのは、御前衆五本鑓の秋岡四郎介と乾助三郎である。四郎介は刀を二本腰に差したきりで、巨軀の助三郎は、大身（おおみ）の鑓を肩に担いでいる。

城主たる者、威を保つためには屋敷に籠り、軽々しく人に姿を見せぬ方がよいと考える者も多いが、村重はそう考えない。見るべきものはおのれの目で見て、聞くべきことはおのれの耳で聞くことをよしとしている。城内を見廻る村重が誰かを譴責（けんせき）することは滅多にないが、家中の者たちは、村重の目を殊の外おそれた。

昼の侍町は寂として、風ならでは動くものの影もない。誰もが、それぞれの割り当てに従って役目に就いているためである。有岡城が落成してからまだ二年足らず、侍町の家々はどれもまだ新しく、柱といい戸板といい白木の風合いが残っている。どこからか赤ん坊の泣き声が聞こえてきて、それはたちまち火のついたような激しさになった。供廻りの一人が声の方を向いて眉をひそめるが、村重は何も聞こえぬような顔で馬を進める。

侍町と町屋のあいだには、大溝筋（おおみぞすじ）と呼ばれる深い濠（ほり）が掘られている。仮に砦が破られて町屋が焼かれれば、この大溝を楯にもう一合戦する算段だ。

町屋には、武士ではない庶人が住んでいる。刀鍛冶や雑鍛冶、番匠大工など戦に役立つ職人も住めば、田作りや商人、神人や寺僧も住む。かんかんと音が鳴るのは、どこかで鉄を打っているものであろう。また別の向きからは、何やら奇妙な謡のようなものが聞こえてきた。それが、彌撒と呼ばれる、南蛮宗を奉ずる者らの法会であることを村重は知っている。伊丹の町にも南蛮宗の信者はおり、かれらは伴天連がいない有岡城でも、寄る辺を求めて見様見真似の彌撒を続けている。伴天連とも親しく交わっていた高山大慮は、かれらにとって頼みの綱である。

有岡城は堀と柵を用いて土地を広く囲っており、家屋敷や田のない閑地は、少しでも兵粮を食い延ばすために青物を植えた畑になっている。そうした畑で幾人かが鋤を振っているが、村重が通るのを知ってか知らずか、誰も手を止めようとしない。どこからか「あれ、殿様じゃ」と囁く声が聞こえてくる。戸口の内から、陋屋の陰から、民百姓が見ている。村重はやはり何も見ないような顔をしているが、しかしこの時、村重の総身はさながら耳目であった。

かつて村重が池田家の一家臣であった頃、戦が近づくと、かれは決まって町や村を見てまわった。民は戦に慣れていて、池田家が誰とどう戦おうとすべてを諦めたような顔で日々の雑事をこなしていたが、それでも場合によっては、わずかな気配が漂うことも ないではなかった。さすが池田の御大将と褒め称える気配が読み取れることも、そして、その逆のこともあった――。いま村重は有岡城を巡見しながら民草の気配を読もうとするが、しかしそれは、やはり容易なことではない。何かがある……そんな気がかりがあるようにも思うが、村重には、それが何であるのかはわからない。そもそも気がかりなど何もなかったのかもしれないとも思う。

　村重と供廻りは、さる寺に近づいていく。有岡城を築くにあたっていくつかの寺を城内に移した、そのうちの一つである。法会でもあるのだろうか、寺の門前にはいま、多くの民草が集まっている。乾助三郎がどことなく嬉しげに、村重に知らせる。

「殿。あれに、おだし様が」

　助三郎が見る先には、被衣(かずき)をかぶった女たちがいた。顔を見ずとも、衣の質を見れば、それが誰であるかはすぐにわかる。助三郎が見つけたのは千代保であった。

　だしというのは、村重一党が有岡城に移る前、千代保が出丸(でまる)に住んでいたことから来た名である。夫である村重のほかは千代保という本名を呼ぶことを憚るため、千代保は「おだし様」や「だしの方さま」などと呼ばれた。

　村重は助三郎に「おう」と応じ、わずかに頰を緩めた。やがて千代保も村重に気づき、目礼をした。村重は物を言わず、しかしやや馬を遅くして、一行は寺を通り過ぎる。そこに、一人の男がするすると近づいてくる。たちまち秋岡四郎介が身構え、刀の柄(つか)に手を置くが、近づいてきた男は御前衆の郡十右衛門であった。村重が声を掛ける。

「十右衛門。なにゆえ、ここにおる」

十右衛門は意外という顔をした。

「されば、雑賀衆鈴木孫六殿が法会に参会する由を聞きつけ、同道いたしてござる。殿もそれでお出でになられたのかと思い、罷り出でてござりまするが」

ここは一向宗の寺であり、一向門徒の千代保が参詣するのもそのためである。鈴木孫六も熱心で知られた門徒であり、法会に参じるのは不思議ではない。村重は頷いて、

「役目はいかに」

と尋ねる。

「おおよそのところはわかり申した。されど、ここでは憚りまする」

「されば屋敷へ参れ」

そう命じ、村重は馬首を巡らせる。

村重は多用である。日がやや西に傾きかけた頃、ようやく、十右衛門の報せを聞く暇を作ることが出来た。

格天井を備えた広間は、村重が摂津守として人に会うための格式ある部屋であった。だがいま、村重はあらゆる相手とここで話す。十右衛門は板敷に胡坐をかき、両拳をついて頭を下げている。村重が言う。

「聞こう」

「は」

十右衛門は答え、顔を上げる。

「まず高槻衆にござりまするが、城を捨ててまでわれらに味方する高槻衆を悪く言う者はおらず、さすがは高山大慮殿、これぞ武士と評判が高うござる。ただ高槻衆は城を出る折に兵粮までは持ち出しておらず、数日分の腰兵粮のみにて当城に参じ、いまは当城の兵粮を用いておりまする。加えて、去る師走の合戦にて、高槻衆はさしたる武功とてござらず」

師走の合戦は、守りの戦であった。高槻衆に武功がなかったのは、かれらが守る柵を織田勢が攻めなかったというだけに過ぎない。それは誰もがわかっているが、同時に、いかなる訳があろうとも手柄を挙げなければ肩身が狭いのが武士である。

「高槻衆は、おのれらは無駄飯食いではないかと恥じておる様子。左様なことを表立ってなじる有岡の御味方はござらぬが、やはり高槻衆に兵粮を配る折には、なんとはなしに疎む気配がなしとは言えぬ由。高槻衆の中には、高山大慮殿は何をお考えかと訝る気色も見えまする」

村重は無言である。十右衛門はわずかに間を置いて、続ける。

「次いで雑賀衆にござりまするが、これは有岡の御味方との行き交いは乏しく、評判は良くもなし悪くもなし、ようわかり申さぬ。さりながら、雑賀の者どもは熱心な一向門徒にござれば参詣は欠かさず、それゆえ、寺僧や寺男に内証を知る者を探してござる。聞けば雑賀衆の中には、われらは櫓に登って目を凝らすために来たのではないと不平を言う者が少なからず、とのこと」

雑賀衆にはもともと村重に味方する理由がない。かれらは単に、伊丹で織田と戦えという大坂本願寺の指図に従っているだけなのだ。戦がないのなら、かれらが有岡にいる意味もない。

「風聞によれば、尼崎城に入った鈴木孫一は既に紀州に戻った由。当城の雑賀衆も、用がないとあらば戻りたいと申しておるそうにござりまする。鈴木孫六は無口なたちにござれば、自ら不平は言わねど、他の者の雑言を咎めることもなかったと聞いてござりまする」

「そうか」

「調べは、続けまするか」

「いや、よい。下がれ」

「は」

畏まって、郡十右衛門が退出した。西日差す広間にひとり残って、村重は黙考する。

郡十右衛門の復命は簡にして要を得ており、鈴木孫六と高山大慮が軍議の場で合戦を具申した訳もほぼわかった。籠城は首を引っ込めるのが定法とは言いながら、敵を前にして一矢も放たぬというのは、やはりどうしても士気が下がる。高槻衆や雑賀衆には、戦わねばならぬ理由があったのだ。

村重は、すべての不安が等しく重大であるとは考えない——それは慎重に見えて、その実、ものの道理がわからぬ者の考え方だ。しかし高槻衆と雑賀衆の動揺は、たしかに火種であると村重は直感した。いまは小さな火種だが、捨て置けぬ。士気が涸れた城は枯れ枝のごとく、わずかな火にも燃え上がる。雑賀衆と高槻衆に手柄を挙げさせねばならない。しかし、だからといって織田に真正面から攻めかかることも出来ない……。

それから村重は待った。城主として人に会い、命を下し、文を書き、神仏に祈りつつ、待っていた。二日は待たねばなるまいと読んでいたが、待っていた報せが届いたのは案に相違して早く、翌朝のことであった。朝餉を済ませた村重に、近習がこう知らせたのである。

「御前衆、伊丹一郎左衛門殿がお目通りを願っております」

村重はそのとき鎧下しか着ていなかった。しかしかれは身繕いの時も惜しみ、すぐに一郎左を広間に通すよう命じると、自ら太刀を引っつかんで立ち上がった。

一郎左は泥まみれであった。平伏した一郎左の小鬢にも、床についた手にも乾いた泥がこびりついていて、板の間には一郎左が歩んだ通りに泥が落ちていた。

「面を上げよ」

身を起こした一郎左の顔もまた土に汚れていたが、一郎左には自らの風体を恥じる様子がなく、また、汚れたまま駆けつけた振る舞いを衒って誇る気色もない。村重はその心構えをよしとした。

「一郎左、早いな」

「は」

「さっそく聞こう。調べはいかに」

一郎左は目を伏せ、低い声で答える。

「東に布陣いたしたは、織田方、大津伝十郎にございます」

村重はわずかに目を見開いた。

「なに大津」

「たしかに」

顎に手をやり、村重は呟く。

「長昌か。よもやな」

大津伝十郎長昌は、信長の馬廻のひとりである。馬廻の務めは第一に主君の身辺を守ることだが、大津は信長の信任厚く、諸将を見廻る検使の役なども任せられていた。信長近習の馬廻から将に取り立てられた者は多いが、大津はさすがにまだ若い。一手を率いて陣を張るというのは、村重にとっても意外であった。

「去年の正月、安土城に招かれた折、饗応役のひとりが長昌であった。不思議に行き違って顔を合わせることはなかったが……。まさか、この摂津で対陣しようとはな」

そう述懐し、村重は軽く手を振る。

「続けよ」

「は。大津伝十郎は他の将と合わせて高槻城の城番を命じられておりましたが、昨冬の力攻めで同輩を討たれた無念やる方なく、弔い合戦いたさんと城を出て参った由」

前年の戦では、これも信長近習であった万見仙千代が討ち死にしている。同輩というのはさしずめこの仙千代のことであろう、と村重は察した。

「ならば、城の東に布陣したは、信長の指図ではないということか」

「御意、抜け駆けかと。聞けば伝十郎は、羽柴筑前も岐阜城を揺さぶって名を上げた、おのれは有岡城を手柄にいたそうと大した鼻息であったとか」

「ふむ」

村重がちらと一郎左を見る。

「聞いたと言うは、誰に聞いたか」

「それがし、陣夫に身をやつしてかの陣に入り込みましたるところ、近郷から駆り集められた陣夫の中に顔なじみがおり、もろもろそやつから聞いてござりまする」

「その顔なじみは、おぬしが物見しておったことを大津に告げようかな」

一郎左は少し考えて答えた。

「口が軽い男ではござらず、それがしへはいささか恩もござるゆえ、聞かれもせぬのに大津に注進に及ぶことはなかろうかと。とは申せ、詰問されても一命に代えて黙っているということも、またなかろうと存じまする」

「そうか。敵の数はわかるか」

「百に足りぬかと」

抜け駆けということは、大津が率いているのは信長に付けられた兵ではなく、自らが動かせる兵だけということになる。百ならば多い方だろう——そして、手に負えぬというほど多いわけではない。

「大津の陣まで案内は出来るか」

「は。それがしはこの地に生まれ育ってござれば、たとえ夜でも案内仕りまする」

村重は頷き、立ち上がる。

「よし。一郎左衛門、でかした」

一郎左は黙って頭を下げる。村重は声を上げて人を呼び、障子を開けた近習に、村重が秘蔵する美濃打の刀を持つよう命じる。やがて近習が戻ると、村重はその刀を手ずから一郎左に渡した。

「褒美じゃ。とっておけ」

一郎左の顔がさっと赤くなった。

「これは。……面目の至り」

そして村重は、強い声で命じる。

「部屋と風呂を用意させるゆえ、おぬしは今宵、屋敷を出るな」

一郎左は少し驚いたようだったが、訳を問うこともなく、

「承知してござりまする」

と平伏した。

5

　その日、鈴木孫六と高山大慮に村重から使番が差し向けられた。使番は、酒飯を振る舞うゆえ精兵二十と共に夕暮れ刻に来るようにという村重からの命を伝えた。鈴木孫六は別段嫌そうな顔もせず、来いというなら行くまでのことばかり、黙々と二十人を選んだ。

　一方、高山大慮の方はそう簡単ではなかった。村重の家臣ではない外様の高槻衆は、村重から振る舞いを受ける訳を汲みかねたのである。大慮に向かって、

「大殿。これはわれら高槻衆を疑い、騙し討ちにしようというたくらみでは」

とまで言う者もいた。しかし大慮は釈然としない顔をしながらも、首を横に振った。

「ならば兵を連れよとは言わぬであろう。いずれにせよ、摂津守様のお招きを断るわけにはいくまい」

　こうして夕刻には、選りすぐりの雑賀衆と高槻衆が本曲輪に入った。たとえ振る舞いに呼ばれたとはいえ戦のさなか、誰もが鎧兜を身に着けたままである。水堀にかけられた橋を渡り、門をくぐると、郡十右衛門がかれらを迎えた。

「ご苦労にござる。案内いたす」

身分のある者は屋敷に上げられ、そうではない者は庭に通され、主立った者は村重と座を同じくした。女房衆が飯と酒を運び、みなに等しく振る舞った。

日が暮れれば、本曲輪の門は閉じる決まりになっている。兵たちの中には門が閉じる音に眉をひそめた者もいたが、まずほとんどは、久々の旨酒(うまさけ)に舌鼓を打つばかりであった。村重を囲む宴席では、幾たびか笑い声も上がる。やがて飯と酒が尽きると、村重は皆を庭に集め、おもむろに告げた。

「今宵、夜討ちをかける。狙いはこの城の東に布(し)かれた陣、敵の大将は大津伝十郎長昌。夜討ちの大将は高槻衆高山大慮、雑賀衆鈴木孫六に命ずる。儂も御前衆を率いて出る。物具が不足なら鑓蔵、鉄炮蔵から取れ。臆した者は残ってもよい。月が中天にかかったら城を出る。狙うは大津の首じゃ。各々励め」

思いがけぬ命に将卒はどよめいた。高山大慮が顔を赤くして言う。

「摂津守様御自らの御出陣とは危のうござる、御自重あれ」

しかし村重は涼しい顔で、

「なに。腕が鳴るわ」

と言うばかり。

屋敷のまわりには、いつの間にか御前衆が集まっている。かれらもまた夜討ちのことは知らされておらず、それで集められたのかと得心していた。

雑賀衆と高槻衆は天守で仕度をするよう命じられた。天守に入ったかれらに、御前衆が陣太鼓や法螺貝の取り決め、合い言葉、攻め方の手筈を伝える。手透きの者は鎧の隙間に草を詰め音が立たぬようにする。刻限まで眠ろうとする者も多かった。月は十三夜、松明篝火が要らぬほどに照り輝いている。有岡城本曲輪はにわかに戦の熱を帯びていく。

本曲輪には、猪名川へと下りる道がある。

城外からは見えぬよう念入りに隠された道であり、雑賀衆や高槻衆はもちろん、村重子飼いの御前衆にさえ、この道を知らない者がいた。平時には猪名川を伝う舟と人や物を遣り取りするのに使われたが、戦が始まり、いまは門で遮られている。道の両側には丸太や石が積まれ、万が一寄せ手がこの隠し道に気づいたら、すぐに埋められるように仕掛けられている。

夜討ち勢は本曲輪を出て、前もってひそかに浮かべられた舟を浮き橋代わりに、猪名川を渡っていく。この仮の浮き橋が断たれては城に戻れず、夜討ち勢は枕を並べて討ち死にするよりほかはない。村重は御前衆の中でも刀法に優れた秋岡四郎介を呼んだ。

「おぬしに二人つけるゆえ、この橋を堅く守れ」

そう下知を受けると四郎介は畏まり、さすがに気負った態で、

「一命に代えましても、必ずや」

と答えた。

先を行くのは御前衆で、高槻衆、雑賀衆と続く。村重自身も鎧兜に身を固めているが、

身の軽さを重んじて、自らの物具は近習に持たせている。水音ばかりが耳に届く、静かな春の夜である。葦に遮られて敵の陣は見えない。伊丹一郎左が先に立ち、案内を務める。

夜討ちは静謐をもってよしとする。馬はいななくので用いない。鎧が擦れると音を立てるので、腿を守る草摺を巻き上げ、紐でくくる。鉄炮を持つ者もいるが、火縄は目立つので隠し持つ。慣れぬ兵が軽口を叩かぬよう木ぎれを噛ませることもあるが、今夜の夜討ち勢はいずれも精兵であり、そうした工夫は不要であった。ぬかるむ泥の中をじり進む夜討ち勢は、御前衆を含めて七十人ばかりである。小勢だが、それでも、泥を踏む音や人の息づかい、葦の草擦れは驚くばかりに夜に響く。葦原の先は、ほのかに明るい。敵陣では篝火を焚いているらしい。

泥の中をどれほど歩いただろうか。村重がふと振り返ると、月明かりの中に有岡城がその巨体を横たえている。点々と燃される篝火が美しい。城までの距離を推し量ることで、敵陣は近そうだと村重が気づいたとき、先頭の一郎左が歩みを止めた。村重は一郎左に近づき、

「いかに」

と訊く。一郎左は押し殺した声で答える。

「この先は葦がまばらゆえ、物見いたすべきかと」

「そうか。一郎左、おぬしは行くな」

村重は近くの兵を見まわし、郡十右衛門に目を留める。

「十右衛門、聞いたな。行け」

「は」

十右衛門は小声で答えると、兜を脱いで同輩に預けた。音を聞くための心得である。葦をかきわけて進む十右衛門の姿はすぐに見えなくなり、夜討ち勢は息を殺して待つ。焦れるというほどに待つまでもなく、ふたたび葦が揺れ、十右衛門が戻った。

「たしかにこの先で葦原が途切れており、敵陣はその先にあり。そして、陣の手前には鎧武者が二人、こちらには気づかぬ様子にござりまする」

「よし」

村重は鈴木孫六と高山大慮を呼び寄せる。さすがに気を張った形相の二人に、村重は小声で告げる。

「これより、敵陣の前面にいる武者を射殺す。もし外せば敵は夜討ちに気づいて守りを固めようから、陣が整う前に斬り込まねばならぬ。手筈通り、高槻衆は右、雑賀衆は左にまわれ。儂は後備えで差配する。陣太鼓二つでかかれ。法螺貝が長く吹かれたら、下がれ。斬り込む前に法螺貝が吹かれたなら、敵に備えがあったということじゃ。疾く引き上げよ」

孫六と大慮は口々に応諾する。

「よし。行け」

そう言って二人を下がらせ、村重は次に十右衛門を呼ぶ。

「先に立て。敵を見る」

十右衛門が「は。こちらにござる」と先に立つ。村重は弓を持つ御前衆を二人ばかりと、陣太鼓役、法螺貝役、それと村重の弓を持つ近習を呼ぶ。葦をかき分け泥を踏んで歩を進めれば、ほどなく土地が開け、篝火を掲げた敵陣が間遠に見えた。そして、葦に隠れた村重から数十歩ほど離れて、たしかに二人の武者が月明かりの中に立っている。二人とも鎧は着込んでいるが、右の武者は兜をつけていない。さては左に立つ者が身分のある武士で、兜のない方はその武士に仕える小者か、警固の足軽であろうと村重は読んだ。敵は何やら話をしながら有岡城を睨んでおり、村重たちには気づいていない。村重は小者を呼んで、弓を手にするのと引き換えに、自らの兜を預ける。弓を選んだのは鉄炮では音が立ちすぎるためであり、兜を脱いだのは、弓を大きく引けば兜の吹き返しが障りになることがあるためである。

村重のほか、弓を持つ御前衆が二人、村重に並ぶ。

「儂が右を射る。おぬしらは左を射よ」

そう命じて、村重は矢をつがえる。

冴えた光の中で、狙う武者の顔が見える。闇に慣れた目が、その顔の造作を見て取る。まだ若い。整った顔立ちを険しく歪め、何事かを話している。風が葦をそよがせる。ざざざ、と音が立つ。村重は弓を引いていく。

南無――と、村重は祈る。この矢を外させたもうな。

月に雲がかかり、武者は何を思ったか、ふと首を巡らせる。その目が村重を捉えようとした刹那、村重は矢を放った。

矢は、武者の眉間を射貫いた。武者は最期に、たしかに村重を見た。かれは口を開きかけ、そのまま泥の上に倒れ込んだ。

次いで二本の矢が、左の武者に飛ぶ。一矢は外れ、もう一矢は武者の肩に突き立つ。大きく目を見開いたのも一瞬、武者は倒れた男を助け起こそうとしてか膝をつき、同時に、口を大きく開いた。

「おおい！」

声は止められなかったが、長く続くこともなかった。続けて放った村重の矢が背に突き立ち、御前衆の矢が腿を貫く。武者は声を出す気力も失ったか、無言で陣に向けて駆け出した。村重はその背に向けて三本目の矢を引き絞るが、それを放つことはしなかった。武者の姿は暗がりに溶け、もはや見えなかったからだ。小者か足軽か、いずれにしても軽輩らしい方を仕留めて、武士の方を逃がしたか、と村重は悔いる。そして、夜討ちは露見したか、と暫時ためらった。逃げた武者が急を告げて、陣が戦に備えるまでどれほどの間があるか――だが迷いは短かった。

「陣太鼓を二つ打て」

命じられた陣太鼓役は、すぐに下知に従った。夜の静けさを破って太鼓の音が葦原に

響き渡る。葦がいっせいにそよいだかのように見えたのは、雑賀衆と高槻衆が駆け出したからだ。村重が大きく息を吸い、

「鯨波上げよ！」

と大音声を張り上げると、あたり一面からわっという声が上がった。御前衆が村重を囲んで守りを固める間に、兵たちが陣の柵木に取りついた。最初の鉄炮が放たれる音が静けさを破ると、敵陣に矢が雨と射込まれ、玉が霰と撃ち込まれる。

やがて手斧や木槌が柵木を破り、兵は陣へとなだれ込む。夜討ちは一刻千金、雑兵ごときを討っても首を取るいとまはない。同輩に自分が敵を討ったことを見てもらい、首はさしあたり打ち捨てて、次の敵へとかかっていく。鉄炮の音が鳴る、声が上がる、悲鳴が夜陰に長く尾を引く。敵陣は浮き足立っている。村重は陣の外で腕組みし、物も言わずに戦を睨む。

と、陣の篝火を背にして、黒い人影が陣からまろび出てきた。見れば、下帯姿に抜き身の刀を肩にかつぎ、頭に兜を載せただけの、哀れな姿である。逃げようとしているらしく肩越しに後ろを向いて走っているが、はたと前を向いた時、男はおのれが村重たちの正面に飛び出したことを知った。御前衆が鑓を構え、弓鉄炮の狙いをつける。男はくしゃりと顔を歪めたが、もはやこれまでと悟ったか、その目が異様な光を帯びた。男は両手を広げ、声を上げる。

「われは大津家中、堀弥太郎。かかる姿にあれど武士にござる。そこにおわすは夜討ち

の大将と見た。冥土に御首授けたまえ」

そして身を低くし、村重目指してぱっと駆け出す。鉄炮が放たれ矢が射られ、硝煙が風になびくが、手練れ揃いの荒木御前衆がこの時ばかりは不思議に的を外した。弥太郎は応と叫び、村重まであと七歩、六歩、五歩と近づく。一人の御前衆が鉄炮を投げ捨て、刀を抜き放って弥太郎と村重の間に入る。伊丹一郎左であった。

村重も腕組みをといて腰の刀に手を伸ばす。村重秘蔵の名刀、郷義弘は屋敷に置いてきた。いま村重が帯びるのは、鈍刀と悪名高い奈良刀である。切れ味は名工の注文打に遠く及ばないが、安価ですぐに数が揃う。戦場で存分に振るうにはこうしたものがよかろうと、村重が自ら選んだ打刀だ。ゆっくりと抜き放つと、銘もなき刀は月光に映える。

伊丹一郎左が、「下郎め」と叫んで突きを繰り出す。その切っ先は狙い過たず弥太郎の右肩を傷つけるが、弥太郎は刀を左手に持ち替え、ずいと突き出した。思いがけず鋭いその突きは一郎左の喉元に延び、切っ先は喉輪が禦いだが、滑った刃が一郎左の首をすっぱと切り裂く。血煙が立った。

「おのれ」

御前衆らが色めき、刀を振る、鑓で突く、しかし弥太郎はそれをもくぐり抜け、見事村重の眼前まで駆け込んだ。まだ刀の間合いではなかったが、村重は鈍刀を振りかぶり、無言でそれを振り下ろす。左右を刃に囲まれた弥太郎はそれを躱しもならず、おのれの刀で受け止める。月夜に火花が散る。

「ぐっ」

村重の膂力は並ではない。弥太郎は刀を取り落とす。痺れた腕を押さえる間もあらばこそ、その総身に刀と鑓が突き立った。くっと一声洩らして弥太郎が崩れ落ちると、顎紐を結んでさえいなかったのか、兜が外れてごろりと泥中に転がる。御前衆の一人が、素早くその首を掻く。村重は泥にまみれた弥太郎の兜を一瞥し、斃れた一郎左を見た。

一郎左には、まだ息があった。口許をきっと引き結び、痛みか、忍び寄る死に耐えようとする形相をしていた。村重は一郎左を見下ろし、言う。

「よき働きであった、一郎左」

一郎左はわずかに頷き、震える手を懐に入れる。血にまみれた手がつかんだのは、村重が天守で一郎左に与えた、子孫を引き立てることを約束した書状である。村重はそうと気づき、大きく頷く。

「よし。任せよ」

一郎左の目にふっと笑みが浮かび、それきり、かれはもう動かなかった。

「殿。合図にござる」

そう声を掛けたのは、郡十右衛門だ。十右衛門が指す方を村重が見ると、月明かりに浮かぶ有岡城本曲輪で、松明の火がちらちらと円を描いている。物見櫓に残した兵が、敵に大津の陣を救うための動きがあることを知らせているのだ。村重はすぐに命じた。

「貝吹け」

役目の者が法螺貝を口に当て、長く長く吹く。戦の音はにわかには止まないが、それでも次第に鉄炮はまばらになり、喚声も低くなり、ほどなく鈴木孫六と高山大慮が戻った。孫六は頰まで返り血に染まり、大慮の鎧の袖には矢が立っている。

「織田の助勢が来る。兵を退かせよ」

「は」

二人の将は頭を垂れると、それぞれの手勢をまとめ始める。十右衛門が、伊丹一郎左衛門の髻を一房形見に切っている。手筈通りに殿軍を配し、むくろ転がる大津の陣を背に、夜討ち勢は整然と有岡城に戻っていく。月は西に傾いているが、夜が白むにはまだ早かった。

6

勝ちであった。大津の陣は乱れ、荒木勢は思うさま手柄を挙げた。夜討ち勢は屋敷の庭に集められ、廻り廊下に立った村重が「えいえい」と声を上げれば、兵どもが「おおう」と音を伸ばして勝鬨を作る。どの顔も汚れていたが、力に満ちていた。しかしそれでこの夜が終わったわけではない。

武士は手柄を挙げ、それを土地や名声に換えることで生きている。戦いが終わったのならば、誰がどのような手柄を挙げたのかを速やかに検めなくてはならない。本曲輪に咲く盛りの桜の下に、留守居の御前衆が前もって陣幕を張っていた。首実検のためである。

雑兵足軽の類をいくら討っても、手柄にはならない。矢戦、鉄炮戦で大将を討っても、誰の矢玉が当たったかなど検めようがないため、手柄と認められるのは難しい。戦で手柄を挙げるすべは、まずは一番鑓や一番乗りを果たすこと。そして何といっても、おのが手で兜首を取ることだ。よき兜は身分ある武士の持ち物であり、兜をつけた首を取ることは、名のある敵を討ち取ったという何よりの証しとなる。

首はまず、死化粧を施すために女房衆へと渡される。敵とはいえ戦って散った武士の首を無下に扱うのは心ないことであり、汚れを落として見目よく整えることが、心得のある振る舞いとされていた。鎧も外さず待つうちに、首役が首実検の仕度が調ったことを報せてくる。

陣幕のうちに床几を据え、村重はそこに腰かける。村重の左右には御前衆が鑓と弓を構えて立つ——首の執念に備えるのである。首役が最初の首を持ってくる。ずいぶんと若い武者の、美しい首であった。

首実検が終わる頃、東の空は白みかけていた。

雑賀衆が取った首は、年寄りのものが一つ、若者のものが一つ。高槻衆の首もまったく同じ、年寄りと若者のものが一つずつであった。村重は、伊丹一郎左が報せた大津勢百人たらずのうち、武士はさしずめ十人、多くとも十五人ということはあるまいと読んでいた。兜首四つはまずまずである。

本来首実検では、討ち取った武士の名前を書き取らなくてはならない。しかしあいにく、首が誰のものかはわからなかった。ふだん大津伝十郎は戦場に出ることが少なく、大津家中の顔や名前を知る者がなかったのである。このような場合に備えて生虜を捕らえておくのが通例だが、今回ただひとり捕らえられた男は近郷から連れてこられた陣夫に過ぎず、これは誰の首かと問われても、

「存じませぬ。お許しを」

と繰り返すばかり。それで生虜は解き放ち、首帳には「兜首」とのみ記しておいて、夜が明けたら大津勢の顔を知る者がいないか城内に触れを出すことになった。

首実検の後は、死生者を検めて手負帳を作る。祐筆を検分役に命じ、手傷を負った者に申し出をさせて、誰がどれほどの傷を負ったのかを書き記していく。今回、手負いのほとんどは浅手であった。討死は伊丹一郎左衛門ひとりだけで、ほかには雑賀衆の組頭、下針が戻っていない。

手負帳が作られるあいだ、村重は屋敷の一室で酒を飲み、昂ぶった心身を落ち着かせていた。部屋には足つきの膳が一つ置かれているばかりで、明かりは障子を透かす篝火頼り、肴は味噌のみである。村重のそばには千代保が座っている。千代保もまた、この夜は休んでいなかった。

「一郎左は気の毒なことでした」

千代保が落ち着いた声でそう言うと、村重は低く唸るように、

「そうよな」

と応じた。

「儂をかばって死んだ」

「一郎左を討ったのは、素肌の武者であったと聞きました」

素肌とは鎧を身に着けないことである。村重は黙って頷き、千代保は床に目を落とす。

「なにやら、長島を思い出しまする」

「……長島か。そなた、見ておったのか」

「はい。まざまざと」

村重は盃を傾けた。

いまを去ること五年、尾張国との境目にほど近い伊勢国長島で、多くの者が死んだ。長島城には一向門徒が立て籠り、長年にわたって織田と戦っていたが、その年とうとう籠城衆は開城を申し出た。数多の一向門徒が舟を用いて長島城を去ろうとしたが、信長はこれに突如鉄炮を撃ちかけて多数を殺した。一揆勢はこの騙し討ちに血涙を流して憤り、決死の者数百を募って信長本陣に素肌で斬り込み、信長の兄弟ほか織田の一門衆を数多く殺した。織田勢は、鎧も着けぬ兵を止められなかったのである。

千代保の父は、大坂本願寺に仕えている。用あって長島に入った父に従い、千代保は

このとき長島城にいた。素肌武者の戦いぶりを、千代保はおのれの目で見たのだろう。

「死に物狂いとは恐ろしいものと、つくづく思い知りました」

「まさにな。死兵ほど凄まじきものはない」

村重はそれを承知であったから、大津の陣を四方から囲むことはしなかった。逃げ道が残っていれば兵は決死の覚悟を固めることはなく、まず逃げようとするからだ。たまたま村重の目の前にさまよい出た武者ひとりが死兵と化したのは、一郎左にとってまことに不運なことだった。しかし村重は、そうしたいきさつを千代保には語らない。手は打っていたのだと言えば、あまりに言い訳めく。

「一郎左は、よき武士でした」

「よき武士であった」

御前衆は村重の身のまわりを警固するため屋敷に上がることも多く、千代保とも顔を合わせることがある。戦で人が死ぬのは当たり前だが、それで愛別離苦が消尽するわけもない。村重は勝ち戦を祝い、同時に、千代保の心痛を思う。

障子の外で鎧が鳴る。

「申し上げます」

郡十右衛門の声であった。

「何事か」

「雑賀衆下針、戻りましてござります。殿に言上仕りたき儀があると申しておりますが」

「わかった」

村重が盃を置いて立ち上がる。千代保は頭を垂れ、村重を見送る。

下針はひたいと肩に布を巻かれていた。血が滲み、庭に置かれた戸板に寝そべってい る。同輩の雑賀衆はもちろん、高槻衆、それに御前衆も、下針を遠巻きにして様子を見守っていた。村重が廊下に現れると下針は苦しげに半身を起こそうとするが、村重に「そのままでよい」と言われ、ばたりと体を横たえる。それでも気丈に、

「不覚を取り申した。鉄炮は斬り合いに向きませぬな」

と口許に笑みを作ってみせた。

下針の傍らでは、鈴木孫六が膝をついている。孫六はいつも通り苦虫を嚙みつぶしたような顔で、ちらりと下針に目をくれ、言った。

「この者が敵陣に躍り込んで兜首に鉄炮を撃ちかけた後、横合いからひたいを斬られるところを見た者がありまする。半首の心得がよく命は助かり申したが、しばし死に入っておったとのこと。帰陣の遅れはなにとぞご容赦下されと」

村重は頷いた。

「わかった。下針、よう働いた」

それを聞き、下針は色を正して言う。

「直々の御言葉、かたじけのうござる」

「おぬし、儂に言いたいことがあるとか。許す、言うてみよ」

「さればそのこと」

傷が痛むのか顔をしかめ、下針は声を励ます。

「それがしが目を覚ますと、敵陣は蜂の巣をつついたような騒ぎにござった。見つかってはかなわじとしばし葦の中に身を潜めており申したが、その間にそれがし、御大将お討ち死にと言い交わす声をしかと聞いてござる」

おお、というどよめきが上がった。村重も太い眉をぴくりと動かし、我知らず、

「なに」

と聞き返す。

「間違いござらぬ。同じことばは二度三度と聞こえてござった。加えて敵方の宿老と思しき老武者が、陣引け、高槻に戻れと差配するのも聞き申した」

御大将と言えば、大津伝十郎長昌のことであろう。大津を討ち取っていたとなれば、夜討ちは望みもしなかった大勝である。老武者が退き陣の指図をしていたというのも、討ち死にした大津に代わって命を下していたのだと考えれば筋が通る。村重はすぐに十右衛門を呼んだ。駆けつけ跪く十右衛門に下知を出す。

「聞いたか。敵陣を窺って参れ」

十右衛門は夜通し戦った疲れも見せず、かえって昂奮に上気した顔で、

「畏まってござりまする」

と答え、ぱっと駆け出した。

下針は養生のため天守へと運ばれていく。残った兵たちが囁き合う声が村重の耳にも届く。

「まことか」

「われらは敵大将を討ったのか」

「首は四つであったが」

「大津殿は若年、二つは皺首であったぞ」

「ならば……」

村重も、心のうちでは同じことを考えていた。若武者の首は雑賀衆が一つ、高槻衆が一つ挙げている。本当に夜討ち勢が大津伝十郎を討ったのであれば、そのどちらかが大将首であろう。

どちらか。大手柄を挙げたのは、雑賀衆か、高槻衆か。

首はいまだ、首実検を執り行った陣幕の内に残されている。村重が何となくそちらを見ると、居並ぶ将卒もつられて顔を向ける。夜の気配を残す空の下、陣幕は月の残光に照らされてそこにあった。

7

長い夜が明けた。

本曲輪の門が開き、夜討ち勢は各々のねぐらに戻っていく。それと入れ替わりに本曲輪には小者どもが戻って、馬の世話や屋敷の掃除など日々の雑務に取りかかる。

村重はひとり、陣幕の中で首と対峙していた。首は敵に飛びかかって食らいつくことがあるという——しかし村重は、それを信じていない。

もちろん村重とて、死者の恨みがこの世に災いをもたらすことはない、などとは思っていない。祟りも冥罰も恐るべきである。だがかれはこの世に生を享け、物心ついてよりこの方、戦いの中に生きてきた。首に囲まれて生きてきたのである。そして幾千の首の中に、飛びかかってきた首は一つもなかった。いまさらどうして、首が飛ぶなどと信じられようか。

皺首は考えに入れない。首の主はいずれも名のある武士ではあったのだろうが、大津伝十郎長昌ではない。若武者の首二つを見る。雑賀衆が挙げた首は地を睨み、細面で唇薄く、眉は細く、鼻は高かった。高槻衆が挙げた首は天を睨み、頬はふっくらとして唇厚く、眉は濃く鼻が大きく、猪首である。年の頃はどちらも同じぐらいに見える。信長は自らの側に美童を置く癖があり、いまこの二つの首を比べれば、雑賀衆が挙げた細面の首の方が見栄えがする。しかし同時に、大津伝十郎は一手を率いる将であった。高槻衆が挙げた猪首の太さは、生前はさぞ武士らしい体つきであったのだろうと思わせる。

どちらの首も、死に臨んで潔く覚悟を決めたのか、穏やかと言っていいような形相をしている。それぞれの顔にはうっすらと髭が生えており、男の首であることは間違いない。それで、どちらが大津の首か。村重はじっと首を睨む。

郡十右衛門はまだ戻らない。村重はやがて屋敷に戻り、少し眠る。


村重は夢を見る。

かれは小さな舟の中にいた。千代保もその舟に乗っている。見れば鈴木孫六も、高山大慮も、郡十右衛門も、伊丹一郎左衛門も乗っている。舟はいま伊勢長島城を出たところであった。織田との和睦が成り、村重たちはいま、城を出て落ち延びる。

「難しい戦にござりましたな。されど、それももう終いにござる」

そう言って笑った船頭は、堀弥太郎であった。舟は海を渡り、どこへ行くのだろう。見まわせば何十艘、何百艘という舟が同じように城を落ちようとしている。これはいかん、と村重は思った。信長は籠城衆を決して許すまい。幾人の証人を出し、幾十枚の起請文を差し出して降参を誓っても、信長はわれらを必ず殺す。それが村重にはわかっている。

そして、そうなった。波打ち際に並んだ鉄炮衆がいっせいに火蓋を切る。あたりはいつの間にか日が落ちて、火縄の火がさしずめ蛍のように揺らめいている。鉄炮奉行は大津伝十郎である。その顔を見ねば、と村重は舟から身を乗り出すが、どうしても見ることが出来ない。それなのに、大津がにこりと笑ったことだけははっきりわかる。

鉄炮が放たれ、たちまち海は阿鼻叫喚(あびきょうかん)の地獄と化す。十右衛門が胸に穴を開けて斃れた。一郎左が首から血を噴き出して斃れた。堀弥太郎はいつの間にか総身に刀と鑓を受け、それでも笑って舟を漕いでいた。千代保はどうしたか、と村重は首を巡らせる。千代保は舟の中で正座し、幾十発もの銃弾を浴びて、微笑んで言った。

「なにやら、長島を思い出しまする」

城が燃えている。見ればそれは長島城ではなく、摂津国伊丹の有岡城ではないか。燃える城から首が笑いながら飛んでくる。鈴木孫六は数珠(じゅず)を繰り、高山大慮は十字架を掲げて、あの首を挙げたのはわれらだと言い争う。首は村重の喉元に迫っている。

「殿。……殿」

部屋の外から近習が呼んでいる。村重はふっと目を覚まし、言う。

「何か」

「郡十右衛門様、お戻りにござります」

村重は我に返り、夢を忘れた。半身を起こし、障子を開けて外に出る。日はまだ東にあった。

広間で十右衛門に会う。十右衛門は、昨日の伊丹一郎左衛門そのままに泥まみれであった。一郎左は陣夫に化けたため土に汚れるのはもっともだが、十右衛門の姿は合点がいかない。村重は眉を上げ、

「その姿はいかがした」

と訊く。十右衛門は平伏し、「申し訳ござりませぬ」と詫びた。

「鎧剝ぎに遭い、斬り合いましてござりまする。三人ばかり斬り申したが仲間を呼ばれ、しばし葦原に伏せておりました」

「そうか」

死者の武具を剝いで売る落ち武者狩りは、合戦が終わればどこからともなく現れる。しかし大津の陣が健在であれば、落ち武者狩りは出てこられまい。十右衛門が襲われたという一事をもって、村重は十右衛門の口上が半ばわかったような気がした。

「それで、敵陣はいかに」

「下針の申す通り、敵方は陣を引き上げてござりまする。武具兵粮もずいぶん残ってござれば、よほど急いで退いたものかと」

「大津は」

「兵粮を盗まんとしておった陣夫を見つけ聞きただしたところ、たしかに大津勢は、大将お討ち死にと言い合って引き上げた由」

万に一つ、下針の話は戦場から逃げた言い訳の作り話という疑いもなくはなかったが、十右衛門の言上でそれも消えた。夜討ち勢が大津伝十郎を討ち取ったことは、もはや疑いない。

「よし」

下がれと命じかけて、村重はふと、十右衛門ならばあの首をどう見るかを聞きたくなった。

「十右衛門、ついて参れ」

と命じ、近習に草履を出させて庭に下りる。桜の下の陣幕へと向かいながら、村重は訊く。

「大津の首は、ほかの首とどう違うか」

主が尋ねていることの意を悟り、十右衛門は慎重に答える。

「さ。……大津は前右府の寵臣と聞き及びまするが、首だけでは。ただ、一手の大将ともなれば、兜はさぞ、よきものを身に着けておったはずと存じまするが」

「む。兜か」

兜の善し悪しを見ることに考えが及ばなかったおのれを、村重は恥じた。夜を徹して戦い、明け方まで首実検に追われて、頭が鈍っていたらしい。

首がつけていた兜は首実検に持ち出されておらず、ゆえに村重はそれを見ていない。兜は分捕品として雑賀衆と高槻衆それぞれの誰かが持っているはずで、見せろと命じることは出来る。村重は十右衛門に兜を持ってこさせようとして、やめた。十右衛門はまったく休んでいない。使番には別の者を立てるべきだろう。

村重が陣幕に近づくと、十右衛門がそれをまくって開ける。首台の上に首が四つ、村重たちに後ろを向けて据えられている。

「内側の二つは老武者の首よ。大津の首は右端か、左端。十右衛門、心して見よ」

「は」

村重主従は首台をまわり込み、四つの首の前に立つ。

その途端、郡十右衛門が「あっ」と叫んだ。村重もまた目を瞠る。

村重が最後に見た時、若武者の首はどちらもたしかに尋常の顔つきをしていた。しかしいま、若武者の首の一つは片眼を瞑っていて、開いている眼は左を睨んでいる。歯は唇を強く嚙み、血さえ滲ませている。さしもの村重も総毛立つほど、首の形相は憎しみに満ちていた。

戦には様々な吉凶がある。日取りにも食にも、落馬の仕方にさえ吉と凶がある。討ち取った首の形相にもそれはあり、両眼を穏やかに瞑っている首が吉とされる。異相の首を凝視し、十右衛門が声を震わせる。

「殿、これは、この首は……大凶相にござる!」

村重の目には、首がにやりと笑ったように見えた。

8

噂は風よりも速い。日が昇り切る頃には、雑兵庶人に至るまで、昨夜夜討ちがあったこと、その戦が勝ちであったことを知らぬものはいなかった。去年極月の戦で万見仙千代重元を討ち取り、いままた大津伝十郎長昌までをも首にしたとなれば将卒の意気は大いに高まるべきところ、しかし城内には奇妙な気色が漂い、本当に喜んでいいものか誰もが息をつめて成り行きを見守っているようなところがあった。大手柄を挙げたはずの高槻衆、雑賀衆が、いずれも揃って険しい顔で、昨夜のことを語ろうとしなかったからである。

城内の辻には、大津家中のことを知る者を募る高札が立てられた。御前衆の中には、高札を立てるのではなく、首を辻に晒してはいかがかと村重に進言する者もいたが、村重はその言を退けた。恨みもなく罪もない武士の首を晒すのは村重の望むところではなかったからである。

凶相の噂は、後から広まった。

——首が変じたというぞ。

——大津殿の面相が無念に歪んだというぞ。

——いや、そうでない。別の話を聞いたぞ……。

雑兵や庶人は声を潜め、飽くことなくそうした話を囁き合った。

一方で将たちは、やはり手柄の行方をこそ噂した。村重が夜討ちに家中の者を用いず、もっぱら高槻衆と雑賀衆を繰り出したことは諸将の驚きと不満を誘ったが、よくよく考えればもっともなこと、とかれらは頷き合った。冬の戦で鑓を交えることも叶わなかった高槻衆、加勢ながら無聊をかこつ雑賀衆、それぞれの身の置き所のなさに気づいてしまえば、同じ武士としてそのつらさは身に染みてわかるからだ。ゆえに、どちらが手柄を挙げたのか、それこそが一大事である。

――大津を討ったのはいずれであろうか。

――高槻衆であろう。高山殿は誠の武士。

――いや雑賀衆であろう。あれは精兵よ。

近郷の高槻衆に親しみを持つ者もいれば歴戦の雑賀衆に一目置く者もいて、言い争いは城のそこここで繰り広げられた。

村重は少しだけ眠り、目を覚ますとすぐに検分に取り掛かった。まずは落命した伊丹一郎左の遺児を士分として取り立てる旨、祐筆に書状をしたためさせる。その間に、首の主がそれぞれ用いていた兜が、高槻衆と雑賀衆から届けられた。

屋敷の一室でその兜を検分するに、老武者の兜は、どちらも吹き返しが大振りで、やや古風である。若武者の兜を見れば、雑賀衆が討ち取った細面の武者のものは桃形鉢に弦月の前立、高槻衆が討ち取った猪首の武者のものは雑賀鉢に日輪の前立で、流儀は違えど、どちらも当世風であった。

老武者を討ち取ったのは、高槻衆久能土佐守、雑賀衆岡四郎太郎。若武者を討ち取ったのは、高槻衆は高山大慮、雑賀衆は鈴木孫六だという。孫六はともかく大慮が若武者と真っ向から太刀打ちしてこれを首にしたとは信じがたいが、家人の助けがあったのであろう。首は一人で取らねばならぬという決まりなどあるわけもなく、家人の手柄は主人の手柄というのが習いである。成り行きはともかく、交名帳には高山大慮が兜首一つを挙げたと書かれている。

村重は若武者の兜をそれぞれ手に取り、矯めつ眇めつ、仔細に見る。心掛けのよい武士は戦に臨んで、武運拙く首になったとしても見苦しくないよう、兜に香を焚き染めることがある。しかしどちらの兜にも、残り香はなかった。

桃形鉢と雑賀鉢、どちらが伝十郎長昌の持ち物としてふさわしいかは、何とも定めがたい。村重の見るところ、一見して形がよいのは桃形鉢だが、雑賀鉢は入念の作らしくいかにも頼もしい。

「殿」

外から声がする。

「なんじゃ」

「中西新八郎様がお目通りを願っております。大津家中を見知った者を連れた、とのこと」

「わかった」

村重は敷板に兜を戻し、のそりと立ち上がる。

新八郎は、庭先で村重を待っていた。かれが連れた男は初老の足軽であり、村重の屋敷に上げるのは憚られたからである。近習を二人ばかり連れた村重が縁側を踏み鳴らして現れると、新八郎は地べたに膝をつき、足軽はひれ伏した。村重が問う。

「大津家中を見知ったる者とは、そやつか」

「は」

「何者ぞ」

「上﨟塚砦に詰める足軽にござりまする。この者が申すには、かつては近江浅井家の陪臣で、大津家への使番を務めたことがあるとのこと」

村重は頷き、足軽に声をかける。

「面を上げよ。直答を許す。その方、使番であったならば長昌の顔も見知っておるか」

足軽は体を起こし、悔しそうに口元を歪めた。

「おそれながら、それがしが見覚えたは御家中の方々ばかりにて、大津様の顔は存じませぬ」

知っていればより多くの褒美にありつけたのに、と言わんばかりの口ぶりである。

「……よかろう」

そう言って、村重は沓脱ぎ石に置かれた草履を履く。

桜の巨木の下に、陣幕が張られている。昨夜首実検を行ったままであるが、花に月夜のあやしさはなく、微風にそよぐさまは、ただ目にあざやかなばかりである。近習が先に立ち、陣幕を持ち上げる。

首台に並んだ首は、三つであった。凶相の首は大将が見るべきものではないため、首桶に納められているのだ。老武者の首が二つ、若武者の首が一つ、三つの首の前で、足軽は目を凝らす。

「……年嵩の首にはどちらも見覚えがございまする。名は……そう……」

足軽は苦労して、二人の名前を挙げてゆく。

どのような成り行きで老武者の顔を見たのか、老武者は自ら名乗ったのか、村重はそうしたことを足軽に問いただし、かれはそのたびに、たどたどしく答えていく。新八郎は膝をつき、おのれが連れてきた者が騙りでは面目が立たないとばかり、息をつめて問答を見守る。最後に村重が、

「それでその方は、いかなる用を命じられて大津に使いをしたか」

と問うと、足軽はぐっと喉が詰まったような顔をした。

「それは」

「どうした。答えられぬか」

足軽は地べたに手をついて、ひたいを土に擦りつける。

「そればかりはご容赦下されい。それがし、いまは取るに足らぬ軽輩なれど、元は武士。先のあるじから決して口外はならぬと命ぜられたお役目にござれば、申し上げかねまする」

新八郎が眦を吊り上げた。

「おのれ下郎の分際で。殿のご下問ぞ、疾く答えい！」

村重は手ぶりで新八郎を制する。

「いや、よい。――褒美を遣わす」

そして声を上げて近習を呼び、あらかじめ用意させていた銀を持って来させる。足軽は銀を受け取り、ふたたびべたりと平伏した。

「かたじけのう存じまする」

「手柄を挙げれば武士に取り立てることもあろう。励め」

「は、ははっ」

足軽は感極まったように高い声を上げた。村重は続けて、

「砦には、まだ戻るな。新八郎を待て」

と命じ、足軽を下がらせた。

首の前で新八郎と二人になると、村重はおもむろに言う。

「それで、新八郎。……何用じゃ」

新八郎はぎくりとした顔をするが、すぐに、

「は」

と首を垂れる。

大津家中のことを知る足軽が本曲輪に参じるのは当然だが、上﨟塚砦の守将たる新八郎が同道するのはおかしい。足軽が将を案内するならわかるが、その逆などあるはずもない。新八郎には別の用があることを、村重はとうに察していた。新八郎は声をひそめ

る。

「別儀にあらず、実は殿、お耳に入れたき儀がございまする」

「聞こう」

「兵どもが、首が変異したと噂しておりまする。首実検の折はいたって穏やかな仏眼であった首が、次第に形相を変じ、大凶相と成り果てたと」

村重は答えなかった。その沈黙に、怪異に怯えるおのれが蔑まれたと危ぶんだか、新八郎は態と声を太くする。

「むろん埒もない戯言とは存じまするが、雑賀衆ひいきの兵の中には、これは兆しであるとの流言が広まりつつあり」

「……兆しじゃと」

「は。……高山大慮殿が挙げた首が変じたは、御仏の道を軽んじる南蛮宗の者どもに討たれた武士が成仏できなんだからであろう。これは御仏の罰である、祟りの兆しでもあろうと……かような言を為すもの、少なくはございませぬ。高槻衆に肩入れする兵は閉口し、南蛮宗の者どもは苦り切っておりまする」

村重は苦い顔をした。変事があれば吉兆凶兆を卜うのは世の常である。仏道熱心の者であれば、降る雨に仏恩を見て取り、吹く風に冥罰を見て取ることもあろう。しかしその熱心の矛先が南蛮宗に向くのは、いかにも面白くない。

「つまらぬことよ」

敢えて、村重はそう言い放つ。

「首の噂、おぬしはいかに聞いた」

「は」

新八郎は唾をのみ、迷うようであったが、やっと不器用者らしく答えた。

「まことに首が変じたのであれば……いかにも奇怪かと」

「奇怪か」

「御仏の罰と騒ぐ者どもに与するつもりはござりませぬが、ただごととも思えませぬ」

「ふむ」

村重は顎を撫でた。将までもが首の変容を真に受けているとあらば、看過できない。手を止め、村重が訊く。

「新八郎。夜討ちの成り行きはいかに伝わっておるか」

「は」

新八郎は速やかに答える。

「酒宴と称して高槻衆、雑賀衆の選りすぐりが集められ、御前衆と共に夜更けに城を出ると、殿御自ら采配を振って大津の陣を襲ったと聞いておりまする」

「戦は」

「高槻衆、雑賀衆が二手に分かれて敵陣を挟み撃ちにし、敵の正面には御前衆が待ち構えたとか。そして……まろび出た敵方の武士を、殿が抜き打ちに切り捨てたこと、それがし、しかと聞き及んでおりまする」

膝をついたまま熱を込めて語る新八郎を、村重はちらと見た。

「太刀打ちには及んだが、儂が斬ったわけではない。儂に斬らせたとあらば、警固の御前衆の顔が立つまい」

「は……」

村重のことばに、新八郎はいかにも不満げであった。新八郎は武功はなばなしき北摂の雄、荒木摂津守村重を敬っている。村重が斬ったという話の方が、新八郎の耳には快く響くのだろう。

「手柄首のことは、いかに聞いたか」

そう問われ、新八郎は訝しげに眉を寄せた。

「高槻衆、雑賀衆、共に兜首二つを挙げ、それぞれの大将も見事手柄を立てたとか……殿、なにゆえそのようなことをお尋ねか。首はそこに並んでござる」

桜の下の首台に目をやり、新八郎が言う。村重もまた首を見て、

「新八郎、そこまで聞いておるなら、仮初にもまことに首が変じたなどと言うてはならぬ。兵が浮き足立とうぞ」

思わぬ譴責に、新八郎はがばと地に伏した。

「はっ、申し訳もござりませぬ！」

しかし、そろそろと顔を上げると怪訝そうに付け足しもする。

「されば、首は変じておらぬとの仰せにござりましょうや。それがし、そこな首桶には大凶相の首が納めてあるとばかり思うておりましたが」

「いかにも、この首桶の中にはおぬしの言う首がある」

そこで新八郎は、いっそう訳がわからぬとばかりに首を振った。

「先の検分で、かの足軽はそこな首桶の首を見ておりませぬ。いかに大凶相とは申せ、大津の首やもしれず……殿、何をお考えか、それがしには皆目わかりませぬ」

「わからぬか」

村重はそう呟き、命じる。

「夜討ちで挙げた兜首の数を、逐一数えてみよ」

新八郎は戸惑い、しかし命じられたとおり指を折り始める。

「高槻衆が挙げた若武者の首、老武者の首。雑賀衆が挙げた若武者の首、老武者の首」

「……続けよ」

そう言われ、新八郎は「あ」と声を漏らした。

「こ、これは恐れ入った次第。首はもう一つあったはず。殿が……御前衆が挙げた首が」

「堀弥太郎といった。夜討ちにうろたえてはおったが、最期は見事。その首は凶相であったようじゃな」

「首が五つあったのなら、いささかも不思議はござりませぬ。大慮殿が挙げた首は、大凶相へと変異したのではなく……ただ、堀とやらの首にすり替えられただけ」

村重は頷いた。

「いま、小者どもに捜させておる。首は遠からず見つかろう」

大凶相の首は首実検の際にも大将には見せず、後に供養をして凶を祓う。それまで、誰かが首を見張るようなことはない。首は手柄を証し立てるものだが、よほど身分のある者のそれでもなければ、首そのものが大切に扱われることはないからだ。

何者かが堀の首を持ち出し、人目を盗んで高槻衆が挙げた首とすり替えた――それが、首が変じた仕掛けであった。吉相の首が凶相に変じているのを見た刹那こそ村重も郡十右衛門も息を呑んだが、落ち着いてよく見れば、首の主が先ほど切り結んだ堀弥太郎であることは疑いもない。それで村重は首の変容のことは捨て置いたのだが、それだけのことが御仏の罰だの祟りの兆しだのという話に転がろうとは、さしもの村重にも読めぬことであった。

新八郎が呟く。

「されど……首のすり替えなど、何者がそのようなことを」

「わからぬ」

村重はあくまで淡白であった。

「他人の手柄を妬む者は多い。いや、妬まぬ武士などおるまい。またとない好機に手柄を挙げられなんだ口惜しさに他人の大功を嫉み、つい邪心を起こした者の仕業でもあろう。雑賀衆、高槻衆……御前衆、いずれとも知れぬわ」

新八郎は黙り込んだ。おのれが手柄を立てられなかった戦では、同輩の手柄をあっぱれ、さすがと褒め称えても、心の一隅には大なり小なり無念が残るもの……新八郎も武士であるからには、心当たりがないはずはない。村重は言う。

「手柄争いに謀り(たばかり)はあるものよ。むろん曲事(くせごと)じゃによって、何者の仕業か知れたならば成敗せねばならぬが、御仏の罰などとは思いもよらぬ。新八郎、得心したなら、兵に言い聞かせよ。首は変じたにあらずとな」

「は」

太い声で、新八郎はそう応じた。

村重の言った通り、本曲輪の一角で首が見つかったのは、それからすぐのことであった。天守近くの茂みの中で、首桶に納められていたという。検めてみればまごうことなく、昨夜高山大慮の手柄として検分した若武者の首である。

ただちに大津家中を知るかの足軽が呼ばれ、その顔に見覚えがないか問われたが、足軽はなんとも悔しげに「知り申さぬ」とのみ答えた。

既に日は高く昇っている。この先いくら待っても、大津伝十郎の顔を見知る者が名乗り出てくるとは、村重には思われなかった。

9

日に一度の軍議は、いつ行われると決まってはいない。刻限を定めれば、その時分は将が持ち場を離れる守りの隙になるからである。軍議を知らせる大太鼓は、朝まだきの頃に打たれることもあれば、暮れかけた頃に打たれることもあった。

村重は荒木久左衛門を屋敷の一室に呼び、こう命じた。

「今日の軍議は、おぬしが名代を務めよ」

久左衛門は即座に「承ってござる」と応える。村重が多用の折、軍議に名代を立てることはよくあり、その名代はたいていの場合久左衛門が務めている。久左衛門は戸惑いもしなかったが、

「殿はいかに」

とは訊いた。

「儂は、用がある」

「やはり首のことで」

「うむ」

五つの兜首のうち、三つまでは名が知れて、いずれも大津伝十郎の首ではなかった。やはり、大慮が挙げた首、孫六が挙げた首、どちらかが大津の首であろう。城中が高槻

衆ひいきと雑賀衆ひいきに割れても、せいぜい言い争いをする程度なら日ごろの鬱憤晴らしにもなる。しかし、南蛮宗への悪評が立って城内の不和を招いたとなれば、もはや笑ってはいられない。一刻も早く、大功を立てたのは誰なのかを明らかにしなければならない。

「されど殿、いかがなされるおつもりか。首実検は済んだと聞いておりまする。蒸し返すわけにはいきますまい」

村重は黙っていた。

首を睨んでも、わかることは高が知れている。二人の若武者のどちらが大津伝十郎であるかを見定めるには、やはりまず、首を討った当人たちを詮議せねばならないだろう。しかし久左衛門の言う通り、首実検は終わっている。首実検の折には大津伝十郎を討ち取ったことがわかっていなかったため、実検もいつもより念入りということはなく、確かめたのは誰が首を取ったか、初太刀は誰がつけたか、助太刀はあったかということぐらいであった。それでも検めが終わったことは間違いない。改めて事細かに聞きただせば、いったん認めた手柄を疑うことになろう。それは侮辱に当たりかねない。

武士はあまり、恥辱を耐え忍ぶことをしない。恥は刀をもって雪ぐのが武士である。その刀を侮辱の主に向けるか自らの腹に向けるかの違いはあれど、侮辱の次に血が流れるのは必定であった。もちろん、高山大慮にしても鈴木孫六にしても、首実検だけでは手柄の行方を見定めがたいという事情は充分に弁えているだろう。しかしそれでも、あらぬ疑いをかけられれば、高槻衆の頭領たる高山大慮は間違いなく刀を抜く。鈴木孫六も雑賀衆の手前、素知らぬ顔はしない。侮辱に報いなければ臆病の烙印を押され、面目を失い、ひいては将としての立場も失うからだ。——だが、と村重は考える。逆に言えば、面目を保つすべさえあれば、大慮も孫六も話さぬということはないだろう。

「余人を交えずに会わねばならぬ」

村重の独り言に、久左衛門が眉を寄せる。

「それはいささか難事かと。家中の者であれば他用にかこつけて呼ぶことも容易きことなれど、高山殿らは家臣ではござらぬゆえ」

村重はぼそりと言う。

「手立ては考えてある」

「なんと」

久左衛門は絶句し、それから膝を打って笑った。

「さすがは殿。して、いかような」

村重は答えなかった。わずかに俯いて自らの思いにふけり、久左衛門のことをたちまち忘れ去ったようでさえある。

もとより村重は、おのれの存念や見通しを語ることが少ない。織田に叛旗を翻す時も、伊丹氏を攻める時も、旧主池田勝正を追い落とす時も、村重は、自らの思いというものを口にすることは皆無に近かった。それでいて村重の決断はいつも、同輩や家臣が「さすがは」と同心し、受け入れざるを得ないものであったのだ。だから、いま村重が黙しているることは、久左衛門にとって別段驚くことではない。しかし久左衛門の目にはその刹那、村重の巨軀が縮んだように見えた。

「……殿」

そう呼ぶと、村重はいま久左衛門に気づいたかのように顔を上げた。

「久左衛門。軍議は、荒れぬようにせよ。何も決めるな。……下がれ」

「は」

久左衛門は平伏し、立ち上がって部屋を出る。日は中天に差しかかりつつあった。


有岡城の中には、森や竹林が態と残されている。竹も木も戦には欠かせぬものであり、それらを城内で伐り出せるのは、土地を広く囲う惣構ならではの強みであった。しかし、本曲輪にほど近い小さな竹林には、手をつけることが禁じられている。

竹林には細い道が通じており、いま、老将高山大慮がただひとりでその道を辿っている。道の先には小さな庵が設えられており、縁側の手前には沓脱ぎ石が置かれている。二枚障子がうっすらと開いて、中にひとがいることを表している。大慮が立ち止まると、庵の中から、

「入られよ」

と声がかけられる。村重の声であった。大慮はそのことばに従って縁側に上がり、障

子を自ら開ける。

部屋は畳敷きで、四畳半であった。壁の一方は、いま大慮が入った二枚障子で、ほかの三方は壁紙を張った張付壁である。壁紙には何も描かれておらず、ただ白いばかり。床には囲炉裏が切ってある。天井から下がった鎖に吊られた釜では、既に湯が沸いている。

この家は、村重の数寄屋である。設えは紹鷗流、造作が途上のまま籠城が始まってしまったが、それでも村重入魂の、茶の湯の城であった。

「摂津守様。お招き、恐悦に存じまする」

大慮が畳に拳をついてそう言うと、村重は、

「まずは寛がれよ。一服点てて進ぜよう」

と応じた。

大慮はそれとなく、左右を窺う。村重のほかには誰もおらず、誰かが現れる気配もない。大慮は茶の湯には疎いが、それでも、茶は茶点て人が点てるものだということぐらいは知っている。余人がいなければ、誰が茶を点てるのか――そう訝る大慮の前で、村重が自ら茶碗と茶入れを手に取った。思わず大慮は声を立てる。

「摂津守様、なんと、勿体なきこと」

村重は構わず、蓋置を取り出した。

「そう気を張るな。儂とそなた、一亭一客じゃ」

　庶人ならばともかく、身分ある亭主が自ら茶を点てるというのは、大慮の思いの外にあることだった。村重には奇を衒う風はなく、ただおおらかに茶を点てていく。大慮の戸惑いが去らないことを見て取り、村重は少し笑う。

「茶点て人など蛇足ではないか。……なに、儂が言うたのではない。堺の千宗易殿が以前言うておられたことよ」

　茶点て人を用いず亭主自らが茶を点てるのは、新しいやり方である。そして高山大慮は年を取り、何につけても新しさというものを拒むようになっていた。しかし、最初の戸惑いが去った時、大慮は思いがけず、心を休めているおのれに気がついた。

　大慮にとって、村重は恩人である。かつて大慮が和田家の家臣であった頃、戦で当主を失って衰えた主家が、大身の高山家を疑い、敵視したことがあった。いつ主君から討手を差し向けられるか知れず、殺されるぐらいならいっそのことと考え、大慮は兵を挙げた――和田家の当主は、やはり高山が叛いたかとしか思わなかったであろう。大慮の息子、右近はこの争いの中で首に深手を負い、誰が見ても死ぬと思われた。一命を取り留めた折には、まわりがかえって驚いたほどである。

　大慮の周囲はみな敵であった。このとき大慮が助けを求め、それを受け入れて兵を出したのが村重だった。これも見ようによっては、大慮が落ち目の和田家を見捨て、勢いのある荒木家に鞍替えしたと見えぬこともない。いずれにせよ大慮にとって、村重はいつまでも大恩人なのだ。

その恩に加えて、身分の差もある。大慮は飛騨守を名乗るが、これは任官されたものではなく、ただの自称である。一方で村重の摂津守の名乗りは、名と実を兼ね備えている。あらゆる意味で大慮は、村重とふたりきり差し向かいで話をするなど、夢にも思わないことであった。

しかしいま、この四畳半で村重の茶を待つ時を、大慮はたしかに楽しんでいる。鑓一本だけが頼みであった若き日が、なぜか思い出されてならなかった。

茶を服し、大慮は言った。

「旨うござり申した。――たのしゅうござった」

村重は頷いた。

「茶はいい。茶の湯の折だけは、兜を脱げる」

大慮は訝し気に問う。

「兜にござりまするか」

「うむ」

村重はそれだけを言った。茶の心得はなくとも、大慮には村重の言うことがわかるような気がした。大慮も長い間、高山家当主、高槻城主という兜をつけてきたからだ。村重の兜には、荒木家当主、摂津守、摂津一職支配といった銘がつき、有岡城をはじめ尼崎城、三田城、そのほか幾多の端城に立て籠る荒木勢の命もぶらさがっている。その重さはいかほどか。

「右近は」

と、村重が訊く。

「息災であったか。首の傷はずいぶん癒えたと聞いたが」

「お気遣い、かたじけのうござる。痴れ者なれど運のある者にて……まことに、恥ずかしいばかりの愚か者で」

そこまで言って、大慮は深々と頭を下げる。

「摂津守様、誠に面目次第もござらぬ！　右近のことは詫びのことばとてござりませぬ。あやつも摂津守様に命を救われた身なれば、身命を賭して忠節仕るべきところ、一当てもせず城を開くとは何たること！」

大慮は、高山右近が高槻城を開城して織田に下ったことを言っている。村重が言う。

「伴天連が使いに立ったと聞いておる。信長は、城を開けねば南蛮宗を滅ぼすと言ったとか」

「左様にござる。さりながら、武門と宗門を秤にかけて、宗門を選ぶ武士がいずこにおりましょうや」

村重の眉がぴくりと動く。

「おぬしも南蛮宗を奉ずる者。右近の心情はわかっておろう」

「わかり申さぬ」

と、大慮は言下に言い切った。

「武士が神仏を恃むのは、どこまでも、武門の栄えんがためにござる。デウス様のみならず、八幡大菩薩、諏訪大明神、摩利支天、毘沙門天、みな戦のためにこそ拝み祈り奉る。摂津守様もよくご存じのはず」

　戦とは運不運そのものである。おのれの力ではどうにもならない巡り合わせで、ひとはふっつりと死に、思いもかけず生きる。手柄を立てるのも恥辱に塗れるのも、突き詰めれば運次第である。その運命のただなかにあって、誰が神仏を拝まずにいられようか。大慮の言うことは当たっている、と村重は思った。武士が手を合わせるのは、どこまでも武門のためである。

「むろん、それがしが永禄六年に受洗したのは、伴天連ヴィレラ殿が伝えるデウス様の御教えに胸打たれたからにござった。デウス様に帰依し奉る赤心に嘘はござらぬ。されど戦に勝たねば、いんへるのでもぱらいそでもござらぬではないか。鉄炮の玉が我が身を逸れるよう祈るのが武士というもの」

　摩利支天は日光の仏である。光は何者にもとらえられず、何を以てしても傷つくことはない。それゆえ武士は摩利支天を拝む――我が身が日光のように傷つかぬように、と。

村重はふと、鉄炮というものがなければ大慮は南蛮宗に帰依はしなかったかもしれぬ、と思った。南蛮渡りの鉄炮から身を守るには、南蛮の神の加護がよい……その素朴な信心は、村重にもよくわかることであった。

「それでも武運拙く敗れたならば、さすが高山、見上げた最期よと語り継がれるような兜首に成り果てることこそ、武士の面目にござろう。それを、南蛮宗を守るために城を開くというのでは、いかにしても道理が通り申さぬ」

　言い募る大慮に、村重は静かに言った。

「右近には右近の考えがあろう。武門を言うなら謀叛も武門、下克上も武門。帰参も開城もまた、武門であろうよ」

「摂津守様」

　涙を浮かべて、大慮は首を垂れる。

「愚息をお庇い下さるか。かたじけのうござる。されど親子で相争うは保元平治以来の習いにござれば、右近が寄せて参ったら、せめてそれがしの手で首にしとうござります る」

「……聞いておこう」

　村重はそう言って嘆息し、ふと、容を改めた。

「大慮殿。この村重、曲げてそなたに尋ねたきことがある」

　大慮はゆるゆるとかぶりを振った。

「申されますな、摂津守様。お尋ねとは夜討ちのこと、首のことにござりましょう」

「さすが、察しておったか」

「城中、どこに行っても首の話でござる。察せずにおられましょうや」

　そして大慮もまた、居住まいを正す。

「ご配慮、いたみいりまする。このような場であれば、この大慮、体面を忘れて話が出来まする。して、何を話せばよろしゅうござるか」

「そなたが若武者の首を挙げた、その経緯」

「は。承知仕った」

一礼し、大慮は話し始める。


「それがし率いる高槻衆は、摂津守様の御下知に従い、敵陣の右手に廻り込んでござった。陣太鼓の合図で敵陣に取り付いて、弓衆が矢を射込む間に柵木を結わえる縄を切り、かつは木槌を振って、柵をば破らんといたしてござる。急ごしらえでもあったのでござろう、柵木は他愛なく破れ、それがしらはめいめい聖人の名を唱え奉ってどっと斬り込み申した。大津の者どもは寝込みを襲われ慌てふためき、殿は、殿はと口々にわめくばかりで、まるで戦になり申さぬ。足軽雑兵どもを数多切り捨て申したが、ここに一人、あっぱれな武者があり。鎧をつける間もなかったか、素肌に兜をつけたのみで、持鑓一本を手に突きかかって参った。われら高槻衆の中でも名うての剛の者、久能土佐が相手を引き受け、それがしも手柄を求めて敵陣深くに入り込んでござる」

武辺話をする大慮は、若やいで見える。侘びた茶室に涼やかな風が吹く。

「それがしも戦場暮らしは長うござるが、あれほど上首尾の夜討ちはないものにござった。かの素肌武者を除けば、大津の者どもはみな逃げ腰で、われらの顔を見るとぎゃっと叫んで逃げ出す始末。その中に、当世風の鎧を着込み、夜目にも映える兜をつけた武者がおり申した。さよう、小者か足軽か、陣笠をかぶった者が二人ほど警固についてござったな。それがしと目が合うと身を翻そうとした故、こわっぱ、この皺首が欲しゅうはないかと罵(ののし)ると、与しやすしと見たか刀を抜いて向かってくる。それがしの物具は鑓にござれば、いかに老いたりといえど、刀を相手におさおさ後れを取るものではござらぬ。それがしの手勢が雑兵を相手取り、それがしは鑓を構えて待ち受けたるところ、いずこより飛来したものか、流れ矢が敵武者の兜に当たり申した」

　話に興が乗ったのか、大慮は笑みを浮かべ、その声も高まってゆく。

「あっと声を上げ怯(ひる)んだところを突きかかれば、かの若武者は不心得であったのか、あるいはやはり皆具(かいぐ)する暇(いとま)はなかったのか、喉輪もつけており申さず。それがしの鑓の穂先がかの者の喉を破って、それきりにござった。夜討ちの首は打ち捨てが作法にござれば次の敵をば探さんとしたところ、引き上げの法螺貝が聞こえたゆえ、戦はそれまでとして、かの武者の首を取って引き上げて参った」

　大慮は大きく息をついて、神妙に話を締めくくる。

「まずはこのような仕儀、それがしも還暦が近うござるが、手傷も負わず手柄を挙げたは、これ御あるじデウス様の御加護ゆえと心得ておりまする」

　高山大慮を見送って、村重はおのれの数寄屋に坐(ざ)する。

道具を見に来る跡見の客もいない。飯後の会とて、給仕もいない。笹の葉が風にそよぐ音の中、村重はひとり、炭を継ぐ。客は満ち足りて帰っていった。茶の湯において、それ以上の上出来はないはずである。しかし村重の顔つきは、厳しいものであった。家中の者たちに見せることのない、生の顔つきで、村重は炭を継いでいく。

軍議の始まりを知らせる大太鼓を、村重は遠くに聞いている。

10

鈴木孫六が数寄屋を訪れた頃、日は既に傾きかけていた。暗くなればいつでも明かりを灯せるよう、部屋には手燭が用意されている。孫六はその手燭に気づき、おそらく、これが役立つことはないだろうと思った。

ひと通りの挨拶を交わすと、村重が茶を点て始める。高山大慮とは違い、孫六は村重が自ら茶を点てることに驚かなかった。千宗易の新しい工夫を知っていたわけではない。単に、茶とはこういうものなのかと思って見ていただけのことである。そして孫六は、茶の湯の席であれば安心できるというようなことは、まったく思っていなかった。

城主であり摂津国主である村重は、紀伊国の国衆に過ぎない自分など気分ひとつで切り捨てられることを、孫六は片時も忘れてはいない。村重が点てている茶には毒が盛られているかもしれぬ、障子の外には刺客が忍び寄っているかもしれぬ……孫六はそうしたことを考えながら、おのれの考えなど何ひとつないという顔で端座している。

しかし、そうして気を張りながらも、孫六はつい村重の所作に見入る自分に気づいてもいた。動きのどれもが無造作のようでいて、そうではない。どこに何があり、次に何をするのか。動きのどれもが無造作のようでいて、そうではない。どこに何があり、次に何をするのか。おのれの体はどのように動いているのか。そうしたことをすべて承知している動きである。それでいて、おそるべし、斬りかかれるような隙がない。気づくと孫六は、

「見事にござりまするな」

と呟いていた。

村重が所作を止めず、訊く。

「見事、とは」

話をするつもりはなかったが、城主から下問があれば、答えないわけにはいかない。孫六はおのれの迂闊をうらんだ。

「されば……いかに申し上げるべきか」

「許す。思うがままを言えばよい」

「は……お許しとあらば」

孫六は口が下手である。ことばをまとめるのに時がかかる。

「……雑賀には、鉄炮の口伝がござる。玉薬を入れるにも、狙いをつけるにも、これがよしという口伝があり。その一つ一つはいと易き所作なれど、ひとつなぎにして鉄炮を

放つ段になると、どこかは崩れるものにござる。さもなくば口伝に捉われ、手際が悪うなるもの」

孫六の話を聞きながら、村重は茶を練る。

「されど、それがしの兄ながら、孫一の技は格別にござる。立ち様から放ち様まで、すべて口伝通りにして、いささかの遅滞もこれなく、美しとはあのようなさまであろうかと思うばかり。……お許しゆえ申し上げますが、摂津守様の所作は、我が兄の鉄炮にさも似たり……それがし、かように思うた次第にござります」

練りあがった茶を孫六に差し出し、村重は「そうか」とだけ言った。

茶碗を受け取った孫六は、棚の茶壺にふと目を向け、しばし黙っている。村重が、

「何か」

と問いかけて、孫六はようやく答える。

「〈寅申〉」

村重の眉が動いた。

「ほう」

村重は数多の名物を所持している。この茶席の釜は銘〈小畠〉、釜を釣る鎖は千宗易から譲り受けた小豆鎖、絵は牧谿の遠浦帰帆図、そして茶壺は孫六の言う通り銘〈寅申〉、いずれも世に隠れなき名物である。この席に招かれるためなら万金を積むという数寄者は、いくらでもいるだろう。

「見逃れておったな。目が利く」

「目利きにあらず」

と、孫六は首を振る。

「風聞にござる。それがしのような戦働きの者には、風聞が飯の種にござるゆえ。……されば、この茶碗も名物にござろうや」

そう言って、孫六は手の中の茶碗を見る。

「それか」

と、村重の声が笑みを含んだ。

「それは備前で焼かれた、ただの茶碗じゃ。されど、儂が持つ道具の中では最上よ。形がよかろうが」

孫六は笑っていいものかわからぬといった顔で、初めて茶に口をつけた。千貫文でも二千貫文でも買えぬ名物に囲まれてまさか騙し討ちもあるまい、おれを殺したければもっと容易い手がいくらでもあると思い、毒ではないだろうと考えたのである。

茶を服した孫六に、村重が訊く。

「風聞が飯の種と申したな。ならば尋ねる。おぬし、御仏の罰の風聞を聞いたか」

「……首の噂ならば、耳にいたし申した」

「ずいぶん広まっておるか」

「ずいぶんと」

「この有岡城に立て籠る雑賀衆は、いずれも熱心な一向門徒と聞く。御仏の罰と聞いて、恐れてはおらぬか」

「さて。存じ申さぬ」

「孫六、おぬしはどうじゃ」

　村重の両の眼が、孫六を見据える。村重は風聞の出所を疑っているのだ。首を挙げたのは未明、首がすり替えられたのは夜明け頃、日が中天に上る前には罰の風聞が広まっていた。いかに噂の足が速くとも、いささか速すぎるきらいがある。あるいは雑賀衆が高槻衆を妬んで流した風聞ではないか……そう疑い、村重はかまをかけている。孫六はそれに気づき、しかも気づかぬふりで、ぼそりと答えた。

「烏滸の沙汰にござる。御仏は罰など下されまい」

　村重は無言である。孫六は畳に目を落とし、独り言のように続ける。

「阿弥陀仏はすがる者をお助け下さる、一心におすがり申し上げる者をお救い下さると聞き申す。その御仏がなにゆえに罰など下されるか。それがし、あやしのことに御仏を持ち出すのは好み申さぬ」

「さて」

　と、村重が呟く。

「珍しきことを聞く。坊主どもは違うことを言うておったぞ」

「それがし坊主にあらず。冥罰があるかないか、左様なことは知り申さぬ。それがしごとき端武者は鑓鉄炮を担いで山野を駆け、死ねば兜首一つ残して、これが雑賀の孫六か、よき敵であったと語られれば上出来にござる。その上、後生のことは阿弥陀仏におすがり申したと安心いたして死ねるのは、これに勝る果報とてござるまい。されば、進めば極楽退かば地獄と尻を叩かれて戦をするのはいささか迷惑。それがし……」

少しためらい、孫六は溜め息と共にことばを吐き出す。

「戦のことに御仏を持ち出すのも、好み申さぬ」

村重は仏僧ではない。宗門も禅宗であり、一向宗の教えはよく知らない。それゆえ、孫六の言い分にどれほどの理があるのか、村重にはわからない。ただこのとき、突き上げるようなおかしみを覚えて、村重はつい口許を緩めた。

「なにゆえお笑いあるか」

目ざとく見咎めた孫六がそう問うのに、村重は面を改めて答える。

「なに、茶の湯のことよ」

それだけ言ったが、孫六が物も言わずにいるので、村重は言を継いだ。

「堺の宗易に、宗二なる弟子がある。気性の真っ直ぐならぬ男じゃが、茶の湯の心得は儂など及びもつかぬ。その宗二が言うておった。『我が仏　隣の宝　聟舅　天下の軍人の善悪』という狂歌があり、連歌の席にふさわしからぬ話題を戒める歌じゃが、これは茶の湯の席にも同じこと……とな」

村重は、自らの名物たちを見やり、そして目を逸らした。

「儂は、この宗二の言をよしと思うておった。武士たるものすべては戦、起き臥しも飯を食うことも、仏のことも宝のことも、聟舅もこれすなわち戦じゃ。なれば儂は、茶は、茶だけは戦にするまいと思うておった。……が、出来なんだ。おぬしをこの席に招いた訳は、わかっておろう」

孫六は小さく頷き、言う。

「差し詰め、手柄首のことであろうかと」

「そうじゃ。おぬしと高山、雑賀衆と高槻衆、いずれが大手柄を挙げたものか決せねばならぬ。じゃが儂は大将、一人にはなれぬ。おぬしと差し向かいで話すには、茶にかこつけるよりほかに手が思いつかなんだ。……してみればとうとう儂は、茶を戦の道具にしたな。そう思うておったら、おぬしが似たようなことを言い出した。それが何やらおかしかった。おぬしを笑うたわけではない」

孫六は、また黙る。しかしその佇(たたず)まいには、怒気も殺気もない。やがて孫六は畳に両の拳をつけ、深々と頭を下げた。

「それがしごとき卑賤(ひせん)の身にありあまるお心配り、恐れ入りまする。不調法者ゆえ、さだめて無礼を致したことと存ずる。どうかお許し下され」

「よい」

そう言って村重は、ふっと息をつく。

「鈴木孫六、面を上げよ。おぬしに尋ねる。おぬしはいかにして、かの若武者の首を取ったか。その始終を聞きたい」

孫六は半身を起こした。

「摂津守様の御下問とあらば」

そう言って、孫六は話し始める。


「雑賀衆は敵陣の左手に廻り込み、戦機を窺ってござった。陣太鼓の合図で陣に鉄炮を撃ち込み、手斧を持つ者が柵木を切り倒そうといたしたが、足元がぬかるみ踏ん張りがきかぬと申して、意外に手間取る。さるうちに、奇妙なる鯨波の声が聞こえ申した。さては高槻衆ならん、後れを取ったかと歯嚙みいたしたが、考えればこれはよい潮かもしれぬと思い直し、柵が破れるのを待って、従う者どもに静かに斬り込めと命じてござる。大津の者どもは高槻衆の鯨波に驚き、あれほど鉄炮を撃ちかけたわれらがあるのを忘れたか、おおむね背を向けておる有様。中にはそれがしを見て、夜討ちじゃ、殿は見つかったかと問う者まである始末。われらいずれも黙したまま足軽雑兵を切り捨てるうち、ようやく一人われらに気づき、後ろにも敵がおるぞと塩辛声を上げおったのを、岡四郎太郎がすかさず鉄炮で撃ち倒し、駆け寄ってとどめを刺し申した」

孫六の話しぶりに戦の熱や昂ぶりはなく、あったことをただ話しているといった態である。

「かく言うそれがしも雑兵どもは人に任せ、よき敵はおらぬかと敵陣深く入り込んでござるが、大津の者どもは周章狼狽なすところを知らずといった態、進んでよいやら退いてよいやら皆目わからぬ、とにかく下知を待つといった様子にござって、このような腰抜け武者どもを手柄にしてよいものか、ふと哀れを覚えたほどでござる。摂津守様の御前にはござれど、天王寺表の織田はまことに強うござった。あのような戦になるものとわれらみな覚悟を決めてござったが、いささか拍子抜けと思うておったところ、目の前を若武者が物も言わずに駆けてゆく」

　ふとことばを切って、孫六はものを思い出すようにしばし宙を睨む。

「……さよう、陣の前面、有岡城の方に走ってござったな。付き従う兵が二、三人、そのうちの一人がそれがしに気づき、敵と叫ぶ。そやつを鉄炮で撃ち倒せば、雑兵どもは肝を潰して逃げ出したが、若武者一人は臆しもせず、おのれよくもと叫んで、持鑓で突いてきた。勇者にはあれど、惜しいかな戦い振りが若うござって、味方も呼ばず遮二無二突くばかり。それがしは、鉄炮のほかには打刀を腰に差したばかりにござれば、鑓を相手取ってはいささか面倒。ここは退こうかと思いおるところ、かの武者の鑓が陣幕を突いて穂先が幕に絡んでござれば、不運なやつとは思うたが刀を抜いて斬り倒し申した。ちょうど退き貝が吹かれたゆえ、戦はここまでとかの武者の首を取った次第」

　そして孫六は、ふと遠くを見るような目をした。

「戦はまことに運不運、あの武者はあまりに未熟にござった。それゆえそれがし、さほど手柄とも思うており申さぬが、あれが大津伝十郎殿ではなかったかとお尋ねあれば、左様なこともあろうかと存ずる」

鈴木孫六を見送れば、空の色は茜を過ぎて、群青であった。村重は手燭に火を移し、自らのために一服点てる。高山大慮の言うこと、鈴木孫六の言うこと、村重は細大漏らさずすべて覚えた。そしていま村重は、手燭の明かりの中でひとり茶を服す。帰帆図も〈寅申〉も闇に沈んでいる。月明かりは竹林に遮られ、数寄屋にはほぼ届かない。

11

村重が竹林の数寄屋を出ると、笹の葉を揺らして二人の武者が現れ、膝をついた。警固の御前衆、秋岡四郎介と乾助三郎である。竹林には客から見えぬよう兵の詰所が設えられており、警固の者どもは村重らが茶を喫するあいだ、そこで待っていた。もちろん、いざ事あらば村重を守るべく、息をつめ耳を澄まし、時には刀の柄に手を置いて待っていたのである。当然の用心ではあるが、村重の心は楽しまなかった。兵を配して戦の話をする茶の湯がこれほどつまらぬとは、村重自身、初めて知ることであった。鈴木孫六が村重の所作に感心したことさえ、どこか口惜しかった。

村重には、二度の茶席を通じて、間違いないと思ったことが一つある。若武者を討ち取った当人である高山大慮と鈴木孫六は、いずれも、おのれこそが大津を討ち取ったと誇ってはいない。もちろん口ではそう言っていないが、自分こそが手柄を立てたと信じている者は、あのように恬淡（てんたん）とはしていないものだ。おのれが討ち取った武者が大津であればいいが、そうでないとしても不思議はない……二人の将のそんな思いを、村重は茶席の中で読み取っていた。手柄が欲しくない武士はいない。武士でなくとも同じことだ。それなのに大慮と孫六が我こそは一番手柄と言ってこないのは、二人とも、あれが大津であったと言い切る自信がないからであろう。

口取りが引いてきた馬に乗り、村重は本曲輪へと戻っていく。月は満ちているはずだが雲が厚く、月明かりは雲を透かしておぼろげである。静まり返った侍町を抜け、大溝に架かった橋を渡り始めると、橋の向こうで松明が揺れた。橋を渡り切った先には、本曲輪を守る門がある。その門を守る者どもが、近づく騎馬武者を訝っているのだ。秋岡四郎介が声を上げる。

「殿のお戻りじゃ。門を開けよ」

門の方からは「承知いたした」と応えがあったが、門が開く様子はない。松明の明かりの中、村重と門番が互いの顔を見分けられるまでに近づくと、ようやく門が開いていく。門扉は鉄鋲（てつびょう）が打ち込まれており、堅固で重く、開け閉めには時がかかる。門が開き切るのを待たず、村重は馬を進める。屋敷の前で馬を下りると、先触れが届いていたらしく、御前衆が膝をついて出迎えた。

「申し上げまする。荒木久左衛門様、お待ちにございます」

「そうか。広間に呼べ」

そう言って、村重は馬を口取りに任せた。

既に夜である。太刀持ちを伴って村重が広間に入ると、部屋は外よりも濃い闇に沈んでいる。手燭を灯してなお、上座からは久左衛門の顔も見分けられない。久左衛門は平伏しているが、そのさまは影がわだかまったようであった。

村重が言う。

「名代、大儀」

「は」

「して、軍議はいかに」

「大事なく」

久左衛門のことばは淀みない。淀みがなさすぎた。かえって村重は、久左衛門の返答にわずかな含みを感じ取る。

「なんぞ出来したか」

「は、それは」

「構わぬ。有り体に申せ」

暗がりの中、久左衛門が身をすくめた。

「瑣事なれど、されば申し上げまする。軍議は何ほどのこともなく、ただやはり諸将は手柄の行方にこそ気を引かれる様子で、殿はいかが仰せであったかと問う者引きも切らず。中でも野村丹後のごときは、手柄がいずれにあるかなど検めるまでもない、蛮風に惑わされ御仏に背を向けた南蛮宗徒に運が向くはずがないなどと放言いたした。南蛮宗徒の諸将もこれには顔色を失って、御加護がいずれにあるか試してみるかとまで言い返し、刀の柄に手を置くほど。池田和泉が仲裁に入り、その場は収まり申したが——」

ことばを切り、久左衛門は少し小声で言う。

「丹後殿でなければ、なんぞ表裏あるかと思料するところにござり申した」

村重が問う。

「表裏とは、織田がことか」

「……左様にござる」

功名争いは武家の常である。他人が首を挙げたと聞けば拾い首ではないかと謗り、他人が殿軍を務めたと聞けば空言ではないかと疑う者は珍しくもない。しかし口論を仕掛けた野村丹後は、夜討ちに加わってもいなかった。かかわりもない手柄争いに口を出し、刃傷沙汰になりかけたというのはさすがに尋常ではない。久左衛門が、野村丹後は織田に通じて攪乱を計ったのではないかと疑いかけたのも、わからぬことではなかった。

野村丹後は、戦においては剛勇無双だが、およそ、織田の間者に抱き込まれて一芝居打つような器用な男とは思えない。丹後は城の南端に置かれた鵯塚砦を任されており、その砦には、雑賀衆が置かれている。

「丹後は雑賀に肩入れしたか」

村重はそう呟いた。丹後は下の者の面倒見がよく、それゆえに兵からは慕われるが、その気質は同時に身びいきにも通じる。常日頃務めを共にしている雑賀衆に味方しようとして高槻衆を難じるのは、いかにも丹後のやりかねぬことであった。久左衛門が言う。

「それがしも、そのように思料いたしてござる。……されど、軍議にあって将が将を詰るとは、やはりよからぬことかと」

村重は何も言わなかった。

野村丹後の放言は、身びいきから出たものとばかりは言えぬ、と村重は考えていた。毛利の到来を待つだけの日々の中で、将も兵も、おそらく村重自身も焦れている。勝ちか負けか、生きるか死ぬか、そのすべてが毛利にかかっているということ自体が、自力を重んじる武士の気風に合わないのだ。それゆえ、気が立つ。人心が揺らぐ――滝川左近の矢文一通で隙を生じるほどに。

このような折は勝ちこそが妙薬である。村重は夜討ちを命じ、思う通りに勝ちを、敵将を討ち取るという願ってもない大勝を挙げた。そしていま、その大勝が翻って城内の不和を生じさせている。禍福は糾える縄のごとしとは言うが……。

「天が」

味方しておらぬ、ということばを、村重は呑んだ。家臣に聞かせることばではなかったからだ。

ともかく、首だ。村重は茶の湯を用いて、戦の折に二人がいかに戦い首を挙げたかを聞き出したが、それでもなお、どちらが大津を討ったのかはっきりと断じられずにいる。あの夜討ちのことはすべて春霞に溶けてしまったかのようだ。

このような戦でなければ、敵に使者を立てて首の検分を頼むということも出来ただろう。身分のある武士の首がしかるべき扱いを受けないのは、討った側のみならず、討たれた側にとっても不名誉なことである。どれが大将の首か、訊けば応えはあったはずだ。しかしこの戦の場合は、それも難しい。荒木は織田を裏切り、信長の寵臣を二人までも討った。信長の恨みは間違いなく深く、いずれが大津の首かわからぬので見てほしいと使者を立てれば、その者は生きて戻るまい。

手燭の火が揺れる。沈黙は、高山と鈴木への聞き取りが奏功しなかったことを雄弁に語る。久左衛門が、陰に籠った声で言った。

「殿。それがしの異見をお聞き下され」

村重はふと我に返って、応えた。

「聞こう」

「は」

一礼し、影がすっと背を伸ばす。

「それがし、手柄は雑賀衆鈴木孫六に帰するべきと存ずる」

「……その訳は」

「お人払いを願いとうござる」

村重は手を振って、太刀持ちを下がらせる。障子が閉じるのを待ち、久左衛門が口を開く。

「まず第一に、高山大慮はわれらに味方したとは申せ、子の右近の裏切りを遺恨に思う者はいまだ少なからず、大慮の手柄を喜ぶ者ばかりにはござるまい。それに引き換え、鈴木孫六は大坂本願寺に命ぜられて当城に入った者にござる。あれの手柄は本願寺の手柄、外聞がよし」

援兵が手柄を立てれば、兵を送った側は面目を施す。本願寺の顔を立てることは、いまの有岡城にとって損ではない。村重は顎を撫で、言う。

「続けよ」

「は。第二に、野村丹後の放言がござる。それがしの思いもよらぬことにござったが、こたびの功名争い、一向宗と南蛮宗の争いという一面、なきにしもあらず。されば、一向宗と南蛮宗、当城においていずれが多勢かを考えに入れるべきかと」

むろん一向門徒が多い。南蛮宗徒は高槻衆ほか、一握りに過ぎない。

「……それだけか」

「は。されば第三に」

闇の中で、久左衛門がさらに声をひそめる。

「大手柄にあらずとされた側は、遺恨を含まぬとも限りませぬ。高槻衆と雑賀衆、どちらの恨みが厄介か……殿、ここをお考えあれ」

雑賀衆は他国の国衆とはいえ、その後ろには本願寺がいる。一方、当主高山右近に背を向けて有岡城に入った高槻衆には、後ろ盾がない。厄介の種になれば、討ち果たしても文句を言う者はいないのだ。

荒木久左衛門はもともと池田家中でも屈指の将であり、その言は軽くない。高山と鈴木、どちらが手柄を挙げたかわからぬのならば、そろそろ、どちらが手柄を挙げたことにした方が都合がよいかを考えなければならぬ。久左衛門の言い分にも理があることを、村重は認めないわけにはいかなかった。

久左衛門が床に拳をつき、平伏する。

「むろん、大津を討ったのが何者か、誰もが得心の行くすじみちを辿って断ずることが叶えば、それが最良と存ずる」

「……知れたことじゃ」

「は、これは」

村重は嘆息を嚙み殺す。

「忠言は褒めておこう。じゃが、耳には入れぬ。この戦には高槻も雑賀も欠かせぬ」

どちらかを切り捨てられるほど、城兵は多くない。大津の首を得たことで高槻衆か雑賀衆のいずれかが去るのならば、昨夜の夜討ちは負けに等しい。久左衛門はくどいことを言わなかった。

「差し出口をお許し下され。これも当家のためを思ってのことにて」

「構わぬ。下がれ」

「は」

久左衛門は広間を出ていく。手燭のか細い明かりの中で、村重はしばらくそのまま、じっと動かずにいた。

12

寝所に明かりを持ち込んで、村重は首帳と手負帳を見る。

夜討ちで挙げた兜首は五つだが、夜討ち勢が討ち取ったのは五人だけではない。高山大慮も鈴木孫六も、手勢が足軽雑兵のたぐいを数多く討ったことを語っていた。あるいはその中に、大津伝十郎が紛れ込んでいたのではないか。

しかし帳面を繰れば繰るほど、そういうことはなかったと思われてならない。手柄とは、おのれの命を懸けた証しである。敵を討てば名のある武士を討ったのではないかと胸を高鳴らせ、戦が終わればおのれの手柄をどこまでも大きく吹聴するものだ。急な戦では首を取る暇さえないこと、首を取ることを禁じる場合もあるが、昨夜の夜討ちはそのような成り行きではなかったし、そもそも首を取れなかった場合は同輩の証言で手柄を認めてもらおうとするのが常だというのに、帳面にそうした記録はない。

実検に供された首が四つであったということは、やはり、高槻衆と雑賀衆が討ち取った武士は間違いなく四人だったということを意味している。そのうち二人は明らかに大津伝十郎ではない。つまるところ、やはり猪首と細面、二つの首しか残らないのだ。

「猪首か……細面か……」

　村重は目を閉じて、首の形相を思い浮かべる。どちらも若武者であった。大津伝十郎は若いはずだが、果たしてあれほど若かっただろうか。去年の正月、安土城で信長に年賀の祝いを述べたあの時、大津伝十郎もどこかにいたはずだ。途方もない巨城と煌々しき衣装、飽くほどに並べられた山海の珍味、息子の舅である明智光秀……つい思い違ってしまう。いまは惟任日向だったか……と交わした他愛もない話と笑い声、すべて憶えている。羽柴筑前守秀吉もいた。あの男は、播磨攻略の役を自分から奪い取ったが、こうして思い返しても不思議と恨みは湧いてこない。あの正月は、そう、よき日であった。大津はどこにいたのか。少なくとも、あの猪首も細面も、安土城では見かけなかった。

　五年前、名香蘭奢待切り取りの使者として東大寺に赴いた、あの時には大津がいなかっただろうか。蘭奢待は正倉院に納められた重宝で、それを切り取った者は足利義政公が最後と伝わる。それを信長が切り取る運びとなり、正倉院から信長の待つ多聞山城まで蘭奢待を守る役目を、村重らが任されたのだ。蘭奢待を納めた長持は、六尺ほどもあったろう。幾千の敵も恐れはしないが、あの長持を届けるまでの道中は心底おそろしかった。蘭奢待！　名香六十一種の第一、奇宝とも呼ばれるかの名香をおのれが守っているのだという昂ぶりは、生涯忘れることはないだろう。あれは三月の涼やかな日……そう、ちょうど今頃のことであった。なんという名誉であったろうか。たとえ我が身が朽ちようと、天正二年に東大寺で蘭奢待を受け取った奉行に荒木村重がいたという一文はとこしえに残るのだ。あのよき日に、大津伝十郎はいただろうか。猪首や細面を見なかっただろうか……。

村重は、はっと目を開ける。不覚にも眠ってしまったらしい。

ゆめうつつの内にも火だけは始末したらしく、手燭の火は消えていた。寝所は真の闇である。……いや、村重は、障子を透かしてわずかな明かりを見て取った。篝火が夜を照らしているのだろうか。

そうではない、と村重は思った。どこか落ち着かぬ気配がある。人を呼ぼうと思ったその時、障子の向こうで影が膝をついた。

「殿」

声は、御前衆の一人、秋岡四郎介のものである。声音はこわばっていた。

「何事か」

「火の手が上がってござりまする」

村重はのっそりと立ち上がる。

「いずこじゃ。敵か」

「わかりませぬ。郡十右衛門殿が検めに赴いておりまする」

暗さに慣れた目で刀を手に取って障子を開ける。雲の厚い夜で月は見えず、ただ、南の方がかすかに明るい。火事はただの失火でも重大だが、それ以上に用心すべきなのは敵の手による放火である。煙硝蔵に火がまわれば、城は一ト月と持たずに落ちるだろう。村重は、どれほど小さな火事であっても常に自分に伝えるよう、家臣に堅く命じていた。

村重は空を睨んで言う。

「天守に登って様子を見る。供せよ」

「は」

村重は部屋に戻ると鎖帷子を着込み、兜、籠手、脛当てを身に着け、革足袋を履いた。そのあいだに御前衆が草履を用意し、村重は濡縁から庭に下りる。村重は四郎介を前に立たせて、天守を登っていく。

墨を流したような夜の底に、ぽっと小さな火が見えた。村重は有岡城の地勢を知悉しているが、やはり闇夜では距離が測りにくい。それでも、火が出たのは砦ではなく、侍町でもないことはわかった。あれは町屋の南、田畑も多い空閑地のあたりではないか。何が燃えているにせよ大火になることはあるまい、と村重は思った。四囲を見れば、城を囲む織田方に動きは見受けられない。火事に合わせて力攻めをしようというのでもなさそうだ。ならば案ずるほどの大事ではあるまい……そう自らに言い聞かせつつ、しかし村重は、何とも言えず嫌な気配を拭うことが出来なかった。水に恵まれた有岡城では、火事は少ない。春ともなれば薪や柴が湿気って、火をつけようと思ってもなかなかつかないほどだ。それなのに今夜、城中に不和の兆しが見えたまさにその日に、火の手が上がった。村重は、あの火がただの失火だと思うことは出来なかった。身じろぎもしないあるじに従って、四郎介も息を詰める。風の音ばかりが天守を満たす。

階下で足音がしたかと思うと、何者かが階段を駆け上ってくる。四郎介が刀の柄に手を当てる中、上がってきたのは郡十右衛門だった。

「殿、殿はこちらにおいでか」

息を切らした十右衛門に、村重が声をかける。

「十右衛門か。いかに」

「焼き討ちにござりまする」

ふだん物に動じない四郎介が、この時は驚きに声を漏らした。十右衛門は村重の前で膝をつき、弾む息もそのままに声を励ます。

「庶人七、八人ばかりが徒党を組み、神仏の御為と唱えて南蛮宗の礼拝所に火をかけてござる。南蛮宗徒も参集し、焼き討ち勢と喧嘩(けんか)いたすところ、鵯塚砦から野村丹後守様が人数をお出しになり、人を散らしたとのこと」

「丹後は、火をかけた者を捕らえなんだのか」

「存じませぬ。それがしが駆けつけたのは、人が散った後にござったゆえ」

「そうか」

村重は火を睨み、歯嚙みして命じる。

「大儀。十右衛門も四郎介も、下がっておれ」

天守最上階で、次第に弱まる火勢を遠くに見ながら、村重は無言である。心中には痛恨の念があった。

——摂津であれどこであれ、ふだん、宗門の違いが諍いの種になることは多くない。かつて天文の頃、京で宗門同士が激しく争ったこともあったが、それも既に四十年は前のことである。大坂本願寺にしても、前右府信長が一向門徒ではないがゆえに鑓を交えているわけではない。

一休禅師が伝えたという道歌に、〝分け上る麓の道は多けれど　同じ雲井の月を眺むる〟というものがある。世に宗門は多くとも、目指す頂は同じであることを諭しているのだ。一休禅師のお諭しは知らずとも、日々の明け暮れの中で、宗門の違いを殊更に言い立てる者は少ない。かれは真言われは念仏、となりは題目むかいは不立文字でも、角突き合わせるようなことは滅多にない。南蛮宗が仏を敬わないからと言って人の信心をとやかく誹謗する者は、かえって変わり者と見られるだろう。しかしこれは、ふだんならばの話である。

息を詰めて助けを待つ日々の中で心に落ちる不安は、身内に敵を求めさせるものだ。あれは家中の者ではないから、あれは摂津の者ではないから、あれは新参だからという差異を見つけ、ひとはそれらを裏切者だと思いたがる。猜疑心に屈して互いを疑い尽くし殺し合い、挙句に瓦解した家中を、村重は数多見てきた——池田家も伊丹家も、結局はそれゆえに滅びたのではなかったか。そしていま、この有岡城では、南蛮宗に猜疑の目が向けられている。

「馬鹿な。馬鹿げたことを」

悪態が村重の口をついて出る。

手柄を争っているのは高槻衆と雑賀衆だ。そしてこの二者は、別に、争ってはいない。首が大凶相に変じた一件を除けば、高槻衆と雑賀衆が不仲だということを示すことは何も起きていないのだ。それなのにうろたえ者が他人の諍いを我が事に引き寄せて、埒もない風聞を広げ、罵声(ばせい)を上げて、挙句城内で火を放った。

気づけなかったという不覚の念が、村重につきまとう。城内を巡見した折、どこかに引っかかりを覚えていながら、その正体を見抜けなかった。民の中に広がる南蛮宗への疑い、南蛮宗信者らの気後れに気がつくべきだったのだ。昨冬、安部自念が奇怪な死を遂げた時、これは南蛮宗のあやしの技の仕業ではという声が上がったのも、いまにして思えば、人心に巣食う疑念のあらわれだったのかもしれない。いまや村重は、南蛮宗を見捨てて多数の味方をするか、南蛮宗を庇って多数の不信を買うか、二つに一つの剣が峰に立たされている。そして、どちらを選んでも、有岡城は落城への道を辿るだろう。

「いや。まだ間に合うか」

南蛮宗への猜疑という薪がひそかに積み上げられていたのだとしても、そこに火をつけたのは、つまるところ手柄は高槻衆のものか雑賀衆のものかという難題である。この問いに正しく答えることが出来れば、有岡城を永らえさせることが出来るかもしれぬ。南蛮宗への猜疑を織田への敵意に向け直すことも出来るかもしれぬ。いや、きっと出来る。

だが時は残されていない。夜明けと共に軍議を開き、そこで万人を得心させなければならない。昼になれば手遅れだろう。しかし、そのようなことが出来るのか。これまで考えの限りを尽くしても解きようのなかった難題を朝までに解くことなど、果たして叶うのか。

村重は厚い雲の垂れ込める夜空を見上げる。残された方策は、ひとつしかなかった。

13

村重は手燭を持ち、天守の地下へと下りていく。一人であった。揺れる小さな火だけを頼りに、村重は階段を下っていく。

階段は井戸のある小部屋に通じていて、そこには四十がらみの小男が一人、昼夜を問わず詰めている——牢番である。手燭に照らされ、牢番はゆっくりと村重の前に膝をつく。男の腰で、鍵がかちりと鳴る。

「これは……殿。かような夜更けに」

村重は応えず、小部屋の隅に設けられた開き戸を見た。

「開けよ」

「は」

牢番がのっそりと立ち上がる。手燭の明かりの中に浮かんだ牢番の目がぎょろりと血走っているのを見て、村重はわずかに眉をひそめた。手燭をそっと足元に置く。

重い音を立てて錠が開く。牢番は戸を引き開けると、四角く切り取られた闇を背に、こうべを垂れる。

「開きましてござりまする」

村重が命じる。

「先に立て」

「は……」

牢番の声に戸惑いがにじむ。

「どうした。先に立て」

「は。されば、そのように」

そう答えるが、牢番は一向に動こうとしない。村重は素知らぬ顔で、

「ところで変事はなかったか」

と言いながら、暗がりの中で首を巡らせる。その刹那、牢番が叫んで脇差を抜いた。

「逆賊覚悟!」

抜き放たれた白刃が手燭の火にきらめいた途端、牢番の胴は、村重の脇差に薙ぎ払わ

れていた。粗末な小袖がぱっくりと裂け、血とはらわたが流れ出す。牢番は最期の息を長々と吐いて倒れ、死んだ。

　牢番の服で刀を拭い、村重はむくろを見下ろす。目元のあからさまな殺気に気づいて返り討ちにしたが、牢番に斬りかかられる訳が村重にはわからなかった。

「なぜじゃ」

　そう呟くと、開け放たれた戸の先から、声が聞こえてきた。笑い声である。最初は抑え気味に、やがて高々と、哄笑が地下いっぱいに響く。村重は脇差を鞘に納め、闇に向かって怒声を上げた。

「黙れ――黙れ官兵衛」

　笑い声は、ぴたりと止んだ。

　村重は手燭を拾い、下り階段の先へとかざす。じとりと湿った階段をゆっくりと下っていく。下りた先は土牢である。牢の中にわだかまる人影は、村重が近づくとわずかに体を揺らした。

「官兵衛」

　言いながら、村重は手燭をかざす。髪と髭は野放図に伸び、着ているものは黒ずんで、いま牢の中にあるのは、さながら一塊の襤褸のようだ。汚れた顔の中でゆっくりと目が開き、黄ばんだ白目と濁った黒目が村重をとらえる。黒田官兵衛の頬がひきつって、にたりとした笑みを形作る。村重が最後に官兵衛を見たのは、去年十二月のことだ。その時に比べると、髪や髭が伸びたのはもちろんのことだが、笑い方が違う。

「これは摂津守様。命冥加、重畳至極」

しわがれた声だ。村重はわずかに目を剥いた。

「おぬし、何を知っておる」

「さて、何のことにござろう」

「あの牢番はどこまでも愚直、あるじを斬ろうとするような男ではなかった。それが、ことばもあろうに、逆賊などと口走りおった」

官兵衛はさもおかし気に、

「まさか、心当たりがないとは申されまい」

などと言う。その嘲弄と、命冥加と言ったことばが村重の中で繋がった。

「官兵衛、おぬしがあの男を唆したか」

思わず声を荒らげた村重を見て、官兵衛は満足げに目尻を下げる。

「御明察、官兵衛感じ入ってござる」

「おのれ、囚人の分際で儂の命を狙うか」

村重が刀の柄に手を置くと、官兵衛は羽虫を追うようにゆるゆると手を振った。

「まさかのこと。左様に恐ろしきことは、とてもいたさぬ」

どこかおどけるようであった官兵衛の口ぶりが、不意に改まる。

「それがしが狙ったのは、かの牢番の命にござる」

空言をと罵りかけて、村重はことばを呑む。たしかに官兵衛の言った通り、村重は生きており、牢番は死んだ。村重は、官兵衛はその場しのぎの出まかせを言っているだけと思おうとした。だがどうにも、そうとは思えなかった。

「……あの男が、おぬしに何をした」

そう問うと、官兵衛は無言で俯いた。手燭の明かりの中、官兵衛の頭頂が照らされる。さしもの村重も、喉からこみ上げる声を殺しきることは出来なかった。官兵衛の頭には、村重さえ怖気を覚えるむごい痕が刻まれていたのだ。手傷を負わされ、そこが膿んで腫れ、弾けて、肉が虫の餌食になったような傷だ。

官兵衛は首を持ち上げ、傷を暗がりに隠す。

「この傷の礼に、かの者とは少々話をいたした」

牢の中で、官兵衛はしみじみと言う。

「摂州様。牢の中からひとを殺すというのは、存外、難しいことではござらぬな」

村重は、刀の柄に手を置いたままである。

「殺したのは儂じゃ。おぬしは儂を道具にしたと言うか」

官兵衛は答えなかった。

村重は暫時、迷った。村重は屈強の武者で、智謀の士でもある。だがかれは、おのれが摂津国主にまで上ったのは、誰よりも勘がよかったからだと考えている。弓と馬が武士の表道具ならば、裏の道具は勘と運であろう。その勘はいま、ここですぐに官兵衛を殺せと告げている。

　牢番の死の責めを、官兵衛に負わせることは出来ない。この暗い牢で官兵衛が何を話したにせよ、村重に対して刀を抜いたのはあの男であった。それとはかかわりなく即座に刀を抜き、木格子の合間から突き入れて官兵衛を殺すべきだと勘は囁いている。――しかし村重は、そうすることが出来ない。官兵衛を殺せば、高槻衆と雑賀衆の間で引き裂かれつつある城中をまとめる方策はなくなる。

　見れば、官兵衛は背を丸め、もう村重の方を見てもいない。村重が自分を殺すことはあり得ないと承知しているような姿であった。村重は勘の知らせを退けた。いつでも、望んだ時に望み通りに殺せる。いまでなくともよい――村重はおのれにそう言い聞かせ、柄から手を離す。

「……されば」

　官兵衛が呟く。

「それがしに何の御用か。応報とはいえ摂州様の御家来を殺した罪滅ぼしに、官兵衛、せいぜい身を入れてお聞きいたそう」

　村重が訪れた訳を、官兵衛はほぼ察している。やはり殺すべきではなかったかと未練を残しつつ、村重は、「名のわからぬ首が二つある」と語り始める。

　滝川左近が矢文を寄越したこと。鷹狩りへの誘い。紛糾した軍議と、あらかじめの根まわし、それにもかかわらず高山大慮と鈴木孫六が出陣を訴えたこと。守りの薄い敵陣を見つけ、物見を命じたこと。夜討ちのこと、四つの首のこと。はからずも敵将を討ち取ったと、後でわかったこと……。村重はそれらすべてを官兵衛に聞かせた。

　官兵衛は目をつむり、眠ったように動かない。ただ、茶の湯のことを聞いた時だけ、わずかに首を傾げた。足元を虫が這いまわり、血の匂いが次第に立ち込める中、村重は南蛮宗の礼拝所が焼き討ちに遭ったことを語り、牢番を斬ったことを語る。

「ゆえに儂は」

　と、村重は最後に言う。

「大津伝十郎を討った手柄は誰のものであるか、明らかにせねばならぬ。されど、いかにおぬしでも……」

　しかしそのことばを、官兵衛が遮った。

「摂津守様。いったい、何を憂えておいでか」

「……何を言う」

　官兵衛は目を開け、村重の顔を無遠慮に見まわす。

「ひともあろうに摂津守様が、このような容易きことにお悩みあるとは、それがしには到底思えませぬ。さしずめ、別の憂いに惑って、上の空であった――摂州様、左様でござろう」

　村重は手燭を自分から遠ざける。考えあっての動きではなかった。官兵衛の目からおのれの顔を隠そうと、咄嗟に手が動いてしまったのだ。手の動きはほんのわずかなものだったが、官兵衛に動揺を悟られるには充分でもあっただろう。村重は即座にことばをかぶせる。

「時を稼ごうとする者は決まって贅言を費やしおるわ。官兵衛、大言もたいがいにせよ」

しかし官兵衛は何も聞こえぬ風で、

「首を取ったのは誰かなど、知れたこと。ただ、何が摂州様を悩まし奉ったか、こちらは些か難題にござる。さて、高山か、鈴木か……もっと前、中西とやら……いやいや、そうではござるまい……」

「官兵衛」

村重の声が土牢を震わせる。

「おぬし、牢の中からひとを殺すのは容易いと言ったな。外から殺すのは、さらに易きことだと知っておるか」

「……おお、これは」

髭の伸びた顔を皮肉に歪め、官兵衛は深々と頭を下げる。

「御無礼仕った。それがしもこの頃、命が惜しゅうなり申してな。成敗は平に御容赦を」

「おのれ、なぶるか」

官兵衛が喉の奥で笑う。

「牢の中から国主をなぶるというのも、面白きこと。摂津守様」

と、官兵衛が声を改める。

「摂津守様はこたびの夜討ち、なにゆえそれほどの大勝を挙げたとお思いか。それがわからぬほど摂津守様が戦下手の鈍根ならば、この官兵衛の苦難もむなしゅうござろう」

夜討ちに勝ったのは大津が油断していたからだ、と村重は思った。有岡城の東から兵を出せることを知らなかったのだから無理もないが、大津の陣が夜討ちに備えていなかったことが勝ちの訳であろう。だが官兵衛は村重のことばを待たない。

「遅れ馳せながらこの官兵衛、摂州様の戦勝にお祝いを申し上げる。八幡大菩薩、神明、日光権現、湯泉大明神の御加護でもござろうよ。……さるほどに、武士は罪作りにござるな。それがしも、あの牢番の菩提を弔おうと存ずる」

そう言うと官兵衛は合掌し、瞑目する。後は村重が何を問いかけても、それきり、官兵衛は目を開けることもしなかった。

14

夜明けと共に太鼓櫓の大太鼓が打ち鳴らされる。軍議のため諸将を呼ぶ合図だ。

村重はその音を、屋敷の一室で聞いた。畳敷きの間には床の間が設えられ、八幡大菩薩の五字を大書した軸がかけられている。その軸に向かって胡坐を組み、村重は瞑目している。太鼓が打たれるたび、将たちが本曲輪に参じる。ふだんの軍議は、皆が必ず集まらねばならぬというものではない。すべての将が持ち場を離れては危ういからだ。しかし今朝の太鼓の打ち方は、敵が間近に迫っていない限りは参集するように命じるものだ。むろん、村重がそう命じたのである。

また、太鼓が打たれる。高山大慮も鈴木孫六も、天守に参じたであろう。荒木久左衛門、池田和泉も来たであろう。野村丹後や中西新八郎も、既に天守に入ったかもしれぬ。それでも村重は、手柄の行方を、いまだ見定められていない。

部屋の障子は開け放たれている。春の風が吹き込むのを覚えて目を開け、ふと外に目を向ければ、桜が風に散っている。戦勝から丸一日、村重は追い込まれていた。

官兵衛を訪ねたことが正しかったか、村重はわからずにいた。黒田官兵衛は有岡城にあって一番の知恵者であることは間違いない。切れるということなら村重よりも切れるだろう。だがあの男は、得体が知れぬ。官兵衛が村重に味方する理由は何一つなく、恨む理由は幾つでも思い当たる。ならばあの土牢で官兵衛が口にしたことばには、意味はなかったのだろうか。夜討ちはなにゆえ大勝だったか、と官兵衛は言った。一晩考え明かし、村重はその意味をほぼ摑んでいる。だがそこからがわからない、大津伝十郎を討ったのは誰か……。

村重は呟く。

「やむを得ぬか」

軍議の刻限は目前に迫っている。このまま実相を見極められなければ、久左衛門の案を採るしかない。高槻衆の不満を買うことを承知で、鈴木孫六の手柄を認めるのだ。その決断は南蛮宗を奉ずる者どもをまるごと見捨てることに繫がりかねないが、もう、ほかに打つ手がない。

「南無……」

そう唱え、村重はふたたび目を閉じる。沈思黙考しつつ、しかし考えは堂々巡りするばかりで何もわからないまま、とうとう刻限が来た。濡縁に膝をついた近習が、囁くように告げる。

「諸将、揃いましてござります」

「……わかった」

目を開ける。村重の眼前には、八幡大菩薩の軸。

南無、と、村重は胸のうちで繰り返し唱える。南無八幡大菩薩。

村重は、がばりと立ち上がった。


諸将が平伏する中、村重は上座へと歩を進める。茵（しとね）に胡坐を組むと、すぐそばに太刀持ちが控えた。

「皆、大儀」

村重のことばに諸将はいっそう深く頭を下げ、それから半身を起こした。村重はさりげなく目を走らせ、高山大慮と鈴木孫六を見つける。武士であり客将である高山が上座寄りにいるのはいつものことだが、鈴木孫六も、本来いるべき席よりは上にいた。近くに野村丹後がいるから、かれが連れたのだろう。

将たちは息をつめ、村重のことばを待っている。村重は、軍議の折はいつもそうであるどこか眠たげな目をして、徐ろに口を開いた。

「……昨夜、町屋の南寄りで火が出た。曲者による火付けじゃ。和泉、事の次第を言え」

「は」

池田和泉が一礼する。かれは武具兵粮を差配するほか、城内の取締も担っている。下知がなくとも、放火があれば取り調べるのは役目のうちである。

「焼けたのは南蛮宗の礼拝所、四囲は閑地なれば火は広がらずおのずと消えてござったが、南蛮宗徒一人がくるすとやらを取りに火に入り、そのまま焼け死んだ由。火を放ったは庶人ばかり五人、うち三人は既に捕らえ申したが残る二人は見つからず。城の外に出たのを見たと申す者がありまする」

「よき手際じゃ。捕らえた者は斬り、見せしめに晒せ。残る二人も、城中に庇われておらぬかよく捜せ」

「は。仰せのままに」

村重はちらと野村丹後を見た。郡十右衛門の報せによれば、丹後は焼き討ちの曲者を逃がすような振る舞いをしたというが、いま、丹後に別に変わった様子もない。曲者どもを庇い立てするなら妹婿といえど捨て置けぬと思っていたが、そのおそれはないと見て取り、村重はわずかに気を安んじた。

丹後のほかにも、異を唱える者はいなかった。放火の一件はこれで片付いたが、諸将の間に気の緩みは見られない。次の話こそが肝要だと、誰もがわかっているのだ。

「さて」

　と村重は言った。

「一昨日、われらは敵陣に夜討ちをかけ敵将大津伝十郎長昌を討ち取った。その手柄について申し渡す」

　ぴん、と座が張り詰める。鎧を着込んだ者、小袖だけの者、大身の者、小身の者、それら皆にひたと見据えられながら、村重が宣する。

「大津の首を取った者は、おらぬ。高山大慮、鈴木孫六の両名は、それぞれ勇戦華々しく兜首を挙げた。褒美に備前刀を与える」

　将たちがどよめき、互いに顔を見合わせる。いちはやく声を上げたのは、久左衛門だった。

「お待ち下され。されば、大津は死んでおらぬとの仰せか」

「いや。雑賀衆下針が伝え、儂の御前衆が確かめた。大津は討ち取った」

「……それがし、殿の存念がわかり申さぬ」

「ならば言おう」

　村重は一同を見まわす。猜疑、憤懣(ふんまん)の顔つきもないではないが、大方の将はなによりもまず、訳がわからぬといった顔をしている。

「なにゆえ、われらの夜討ちはあれほど上手くいったか。仮にも柵木で囲まれ、篝火も焚いた陣に攻めかかって、かくも楽な戦であったのはなぜか。むろん、高槻衆、雑賀衆はよう働いた。軍略も機を捉えておった。されど、勝ちの訳はそれのみにあらず」

大慮と孫六に目を走らせ、村重がことばを継ぐ。

「夜討ちの経緯(いきさつ)は、高山、鈴木のいずれも、同じことを申しておった。すなわち、大津の兵は殿を、つまり大津を探しておった、と。時が過ぎても同じこと、雑兵足軽のみならず、鎧武者どもも右往左往するばかりであったと聞く。何より、敵方の鉦(かね)も太鼓も法螺貝も、聞いた者はおらぬ。儂はこのような戦を知っておる」

誰も、しわぶき一つしない。

「将のない戦よ。采配を振る者がおらねば、誰も戦えぬ。あの夜、大津は戦の始めから終わりまで、下知してはおらぬのじゃ」

「殿は」

と、久左衛門がことばを挟む。

「大津が逃げたと仰せにござろうか。かの者、一手の将として戦に臨んだはこたびが初めてと聞き申す。されば夜討ちに狼狽し、我先に逃げたというのも合点がいきまするが」

村重はすぐにそれを否む。

「それでは、下針が大将討ち死にの声を聞いたことと辻褄(つじつま)が合わぬ。大津はたしかに戦場にあり、そこで死んだ」

「されど……夜討ち勢が挙げた首は五つで、ほかにはなかったはず。大津の首はいかが相成ったと仰せか」

「大津は討たれ、しかも首を取られなんだのじゃ」

ふたたび、どよめきが起きる。馬鹿な、あり得ぬという声も上がる。しかし村重がひとにらみすると、喧騒はたちまち嘘のように静まった。改めて、久左衛門が問う。

「殿。戦にあって敵大将を討ちながら、首を取らぬ者などおりませぬ。それこそ、命に代えても首を取るはず。流れ矢、流れ弾に当たったとすれば左様なことにもなりましょうが、それならば長昌は味方のただなかで討ち死にしたことになりましょう。大津勢が長昌を探し続けたことの理屈がつき申さぬ」

「さもあらん。されどあの夜、手柄を立てても首を取ろうとせなんだ者が、二人おる」

鳥の啼（な）く声が聞こえてくる。

「一人は伊丹一郎左衛門。あの男は敵の武者に初太刀をつけたが、惜しいかな討ち死にした。首を取ろうにも取れぬ。そしてもう一人は」

村重はその時のことを思い出す。十三夜の月に照らされ、伊丹の葦原に立っていた武者に狙いを定めた刹那のことを。

――南無八幡大菩薩、我が国の神明、日光の権現、宇都宮（うつのみや）、那須の湯泉大明神、願はくはあの扇の真ん中射させてたばせたまへ――

「儂じゃ」

「……なんと」

久左衛門がことばを失い、軍議の場がざわめく。

村重は大将である。首を取っても、見せる相手がいない。ゆえに首を取らない。

「戦に先立ち、儂は、陣の外に出ておった武者を射殺した」

弓を引き絞り、月明かりに浮かぶ武者に鏃を向けたとき、村重は何を思っていたか。村重自身覚えてはいない。だが、この矢よ当たれと念じるならば、誰もが思い浮かべる祈りがある。平曲、すなわち平家物語、与一の段。

官兵衛は神仏の名を挙げ、村重が金的を射止めたことをほのめかしたのだろう。八幡大菩薩の軸に向き合ったとき、村重はそれに気づいた。

「兜もつけておらなんだゆえ、小者か足軽であろうと思うておったが、そうではなかった。――あれこそが、大津伝十郎長昌」

武士にとって兜は、自らが武士の身分にあることを死後も証し立てるものだ。だからこそ誰もが兜首を求め、討たれるならば兜首として討たれることを望む。高山も鈴木も、兜首となり果てる最期を語っていた。それだけに、一手の大将が戦場にあって兜もつけずに討たれたというのは、誰にとっても思いの外だった。

それほど重んじられる兜だが、戦場で脱ぐこともないではない。村重は弓を引くとき、強く引き絞るには兜が妨げであったため、いったんそれを脱いだ。郡十右衛門は物見を命じられ、物音を聞くために兜を脱いだ。大津も同じだったのではないか。

大津の不運に思いを致しつつ、村重は言った。

「あれは兜を脱いで、大将自らこの城を物見しておったのであろう。むくろを検めれば甲冑の善し悪しで身分がわかったろうが、一刻千金の夜討ちでその暇がなかったのが、われらにとっても大津にとっても、不運な成り行きであった」

高山大慮と鈴木孫六には、それぞれ備前打ちの名刀が与えられた。南蛮宗の礼拝所を焼き討ちした曲者は火炙りに処された。表立って南蛮宗を謗る声は消えたが、御仏の罰の噂は根強く、それからもひそかに囁かれ続けた。

大津伝十郎長昌の死は隠された。誉れある討死と見るべきか、不覚悟の頓死と見るべきか、誰にもわからなかったからである。のちに織田家中のある者は天正七年三月十三日の出来事として、大津伝十郎は病死したと聞いた、と書き記した。

軍議の後、村重は屋敷の一室で、懐から文を取り出した。滝川左近将監の矢文である。その文は城中の誰もがその内容を知っていることになっているが、村重のほかに読んだ者はいない。そこにはこのような一文が書かれていた。

宇喜多味方致し候上は、何とて鷹狩に御供なさざるべきや――。

滝川は、宇喜多が織田に味方した、と言ってきたのである。謀であろう、と村重は思った。そうでなければならぬ。備前岡山を根城とする宇喜多が毛利方であればこそ、毛利は山陽道を通って有岡城まで来られるのだ。もし宇喜多が織田についたというのがまことであれば、百年待っても毛利は来ぬ……。

村重が夜討ちを試みたのは、ひとえに、この矢文から将卒の目を逸らすためであった。この矢文のゆえに、さしもの村重も焦りを生じていたことに、誰も気づいてはいない。誰も、黒田官兵衛のほかには、誰も。

季節外れの火鉢に差し入れ、村重は滝川からの矢文を焼いた。このゆえに、書状は後の世に伝わっていない。

第三章　遠雷念仏

1

夏は死の季節である。

熱波は生あるものを責め立て、老いた者、病んだ者、幼き者の命を、ぽつりぽつりと奪っていく。死んだ者のむくろは、温気に遭って速やかに腐乱する。水は淀み、菜は萎れる。しかし六月、摂津国有岡城を死の沈黙が覆っているのは、夏のせいばかりではなかった。

昨年十二月の、たった一度の力攻めを除いて、織田は有岡城を攻めてこない。付け城や砦を続々と築いて、何者も有岡城に入れず、またそこから出ることも出来ぬようにするばかりである。はじめ有岡城の将卒は織田の臆病を笑い、城の堅さを誇った。しかし半年も籠城を続ければ、誰もが薄々ながらに察し始める。――織田が攻めてこないのは、攻めても勝てぬからではない。攻めずとも勝てるからなのではないか……と。では織田が勝った時、われらはどうなるのだろうか。

夏、死の気配は濃い。

ある月のない夜、荒木村重は自らの屋敷で池田和泉に会っていた。

「一人二人、斬ったそうだな。仔細を言え」

村重がそう命じると、和泉は平伏したまま答えた。

「は。それがしの手勢が城内警固のさなか、侍町の煙硝蔵近くにて曲者二人ばかり見つけ誰何いたしたところ、曲者はただちに遁走してござりまする。兵どもが追いたるところ、曲者どもは城中不案内の様子にて大溝に行く手を阻まれ、進退に窮して刀を抜き、出合となった由。味方は多勢なれど曲者も必死にて、やむなく両人討ち取ってござりまする」

和泉は詫びるように言う。曲者は能う限り生かして捕らえよ、と村重が命じていたからである。

「そうか」

と村重は言った。

「煙硝蔵は、大事ないか」

「油が撒かれてござった。警固の者どもがいま少し遅ければ、取り返しのつかぬところ」

村重は頷き、物は言わなかった。このところ、織田の手の者がこれまでにも増して城中を跋扈している。曲者を見たという報せは毎日のように伝えられるし、何者かに討たれた味方のむくろが見つかったことも一度や二度ではない。

有岡城は堅城だが、あまりに広く、いかに兵を配してもすべてを見張ることは出来ない。織田の手の者が幾人忍び込んでいるのか、見当もつかぬという有様であった。それは戦の初めからわかっていたことであり、これまでは警固を厳にして大事を禦いでいたが、ここに来て敵の跳梁を許している。兵の気が緩んでいる、と言えば言えるだろう。

「どの煙硝蔵にも番卒を置いてあったはずだ。そやつらはどうした」

「は」

和泉はそっと、ひたいの汗を拭う。

「足軽が二人ばかり警固いたしおるところ、見知らぬ者どもに酒を勧められ、その場を離れたとのこと。両人とも、捕らえてありまする」

「そうか。斬れ」

「は。斬首でよろしゅうござりまするか」

そう和泉が訊いたのは、磔や火炙りなどの惨刑に処さなくてもいいか、という確認のためである。村重は物憂げで、ことばは少なかった。

「そうせよ。首は晒せ」

「は」

「今日より夜の間は、大溝筋にかかる橋の往来を差し止めよ。夜を徹して番卒を置き、軍兵のほかは、儂の許しがなくば通すな」

「仰せの通りに」

どこか西の方で雷鳴が響き、その余韻が村重の屋敷に届く。雷の多い年は豊作だという。土地を広く囲い水に恵まれた有岡城には田畑もあり、秋になれば新米が実る。有岡城はそれまで持ちこたえるだろうか。

案ずることはない、と村重は思う。有岡城は落ちぬ。兵粮も玉薬も備えは充分で、まだ幾月、幾年であろうと籠っていられる。本当に考えるべきは、そうして籠城を続けた先に、勝利があるのかということだ。本当に危ぶむべきは――

「雷が」

と、和泉が呟く。

「雷が、どうした」

「いえ、埒もなきこと」

「そうか。下がれ」

「は」

大広間に一人残り、村重は和泉が言わんとしたことがわかるような気がした。なぜなら村重自身、おそらく同じことを考えていたからだ。

雷が安土に落ちて、信長を焼き殺してはくれぬか……。

村重は薄く笑った。おのれの胸に浮かんだ想念そのものが、はっきりと証し立てているではないか。この戦は、もう終わりなのだ。

翌日、午前。本曲輪天守で開かれた軍議で、煙硝蔵が狙われたこと、守りを懈怠した足軽を斬ったことが諸将に伝えられた。居並ぶ諸将は、物も言わない。誰もが、そのようなこともあろう、と受け止めているのだ。村重が見張りを厳にせよと命じた時でさえ、どこか聞き流すような気配がないでもなかった。しかしさすがに村重が低い声で、

「その話はそれまで。次に、皆の者に言うことがある」

と前置きすると、将らは容を改めて聞き入った。

村重は言う。

「宇喜多が織田についた。備前美作は織田に転んだ」

やはり今度も、口を開く者はいなかった。重い静けさが天守を満たす。

宇喜多の寝返りは、既に広く噂されていた。向背常ならぬ宇喜多のこと、さもあらんと多くの者が頷く一方で、それは空説に過ぎぬと唾を飛ばして言い募る輩も少なくはなかった。信じたくなかったのである。宇喜多が織田につけば、毛利勢が陸路駆けつけることは絶対に不可となる。

「されば」

弱々しい声で、荒木久左衛門が言う。

「殿。いかがなされるおつもりか」

それが問題であった。宇喜多が寝返ったいま、有岡城はどうすべきか。

「思案はある。じゃが城の行く末のことなれば、皆にも考えがあろう。存念あらば、聞こう」

上座の方で、両の拳を床につけた者がいた。

「おそれながら」

眉目秀麗な若武者である。

これは北河原与作金勝といって、村重の先妻の縁者にあたる。北河原家は伊丹家に従っていたが、村重と縁続きであることから主の疑いを招き、追放されたという経緯があった。村重の先妻というひとは既に亡く、北河原家も戦で当主を失って衰えたが、与作は若いながらも北河原家を背負う者として懸命の働きをしている。

与作は、荒木家中のみならず天下随一の馬名人として知られる荒木志摩守元清に馬術を習った。志摩が別の城を守っているいま、有岡城で最も馬技に優れているのは、この与作である。かれは先頃その技を存分に生かし、織田の包囲を破って尼崎城に書状を届けるという大任を果たしていた。

その与作が言う。

「尼崎城の毛利勢は、既に宇喜多に備えて引き上げております。城中は人無きに等しく、当城への援兵など思いもよらぬ有様。殿、どうかご賢察あれ。毛利は参りませぬ」

尼崎城をその目で見てきた与作の言である。諸将もやや気を呑まれた様子だったが、ほどなく、笑う声が上がった。声の主は五十がらみの、僧形の男だ。

「殿。仮に与作めの申す通り尼崎が空城だとしても、早合点はなりませぬぞ。軍兵は波のごとし、返してはまた寄せるものと承知しております。大坂は堅固、丹波も支えておりますれば戦の趨勢は何も変わっておらず、よし山陽道は宇喜多に塞がれるとしても、毛利には海路がござれば、案ずるほどのことはなかろうと存ずる」

これは瓦林能登入道といい、荒木家中屈指の大身、瓦林越後入道の親族にあたる。越後入道が病に伏せるいま、将の中では唯一の僧形であるのに、本人は至って刀術を好み、香取大明神を恃む上は仏道など洟もひっかけぬ、念仏も題目も聞いたことがないという不遜な武士であった。

北河原与作の妻は、瓦林家の出である。与作と能登も親類に当たるというのに、この二人はどこかよそよそしい。能登は与作を、衰えた北河原家の小せがれが一端の武者らしい顔をすると侮る風であり、与作は能登を、瓦林の家名に胡坐をかいて勇ましいことを放言する凡夫と見る風である。

「能登殿の申す通り」

と、下座から大音声がかかった。上臈塚砦を守る中西新八郎である。

「そも、われらは数万の織田勢をここに釘付けにしておりまする。よし毛利の来援が一ト月二タ月遅れるとして、なんの不都合がありましょうや。殿、われら上臈塚砦の精兵は、合戦の日を一日千秋の思いで待ち望んでおりまするぞ。その暁にはきっと、織田侍の首で塚を築いてお目にかけまする」

「おう、新八郎の言やよし」

そう新八郎を褒めたのは、鵯塚砦を守る野村丹後であった。丹後は野太い声を張り上げ、天守に響かせる。

「殿。織田が力攻めで当城を抜くことは、万に一つもかなわぬこと。尼崎城の雑賀衆は紀伊に引き上げたと聞き申したが、わが鵯塚砦の雑賀衆は当てになりまする。時に和泉殿、矢玉の蓄えはいかに」

　突然名を呼ばれて池田和泉は当惑顔であったが、

「さて。去年師走の戦を例といたすなら、まだ七度や八度は戦えましょう」

　と答える。

「これは心強い。されば七年か八年か、ずいぶん戦を続けられようぞ」

　丹後はそう言って、からからと笑う。居並ぶ諸将が次々に、そうだ、そうだと賛意を表した。一方で和泉は渋い顔である。言いたいことはあるのだろうが、家中で重きをなす丹後に異は唱えにくいのだろう。

　村重は将の顔をざっと見て、荒木久左衛門に目を留める。

「久左衛門はどうか」

「は……」

　久左衛門は畏まり、沈着に言う。

「与作の言い条にも理はござれど、この戦は毛利、本願寺、播磨や丹波の国衆と示し合わせたものにて、本願寺には人質も出してござる。戦の行く末は、われらのみにては決しかねること。なにぶん宇喜多和泉守は世に知られた比興の御仁にて、寝返りは俄かのこととも申せず。毛利には毛利の考えがござろうほどに、当城はこのまま堅く支えて、いまは毛利の出方を窺うのが上策と存ずる」

　軍議の場に、おお、という嘆息が満ちる。

「さすがは久左衛門殿」

「おお、それがよい。そうすべきじゃ」

「殿。久左衛門殿の申す条、もっともかと」

野村丹後のことばには頷きかねた将らも、久左衛門の異見には賛意を示す。村重は物憂げに頷いて、

「聞きおこう。軍議はこれまで」

と言った。

2

村重は織田に叛旗を翻すにあたり、万全の備えをした。足軽を雇い入れ、鉄炮を買い足し、兵粮蔵を幾戸も建てて米と塩を運び込んだ。それでも有岡城に足りぬものがあるとすれば、人であった。中でも使者が不足である。

離れた相手と事を談ずるにあたって、書状を取り交わすのはもちろんのことであるが、肝心の用件は使者が口頭で伝えるというのが常法であった。使者たる者は主君の言い分を誤解なく先方に伝え、先方の言い分を誤解なく持ち帰らねばならない。それゆえ、いかに足が速くとも、愚かな者や礼儀を弁えぬ者に使者の用は務まらない。またどれほど利発でも、山野を行くすべを心得ず、我が身と書状を守れぬ者では役に立たない。

地理に明るく旅に慣れ、壮健かつ健脚で、才知に長けて礼儀を弁え、しかも相手が信を置くような身分のある者が、使者として望ましい。だがそれらすべてを兼ね備えた傑物は、使者よりもむしろ将として用いたくなるのが道理である。現に、尼崎城への使者として、村重は将である北河原与作を用いた。だがそれは、与作が馬術に長けるのみならず、この北摂に生まれて近辺の地理を弁えているからこそ叶うことである。与作を遠国への使者に用いることは出来ない。

ゆえに村重は使者として、山伏や旅僧を用いていた。

軍議の後、屋敷に戻る村重に、郡十右衛門がさっと近づく。

「無辺殿が来ておりまする」

「そうか」

村重は十右衛門の方を見もしない。

「常のようにいたせ」

「は」

十右衛門も殊更に頭を下げるでもなく、村重から離れていく。すべては刹那の出来事であった。

無辺というのは年の頃五十ばかりの廻国の僧で、しばしば霊験を示す高徳の僧として戦の前から名を知られていた。むろん、織田が有岡城を囲んでからは、商人はおろか僧の往来も差し止められている。だが無辺は今春、どこからともなく城門の前に現れて、死人の供養をしたいから開けてくれと言った。それ以降、かれは幾度か有岡城を訪れている。

その日、有岡には車軸を流すような雨が降った。雨が上がると、ほぼ中天に差しかかっていた夏の日がたちまち容赦なく照りつける。陽炎が立ち上る伊丹の町を、無辺はひとり歩いていく。垢じみた袈裟は擦り切れ、頭に載せた笠は破れが目立ち、行李は何も入っていないかのように軽々として、手にした錫杖も泥に汚れている。

伊丹の町では、民草が日々の暮らしを営んでいる。長い籠城でひとびとは疲れ倦んでいるが、山に逃げた民はことごとく殺されたと聞けば、われらはまだしも運がよいとおのれに言い聞かせて、死の気配など忘れたふりで一日一日を過ごすしかない。暮らすといっても商いの道は断たれ、工人らには頼み仕事もなく、うだるような温気の中で誰もが死んだ魚のような目をしていたが、無辺が通ると民の顔に光が射した。

「おお、無辺さまじゃ」

「ありがたや」

無辺に手を合わせて念仏を唱える者もいれば、題目を唱える者もいる。髪も衣も土埃にまみれた女が駆け寄って、無辺の前に膝をつく。

「もし、無辺さま」

無辺は笠を目深にかぶったままで応える。

「いかがなされた」

「実は、父が三日前に身罷りました。どうか供養してくださいまし」

「さようか。拙僧は御城主に呼ばれておるゆえ行かねばならぬが、戻れば必ず供養いたそう」

　女は感極まって涙を流し、手をすり合わせて無辺を拝む。無辺はふたたび歩を進めてゆく。町には音もなく、風もなく、ただ無辺の錫杖の鐶が立てる涼やかな音ばかりが響き、民草の祈りのことばが呟かれるのみである。足軽が四人ばかり、大通りを歩いていく。無辺の風体を見て乞食坊主めと笑うが、一人が「無辺さまじゃ」と言うとみな黙り込んで、庶人と同じく合掌する。

　無辺は町屋を抜け、大溝筋を越える橋に差しかかる。橋には番卒が置かれていて、ふだん鎧兜を着けない者が橋を通ろうとすると、橋銭と称して小銭をせびり取る。だが、近づく僧が無辺だと気づくと、番卒はにやけ顔を引っ込めて道を開ける。

　橋を渡れば侍町で、まずは足軽長屋が続く。驟雨が上がった後のこととて、道はぬかるみである。無辺の金剛草履はたちまち泥にまみれ、錫杖を道に突くたびに土が粘りつく。やがて通りの左右には部将たちの屋敷が多くなる。この侍町に住む者はみな城の守りに就いているため、町には人の気配がない。それでも、屋敷に残る女たちや小者が唱えるのだろうか、無辺の歩んだ後を念仏が追いかけていく。

　侍町と本曲輪もまた、水堀と橋によって隔てられている。この橋は昼夜を問わず御前衆に守られ、かれらは見知らぬ者を決して通さない。無辺は錫杖の鐶を鳴らしながら橋を渡っていく――御前衆は、何者かと問うこともしない。村重にそう命じられているからである。橋の本曲輪側に設けられた門も、無辺を妨げることはない。屈強の御前衆が見張る中、無辺は無人の地を行くように、有岡城の最奥へと歩を進めていく。

やがて無辺は、村重の屋敷の前に立つ。どこで様子を窺っていたのか、無辺の背後から郡十右衛門が近づいて声をかける。

「案内いたす」

無辺はやはり笠を脱がないままで、頷く。

格天井を備えた大広間で、村重と無辺が向かい合う。雨上がりに日が強く照ったせいで、部屋は息苦しいほどに蒸している。酷暑ゆえか蟬も鳴かず、部屋は死そのもののように、ただ静かであった。

村重と無辺の二人のみである。太刀持ちも近習もいない。ふだん村重が大広間で人に会う場合は、万が一に備えて御前衆が次の間に控えるが、無辺との対座に限ってはそうしたこともない。むろん村重は自らの左に刀を置き、無辺の振る舞いには気を払っている。密談は、ことばの行き違いひとつで容易に刃傷に至る。相手が僧でも、村重の用心に怠りはない。

村重の背後には、今日に限っていくつかの木箱が並べられている。大なるものもあり、小なるものもあり、いずれも十字に紐がけされている。無辺はその箱をちらりと見たが、物は言わなかった。

　笠を取った無辺の顔は渋紙色に灼け、目鼻立ちは柔和なようでいて、強い芯を感じさせる。村重が無辺に会ったのは数年前のことになるが、いまでも村重はこの男のことがよくわからない。評判では高徳の廻国僧ということだが、俗気があるようでもあり、ないようでもある。会って話せば世間の風聞にも相当通じているが、無辺はそうした噂を、遠い異国の出来事のように話す。世間というものを高みから見下ろしているようでもあり、あるいは、世間という貴いものにおのれは入っていけぬと諦めているようでもある。物を頼めば、なんでも聞く。臨終の者に引導を渡してやれと言っても、死者のために経を読めと言っても、遠国の噂を聞かせよと言っても、いやな顔一つしない。村重は無辺を信じてはいないが、無辺と話すことは嫌いではなかった。

「無辺。近う」

　村重がそうことばをかけると、無辺は座ったままで拳を使って村重に近づき、ほど近くまで進む。村重が言う。

「大儀であった」

　無辺は巌のような村重の体軀を見て、

「摂津守様は、少しお痩せになりましたな」

と返す。二人の間に、挨拶はただそれだけであった。

ここ二年ほど、村重は無辺を、使僧として用いている。都に行くという無辺に、知人への書状を預けたのが始めであった。さしもの村重もその頃は、織田勢に囲まれた有岡城から無辺に託して書状を発することになるとは、夢にも思っていなかった。

村重が訊く。

「書状は届けたか」

「さればそのこと。斎藤様より返書を預かっておりまする」

「斎藤。内蔵助利三か。見せよ」

無辺は懐に手を入れ、書状を取り出す。村重は書状を受け取ると、無辺が離れるのを待って、それを開く。差出人は斎藤内蔵助利三。斎藤は、明智十兵衛光秀、いまは惟任日向守光秀と名乗る織田の大将に仕える武士である。

村重が無辺に預けた書状は、光秀に宛てたものであった。光秀はいま丹波攻めの陣中にいるため、無辺が向かったのも丹波のはずである。その返書が利三の名前で届くというのは訝しい。村重が書状を読む間、無辺は座禅を組むように瞑目し、身じろぎもしなかった。村重は書状を読み終え、元のように折りたたむ。

書状を懐に入れながら、村重は苦い顔をする。

「内蔵助め、門前払いを食わせおった。儂の書状は取り次がぬとな。左様なこともあろうとは思うておったが、書状には、仔細はおぬしに伝えたとも書かれてある。内蔵助は何と言った」

「されば申し上げまする」

　無辺は朗々と言う。

「斎藤様が仰せられまするには、日向守様は在所の明かせぬ付け城におわし、陣中は余人の出入りを厳しく戒めておるゆえ目通りはかなわぬとのご沙汰。されど斎藤様曰く、日向守様は荒木家の行く末を案じておられ、ことに新五郎様は息子と呼んだ縁もござれば、あまりむごい有様は見とうないと仰せであったとか」

「……そうか」

　村重の息子である新五郎村次は、光秀の娘を娶っていた。しかし村重が織田と袂を分かった時、村次は妻を離縁し、明智家に返している。光秀が遺恨を抱いてもおかしくはないと思っていただけに、無辺が伝えたことばは、村重にとって意外であった。

「ほかには」

「これは日向守様の御了見にはあらねど、と断って斎藤様が仰せられたことには、どうにも合点がいきかねると」

「ふむ。何に合点がいかぬ」

「あれほどの大戦を仕掛けながら、なにゆえいま、摂津守様が降参仕るのかわかりかねる。訝しきことよとの仰せにて」

　村重は、しばし黙っていた。……誰かが聞き耳を立てている気配がないか、探ったのである。耳を澄ましても聞こえる音は何もない。風もない日であった。

無辺が命じられた使者の役目は、光秀に書状を渡し、織田に降伏する口利きを頼むことであった。家同士の談判は、何事も取次(とりつぎ)という役を通して行われる。だが村重はいま、織田家にこれといった取次がいない。強いて言うなら万見仙千代がそれに当たっていたが、かれは去年極月(ごくげつ)の戦で摂津に散った。

　村重が和議を進めていることは、秘中の秘である。信の置けるごくわずかな御前衆を除けば、家中でも知る者はない。

「そのことか」

　村重は小さく息をついた。

「なるほど内蔵助はそう言ったか。日向守ならば、そうは言わぬであろうが」

「斎藤様は首を傾げ、有岡城は当分落ちぬであろう、有岡が落ちぬなら尼崎も花隈(はなくま)も落ちぬはず。それを荒木摂津守様ともあろうお方が心せわしゅう降参の取次を申し出てくるとは、いかにも奇妙と繰り返しておいでにござった」

　斎藤内蔵助が無辺にそれを聞かせたのは、無辺の、ひいては村重の肚(はら)を探るためであろう、と村重は読んだ。内蔵助は、村重の書状が何かの謀(はかりごと)ではないかと疑っているのだ。

　光秀が丹波攻めで留守だから書状を取り次がぬ、というのは、内蔵助の方便に違いない。いかに留守とはいえ、主君に届けられた書状を家臣が門前払いするというのは聞いたことがない。書状が突き返されたわけではない以上、それは光秀の手に渡ったと考えていい。

つまり内蔵助は、光秀のために時を稼いだのだ。だが村重は、有岡城に時が残っているとは考えていない。

「新たな書状をしたためる。内蔵助には、勝てぬゆえに降ると言え。日向守ならば承知もしようとな」

無辺は飄々とした顔でことばを返す。

「拙僧は武辺の身ではござらぬゆえ、摂津守様の御諚、いかにもわかりかねまする。有岡城は落ちぬであろうと、万人が噂しておりまするでな」

村重は軍略について人と話すことを好まない。武略軍略は語られることによって力を失うからだ。だがこの場合はやむを得まい、と村重は心を決める。

「たしかに有岡は落ちぬ。まだ幾年でも支えるであろう」

「…………」

「されど、戦は勝つために開くものじゃ。儂にとってこの戦の勝ちとは、毛利の援兵が着到し、織田勢を相手に決戦仕って前右府信長を首にすることよ。城を支えることではない」

「はて……おそれながら、摂津守様が勝っておらぬのは拙僧もわかり申す。されど織田も、別段勝ってはおりますまい」

「御坊はそう考えるか。内蔵助もそう考えた」

そして、軍議の場で籠城継続を訴えた将らも、そう考えたはずだ。まだ戦は終わっていない、まともに鑓も合わせていないではないか、と。

「そこが違う。織田はこの戦、決戦に至らぬことがすなわち勝ちじゃ。桶狭間の習いの通り、いざ野戦となれば寡兵必ずしも負けるとは言えず、多勢必ずしも勝つとは言えぬ。ゆえに儂は、織田が決戦を避けられぬ時と場を選んで戦を開いた」

村重が北摂津で叛旗を翻すことによって、播磨の羽柴筑前守秀吉が孤立する。織田勢は秀吉を見捨てるか、有岡城を攻めるか、いずれかしか選べない。そして秀吉を見捨てれば西国攻めそのものが潰える以上、織田はいやでも有岡城を攻めなければならない。その潮を捉えて決戦を挑む――それが村重の軍略であった。

戦は、村重の思う通りに進んだ。織田はたしかに大軍を率いて有岡城を囲み、信長自身も出馬した。あとは決戦あるのみ。そのはずだった。

しかし、村重が築き上げた舞台に、毛利は乗ってこなかった。

「既に潮は去った。宇喜多が織田についたいま、毛利は来ぬ。いまならばまだ、織田は降伏を受け入れよう」

そこまで言って、村重はふと、気づくことがあった。

「御坊。内蔵助は、まだほかに何か申しておったであろう」

有岡城の開城を取り次げば、それは光秀の手柄になる。斎藤内蔵助は村重の思惑を疑う一方で、主君が手柄を挙げる機を見逃したくもないはず。であれば、無辺をただ門前払いにするとは思えない。

　案の定、無辺は言う。

「申し上げにくきことにござれど」

「構わぬ」

「されば、おそれながら。斎藤様は、摂津守様が降（くだ）るとは俄かには信じられぬ、まことであるとの証しに質（しち）が欲しいと仰せにござりました。とは申せ、有岡城から丹波まで人質を連れるのもむつかしきこと、ここは物がよかろうと」

　言い分はもっともである。村重は頷き、訊く。

「何を寄越せと言っておった」

　さしもの無辺が、心なしか言い淀んだ。

「は……〈寅申（とらさる）〉を、と」

　村重は、わずかに目を見開いた。

〈寅申〉は、村重が持つ数多（あまた）の名物の中でも、〈兵庫〉と並んで世に広く知られた茶壺（ちゃつぼ）である。形は下部が広く口に向けて狭くなる裾張（すそは）りで、色合いは黄目。寅（とら）と申（さる）の日に市が立つ天王寺で見出（みいだ）されたため、そう名付けられた。

「〈寅申〉か」

　村重が呟くと、無辺は苦い顔をする。

「かの名物、値をつければ一千貫文二千貫文ではきかぬと聞き及んでおりまする。書状を取り次いでほしくばまずは〈寅申〉を寄越せとは、斎藤様もずいぶん欲の深いことを申されますなあ」

一貫出せば、優に人が一人買える。〈寅申〉ひとつで一城に値すると言っても、決して言い過ぎではない。

遠くから雷鳴が聞こえる。村重は無言のままでのそりと立ち上がり、無辺に背を見せぬよう半身で、自らの背後に並ぶ木箱から一つを選び出す。その箱を無辺の前に置いて胡坐を組みなおし、言う。

「〈寅申〉じゃ。惟任の陣に届けてくれ」

無辺は、ことばも出ない様子だった。目を剝いてしばらく箱を見つめ、やがてようようのことで言う。

「これが。まことにござるか」

「検めるか」

無辺は手を伸ばしかけ、ふと我に返ったように首を横に振る。

「摂津守様がこれは〈寅申〉と仰せになられたものを、なにとて疑いましょうや。されど……」

ふと無辺は容を改める。

「拙僧は仏弟子、摂津守様より扶持を受ける身にござらねば、これまで異見などはいたさず。ただ、これはお聞きあれ。斎藤様は……いや日向守様は、まことに〈寅申〉を送って来ようとは夢にも思うておりませぬぞ。寄越せと言うたは、つまるところ、拙僧を追い払う方便にござる」

「で、あろうな」

「ご承知か。いや、でもござろうが、さればなにゆえお渡しになりまする。日向守様は、荒木与し易しと見て侮りましょう」

「たしかに、侮るやもしれぬ」

そう言って、村重はかすかに唇の端を持ち上げる。

「じゃが、無理を承知で〈寅申〉を寄越せと言い、まことにそれが送られて来れば、追い込まれるのは光秀よ。これほどの名物の所在は、隠しおおせるものではない。〈寅申〉を騙り取ったと風聞が立てば、名が落ちるのは光秀じゃ。ゆえに光秀は、儂のために働くよりほかはなくなる」

無辺は、ちらと村重の様子を窺うそぶりを見せた。

「……これはいかに。有岡城は落ちぬと仰せになりながら、摂津守様はずいぶんと急いておいでのご様子じゃ」

村重のことばは、自らに言い聞かせるようであった。

「丹波が落ちてからでは、信長は降伏など容れまい」

降伏が対等に受け入れられるのは、その降伏が敵にも益がある場合だけである。降ってくれて助かったと思わせることが出来なければ、降伏は拒まれるか、容れられるにしても過酷な条件を呑まされる。

いま有岡城が開城すれば、京から西国への道が開ける。そのため、村重の降伏は織田にとっても有益である。しかし、光秀が攻めている丹波が織田の手に落ちてしまえば、多少遠まわりではあるが、やはり京と西国の間に道が通じる。そうなってからでは、対等な降伏は望むべくもない。

また、かすかに雷鳴が耳に届く。村重は首を巡らして障子を見るが、夏の日は眩しいばかりに照り、ふたたび驟雨が来ようとは思われない。

「遠雷じゃな」

「さようにござる」

「こなたに来ねばよいが。落ちねばよいが」

「さようにござるな」

「……儂は将じゃ。雷が来ねばよい落ちねばよいと願うだけでは足りぬ」

それだけ言って村重は無辺に向き直る。

「御坊。有岡の開城は、長島、上月のようではならぬ。打てる手は、打つ」

「…………」

伊勢長島城が開城した時は、城を去ろうとした船に鉄炮が撃ちかけられた。

播磨上月城が開城した時は、籠城していた女子供は国境に並べられ磔にされた。

村重は思う。この乱世には撫で斬りも珍しくはない。だが有岡城が長島、上月の轍を踏めば妻が、千代保が悲しもう。

「そのための使僧、そのための〈寅申〉と心得よ。心してゆけ」

無辺はしばらく口を真一文字に結んでいたが、やがて掌(て)をつき、深々と頭を下げる。

「拙僧の命に代えましても、必ずや」


有岡城への出入りは、織田に見張られている。ひそかに城を出るには夜陰に紛れるよりほかはなく、必然、無辺は城内で夜を待つことになる。

ふだん使僧としての役を命じられる時、無辺は村重の屋敷で夜を待っていたが、いま、ここに一つ差し障りがあった。先日、曲者が煙硝蔵に火を付けようとして以来、日が落ちると城内の橋は往来が差し止められるようになった。むろん城門は城の最も外側にあるため、無辺が夜まで本曲輪に残っていては、城を出ることができないのだ。大津伝十郎の陣を夜討ちする際に用いた隠し道を使えば城の東に出られるが、いかに無辺と言えど、あの道を城外の者に教えることは出来ない。

夜であっても無辺だけは通せと村重が命じれば番卒は従うだろうが、無用の噂が立つだろう。それも望ましくないことであった。無辺はどうしても、町屋で夜を待たねばならない。

「雨露を凌(しの)げる場を存じておるか」

村重が訊くと無辺は首を傾げ、〈寅申〉を納めた行李をちらと見た。

「拙僧は廻国僧にござれば、露天なりとも苦しゅうはござらぬが……いまは、少々障りもござりましょうな」

村重は頷いた。

「町屋の南外れに、老いた出家が庵を結んで閑居しておる。旅僧は拒まぬはずじゃ」

「さればそこに参りましょう」

無辺はさほどこだわることもなく言って、村重の前を辞そうと平伏する。村重は無辺の行李に目をやり、

「御坊、しばし」

と声をかける。顔を上げ、無辺は柔らかに訊く。

「なんぞござりまするか」

「いや……」

村重は強いて、瞼を半ば閉じた。

「大事ない。行け」

無辺は怪訝そうに眉を寄せ、それからはっと顔をこわばらせたが、そのまま何も言わずに退出する。

雷鳴はいまだ遠かった。

3

村重は祐筆（ゆうひつ）に命じ、光秀への再度の書状をしたためさせた。求められた通りのものを送るので、和談を進めてほしいという内容である。末尾に、委細はこの書状を持参した者が申す、という断り書きを添える。すべてを書いてしまえば書状が敵に奪われた時に何もかも露見してしまうし、書状自体が後日の禍（わざわい）にもなる。詳細を書かないのは当然の用心であった。

祐筆は命に従い、書院に下がる。書状が書き上がるまで、村重は広間から離れなかった。やがて祐筆が書状を持参すると、村重はそれを検めて、

「十右衛門を呼べ」

と命じた。無辺が使僧であることを知っているのは、御前衆でも郡十右衛門一人だけである。

ほどなく十右衛門が広間に入ってくる。

「お召しにより参上仕ってござりまする」

その声に変わりはなかった。だが村重は、ふと疑念にかられる。ふだん、十右衛門は物に動じない。春の夜討ちの折でさえ、気勢を上げこそすれ、気後れする様子はなかった。しかしいま、十右衛門の振る舞いや顔つきに、どことは言えぬ硬さがある。

「なんぞあったか」

「は……」

「構わぬ。言え」

命じられ、十右衛門は観念したように言う。

「は。北河原様の手勢と瓦林能登様の手勢、道で睨み合い、剣呑にござり申した」

「斬り合いか」

「さにあらず。能登様の手勢が北河原様の手勢を、開城ばかりを言い立てる腰抜け侍と罵りましたるところ、他家の手勢もそれに加わり、騒ぎに至ってござりまする。池田和泉様が兵を率いて駆けつけ仲裁いたさねば、危うきところ」

「……そうか。そのようなこともあろう。十右衛門、なにゆえ言上をためらったか」

「おそれながら」

十右衛門は言い淀むが、それはわずかな間だった。

「殿。城中はおおむね、能登様に同心しております。北河原様を臆病と罵る者、意気を挫く不忠者とまで言う者、決して少なくござりませぬ」

「不忠、か」

村重は呟き、少し笑った。村重は主君であった池田筑後守勝正を追放し、池田城を乗っ取った。盟を結んだ三好を見捨てて織田につき、いま織田を捨てて毛利についた。村重は別段、おのれの振る舞いが不実なものだとは考えていない。生き残るためには誰でも似たようなことをせねばならぬと思っている。ただ、忠を楯に人を罵る者がこの城にいることが、ふとおかしくなったのである。

しかし、郡十右衛門がその話を村重に告げ知らせたことには、意味を見なくてはならない。

「十右衛門、おぬし」

村重の声は、心持ち低いものであった。

「儂が和議を進めておることを、諫めるつもりか」

十右衛門の面が、さっと赤みを帯びる。

「滅相もなきこと。それがしは、殿に従いまする」

そのことばは村重の耳に、おのれは村重に従うが、ほかの者はわからぬ、と聞こえた。村重は十右衛門を、万事控えめながら細心さと武勇を兼ね備えた、将の器に足る武士だと見ている。その十右衛門がわざわざ言うからには、思うところがあるはずだ。

しかし村重は、それで断を翻すつもりはない。十右衛門に書状を渡す。

「城の南の草庵に、無辺が留まっておる。この書状を届けよ」

「……は。承ってござりまする」

十右衛門は速やかに去った。逃げるようでもあった。

村重がひとり残る大広間は、もとより、余人が立ち聞き、盗み聞きを出来ぬよう広々と造られた部屋である。ひとりでは、持て余すほどに広い。

茵の後ろには、いくつもの木箱が並べられたままだ。木箱の中身は、むろんすべて茶道具である。光秀が質を求めてくることを察し、あらかじめ近習に並べさせたものだ。

「誰か」

そう声を上げると、無辺と談判していた折には下がっていた近習たちが、すぐ「ここに」と応えて障子を開ける。

これらの近習は、蔵から木箱を出すように命じられた者ではない。同じ近習を使えば、村重が無辺と会った後にどの木箱がなくなったのか、察せられないとも限らない。村重は用心のため、あらかじめ別の者を待たせていたのである。

「これらの木箱を蔵に移せ。丁寧に扱え」

「は」

近習らはさっそく、木箱を運ぼうとする。村重はそのさまを見て、命を変じた。

「いや。やはり蔵には運ぶな。書院に置け」

村重のことばを疑う者はなく、下知の通り、茶器は書院へと運ばれていく。すべての名物を運び込ませると、村重は急事を除いて誰も近づかぬようにと命じた。

書院は八畳である。ここはふだん村重が書見に用いる部屋で、家臣が立ち入らない奥の間にも近い。さしも長い夏の日もほぼ暮れかけ、部屋の中は薄暗い。数多の木箱に囲まれ、村重はひとり、十字がけの紐をといて箱を開けていく。

名にしおう〈兵庫〉の大茶壺、〈小畠〉の釜、千宗易から譲り受けた小豆鎖、定家の色紙、牧谿の遠浦帰帆図。吉野絵椀、姥口釜、備前焼の建水などは名物ではないが、村重の目にかなった、容のよい品である。

村重が仕えていた池田家や、その宿敵であった伊丹家、いま村重に仕えている北河原や瓦林、村重から離れていった高山や中川は、この北摂津の出である。というより、池田や伊丹という土地が北摂津にあり、そこを根拠にする国衆が池田や伊丹を名乗った、というべきだろう。だが荒木という地は、北摂にない。

村重の一族は流れ者であった。村重の父は池田家中でそれなりに重きをなす人物であったが、それとて主家を壟断するほどではなかった。いまの荒木家は村重が一代で築き上げたものと言ってよい。ここに並べられた名物も、すべて村重が集めたものだ。

村重は無言であった。やがて日は沈んでいき、頼りなく細い月が天に昇る。星明かりに茶道具が照らされ、あるものは輝き、あるものは光を吸い込む。本朝屈指の美に囲まれ、村重は身じろぎもせずにいた。

どれほどの時が経ったか。足音が書院に近づいてくる。近習たちのそれではなく、かすかに衣擦れも聞こえる。村重は刀に手を伸ばしかけ、やめた。やがて、襖の向こうから抑えた声が届く。

「殿。おいでにございますか」

千代保の声であった。

「何用か」

「殿が書院に入られたまま人を近づけぬと聞き、差し出がましいかとは存じまするが、ご様子をうかがいに参りました」

「そうか」

村重はそこで初めて、夜の訪れを知ったようであった。

「構わぬ。入れ」

襖が開き、手燭（てしょく）の明かりが射しこむ。ゆらめく炎に照らされて、茶道具はまた違った様相を見せる。

「手入れをなされておいででしたか」

千代保が得心したように言うが、村重はぼそりと「違う」と言った。

「何をしておったわけでもない。ただ、見ておった」

「さようにございましたか」

そのことばには、訝しむ気配も、あきれる気配もない。千代保は村重の斜め後ろにそっと座り、

「では、わたくしも拝見してよろしゅうございますか」

と尋ねた。村重は何も言わなかった。

開け放たれた火灯（かとう）窓からわずかに夜風が吹き込み、虫のすだく音も聞こえてくる。夏らしい湿り気も少し過ごしやすくなる。村重はじっと茶道具を見つめ、千代保もただ黙

っている。手燭の炎が揺れる。

「〈寅申〉を手放した」

と、村重が言った。笑みを含んだ声で千代保が応える。

「見えぬと思うておりました。わたくしはあれが好きでした」

「あれが欲しいという者がおったゆえ、戦のために手放した」

「さすが、殿は広量におわします」

「広量か」

その表面に数多の瘤を備えた〈兵庫〉の茶壺を見ながら、村重は少し笑った。

「儂は、そう言われたかったのかもしれぬな」

村重は、去り際の無辺の顔を思い出していた。村重がつい無辺を呼び止めた時の、こわばった顔である。あの時、無辺は村重の心中を察したに違いない。村重はこう言いたかったのだ。――やはり〈寅申〉は戻せ。それがかなわぬなら、せめてもう一目だけでも見せよ。

笑うべき未練である。なお恥ずべきは、その未練を悟られたことだ。

〈寅申〉が戦に役立つというのはたしかだ。〈寅申〉を渡すことで光秀が動かざるを得なくなる、という読みが間違っているとは思わない。だが。

「求めがあれば〈寅申〉ほどの名物も惜しみなく投げ出す、さすがは荒木、松永とは器が違うと称える声を聞きとうて、儂は〈寅申〉を手放した。……そうではなかったか」

いまを去ること一年半、松永弾正久秀は上杉を頼りにして信長に謀叛した。だが上杉が来ることはなく、久秀はたちまち進退窮まった。

この時、久秀が〈平蜘蛛〉の茶釜を渡せば信長は久秀を赦免する、という噂があった。村重はその真偽を知らない。そういうこともあったかもしれぬ、とは思っている。だが結局、久秀は茶釜を渡すことなく自害し、名物〈平蜘蛛〉は炎の中に消えた。

あっぱれ、武士の意地を張り通したと久秀を褒める者もいた。だが村重は久秀の死に様を、何となく面白く思わなかった。〈平蜘蛛〉が永遠に失われたことは残念だが、そればかりではない。久秀が〈平蜘蛛〉を渡さなかったというのが、物惜しみのように思われてならなかったのだ。武士の意地を通すというのなら、〈平蜘蛛〉は織田に渡して後世に伝えさせ、しかる後に腹を切るべきではなかったか、という気がしなくもなかった。

おのれが〈寅申〉を手放したのは、儂は狭量ではないぞと言いたいがためではなかったか。戦のためならば名物など惜しくもないという見栄を張るためではなかったか。であれば、〈寅申〉を手放したのは戦のためではなかったということになりはしないか。

村重は、とうとう言った。

「儂は、〈寅申〉が惜しい。千万の兵に死ねと命じてきた儂が、おのれのものは茶壺一つが惜しゅうてならぬ。千代保、おぬしは儂を笑うか」

「笑いませぬ」

千代保は、即座に答えた。

「この穢土では、愛着は既にして苦にありますれば」

「ふ」

村重は笑みを洩らした。

「坊主のようなことを言いおる。一切皆空と言うても、敵勢は消えぬぞ」

「千代保は、殿がお心のうちをお話し下されたことを嬉しゅう存じます。殿はおことばの少なき方におわしますれば」

「そうか」

村重は火灯窓から、糸のように細い月を見た。

「日も落ちた。下がれ。儂も休もう」

「はい」

千代保が手燭を持った、その刹那のことである。腹に響く音が、夜のしじまを打ち破った。

聞き違えようもない、それは鉄炮の放たれる音である。

4

時ならぬ鉄炮の音に続いて、屋敷の内外から人の声が上がる。村重は刀を手に立ち上がり、傍らの千代保が身を震わすほどの大音声で呼ばわる。

「何事ぞ！」

だだっ、と足音を立て、襖の向こうに誰かが駆けつける。

「申し上げます！」

屋敷詰めの近習の声であった。村重が応じる。

「許す」

「曲者にございまする。物見櫓の足軽が見咎め、鉄炮で狙い撃った由。曲者はなおも逃げておりまする。ご用心を！」

「よし。おぬしはここに控え、千代保を警固せよ」

「はっ」

千代保と目を合わせ、村重は「案ずるな。すぐに人を寄越す」と言う。床に並ぶ名物を一瞥し、それ以上は何も言わずに書院を出る。

廻り廊下に出れば、松明を手にした兵が口々に「どこだ」「そっちだ」と叫びながら走りまわっている。そのうち、村重の姿を認めた巨軀の武者が駆け寄って、庭先に片膝をついた。御前衆五本鑓の一人、乾助三郎である。

「殿」

「曲者と聞いた。幾人か」

「おそらくは、一人。申し訳ございませぬ、見失ってございます」

「なに、しょせん本曲輪からは出られぬ。胆の太いやつよ。具足をつける、供をせい」

御前衆を先に立て、村重は鎧の置かれた板の間へと向かう。行き会う別の御前衆に書院の警固を命じ、別の御前衆には本曲輪から出る門を固めるように命じる。目当ての部屋では、既に近習が鎧の支度をしていた。変事に鎧兜で身を固めるのは武士の心得であるが、曲者一人のために合戦並に皆具するのは間に合わぬことである。小具足に留めて、濡縁に出る。

下知する者がいるのか、兵の動きは先ほどまでより落ち着いている。村重は兵の中に郡十右衛門を見つけ、声を上げてかれを呼ぶ。十右衛門はただちに駆け寄り、膝をついて知らせる。

「曲者、追い詰めてござる。天守近くの藪に潜む様子なれど、窮鼠猫を噛むの喩えもござれば、弓鉄炮で遠巻きにいたしておりまする」

「よし。儂が行くまで殺すなと命じよ」

「は」

ぱっと駆け出す十右衛門の後を追うように、村重は庭に下りる。月の細い夜である。付き従う御前衆が、たちまち何処からか松明を調達してくる。兵らの声は、どこにどれだけ敵がいるのかわからぬ狼狽したものから、敵を罵るものへと変じている。

闇夜に黒々とそびえる天守の下に、兵どもが多く集まっている。数多の松明が掲げられ、あたりは夜を欺く明るさであった。兵どもは、たかの知れた小藪に鑓や弓鉄炮を向け、鼠一匹逃がすまいと目を凝らしている。

　村重が命じると、包囲の一角が開いた。御前衆に自らを守らせつつ、村重は藪の前へと進み出る。藪が揺れ、松明に照らされて何かが光る。

「お気をつけ下され」

　と、一人の武者が村重に声をかける。鷹のような目つきをした、秋岡四郎介であった。その胴鎧に、一文字に横薙ぎした真新しい刀傷があることに、村重は気づいた。

「きゃつ、かなり遣いまするぞ」

　四郎介は達人と言っていいが、驕ったところのない男でもある。こと刀法に関して、四郎介の見立ては過大でも過小でもない。村重は頷き、歩を止めた。すっと息を吸い、藪に向けて野太い声を投げつける。

「この有岡城の本曲輪まで入り込むとは、憎いやつよ。もはや逃れぬところ、潔く出て参れ」

　もとより村重は、応えがあるとは思っていなかった。ただ、ここまで潜り込んだ曲者に、わずかに興をそそられたのである。しかし思いきや、返答があった。

「笑止。池田の弥介が、ずいぶんと大将がましい口を利くものよ」

　弥介とは、村重の仮名である。この名を、摂津守まで昇った村重に面と向かって口にするのは、礼に外れた侮辱に当たる。さすがにさっと満面に朱をそそいだ村重の前で藪が揺れ、白刃を手に下げた、小柄な男が現れる。

「さあ、出たがどうする」

村重よりも、まわりの兵がいきり立った。いまにも鑓を突き出しそうな兵たちを手ぶりで制し、村重は男の顔を見る。村重を罵るのに池田の弥介ということばを使うからには、美濃や尾張の兵ではあるまい。いずれ近在の者であろうと思ってよく見れば、松明に照らされた曲者の顔は、果たしてどこかで見たようであった。

「おぬしは」

村重は、はたと思い至った。

「黒田の、善助か」

名を呼ばれ、男の腕から力が抜ける。ぶらりと下げた刀を億劫そうに鞘に納めて、男は首を垂れる。

「摂津守様がそれがしごとき軽輩の名をご存じ置きとは、いささか意外。いかにもそれがし、黒田家中の栗山善助にござる」

年の頃は三十がらみ、分別と無鉄砲が同居したような顔をしている。播磨の黒田家に仕える武士で、年が近い黒田官兵衛の側仕えであったはずだ。小兵ながら、いまを去ること十年、黒田家が存亡の危機に立たされた苦戦のさなかに敵の首を二つ取って、その苛烈な戦ぶりを近在に知られた男である。

「善助」

と、村重が呼びかける。

「なにゆえ忍び入ったか。黒田が寄せ手に加わったとは聞いておらぬぞ」

「なにゆえと仰せか。知れたこと」

善助は皮肉に口の端を歪めた。

「殿のご存命を確かめ、まことならばお救いいたすため。……他にござるまい」

村重は、善助を狙う鑓、弓、鉄炮そのほかあらゆる武具を見て、言う。

「一人でか」

「さ、それは申せぬ」

仲間がいるのであれば、善助は仲間を庇うため、一人で来たと言っただろう。答えなかったということは、おそらく、一人で来ている。

まさに匹夫の勇であった。黒田官兵衛はたしかに、この本曲輪に囚えてある。だがそのことは、せいぜい真偽のあやしい風聞として伝わっているだけのはずだ。そのような噂を当てにして、天下の堅城有岡城に単身忍び込むとは、正気の沙汰とも思えない。官兵衛の居場所を知るすべもないだろうし、万に一つ官兵衛の牢まで辿り着けたとしても、連れて逃げるなどまったくの不可能事である。――だが村重は、栗山善助の蛮勇を笑う気にはなれなかった。善助はその無謀な賭けに身命を投じ、この本曲輪までは辿り着いたのだ。

居並ぶ兵たちも、気勢を削がれたように武具の切っ先を下ろしていく。武を貴び勇者を敬うことは、抜きがたい武士の心根だ。兵らも、善助を天晴れと思わずにはいられなかったのである。

「そうか。官兵衛を救いに参ったか」

村重がそう呟くと、善助は力尽きたように片膝をついた。麻の着物はそこかしこが破れ、だらりと下がった手からは血がしたたる。乱れた息の下から、善助は言った。

「摂津守様。殿は、生きておいでか」

村重は迷い、答える。

「……生きておる」

「生きておいでか。殿は、官兵衛様はまことに生きておられるのか」

無言で、村重が頷く。

途端、善助は両の手で面を覆い、おおと声を上げた。かれは泣いていた。泣きながら、叫んだ。

「なにゆえ——なにゆえ、殺して下さらなんだか！」

ことばは礫のようであった。

「殿はこの有岡城に行かねばならぬと決まった折、莞爾と笑って、しょせん生きては帰れぬ役目、死後はこれこれの通りにとお指図なされたぞ。意に染まぬ使者を生かして帰すのも戦の習いなら、首にして返すのもまた習い。たとえ殿が討たれたところで、われら、それも戦と呑み込んだでござろう。しかるに摂津守様、なにゆえに殿を生かして、しかも帰して下さらなんだか」

村重は、ことばを返すことが出来なかった。善助は、もはやおのれは死ぬと思い定めているのだろう。なおも叫ぶ。

「殿は有岡城に出向き、戻っては来られなんだ。殿は生きているという風聞が立った。摂津守様、それを信長卿がどう聞くか、御了見はおありだったか。われら黒田家中は日々息を詰め、今日は殿が戻らぬか、さもなくば首になって戻らぬかと待ち申した。殿が討たれておられれば忠義の討死、黒田家に浮かぶ瀬もござったものを、なしのつぶてでは……」

善助が天を仰ぐ。細い月が、かぼそい光を地に投げかけている。

「信長は、殿が、黒田家が有岡城に通じたと見たぞ。さもあらん！　生かされて、虜になっているなどと、誰が信じるか！」

黒田家は、織田に睨まれて生き延びられる家ではない。生き延びるには、仮に官兵衛ひとりが村重に味方したのだとしても、黒田家そのものは変わらず織田に従っていると訴えるしかなかったはずだ。そして、その訴えが認められたとしても、代償は求められただろう。

——村重は官兵衛から、話を聞いている。あれは戦が始まる前の、去年十一月のことであったか。官兵衛は、一人息子の松壽丸を人質として織田に預けている。

善助の涙は滂沱として、止まる様子もない。

「摂津守様、ご存じか。信長は若君を、松壽丸様を殺したぞ。黒田は絶える！」

村重は黙していた。

この戦は荒木家の、ひいては毛利家、本願寺の浮沈を賭した大戦である。他家のことなど斟酌する余裕はない。黒田家が絶えようと続こうと、村重には何の関わりもないことだ。

一方、村重は、官兵衛を捕らえることで松壽丸が殺されることになるとは、露ほども考えていなかった。松壽丸はたしか、十二歳であったろうか。もし、官兵衛を殺していれば松壽丸は生かされるとわかっていたら、おのれはどうしたであろうか。

考え尽くして決したことには、その結果はどうあれ、村重が悔いることはない。だが、考えが及んでいなかったことには――薄い、紙のように薄い、悔いが残る。

それでも村重は、将として、言わねばならなかった。

「下郎め。儂の知ったことではないわ」

「村重ッ！」

「端武者ひとり、殺すに及ばぬ。縛り上げてどこへなりと放り込み、夜が明けたら城外へ叩き出せ。手に負えぬようなら斬っても構わぬ」

村重は善助に背を向ける。兵が善助に殺到し、怒声が夜をふるわせる。

屋敷に戻り、近習に手伝わせて鎧を外していく。郡十右衛門が参じ、下知通り栗山善助を縛り上げたことを告げ知らせ、その上で尋ねた。

「兵どもを引き上げてよろしゅうございまするか」

栗山善助の騒動で、本曲輪を警固する兵だけでなく、非番の兵も本曲輪に入っている。そうせよ、と言いかけて、村重は暫時ためらった。十右衛門が眉を寄せる。

「殿、いかが」

「いや……」

善助は武芸に長けてはいても、忍び込みまでも得意であったとは思えない。その善助ですら、虚仮の一念ではあろうが、本曲輪までは入り込んだ。村重はふと、有岡城の守りに不安を覚えた。

「……御前衆に、無辺が宿る庵を守らせよ。庵の四方を四人に守らせ、何者も近づけさせるな。夜が明けて無辺が出立いたさば、門まで見届けさせよ」

「は。御意のままに」

十右衛門は問い返すこともなく、村重の命を受けて下がっていく。鎧を外し、肩の軽さを覚えながら、村重はふと、十右衛門を呼び戻したい衝動にかられた。もともと無辺に警固をつけなかったのは、なまじ兵をつければ、大事の用を命じたと露見しかねないからであった。それがいま、決めたことを変えて、兵を出した。短慮であったろうか。采配に迷いが生じている、と村重は気づいた。ぐいと腹に力を入れる。断を翻したのではなく、誤りを正したと考えるべきだ。迷うな、死ぬぞと、村重は自らに言い聞かせる。

夜は更けていく。

5

村重は夢を見る。

村重は若かった。荒木摂津守村重ではなく、ただの荒木弥介だった。主君の池田筑後守勝正を心許(こころもと)なく思い、表向きは服従しながら、いつか取って代わろうと腹の中で牙を研いでいた。

「弥介なら、やってのけるやもしれんな」

隣では、いとこの中川瀬兵衛が笑っていた。瀬兵衛も若い。腕の力と鋭い鑓があればこの世に出来ぬことはない、と信じている風である。

「その折には、儂を侍大将にしてくれ」

と、瀬兵衛は言う。

「侍大将とは小さきことよ。城をやろう」

「おお、城か。いいな」

「伊丹を破って、儂は伊丹城に入る。池田城は瀬兵衛に任せる」

「ははは、ならばいまから、城内を検分せねば。伊丹を取って、それから弥介はどうする」

「そうよなあ」

村重は蒼天（そうてん）を仰ぐ。

「やはり、京に上るべきであろうな。茶の道具を見たい。官位とやらも、もらおう」

別の声がする。

「堺はどうじゃ、欲しくはないか」

いつのまに来ていたのか、高山右近が立っている。右近も若い。知謀ならば毛利元就（もとなり）公にも引けは取らぬ、という気概がある。

「パードレがお喜びになる」

「おぬしは南蛮宗かぶれじゃのう。大望はないのか、大望は」

弥介が苦笑いすると、右近は殊更に大袈裟（おおげさ）に、胸の前で十字を切って見せる。

瀬兵衛と右近がいれば、虎に翼である。北摂を取ることなど朝飯前だ。だいたい、主君の池田はもとより、いまの将軍家がだらしない。細川（ほそかわ）、六角（ろっかく）なにするものぞ。せっかく武士に生まれつき、命を何に使おうか……。


払暁、村重は思い出す。

京は織田が押さえた。

堺も織田が押さえた。

中川瀬兵衛は織田に降り、もういない。

高山右近も織田に降り、もういない。

障子の向こうに、何者かが膝をついている。瀬兵衛が戻ったか……いや、近習であろう。儂に用があるのだ。

「何事か」

近習はこわばった声で言った。

「無辺様が討たれたとの知らせにござりまする」

6

無辺は、庵の一室で刺し殺されていたという。

村重は馬を出し、夜明けの有岡城を駆けた。徒歩の御前衆が追いつけず、大溝筋を越えて町屋に入る頃、村重は単騎だった。ふだん、村重が人前で一人になることはない。用心のためでもあるが、常に人を付き従えることが身分の証しだからでもある。将たるもの、単騎駆けなどすべきでない——百も承知でありながら、村重は逸り(はや)を抑えることが出来なかった。

かの庵は町屋の南側、野放図に草が伸びる手つかずの土地に、ぽつりと建っている。もとは、池田の町はずれにあった古寺の法師が年を取り、寂滅までの日々を念仏三昧(ざんまい)に過ごすために建てたものである。村重とその法師は旧知の仲で、庵を結ぶにあたっても、村重が力を貸した。いまや庵主となった法師は、もはや目も耳も弱って明け暮れの世話を寺男に頼り切っているが、廻国僧や山伏には快く一夜の宿を貸すという。

村重が辿り着くと、草野のただなかに建つ庵の表口に、無数の民草が詰めかけていた。どこで凶報を聞きつけたのか集まって、何も出来ずただわあわあと泣いているのだ。時折、絞り出すような叫び声が上がる。

「無辺さま！」

「おいたわしや、無辺さま！」

嘆きは地に満ち、天を震わせ、悲しみの叫びがなお悲しみを引き起こす。さしもの村重が割って入るのをためらう有様である。やがてかれらは村重に気づくと、救いをもとめるかのように手を村重へと伸ばし、口々にことばにならない声を上げる。村重の馬が驚いて後ずさる。庵を守る御前衆らが村重の姿に力を得て、

「下がれ！　摂津守様ぞ、控えよ！」

と怒声を上げ、鑓を天へと突き上げる。だが、民の耳には届かない。ふだんは村重の顔を見ることも許されない庶人らが、ぐしゃぐしゃの顔で諸手を振り上げて村重に詰め寄る。

村重は馬上から人々を見た。誰も黒ずんだ顔をしてほつれた麻衣(あさごろも)をまとい、目には一様に涙を溜めている。明日をも知れぬ籠城の中で、無辺の姿に救いを見た者たちである。その無辺が、死んだ。民の目にあるのは、絶望だろうか。いや、それだけではない。怒りだ。怒りが、ふつふつと沸いている。

村重が一喝する。

「静まれ！　徒党を組むことは、断じて許さぬ！」

戦場の喧騒の中ですら、兵らに下知する村重の大音声である。民の気勢が削がれた隙をついて、その声のあまりの大きさに尻もちをついた。村重の間近に迫ってい た者は、その声のあまりの大きさに尻もちをついた。

御前衆が村重の周囲を固める。村重は重ねて命じる。

「戻れ。従わぬ者は斬る！」

領主の命であることは、誰もが知っている。脅しなどでないことは、誰もが知っている。集った民は未練がまし く幾度も庵を振り返りながら、三々五々、伊丹の町へと去っていく。

周囲が静まると、御前衆らはいっせいに膝をついた。そのうちの一人が顔を伏せたま ま、言上する。

「殿。申し訳ござりませぬ」

乾助三郎である。いま、助三郎の声は震えていた。

「われらが警固いたしおりながら、むざむざと。お聞き及びかとは存じまするが、無辺殿、秋岡四郎介、生害にござりまする」

「なに秋岡もか」

「は。腿を斬られ、喉を突かれて落命」

村重はぎりりと歯噛みをした。荒木家御前衆が誇った五本鑓、そのうちの三人までが死んだのである。村重は残る者どもを睨めつける。その中に御前衆ではない者がいることに、村重はようやく気づいた。腰に刀を差しただけで鎧をつけておらず、折烏帽子までかぶっている。部将格の装いであった。

「そこの者。面を上げよ」

命じられ、男は顔を上げる。

「与作か」

「はっ」

ふだん精悍な若武者といった様子の北河原与作が、今朝は紙のように白い顔をしている。

「おぬしここで何を……」

と言いかけ、村重はことばを呑んだ。与作がここで何をしていようと、構うことではない。いまは何よりも大事がある。村重は馬から下りる。

「検分する。助三郎、ついて参れ。ほかの者はここで待て」

村重が庵に入ろうとしたところで、遅れていた御前衆が追いつく。息せき切った兵たちの中に郡十右衛門を見つけ、村重は、

「十右衛門、おぬしも参れ」

と命じる。

庵は柴垣に囲まれている。垣は低く、柴は手入れが悪いが、境としての役目は充分に

果たしている。戸のない門をくぐって村重らが庵に踏み込むと、暗がりの中に、幽鬼のような姿が佇んでいた。骨と皮ばかりの、僧形の男——これが庵主である。

「え……う……」

と、呻くが、耳を傾けて聞けば、

「摂州様」

と言っていることがわかる。旧知の法師の衰えぶりを目の当たりにし、村重は暫時ことばを失った。だがいまは、旧交を温めるべき折ではない。

「御坊、入るぞ」

とだけ言い、助三郎を振り返る。「案内仕る」と、助三郎が前に立った。

この庵に、部屋は三つある。一つは土間と囲炉裏を切った居間であり、庵主は寝起きもここでする。一つは持仏堂、小ぶりながら作法にかなった造作の、狭い部屋である。そしてもう一つが客間で、助三郎が村重を先導したのは、ここであった。

居間から客間へは、外廊下を通って行くことになる。ところどころが破れた障子戸の前で助三郎は足を止め、膝をついて、

「こちらに」

と首を垂れる。

村重は、障子戸を開ける前から匂いに気づいていた。香の匂い……そして、武士には馴染み深い匂いが漂ってくる。血臭、そして屍臭である。

「開けよ」

「は」

助三郎が障子戸を開ける。湿り気がうわっと押し寄せる。

狭い部屋の中央で、僧形の男がうつ伏せに倒れている。板張りの黒ずんだ床には血だまりが広がり、蠅がむくろに、黒々とたかっている。これが無辺ではない、ということは万に一つも望みえない。それがわかっていながら、村重はあえて命じる。

「顔を表に向けよ」

「は」

助三郎はためらいなく、むくろを仰向けにする。蠅がわあんと飛び立ち、狭い客間に渦を巻く。……むくろはたしかに、無辺のものであった。眼を見開き、口をぽっかりと開けている。その顔には驚きと恐れがはっきりと表れ、この廻国僧の最期が決して安らかなものではなかったことを表している。

「傷は」

ことば少なに命じる村重に従い、助三郎がむくろをさぐる。大きな掌と太い指が、血にまみれていく。無辺のこわばった指は、宙を掻くかに見える。助三郎の指についた血は、しかし、したたりはしない。ほぼ固まっているのだ。

傷口は明らかだった。助三郎が、血を拭うことも出来ないままに言う。

「胸を一突き。袈裟を貫き、背に徹るほかに、傷は見当たりませぬ」

村重は顎を撫でた。無辺は武士ではないが、二本の足で自在に山野を行く、頑丈な廻国僧であった。野盗の類から身を守るすべも心得ていたはずである。その胸板を一突きにするというのは、生易しいことではない。

村重は改めて、蠅の飛び交う部屋を見まわす。床は板敷だが、畳を敷けば四畳半ほどの広さだろうか。床には血が溜まっているほか、壁のところどころに跳ねた血の痕もある。すなわち、無辺はここで殺されたのだ。むくろが動かされたのではない。

部屋の三面は壁で、一面が廊下に通じる障子戸になっている。戸棚、押入などは見当たらない。そして隠者の草庵にふさわしく、部屋には物が少ない。あるのは布団と香炉だけである。香炉といっても何の細工もない素焼きの土器で、そこには、香を焚いた跡が残っていた。

「ない」

と、村重が呟く。

「ない、とは」

助三郎が尋ねるのに、村重は答えなかった。

村重は、行李がないことに気づいたのだ。無辺が旅の道具や仏具を収めていたであろう、籐で編んだ行李がない。

――行李には、〈寅申〉が入っていたはずだ。

十中八九、〈寅申〉は持ち去られた。だが、まだ決めつけるには早い。動揺を押し殺して、村重は助三郎に問う。

「秋岡四郎介は、どこで討たれた」

助三郎はしたたる汗を拭うこともならず、血染めの手をどうしたものか困じている様子だったが、容を改めて答える。

「外でござりまする」

「案内せよ」

「は」

助三郎が廊下に出ると、村重は郡十右衛門に耳打ちする。

「密書を捜せ。あらば、おぬしが持て。誰ぞが読んだ跡がないか検めよ」

惟任日向守光秀宛ての密書は、十右衛門が無辺に届けた。和談が進んでいることを知る者は少ないほどよく、これは十右衛門にしか出来ぬ役目である。十右衛門は「は。急ぎ」と答える。

「もう一つ。……無辺には〈寅申〉を渡した」

ふだん物に動じない十右衛門が、さすがに目を見開いた。

「なんと。あの名物を」

「うむ。じゃが見当たらぬ。賊が持ち去ったのであろうが、万に一つ、無辺が隠したやもしれぬ。手を尽くして捜せ。床下、天井裏、隈なく捜せ。形は裾張り、色合いは黄目」

「は。委細承ってござりまする」

硬い顔つきで、十右衛門は首を垂れた。

万に一つとは言ったが、村重は、無辺がこの庵に〈寅申〉を隠したなどということは万に一つもないとわかっている。あまりにもはかない望みを繋ごうと十右衛門に捜せと命じた、おのれの愚かしさが堪らなかった。だが村重は同時に、自らに言い聞かせずにはいられない。〈寅申〉は見つかるはず、どこかにあるはずだ……と。

酷暑に力を得て、夏草は力強く生い茂る。あたかも、暑気に打ちのめされる人の命を吸っているかのように。

秋岡四郎介は、夏草の中に倒れ伏していた。隙なく鎧兜を着込んでいるが、鉄で守られていない内腿を斬られ、喉を刺し貫かれている。流れた血は湿った土に吸い込まれて血だまりは残っておらず、草摺や脚絆に残った血はほぼ固まっている。甲冑には喉輪も備わっているので、四郎介を殺した者はまず腿を斬り、倒れた四郎介の喉輪をめくって、とどめに喉を突いたと思われた。人を殺すことに慣れた者の手際である。たとえば村重も、同じようにしただろう。

「検めのため、仰向けにいたしておりまするが」

と、助三郎が言う。

「もとはうつ伏せにござり申した」

見れば、四郎介の刀は鞘に納まったままで、鯉口も切られていない。村重が訊く。

「四郎介は、ほかに打物を持っておったか」

「持ちおらず、刀のみにてござりまする」

四郎介にとっては、刀さえあれば充分だったのだろう。だが四郎介は、その刀を抜くこともなく討たれている。戦場に斃れるなら誉れであるが、坊主一人を守り切れずに討たれたとあっては、不覚の謗りは免れない。だが村重は、四郎介が不覚であったとは思わなかった。

「四郎介に刀も抜かせぬとは、敵はよほど腕が立つと見える」

「左様に存じまする。秋岡殿ほどの遣い手が、よもや……信じられませぬ」

血の気のない四郎介の面を見下ろし、助三郎が沈痛に声を落とす。

村重は、四郎介の袴の切れ方、傷の向きをなおも仔細に見た。傷は腿の裏側が太く、表側に行くにしたがって細い。

「四郎介は……」

と、村重は呟く。

「後ろから斬られたな」

「は。されど……」

助三郎は得心しかねる様子である。

「この草野では、どこから近づいても草ずれの音がいたしまする。秋岡殿に気づかれず、後ろにはまわれますまい」

たしかに助三郎の言い分はもっともだと認めつつ、村重は四囲を見た。ここは、草野のただなかに建つ庵の、裏手に当たる。庵は柴垣に囲まれていて、垣は表口と裏手の二カ所で切られている。枝折戸の類はなく、出入りを妨げるものはない。四郎介が倒れているのは、柴垣から十数歩ほど離れた場所である。

「助三郎。昨夜庵の守りに就いてから、無辺らのむくろを見つけるまでのこと、漏らさず話せ」

「は。ただ、殿。北河原様もおられた方がよろしいかと」

村重は訳も聞かず、

「そうか。ならば、場を移そう」

と言った。

庵の裏手から、柴垣の外を通って表口へとまわる。昨夜の警固に就いていた御前衆二人と、本曲輪から村重についてきた二人、北河原与作とその馬の口取りが、所在ない様子で立っている。十右衛門はまだ客間を捜しているようだ。日が昇り、草いきれと温気が立ち込めていく。

助三郎が言う。

「それがしら四人は昨夜、本曲輪に忍び込んだ賊が捕らわれたのち、組頭郡十右衛門殿から、庵を警固し無辺殿を守れとの命を受け、この場に馳せ参じてござります。松明を持てば片手がふさがり不覚を取りかねぬと秋岡殿が申され、ゆうべは星明かりもござれば、一同秋岡殿に同心いたして松明は持たず、警固いたしてござりまする」

　庵を守っていたのは、乾助三郎と秋岡四郎介、ほか二人の御前衆であった。かれらは庵の四方に一人ずつ就いて、そのまま四方の草野を見張っていた。表口を守ったのが助三郎、裏手を守ったのが四郎介である。

「それはよし。続けよ」

「未明までは何事もなく。およそ夜が明けた頃合いに、北河原様がお出でになられ、無辺殿に会いたいとの仰せにござり申した」

　北河原与作は当然庵の表口から近づいたので、最初に与作に気づいたのは、助三郎だった。

「それがし、何者も近づけるなと命を受けてござれば、北河原様と言えど通すわけには参らず。北河原様は押し通ろうとなされ、悶着するうち馬が暴れだし、それがしとそこな口取りとで馬を押さえる間に、北河原様はするすると庵の中へ入っていかれ申した」

「そこからは、それがしが話そう」

　と、与作が言う。

「庵主に案内を乞うも、聞こえてはおらぬご様子。されば不作法なれどやむを得ず上がりこみ、無辺を捜してござる。なにぶんこのような小さき庵にござれば捜す手間はござらねど、見つけてみればあの通りに斬られてあり」

助三郎が話を引き取る。

「庵から出てこられた北河原様が無辺殿生害との仰せ、それがしもすぐに踏み込みましたるところ、たしかに無辺殿はあのご様子にて。これはいかぬと同輩を呼び集め、この二人はすぐに参じたるも秋岡殿の姿が見えず、これはいかにと捜しましたるところ、秋岡殿もあの通り、討たれてござりまする」

村重はぎろりと助三郎らを睨む。

「おぬしら、御前衆同士で声をかけあうこともせなんだのか。四郎介が斬られたのは夜のうちじゃ。呼びおうておれば、四郎介が討たれたことはとうに気づいたはず」

助三郎ら、警固の御前衆は震え上がった。

「申し訳もござりませぬ！」

懈怠と言えば、懈怠である。しかし村重は、助三郎らを強く責めるのは筋が違うとも思っていた。かれらの将は村重自身である。警固の方策を事細かに命じなかったおのれにも非はある。それに、かれらが声をかけあうことでいち早く四郎介の死に気づいたとしても、しょせん、無辺の死は避けられなかっただろう。

庵の中から十右衛門が出てくる。もの言いたげなその顔を見て、村重は助三郎らから離れる。小走りに近づいた十右衛門が、許しを得て村重に耳打ちする。

「〈寅申〉は、見つかりませぬ」

「そうか」

「無辺殿の袈裟の襟に、昨日の密書が縫い込まれてござり申した。ただ襟の糸はほどけおり、密書の封じ目が、わずかにずれてござりまする」

「読まれた、ということか」

「おそらく」

ち、と村重は舌打ちした。庵を囲む草野に目を向け、そこにいまだ敵が潜んでいるかのように睨みつける。

「織田の手の者か。庵の裏手から近づき、まず四郎介を斬り、柴垣の切れ目から忍び込んで無辺を刺し……」

密書を盗み見て〈寅申〉を奪い去った、と続くことばを、村重は呑み込んだ。してみるとすれば、やはり敵はかなりの手練れである。してみれば、〈寅申〉は既に城外に持ち去られたと見た方がよい。村重が黙ると、物を言う者はいない。虫の声も風の音もなく、ただ烈しい陽光だけがあった。

7

決して出られぬはずの城の外からふらりと現れて御仏の道を説いた無辺は、城内のすべての人間にとって、救いそのものだった。

死後の極楽往生の約束にも増して、有岡城は織田勢の海に囲まれた孤島などではなく、外の世と繋がっているのだという思いこそが、救いだったのだ。だが無辺は死んだ。城中に入り込んだ織田の手の者の仕業であろう、という噂も流れた。村重が堅く守らせたにもかかわらず、敵はその守りをものともせず無辺を殺したのだという流言も、ひそかに流れた。織田の手が及ばぬところは何処にもなく、荒木が守れるものは何もない――兵も民も、口にはせずとも、そう思った。

村重は本曲輪の屋敷に戻った。大広間の茵に胡坐を組んでいる。村重の前には、郡十右衛門が平伏していた。

「十右衛門」

と、村重が口を開く。

「おぬしが無辺に密書を渡した折のことを、話せ」

「は」

十右衛門は大広間に入る前に、近習たちから村重の用向きを聞かされていた。それだけに、迷いなく話す。

「それがしが殿から密書を預かり、無辺殿にそれを届けたのは、昼下がりの時分にござりまする。馬を駆って庵に赴き来意を告げたるところ、庵主殿が戸口に出たものの、耳が遠く要領を得ず。ほどなく無辺殿が参られたゆえ内密の用向きありと伝え、それがしは無辺殿の案内で客間へと通されてござりまする。ただ、密書を渡したのみで、無辺殿と話はしておりませぬ。帰りにも庵主殿に挨拶をいたし申したが、庵主殿は眠るがごとく、無言にござり申した」

「その折、客間に行李はあったか」

　十右衛門は答えない。

「どうした」

「申し訳もなきこと。密書の受け渡しに気を取られ、行李がありかなしか、しかとは思い出せませぬ」

　十右衛門の声には焦りが滲む。村重は顎を撫で、

「是非なきことよ」

　と言う。

「おぬしが訪れた折、庵には庵主と無辺の二人だけであったか」

「それも、わかりませぬ」

「庵主はあの通り、年老いて弱っておる。むかし池田の寺にいた寺男が、明け暮れの世話をしておったはず」

　十右衛門は勢い込んで答える。

「その男ならば、存じております る」

「そうか。で、その寺男はおったか」

「おり申さず」

　村重の眉がわずかに持ち上がる。

「おぬし、庵におったのが庵主と無辺だけであったかわからぬ、と言ったな。それで、寺男がおらざることは、なにゆえにわかったか」

「訳がありまする」

と、十右衛門は速やかに答える。

「実は密書を届けた帰り、既に夕刻にござり申したが、それがし伊丹の町で、かの寺男を見てござる。青物を購(あがな)っておったやに見受けてござりまする」

村重は頷き、命じた。

「そうか。仔細はわかった。かの寺男を捜し、連れて参れ」


その寺男は生涯を池田にある一向宗の寺で過ごし、生年はおのれも含めて誰も知る者がないが、どうやら五十は越えていると思われた。厳しい暮らしを送る中で背は曲がり、髪は白いものが混じって、顔の皺(しわ)は深い。人柄のいい男で、相手が小坊主でも俗人でも丁寧に応ずる一方、どんな高僧や貴人にもおもねるところがない。池田城が廃城になり、法師が有岡城内に庵を結んだ折、この寺男も同じように移ってきた。連れて来られた寺男は庭に通され、地べたに平伏する。村重は縁側を歩き、寺男の前に立つ。

「久しいな」

庵主とは旧知の仲である村重は、この寺男とも顔を合わせたことがある。寺男は畏まるばかりで、何も言わない。

「直答を許す。物を問うゆえ、心して答えよ」

「はーっ」

「昨夕、伊丹の町で郡十右衛門がおぬしを見たと聞いた。相違ないか」

寺男は平伏したままぴくりともせず、ただことばだけを返す。

「馬上の御家来衆とはすれ違ってござりまするが、ただ伊丹に馬上の御武家は多うござれば、その御家来衆が郡様でござったか、おのれにはわかりかねまする」

村重は、男の慎重な答えが気に入った。

「よし。では、それから何があったかをつぶさに話せ」

「はー」

寺男は考えをまとめるようにしばし黙り、ぽつぽつと話し始める。

「日中は町で用がござるゆえ、庵には朝夕の二度参りまする。昨日は庵主様より漬物のために青物を購えと仰せつかっておりますれど、数を揃えるのに手間を取り、夕の御用伺いが遅くなって、参じたのは日暮れ前になりもうした。庵主様に御挨拶を申し上げると、今宵(こよい)は無辺様がお泊まりになる、その無辺様に客人がいらしていると仰せになり、それはもう仰天いたした次第にござりまする」

北河原与作も郡十右衛門も、庵主とはまともにことばを交わせなかったと言っていた。村重自身も、庵主のことばはわからなかった。では、この寺男が庵主から話を聞いたというのは、訝しいことだろうか。

そうではあるまい、と村重は思った。ふだん世話をしている寺男にだけは庵主のことばがわかったというのは、あり得ることであろう。

「それから、いかに」

と、村重は話を促す。

「取り急ぎ無辺様に御挨拶に参じ、客人に御酒など献じてもよいか伺ったところ、無辺様はなんとも厳しいお声で、用はない、客はとうに帰ったとの仰せ。行を勤めるゆえ妨げるでないぞ、とも仰せであったとおぼえております る」

庵主が言う客とは、誰のことであったろうか。

無辺は、その客はとうに帰ったと言ったという。であれば、客とは、密書を届けた郡十右衛門であろうか。十右衛門は庵に入る時に庵主に挨拶をし、要領を得ない応えを得た。出る時も挨拶をしたと言うが、庵主は眠るがごとくであったという。庵主は十右衛門が来たことだけを知り、帰ったことを知らなかったのだろう――と村重は考えた。

それにしても、無辺が寺男に厳しい声を投げつけたというのは、村重にはどこか腑に落ちぬことであった。無辺は老若男女、貴賤を問わず、誰を相手にしても柔和であったからだ。とはいえ、用人を相手にすると話しぶりが変わるというのは、世間にはざらにある話である。無辺の知らざる顔を見たようで、村重は何となく楽しまなかった。

寺男は言う。

「それからは宵の口にかけて水汲みなどいたしおるところ、客間からは薫香が漂い、無辺様は真言など唱えておいでのご様子にござり申した。一度厠に立たれたのをお見かけいたしたところ、それはそれは険しいお顔つきで、生き仏と名高い無辺様も勤行の折はさすがに御熱心と、深く感じ入りましてござりまする」

「……続けよ」

「庵主様のお許しを得て庵を出ました頃には、もうとっぷりと夜にござりもうした。このようなことはしばしばにござりまする。おのれは夜目が利く方で、星明かりがあれば慣れた道を戻るぐらいは造作もござらず。そう、表口に出た折、ずいぶん大柄な御武家様が立っておいでで、もし、と声をおかけしたら何者と叱られてござりまするが、寺男と名乗りますると、別段咎めもござらず。後は伊丹の町の陋屋に戻って、休むばかりにござりもうした」

寺男の物言いはなめらかで、ただの一度も言い淀むことがなかった。物覚えがよく、物おじもしない。顔を上げようともしない寺男の頭を見ながら村重は、これで二十歳、いや十五歳若ければ召し抱えて家中の雑用でも任せたいところだが、と思っていた。

寺男には、帰り際に銭がいくらか与えられた。村重は大広間に戻り、乾助三郎を呼ぶよう近習に命じた。

肥り肉の助三郎に、夏の暑さはことに応える。村重の前に平伏する助三郎は、大広間の床に自らの汗がしたたり落ちるのを、いたたまれぬ心持ちで見ていた。

「助三郎。おぬしに訊きたいことは、多くはない。昨夜、庵から帰路に就いた寺男を見たか」

「は……はっ」

闇夜の中で庵に近づく者がないか見張っていた助三郎は、いきなり後ろから声をかけられて肝（きも）をつぶしていた。まさかそのことで咎めがあるはずもないが、と思いつつ、助三郎は答える。

「見てござりまする」

「そうか。心して答えよ。……その折に、かの者は何か持っておったか」

昨夜、助三郎は寺男と間近でことばを交わしている。かの庵に寺男が通っているというのは助三郎も知っていたし、寺男にあやしいところは何もなかった。だがそれでも、助三郎は寺男をよく見ていた。去年の冬、安部自念が殺された後、武士は人の持ち物をよく見立てることが肝要と村重に諭されたからである。

「持ちおらず、無一物にござり申した」

「手に持つものに限らぬ。何か、背負ってはいなかったか」

助三郎は寺男が帰っていく後ろ姿も見ている。

「それは、背負ってもござらず」

「……そうか」

昨夜、助三郎らは夜を徹して庵を警固していた。いかに屈強の御前衆でも眠らずには働けない。村重が命じる。

「わかった。下がれ。昨夜警固に就いた者は、今日は番を免ずる。同輩に伝えよ」

「ははっ」

助三郎は、床に落ちたおのれの汗をどうにかして拭くすべはないものかと気にかけながら、大広間を辞していく。

最後に大広間に呼ばれたのは、北河原与作である。朝とは異なり、具足を身に着けた姿である。与作を含む北河原家の手勢は浮勢であり、いざ敵が襲来すれば城内のどこへでも駆けつけられるよう、常に支度を調えている。昨年極月の戦でも苦戦する岸の砦に援兵として出され、手柄を立てた。

平伏する与作に、村重が命じる。

「与作。面を上げよ」

「は」

応えることばは力強いが、与作の顔には不満がありありと表れていた。それに気づきつつ、敢えて何を訊くこともなく、村重が問いを下す。

「おぬし、払暁に無辺を訪ねたな。……何用あってのことか」

「されば、そのことにござるか」

与作は気抜けしたようだった。

「他でもござらぬ。家中に病人があり、もはや命助かる見込みはござらず。うわごとに、無辺の念仏を聞いて死にたいと申すゆえ、下郎なれど末期の願いなれば叶えてやろう、無辺を当家まで連れて参ろうと思い立ち、出かけてござる」

「ずいぶん早いようであったが」

「命尽きようとする病人のため、寸刻を争ったまで。これでも夜明けは待ち申した。あのような始末となり、我が家人（けにん）の望みを叶えてやれず無念に存ずる」

大広間の隣の部屋では、御前衆が聞き耳を立てている。いまごろは誰かが北河原家に走り、そのような病人がいるか検めているだろう。

与作はずっと眉を寄せていたが、とうとう言った。

「殿。お尋ねしてもよろしゅうござるか」

「……許す」

「されば。聞けば郡や乾、果ては寺男までお呼びになったとのこと。そも、これは何の検断にござりましょうや」

村重は答えず、与作は言い募る。

「織田の手の者がまず秋岡を斬って庵に入り、無辺を斬った。その上、何を検めておられるのか。この与作、どうにも合点がいき申さぬ」

与作ならば、そう考えるのが道理である。だが村重は、どうしても無辺の死の周辺を検めねばならなかった。

無辺が村重の命を受けた密使であったこと、この世に二つとない名物〈寅申〉を預かっていることの双方を知っている者は、誰もいなかったはずだ。村重は〈寅申〉のことを十右衛門や祐筆にすら話していなかったし、茶器が増減していることを悟られぬよう、蔵から茶道具を出す近習と、茶道具を書院へと運ぶ近習、書院から蔵へ戻す近習をそれぞれ替えたほど、密事を守るために心を砕いた。それでも、〈寅申〉は奪われた。

だとすれば——密事がどこかで洩れている。秘密裡であったはずの和談も、洩れているやもしれぬ。

密事はどこから洩れたのか。村重はそれをこそ知ろうとしている。だがこのことはむろん、与作が知っていいことではない。城中の誰にも話せることではない。

——いや。ただ一人だけ——

与作が訝しげな目を向けるのに気づき、村重は短く、

「言わぬ」

とだけ言った。

8

村重は書院に籠って、ひとり、反故紙と向かい合う。

刻限というものは、日のおおよその位置や、あたりの暗さがどれほどであるかで知る。

季節によって、一刻の長さも変わる。幾人かで刻限を突き合わせれば、同じ時に起きたことでも、あるものは午の刻のことであったと言い、ある者は未の刻のことであったと言うかもしれない。だが、物事が起きた順序は変わらない。村重は筆を執り、昨日から今朝にかけて起きたことを順番に並べていく。

それは、おおよそ次のようになった。

午前

軍議が終わる。無辺が有岡城に来る。驟雨あり。

昼

無辺と本曲輪の屋敷にて談判。〈寅申〉は無辺に渡る。

無辺が庵に移る。

昼下がり

郡十右衛門が書状を携え、庵を訪ねる。無辺に書状を渡す。行李の有無は不明。

帰りに庵主に挨拶をするが、庵主は答えず。

夕刻

十右衛門は伊丹の町で寺男を見る。

日暮れ前
寺男は庵に入り、庵主から無辺が泊まることと、無辺に客が来ていることを聞く。
寺男は無辺に挨拶に行く。

宵
甲　寺男は水汲みなどの用をこなす。薫香を嗅(か)ぎ真言を聞く。廁に立つ無辺を見る。
乙　本曲輪に栗山善助が忍び込み、出合となる。村重は御前衆に庵の警固を下知する。
甲乙のどちらが先であったかは不明。

夜
秋岡四郎介、乾助三郎ら四人、庵の守りに就く。
寺男が庵を辞そうとして、助三郎に呼び止められる。

払暁

北河原与作は瀕死の家人に無辺の念仏を聞かせんとして、庵を訪れる。
乾助三郎は与作が庵に入ろうとするのを阻む。
与作、助三郎を振り切り庵に入って、無辺のむくろを見つける。
その後、秋岡四郎介のむくろも見つかる。

朝
村重、報せを受け取る。
客間から行李が消えている。

〈寅申〉が消え、無辺と秋岡四郎介がむくろとなって見つかるまでの経緯は、およそこのようなものであった。だが村重がいかに反故紙を睨もうとも、村重の知らんと欲することと――秘中の秘はいずこから洩れたのか、そして何より、〈寅申〉はどこへ消えたのか――は、皆目、見えては来なかった。

9

北摂の土は水を含む。
有岡城天守の地下へと、村重は下りていく。直上に天守を据えられ、押しつぶされた土からじわりと水が染み出すため、この地下は常に濡れている。地上は酷暑に晒されているが、地下は、寒い。

村重は白昼、誰も伴わず、手燭を自らかざしている。牢番が足音に気づいて出迎える。

「殿」

しわがれた声だった。牢番は五十がらみの男で、名を加藤又左衛門という。先般、不慮の死を遂げた牢番の代わりに、ここでたった一人の囚人の番をしている。村重は訊く。

「生きておるか」

「は。生かしておけとの仰せなれば」

「錠を開けよ」

命に従い、又左衛門は腰に下げた鍵を手に取る。片開きの木扉の錠前に鍵を差し込み、捻れば、がちりと重い音と共に錠が開く。

「……開きましてござりまする」

戸口が傾いているのか、錠を開けただけで扉は勝手に開いていく。村重が手燭を差し伸べるが、蠟燭の弱々しい明かりは闇に吸い込まれ、先は見通せない。村重は無言で扉をくぐる。さらに下りる階が延びている。

一歩一歩と下りるにつれ、地虫どもが明かりを嫌って村重から離れていく。やがて手燭の作る光の輪の中に、人を閉じ込めて決して出さぬという強い一念が凝り固まったような、太い木格子が見えてくる。

木格子の奥には、黒い塊がある。村重が言う。

「官兵衛」

塊はもぞりと動き、そして笑った。

「これは摂州様。……それがしの目算より、いささか早い御来駕にござった」

揺らめく明かりの中に、播州に隠れ無き武士、智勇衆に優れたりと謳われた黒田官兵衛の、変わり果てた姿がおぼろに浮かぶ。打擲された頭の傷は醜く引き攣れて、暗がりの中にも見て取れる。目は落ちくぼんで背が曲がり、足も悪くしたのか、まともに座ることも出来ぬ様子である。官兵衛を牢に入れよとは村重が命じたことであるが、まともに立つことも体を伸ばすこともかなわぬ牢に七ヶ月閉じ込めると人はこうなるのか、これがまだ生きて動き、声を発するのかと思うと、村重はどこか感心するような心持ちがした。窶れ、痩せ細り、見窄らしい官兵衛のかすれ声は陰々滅々として――しかしいまもなお、油断ならぬ響きを備えている。官兵衛のことばには村重を嘲弄する色が隠れもないが、それがただの強がり、負け惜しみであるとは、村重は露ほども思わなかった。

「早いとは、何を言うぞ」

村重が問う。

「されば、それがしの読みでは、摂州様にお目通りが叶うまであと十日はかかると思うておりましたゆえ」

「なにゆえ、おぬしのごとき囚人に会わねばならぬ」

「これは異なお尋ね……現に、摂州様はお見えではござらぬか」

そう言ったきり、官兵衛は口を閉じる。黙ってしまえば牢の中の官兵衛は、一個の影のようである。

いま、村重にとって官兵衛は、この影のように捉えきれぬ男であった。かつて小寺家の一家臣であった小寺官兵衛は、才知を誇り武勇を恃む、わかりにくいということはない武士に過ぎなかった。この牢に囚われた官兵衛は、その智略を天下に披露する機を待ちわびる、厄介ながらも扱いやすい男であるやに思われた。――しかし一ト月二タ月と経つうち、村重は官兵衛がわからなくなった。切れる男だとは思っていたが、これほどまでとは思わなかった。官兵衛が何かを望んでいることは読めるが、それが何であるかは模糊として摑めなかった。だがいま、村重は官兵衛の手の内を知ったように思う。

有岡を訪ねるにあたって官兵衛は、なるほど死は覚悟していたのだろう。だが、おのれは殺されるのではなく牢に繋がれるのだと知ったとき、かれはひどく狼狽して、殺せ、殺したまえと叫んだ。いまになって、なぜ官兵衛が殺せと言ったのか、その訳が明らかになった。昨夜本曲輪に忍び込んだ、栗山善助が言った通りだ。官兵衛は、生きてであれ首になってであれ、おのれが戻らなければ人質が殺されると知っていたのだ。

人質を殺されるというのは、武士にとって重い恥辱である。かかる恥を受けるぐらいならば死を選ぶ……。あの十一月、官兵衛はそのように考えていたのであろう。平然と人質を見捨て、これも武略よなどと嘯く武士が珍しくもないこの乱世にあって、そのような考えは珍しいものではあるが、別段わかりにくいものではない。いやむしろ、まっとうすぎるほどにまっとうな、武士らしい振る舞いである。村重は官兵衛に向かい、おぬしの底は割れたぞと言ってやりたい衝動にかられた。

——いや、待て、と村重は思う。十一月の官兵衛が恥を恐れて死を望んだのだとして、いま牢の中でじっと蟠る官兵衛とは、果たして一本の糸で繋がるだろうか？

否、と村重は思う。繋がりはしない。何かが欠けている。

見えかけたはずの官兵衛の心底が実はやはり見えていなかったことを悟り、村重は苛立つ。しかし村重はすぐ、官兵衛が知る由もないことをおのれだけが知っていると気づき、ほくそ笑んでそれを口走った。

「官兵衛。おぬしを助けると言うて、栗山善助が来たぞ」

「…………」

「きゃつ、本曲輪まで入り込んだ。なかなかの手練れよな」

手燭の明かりを頼りに、村重は目を凝らしていた。官兵衛の面や身体に何が表れるか、見てやろうと思ったのだ。……だが、何も表れなかった。官兵衛は牢の闇の中で少し俯いて、何も耳に入らなかったかのように、ただじっとしている。官兵衛が強いて内心を押し殺したのか、それとも本当に何も思わなかったのか、手燭のか細い明かりでは見抜けない。村重の顔から、拭ったように笑みが消える。

村重は、おのれが得体の知れぬ熱に浮かされていたこと、その熱が引いていくことを同時に悟った。村重は野心深く、戦のためならむろん、詐術も欺瞞も大いに用いる。だがかれは卑劣漢ではない。牢に囚われ、身に寸鉄も帯びぬ男をことばでなぶるというのは、常にも似ぬことであった。村重はおのれを省みて、おれはどうしたのだ、と愕然とする。

村重が沈黙すると、それを救うように、官兵衛がことばを発する。

「それで、いかがなされた」

興を失い、村重は吐き捨てる。

「あのような端武者ひとり、生かして負ける戦でなければ、殺して勝てる戦でもない。城外に叩き出してくれたわ」

「それはそれは……」

と、官兵衛のかすれ声が、ふたたびおかしみを含む。

「放生の徳を積まれましたな」

きゃつは、なぜ官兵衛を殺さなかったかと喚いたぞ、ということばが、村重の喉元まで突き上がる。だが村重は、今度は自制した。嘲弄と韜晦で村重を苛立たせ、言わずともよいことばを吐かせるのが官兵衛の目論見――あやうく術中にはまるところであった、と苦々しく思い、村重は努めて平らかに言う。

「強がるではないか」

官兵衛は顔を伏せ、ぼそりと言う。

「口実など聞きとうもござらぬ。摂州様がこの牢まで下りて官兵衛に聞かせたき儀は、よもや左様なことではござるまい」

「相も変わらぬ賢しらぶりよ。土牢の内から、儂を見抜いておるつもりか」

　官兵衛は答えない。

　村重は、去年の冬と今年の春の二度、城内の難事について官兵衛に諮ったことがある。三度目もあると官兵衛が考えることは、さして不思議ではなかった。村重は手燭を置き、自らも湿った地べたに胡坐を組む。

「……よかろう。おぬしに語って聞かせる話がある。城内に、前代未聞の手練れが忍び込んでおるらしい」

　暗がりの中で官兵衛がわずかに首をもたげるが、かれは何も言わない。村重は話を続ける。

「余人の知るべからざることが知れて、密使が害され、密書が読まれた。どこからどのように密事が知れたかわからぬ限り、有岡は累卵の危うきにある。むろん弁えておろうな。有岡が落ちる日が、おぬしの命日じゃ」

　木格子の向こうで、官兵衛がもそりと身じろぎした。

「されば……せいぜいお聞きいたそう」

「よし。聞け」

　そうして村重は、無辺と秋岡四郎介生害にかかわる一件を語る。土牢へと通じる唯一の扉は閉ざされ、階上で牢を守る加藤又左衛門に聞かれる気遣いはない。

むろんのこと、村重は官兵衛にすべてを明かしたわけではない。無辺を使僧に立てた用向きが和談であることは、伏せている。そのほかは、名物〈寅申〉を無辺に渡したことを含め、見たこと聞いたこと、調べさせたことを克明に語っていく。官兵衛は常のように無言だったが、時折頷くような仕草を見せる。これまで、あまりなかったことである。

村重は栗山善助を捕らえた顚末と、御前衆を草庵の警固に遣わした経緯を官兵衛に聞かせる。庵の造作を、柴垣の様子を、無辺と秋岡四郎介がどのように死んでいたかを語る。町屋と侍町、侍町と本曲輪を隔てる橋のことを説く。北河原与作が夜も明けやらぬうちから庵を訪ねた言い分を、乾助三郎が寺男を見送ったことを、本曲輪の屋敷で能う限りの検分を行ったことを話す。

「かようにして」

と、村重は話を結ぶ。

「〈寅申〉は消えた。織田はどうやら天狗憑きでも抱えておると見える。秘中の秘をいかにしてか探り出し、名物を持ち去り、屈強の武者に刀も抜かせず斬った」

「……とは」

と、官兵衛が呟く。

「摂州様も、よもや思うてはおられますまい」

村重は黙る。

官兵衛の一言は図星を指した。村重はたしかに、手練れの間者がすべてを成したとは思っていない。城中に少なからぬ数の織田の手の者が入り込んでいることは間違いないが、いかに手練れでも、出来ぬことは出来ぬからだ。

無辺を引見したのは屋敷の大広間であり、村重は無辺を近くに寄せて、殊更に低い声で話した。よしんばあの時、天井裏や床下に織田の手の者がひそんで耳をそばだてていたとしても、何か聞き取れたはずはない。ならば、無辺を殺した何者かはどのようにして、無辺が密使であり、密書を携え、名物を運んでいることを知ったのか。

官兵衛は言う。

「摂州様は聡いお方ゆえ……御家中に、これはと思う者がおありではござりませぬかな」

そうだ。――織田に通じている者が家中にいて、城中にひそむ間者に密事を洩らしていると考えればすべての平仄が合う。官兵衛に言われるまでもなく、村重もそこまでは考えていた。だが、そこからがわからない。

無辺が和談のための書状を運ぶ密使であることを知る者は、城中に一人しかいない。御前衆五本鑓筆頭、郡十右衛門である。祐筆は書状の中身を知っているが、それが無辺に渡されることは知らないのだ。荒木家御前衆は選りすぐりの武士から成るが、その中で将器を備えているかと思われるのはひとり十右衛門のみ、と村重は見ている。十右衛門もまた村重の信に応え、表裏なく仕えている……ようには、見える。

昨日、村重の屋敷に無辺を通したのは十右衛門であり、かの草庵に書状を届けたのも十右衛門であった。だがかれは、村重が名物〈寅申〉を無辺に渡したことは知らなかった。

〈寅申〉が無辺に渡っていたことを知る者も、やはり城中に一人しかいない。――村重の妻、千代保である。あの名物を失ったことは、半身を引き裂かれるような思いであった。それゆえつい、村重は話をしてしまった。村重は、おのれの吐いたことばをつぶさに思い出し、千代保のほかに〈寅申〉を渡したことを知る者はいないか検めた。だが、やはり間違いなく、余人には口外していない。しかし千代保は、無辺が密書を携えていることは知らなかったはずだ。

十右衛門と千代保。豺狼(さいろう)のごとき輩が互いに首を狙い合うこの世の中で、家の外と内において、それぞれ村重が信を置く数少ない者だ。そのどちらかが村重の目を盗み、織田の手の者に、無辺がこの世に二つとない宝を預かっていることを告げ知らせた……。そう考えるだけで、砂を噛むような思いが村重の胸に込みあげる。官兵衛が笑みを含んで言う。

「とは申せ、いかにも奇怪な曲事(くせごと)。この官兵衛も、いささか興をそそられ申す」

村重は、昨夜の出来事を憂うべきことであるとは思っていたが、奇怪だとは思っていなかった。それで思わず、

「奇怪とは何を言うか」

と問うと、官兵衛はわざとらしく目を見開いて見せた。

「これはこれは……。摂津守様の仰せに従えば、この有岡城に忍び込んだ織田の手の者は、城内でかねて入魂(じっこん)の何者かから密事を伝え聞き、人を斬って庵に入り込み、密書を盗み読んで襟に戻し、茶壺を持ち去ったことになり申す。……なればまこと、奇怪ではござらぬか」

そう言われて村重は、そういえば腑に落ちぬことがあった、と思い当たる。

「たしかに、奇怪じゃ。なにゆえ密書は持ち去られなんだか」

敵大将の密書である。持ち帰れば手柄になる。もし何かの不都合があって持ち帰れないのだとしても、焼くなり破るなり、破棄することは容易(たやす)かったはずだ。なにゆえ曲者は密書を捜し、無辺の襟の中からそれを捜し当て、しかも読むだけでその場に残したのか。村重は言う。

「密書が目当てではなかった。そう考えるほかにない」

「まさに。では、こう考えるのはいかがか。――曲者はただ〈寅申〉を盗もうとしたのみ、というのは」

それは村重も暫時思料し、そして捨てた考えであった。

「埒もなきことを言うな。ただの賊ならば、それこそ襟を解いて密書を捜すはずがない」

牢の中から、しゃがれ声が返る。

「まったく、左様にござりまするな」

密書が盗み見られていたと村重に言ったのは、郡十右衛門だ。村重はちらと、十右衛門が空言を言ったのか、と考えた。だが十右衛門は〈寅申〉のことを知らなかったのだから、「十右衛門が織田の間者に密事を明かし、その間者が〈寅申〉を狙って無辺を襲った」という見立ては成り立たない。

「これは……いかなることじゃ」

思わず、呟きが村重の口をついて出る。と、官兵衛がくつくつと声を立てて笑い、土壁に映る人影が揺らめいた。

「さて、いかなることにござろう」

訳を知ったような言い草に、村重の眉が吊り上がる。村重が口を開く前に、官兵衛がことばをつづけた。

「さすがは摂津守様、よき馳走(ちそう)にござる。官兵衛ひととき退屈を忘れ申した。されど」

不意に、官兵衛の声が陰にこもる。蓬髪(ほうはつ)の下から村重をじっと見て、かれは言った。

「やはり口実は口実、もうよろしゅうござろう。――摂州様が官兵衛に聞かせたき儀とは、よもや、左様なことでもござりますまい」

10

火の匂いが立ち込める。手燭が燃えていく音と、何かが這いまわる音が村重の耳に届く。

　村重はしばし、何も言わなかった。言うべきことばが見つからなかったのである。官兵衛の言は、それほど的外れだと村重には思われた。

「先にもそのように言っておったな」

　と、村重はようやくのことで言った。目にも声にも、あきれと嘲り（あざけ）が浮かんでいる。

「重ねて問おう。なにゆえ、儂がここに来ると思うておった。儂がおぬしに、何を話すと思うておるのか」

「されば、摂津守様はまだお気づきでないご様子」

　官兵衛は容を改める。

「余の儀にはあらず。摂州様は、この戦の趨勢をそれがしと語らうために参られたのでござりまする」

「たわけたことを。儂がなぜ、おぬしと戦を語らわねばならぬ」

「むろん」

　と官兵衛は言う。

「ほかに、語らうべき者がおらぬゆえ」

　村重の背が凍りつく。昨日の軍議の様子がありありと甦る（よみがえ）。

　――案ずるほどのことはなかろうと存ずる。

　――七年か八年か、ずいぶん戦を続けられようぞ。

――出方を窺うのが上策と存ずる。

――おお、それがよい。そうすべきじゃ。

毛利の援兵が決して来ぬとわかった非常の時、家中の主だった将をすべて集めた軍議で多数を占めた言は、何もせぬことであった。一条の光も射さぬ土牢で、村重は遠雷の幻を聞く。村重は無辺にこう言った。

――儂は将じゃ。雷が来ねばよいと願うだけでは足りぬ。

もちろん、そうだ。儂は荒木家当主、有岡城主、摂津守村重。すべてはおのれの一存で決め、采配の一振りで万骨を枯らし、また万人を生かしもし、将卒庶人、みなおのれの下知に従わしめる。だが。

「摂津守様御家中には、摂津守様の下知に命を懸けて鑓働きする勇者はいくらもおりましょう。摂津守様に忠義を尽くし、万事摂津守様の御意に叶うべく身を砕く者もおりましょうな。されど、おそれながらそれがしの見るところ、天下の軍（いくさ）を摂津守様と存分に語り得る者は……まあ、まずは絶無」

否むことばを、村重は持ち合わせない。

村重は池田家を乗っ取り、和田家を破り、伊丹家を追って北摂を手中に収めた。その間、大事を語るに足る相手は一人としていなかった。もちろん、荒木久左衛門は沈着であり、野村丹後は勇猛であり、池田和泉は忠実であり、そのほか居並ぶ将たちが凡愚であったというわけではない。だが北摂を足掛かりに満天下を見通す目を持ち、村重が胸襟を開いて先々を語るに足る者となると、たしかに、いなかった。強いて指を折っても、郡十右衛門に将器の片鱗(へんりん)が見えるかどうかというところで、それも大成にはほど遠い。高山右近とならば大望も語り合えたかもしれないが、かつての右近は寄騎(よりき)にすぎず、いまの右近に至っては、敵である。

官兵衛の言は正しい。村重は、ひとりだ。

「織田家に身を寄せておられる間、摂州様はさぞ痛快であったことと推察いたす。羽柴筑前様、柴田(しばた)修理(しゅり)様、惟住(これずみ)五郎左様、滝川左近様、惟任日向様ほか綺羅星(きらほし)のごとき将星は、摂州様にもおさおさ引けを取らぬ人物。軍議にもあれ茶席にもあれ、さぞ実のある話をなされたのではござらぬか。摂州様は織田家にあった間のみ、人らしく人とことばを交わすことが出来た。……左様ではござりませぬか」

織田家中にあった頃、いま官兵衛の挙げた将たちは、村重の同輩であり敵でもあった。互いに手柄を競い、足を引き、口を利けば忌々しい思いをすることの方が多かった。だがたしかにいずれも、人物ではあった。家臣らがわからぬ顔をするような話もかれらは解し、時には、村重を圧倒するような見識を披露した。

官兵衛の声は、諭すように穏やかである。

「いかがでござろう、なにぶんこの土牢は時の流れが淀むゆえ、いまが何月かもわかり申さぬが、この数ヶ月というもの摂津守様は、その言やよし、まさにそれよと膝を打ったことが幾度おありか。こやつ話せる、と思われたことが一度でもおありでござったか」

「…………」

「この有岡城で摂州様の言をまことに解する者は、誰一人ございませぬ。それがしのほかには誰一人。……それゆえにこそ、摂州様はここにおられるのでござる」

官兵衛のことばは穏やかに、徐ろに村重を毒していく。だが村重は言い捨てる。

「すべてをおのれで決める大将に語らう相手などいらぬ。家中の者どもが従うなら、ほかに望むことなどない」

「おお、左様にございましょうとも。されど摂州様、この戦に先がなきことが明らかであっても、御家中が勇ましき繰り言を口にするばかりであるのはなにゆえか、ご存じか」

村重は眦を吊り上げた。土牢に囚われた官兵衛が軍議の経緯や家中の様子を知るはずがない。知っているとすれば、さては牢番の加藤が教えたか、と村重は背後に気を配る。

官兵衛がたちまち言う。

「加藤殿には何も聞いておりませぬ。かような成り行きに行きつくは、火を見るより明らかにござった」

「そう申すか」

村重は腰に手をやり、胡坐をかいたままで脇差を抜いていく。鞘走りの乾いた音がうつろな土牢に響く。手燭の炎を映す白刃の切っ先を、村重は官兵衛に突きつける。

「その大言の訳を答えよ。さもなくば、讒をなした罪で斬る。つまらぬことを言うても、斬る」

官兵衛は、眩しそうに刃を見つめる。

「どうじゃ」

刃を見つめたまま、官兵衛は笑みさえ含んで応える。

「……されば。まず、この戦に先がなきことは、摂津守様も御承知のはず。勝ちもせず敗れもせず、徒に時が移るのはなにゆえか。毛利が来ぬからに相違なし。では毛利が来ぬのはなにゆえか。家中の不和か……」

蓬髪の下から、官兵衛はわずかに村重を盗み見る。

「さもなくば、とうとう羽柴様が宇喜多を口説き落としたか。まずは、こちらにござろうな。宇喜多は高値をつけた側に付き申す。毛利がいかに石見の銀を積もうとも、京、堺を押さえた織田と競っては分が悪うござるゆえ」

官兵衛は昨年十一月からこの牢にいた。村重がこれまで語ったことを別にすれば、風聞ひとつ、新たに知ったことはないはずだ。ということは、官兵衛は昨年から宇喜多の不実を見抜いていたことになる。村重は目を官兵衛に据えたまま、ゆっくりと脇差の切っ先を下ろしていく。官兵衛は一揖し、言う。

「毛利は来ぬ。それがわかっても御家中は、まだ勝てると言い続けるはず。それには訳がござる。降参を口にして、臆病と謗られるのが恐ろしいという者もおりましょう。いのち永らえた昨日までの日々を変えることは、たとえ戦が終わることでも恐ろしいという者もおりましょうな。そもそも、命危うき折に勇ましきことばかり口走る輩が増えるのは、世の道理にござる。……されど、それらはほんの上っ面。まことの所以は、摂州様」

官兵衛は暗い目で村重を見つめている。

「——摂州様が、荒木であるがゆえにござる」

ふっと息をつき、村重は脇差を鞘に戻す。ぱちりという音と共に刃を納め、村重は言う。

「……よかろう。言いたいことがあらば、言え」

村重はわずかに目を伏せ、その仕草を官兵衛に読まれることを嫌い、強いてその面から情を消す。官兵衛が続けて、

「されば、そも、領主の名分には三つの形がござる」

と言う。

「一つには、父祖伝来の地を治める者は、子々孫々に至るまで領主にござる。池田、伊丹のともがらが、このたぐい」

官兵衛が、土に汚れ爪の伸びた指を一本伸ばす。

「一つには、然るべき命を受け、任として治める者は、これも領主にござろう。駿河の今川、甲斐の武田など、元はこれ」

二本目の指が伸びる。

「もう一つ、云い知れぬ力で不思議に人を惹く者を万人が領主として仰ぐという形も、

なくはござらぬ。本願寺領は、はじめはかように成ったものと存ずる」

　三本目の指が伸び、官兵衛は伸ばした指をすべて折る。

「――この三つの名分のうち一つをだに備えず、ただ武略をもって国を獲らんとする者は、ひとときの威勢は良くとも末路は哀れ。遠くは旭将軍木曾義仲公、近くは斎藤道三が良きためしにござろう」

　斎藤道三は親子二代で美濃国を乗っ取り、武略は抜群であったが世評は芳しからず、国衆に見放され、ついには命を落とすことになった。

「口幅ったいぞ、官兵衛。出過ぎたことを」

　村重はそう決めつける。だが、その声にはいかにも、力がない。

　官兵衛の言う三つの形のうち、村重は最初の一つを備えていない。荒木家はもともと摂津とは縁のない家であり、高槻、伊丹などは最近攻め取ったに過ぎない。また、官兵衛の挙げる三つ目、不思議に人を惹く力というのは、なかなか望んで得られるものではない。

　そのため村重は官兵衛が挙げる二つ目、任として治めるという形を欲した。織田に近づき、摂津一職支配を任され、摂津守を名乗った。だが、その織田から離れたいま、村重がなぜ有岡の城主でいられるのか、その拠って立つところは定かでなくなっている。

　村重は以前、主君から与えられた池田の名字を名乗っていた。池田家は北摂の名族であり、摂津を治めるのに何ら不都合のない名である。しかし村重は、没落した池田とは袂を分かつ証しとして、池田の名を捨て、荒木に戻らざるを得なかった。

そのゆえに村重は摂津において、他国者に戻ってしまった。

「さりとて」

と、村重は呟く。官兵衛にも聞かれないよう、声には出さずに。

「いまさら、池田には戻れぬ。儂は遠くに来てしまった」

「摂州様」

優しいと言ってもいいような声音で、官兵衛が言う。

「織田に参じてより、摂州様は北摂を平らげるのみならず、雑賀攻め、上月城攻め、大坂攻めと八面六臂(ろっぴ)の御働きにございましたな。摂州様のごとき精気漲(みなぎ)る御大将なれば、故地を離れて戦塵(せんじん)に塗(まみ)れ手柄を争うこと、まさに御望み通りにございましょう。されど御家中の方々は先祖代々、摂津の生まれ。瓦林や北河原、郡に伊丹、池田、みなみなこのあたりの者にござる。所領の安堵(あんど)を得るためとは申せ、なにゆえはるばる紀伊や播磨で戦わねばならぬのか……御家中の方々は納得ずくにござったか」

まさに、その点であった。自らの名字の地を守るために血塗れになって戦うことは、武士の本懐である。それなのに、なぜ在所を遠く離れ、水争いも山争いもしたことのない相手と命の遣り取りをせねばならないのか、荒木家中には不満が燻(くすぶ)っていることを、村重は知っていた。

村重は戦いたかった。どこでも戦いたかった。尾張生まれの羽柴筑前が去年は越前(えちぜん)

今年は備前と駆けまわっているように、美濃生まれの惟任日向が丹波の奥まで攻め入っているように、機があれば村重も、九州でも陸奥でも戦いたかった。村重にとって有岡城はただの城に過ぎず、池田は捨てた主君の故地に過ぎない。信長が那古野城を振り出しに清須城、岐阜城、安土城と移ったごとく、村重も手柄を立てて自らの名を満天下に鳴り響かせ、より大きな城、重きをなす城に移っていきたかった。

その村重の望みは、家中の面々の望みとは違う。その矛盾から村重は目を背け、だが次第に、その矛盾に追い詰められていった。

官兵衛はそれを見抜いていたというのか。――この、牢の中から。

「御家中の方々は、摂州様に殉ずる気などござらぬ。遠方の戦に駆り出されるのが厭さに織田を嫌ったものの、いざ追い詰められれば摂州様ひとりに詰め腹切らせ、われらはあの他国者に命じられたのみと言い抜けするつもりでござろう。その逃げ道があればこそ、降伏などもってのほか、最後の一兵まで戦おうぞと気勢を上げる……摂州様、左様お考えになられたことは、ござりませぬかな」

「……戦に敗れれば」

と、村重が言う。

「大将が責めを負うのは尋常のこと。責めを負わぬ部将どもが勇ましきことは、罪ではない」

「左様に存じまする。されど摂州様」

官兵衛が、人当たりのいい笑みを浮かべる。暗闇の土牢にほの明かりが射しこんだように、村重は思った。

「この有岡城にあって戦の先々を語れるのはそれがしだけと、どうやら得心いただけましたな。まことに、嬉しきことにござる」

村重は顔を背ける。

「……思い上がるな。増上慢め、そのままそこで朽ちるがいい」

「はて、思い上がりにござろうや」

元の陰々とした声に戻り、官兵衛が呟く。

「せっかくの御来駕に進物も差し上げぬでは、官兵衛の名折れ。善助の命の礼もござれば、左道の至りなれど、絵解きなど進上いたそう」

木格子の向こうで、官兵衛は面を伏せる。蓬髪に顔が隠れ、官兵衛はまた、黒々とした影の塊のようになる。

「城中に忍び込んだ織田の手の者が廻国の坊主を斬り、名物を持ち去ったという摂州様の御見立ては、内と外、因と果、顕と密、先と後、要と不要、すべてがさかしまにござる。俺からは何が消えたか。そこに手掛かり、足掛かりがあろうかと存ずる」

少し間を置き、官兵衛が付け加える。

「寺男をお見張りなされ。きっと、馬脚が露れましょうぞ」

そして官兵衛は低い声で、経を唱え始める。禅宗徒の村重には、それが禅宗で重んじられる経、舎利礼文であるとわかった。官兵衛の読む経はうつろな土牢に響き、幾人もがひとときに誦経しているかのような感を村重に与えた。

11

翌日は低く雲の垂れ込める、暗い日であった。

有岡城には、風聞が流れていた。無辺が死んだ草庵に通う寺男が、御前衆に搦め捕られたというのである。御前衆らは伊丹の町を捜しまわり、寺男を見つけると、棒で打ち腹を蹴って、縄で縛っていずこかへ拉し去ったというのだ。

そうではなかった、と言う者もいた。武士が寺男を連れ去ったのはたしかだが、棒で打っただの腹を蹴っただのというのは大袈裟な物言いで、寺男は自ら御前衆に付いていったというのだ。いずれにせよ、寺男が伊丹の町から消えてほどなく、本曲輪から男のむくろが運び出されたことは、多くの者が見ていた。寺男のものであった襤褸の小袖を着たむくろは首を斬られており、城外に投げ捨てられるや、たちまち、犬や烏がたかったという。

寺男に何の罪があったのか、知る者はいなかった。それゆえ、噂は噂を呼んだ。

「殿は、無辺さまが弑された責めを、寺男に負わせたのであろう」

「寺男は庵の世話をいたしながら、むざむざ無辺さまを死なせた。殿はそれを罰したのじゃ」

武士から庶人に至るまで、さまざまな風聞が流れた。かれらはなんとか、寺男の死に道理を見つけようとしたのである。だが、どの説も、行きつくところは同じだった。

無辺さまが遷化（せんげ）なされたのは、寺男のせいではあるまいに。殿もむごいことをなさる——城中のひとびとは、おおよそ、そのように考えた。無辺の死は織田の手の者によるもので、織田の手の者を禦（ふせ）ぐことが出来なかったのは村重自身であろう、その責めを寺男に持っていくのは筋が違うと、ことばにはせずとも、多くの者が考えたのである。

一方、別の風聞も流れた。無辺を殺したのは本当に織田の間者であったのか。織田の息がかかった者が城中にいることは間違いないだろうが、それが人もあろうに、広く徳を慕われた無辺を殺すというのは解せない、というのである。無辺を殺したのは織田ではないと考える者どもは、では、誰が殺したと考えたか。かれらは決まって、一つの名を囁（ささや）く。

——有岡城の北端に位置する岸の砦で、数人が防柵（ぼうさく）の修理に当たっている。北河原家中の兵であった。そして、手を動かす兵らを、少し離れた場所から北河原与作自身が見守っている。

先日の軍議で与作が降伏を進言したこと、その言がたちまち笑殺されたことは、城中の誰もが知っている。それ以来、北河原家の兵は救いようのない臆病者扱いをされ、侮られ軽んじられ、さまざまな当てこすりをぶつけられている。武士ならば刀を抜いて侮辱に応えることも出来るが、軽輩の小者や足軽はそれもならず、ただ黙って耐えるばかりであった。

与作は、尼崎城の毛利勢がいかに少ないか、有岡城を囲む織田勢がどれほど多勢であるかをその目で見て知っている。戦が始まってから城の外へ出たこともないような同輩にどれほど嘲られようと、かれはまったく気にかけない。ただ、兵たちまでが侮られ蔑まれることは、口惜しい限りだった。そこで、与作は出来るだけ、家中の者が働く場に立ち会うようにしている。将であり村重とは縁続きでもある与作本人がいる前では、あえて北河原の兵を挑発しようという者はいなくなるからだ。

だが今日は、いつもと様子が違っている。雑兵どもは北河原の兵を侮る代わりに、北河原与作自身に、突き刺すような目を向けてくる。

与作は、風聞が流れていることを知っている。無辺が死んだ日、与作は死にゆく家人のために念仏を求め、無辺が宿る草庵に一人で乗り込んだ。ことばの明瞭でない庵主に許しを請うこともなく上がり込んで、客間の障子を開いて無辺が死んでいるのを見つけた。それで城中には、こうしたことを言う者がいるのだ。

――無辺は、北河原与作が殺した。

――誰も見ておらぬのをいいことに一突きで無辺を殺し、さも、おのれがむくろを見つけたような顔をしているのだ。

おぬしが無辺を殺したのかと面と向かって訊かれたならば、与作にも言い分はあった。

だが、誰もそう訊いては来ない。与作はただ、息詰まるような静けさの中で、防柵の修理を見張っている。砦の中では、誰もが物具を持っている。見えないところで弓が、鉄炮が、おのれに向けられているような不気味さに、与作はうっすらと汗を浮かべている。

軍議への参集を命じる大太鼓が鳴り響いたのは、そうした折であった。眼前に敵がいる場合や病で動けない場合を除き、必ず本曲輪に参じるよう命じる打ち方である。与作はただちに組頭を呼んで告げる。

「軍議じゃ。行かねばならぬ」

組頭はあるじに関する風聞など耳に入っていないように、常のように畏まった。

「は。後はお任せを」

「苦労をかける」

「何の。どうぞ、御存分に」

馬に跨り、口取りを連れて、与作は本曲輪へと向かう。

今日の軍議でふたたび戦の先行きが問われることはないだろう、と与作は思う。家中の衆議は、様子を見ることで既に一致している。何の手も打たずに様子を見て毛利の来援を待ち続けることが上策だとはとても思えないが、宿老たちにこれ以上異見を突きつけることも出来ない。出る杭は笑われるが、出過ぎた杭は斬られるからだ。してみれば、根も葉もない噂を理由に無辺殺しの罪を着せられてもおかしくはない……。

そう思うと、ふだんは風のように軽やかな馬の足取りも、どこか重苦しい。

侍町を抜けて本曲輪へ近づくと、堀を渡る橋の前に、人馬の列が出来ていた。軍議に参集する部将たちが橋のたもとで足止めされているのだ。橋を守る御前衆が諸将に何かを尋ねているらしく、本曲輪へは一人ずつ、ぽつりぽつりと渡っていくのが見えた。与作は、自らの前に並ぶ将に何があったのか訊こうとして、ことばを呑んだ。与作の前に並んでいる男は僧形だ。先日の軍議で真っ先に与作の言に反駁した、瓦林能登入道である。

能登は、村重の前ではことばも控えめであったが、それからは顔を合わせると臆病者の与作かと言いたげに顔をしかめてくる。声をかけても碌なことばは返ってくるまいと考え、与作は黙って馬を下り、手綱を口取りに預けて列に並んだ。

並ぶあいだ、与作はもろもろのことを考える。馬の手入れのこと、家中の者らが雑言に耐えるつらさ、岸の砦の守り、そして城内の風聞のことを考える。与作にもまた、村重の考えは呑み込めずにいた。殿は、寺男が無辺を突き殺したとでもお考えなのだろうか？　それであのあわれな男を刑したのだろうか。そんな馬鹿な、と与作は思う。無辺は僧だが二本の足で諸国を廻る屈強の男、対して寺男は刀も帯びぬ老人である。よしんば寺男が無辺を殺し得たとして、秋岡四郎介はどうなのか。あれを正面切って斬れる者は、城内にも多くはない。仮に寺男が見た目を裏切る遣い手であったとしても、四郎介に刀を抜かせることもしないというのは尋常ではない。

だがもし、殿が寺男を疑っていないとしたら……まさか、あらぬ噂に惑わされることなど、あの殿に限ってはないことであろうが。与作は自らに、そう言い聞かせる。

「おのれ無礼な！」

突然上がった怒声が、与作の思索を破る。

見れば、橋で留められた将の一人が御前衆に食って掛かっている。あれは、中西新八郎だ。新八郎の手は腰の刀に置かれ、いまにも抜刀しかねない。

およそ、橋や関所の番卒ほど損な役回りはない。庶人に橋銭や関銭を多めにふっかけて役得にあずかることもあるが、相手が武士の場合、事は至ってややこしくなる。武士の行く手を遮る者は斬られてもやむなしというのが世の習いであり、将ともなればなおのこと、通せぬと言われてそうかと聞き入れる者ばかりではない。新八郎は何事かなだめられ、ようやく刀から手を離すが、憤懣を隠そうともしていなかった。

橋を守る御前衆たちは村重の下知で将らを留めているのだろうが、与作の見るところ露骨に嫌な顔をする者は少なくなく、刀の柄に手をかける者も新八郎ひとりではない。

それでも行列は次第に進み、与作の番となる。

橋を守る御前衆の一人は、乾助三郎であった。助三郎は汗をぬぐいぬぐい役目を果していたが、与作の顔を見ると、安堵した様子で息をつく。

「これは、北河原様」

「役目大儀」

「おそれ入りまする。軍議に参集した者の交名帳を作れとの殿の仰せにござるゆえ、名を書き留めるまで、しばしお待ち下され」

「おぬしら、そのようなことをしておったのか。何も橋を塞がずとも、天守に参じた者の顔をいずこからでも見ればよかろうに」

「は、それがしも左様に存じまするが、なにぶん殿の御下命にて……」

　助三郎の後ろでは、別段筆が立つわけでもないらしい御前衆がたどたどしい字で「北河原与作金勝」と書き記している。

「済んでござる。さ、どうぞ、お進み下され」

　どうにも解せぬ、と首をかしげながら橋を渡り始めると、橋の半ばで瓦林能登がわざわざ足を止めて待っていた。与作の顔を見てにやにやと笑い、

「これは北河原殿。殿も変わった御趣向をなさることよな」

　と言う。

「左様に存ずる」

「何のための交名帳か。軍議にも来ぬような横着者の胆を冷やすぐらいは出来ようが」

「まことに」

「まあ、軍議に参じても、意気を挫くようなことばかり申す輩もおらぬとは言わぬが」

「左様にござるか」

「やはり武士は心意気よな。弱気の虫に取りつかれては戦にもならぬ。そうではないか」

「まことに、まことに」

そう答えると与作は空を見上げ、

「一雨ありそうじゃ」

と呟く。能登はふんと鼻を鳴らし、大股(おおまた)で歩み始める。

ふだん軍議に参ずる将たちは、多少の前後はあれど、いっせいに天守に詰めかける。今日に限っては橋で足止めをされたので、将たちは三々五々、まばらに歩いている。橋を渡り切り、門をくぐって本曲輪に入って、与作はふと天守を見上げた。彼方(かなた)で稲光が雲の間を走り、遅れてごろごろと不穏な雷鳴が聞こえてくる。近くはないな、と与作は思った。その刹那である。

「いまぞ」

「おう!」

という掛け声が挙がる。本曲輪にはさして隠れる場所もないのに、いったいどこにいたものか、武者がばらばらと現れた。あっと思った時には、与作は持鑓の穂先に取り囲まれていた。思わず刀の柄に手をかけ、鯉口を切る。幼い頃からの修練で体は動いたが、心は千々に乱れた。まさか殿は本当にそれがしを疑っているのか、ならばしょせんは生きて帰れまいと覚悟を決めたその時、与作は武者らがおのれを見ていないことに気がつく。

かれらの目はすべて、与作の隣、能登入道に向けられていた。能登は驚きのあまり固まって、棒立ちになっている。能登の正面に立つのは、郡十右衛門である。十右衛門は、重々しく口上を宣する。

「能登殿、上意にござる！」

与作は鯉口を戻し、能登の傍らからさっと飛びのく。能登を囲む武者たちはさらに輪を縮める。ここに至ってようやく我に返ったのか、血の気の引いた顔で能登は言い返す。

「下郎めが、何事ぞ！」

その問いに答えたのは十右衛門ではなかった。御前衆の輪の外にゆっくりと村重が現れる。村重は、身の警固のためか、足軽らしき者を一人連れていた。陣笠をかぶった小柄な男であった。

村重は、重く静かに告げる。

「何事か、おぬしもようわかっておろうが」

「これは殿。これはいったい」

騒ぎを見て、遠巻きに諸将が集まってくる。その様子を見てか見ずにか、村重は言う。

「能登入道。無辺、ならびに秋岡四郎介を殺したな。仔細を聞こう。神妙にせよ」

「な、なんと！」

能登が狼狽した声を上げ、諸将もどよめく。

「無辺は織田の手の者に斬られたはず。なにゆえそれがしをお疑いか！」

「なにゆえか、それをおぬしに話さねばならぬとは思わぬ。知らぬ顔は通じぬぞ」

左右に首を巡らした能登は与作を見つけると、ほっとした顔で、指を与作に突きつける。

「殿、お聞き及びか。城内には、そこな与作こそ無辺殺しという噂がござるぞ。草庵に入ったは与作ひとり、無辺のむくろを見つけたのも与作ひとり、それがしにあらぬ疑いをかける前に、そこな与作を糾問なさるべし」

だが村重は、能登の言い分を一顧だにしなかった。

「儂も御前衆も、死人はいやというほど見ておる。むくろを見て、いま死んだばかりか、そうでないのか、わからぬ儂と思うてか。むくろの血は固まり、腕や指はこわばっておった。無辺が死んだのは、与作が庵に踏み込む払暁よりもずっと前のことじゃ」

与作は、ふっと息を吐いた。我知らず体がこわばっていたらしく、安堵の念が総身に広がるにつれて、力が抜けていく。無辺を殺したのはおまえだと村重に言われたらどのように潔白を証し立てればいいのか、与作はそのことを考え、しかもどうすればいいのかわかっていなかったのだ。いま村重が一言の下に疑いを退けたのを聞き、与作は思わず、村重に頭を下げていた。

能登は怒りもあらわに言い募る。

「されば与作ではないにせよ、なにゆえ、それがしが殺したと仰せらるるか。いかに殿の仰せとて……」

村重は、能登に最後まで言わせなかった。

「控えよ能登！　見苦しいぞ！」

過去幾たびも戦場に響き渡り、味方を奮い立たせ敵を怖じ気づかせた村重の怒声が、本曲輪に響き渡る。与作は能登が一歩後ずさるのを見た。だが思わぬところから声が上がった。

「お待ち下され殿、能登入道の申すことも道理にござる！」

必死の顔つきで異を唱えたのは、荒木久左衛門であった。諸将の前で久左衛門は手を振り、村重の前に走り出る。

「無辺の死は残念至極、されどそれが能登の仕業とは、いかなる訳があっての仰せにござるか。申し開きも聞かずに決めつけなされては、能登の立場がござるまい。瓦林は先代以前の重臣なれば、決して疎略に扱うまじき家にござるぞ！」

村重の目がすっと細くなるのを、与作は見た。久左衛門はおのれが言語道断の失言をしたことを、わかっているのだろうか。かつては自らの城を領した瓦林が没落し、他家の下に参じるようになったのは、池田家の当主が筑後守勝正であった頃の話だ。村重は勝正を追放して、一代で荒木家を興した――先代などない。

むろん村重は、久左衛門の誤りには気づいたはずだ。だが、かれはその言を責めることはせず、久左衛門のみならずその場にいる諸将みなに聞こえるような、太い声で答えた。

「ならば聞け。そこな能登が無辺殺しと言うのは、秋岡四郎介が斬られたからよ」

久左衛門は眉を寄せる。

「と、仰せになるのは……」

「四郎介は後ろから腿を断られ、倒れたところで喉輪をめくられ一突きにされておった。手慣れた者の手際よ。じゃが四郎介は屈指の使い手。刀を取って出合をいたせば、儂とて及ばなんだかもしれぬ。むろん四郎介とて天下一ではなかったろうが、それでも刀も抜かせず、鯉口も切らせずにあれを斬れる者がおるとは思えぬ。四郎介を殺した者は、策を弄して、四郎介の不意を突いたのじゃ」

「策」

と、久左衛門がおうむ返しに言う。村重は頷いた。

「儂が四郎介らに与えた命は、草庵を守り、夜が明けたら無辺の出立を見届けよというものであった。御前衆は儂の下知に従い、何者も庵には近づかせず。もし誰かが味方顔して四郎介に近づいたとしても、四郎介は決して油断はせなんだであろう。あの夜、四郎介に背を向けさせ、鯉口も切らせずに殺すことが出来た者は、一人だけであった」

与作には、村重の話の行きつく先がわかった。無辺を守れと命じられた四郎介が、油断をする相手とは誰か。

「無辺よ」

と、村重が言った。

遠くで稲光が閃く。彼方から雷鳴が届く。

諸将は村重の言に聞き入り、能登は返すことばを探してか、何やら言いかけては口を閉じている。御前衆は一分の隙もなく能登に鑓を突きつけ、その穂先は下がりもしない。村重の隣に立つ兵は、鑓を構えるでなく、刀に手を置くでなく、ただそこに立っている。

久左衛門が甲高い声を上げる。

「と、殿、されば四郎介は無辺に討たれたと仰せか！」

だが村重は、首を横に振った。

「そうではあるまい。だが、四郎介は眼前に立った者を無辺と思った。それゆえに背を向けた。……無辺が死んだ客間から、消えたものがある」

「それは」

「行李。そして菅笠、錫杖じゃ」

与作は、村重がその時、皮肉に笑うのを見た。

「儂は、曲者は行李の中に用があったと思い込んでおった。じゃが、要と不要はさかしまであった。曲者は中身ではなく、行李にこそ用があったのだ」

行李の中身が〈寅申〉であったことを、与作は知らない。

「曲者は菅笠をかぶって行李を背負い、錫杖を持って四郎介の前に現れた。――無辺はいつも笠を目深にかぶっておったゆえ、その顔を知る者は少ない。四郎介もまた、無辺の顔を知らなんだ。仮に遠目で見たことがあっても、払暁の暗さで相手が無辺の持ち物を身に着けて現れれば、それを無辺と思い込むのは必定。曲者はそこに付け込み、四郎

「いや、殿、合点がいき申さぬ」

と、横から口を挟む者がいた。池田和泉である。ふだん差し出がましいことはまったくしない和泉が、おそるおそるといったように村重の前に立つ。

「おそれ入りまするが、殿の仰せはいかにも、わかりかねまする。能登入道はよき武士にござれば、秋岡や無辺を斬ったというのは信じかねまするが、それより前に。……曲者は外で秋岡を斬り、それから庵に入って無辺を斬ったはず。客間から持ち出した行李で曲者が無辺になりすましたとは、道理が通りませぬ」

和泉のことばに力を得たのか、能登の顔に血の気が戻ってくる。

「そ、そうじゃ、いかにも！」

だが村重はかえって、我が意を得たりとばかりに頷いた。

「それよ和泉。先と後がさかしまであったのだ」

「先と後が。……すると、殿、まさか。そのようなことが」

事の次第を鋭敏に察したらしく、和泉は口をぽかんと開けた。村重がふたたび頷く。

「うむ。庵を守っておった秋岡が斬られ、庵の中で無辺が死んでおったゆえ、先に死んだのは秋岡だと誰もが思うておった。逆じゃ。まず無辺が殺され、曲者は客間から持ち出した行李で無辺に化けて、秋岡を殺した」

「されど殿！」

和泉が勢い込む。

「されば、曲者はどのように庵に入ったと仰せか。それがし、かの庵は、夜を通して御前衆が警固しておったと聞いておりまする」

「ならば、その前から入り込んでおったと考えるよりほかにあるまい」

「殿、それがしの洩れ聞いた話が間違うておらねば、その前には寺男が庵主の世話をしておったはず」

「ならば、その前から入り込んでおったと考えるよりほかにあるまいよ」

「その前……」

和泉は激しくかぶりを振った。

「殿、それはおかしゅうござる！　それで能登を咎めるは、それがし何としても、同心いたしかねまするぞ。寺男は庵に入った折、まず無辺と挨拶を交わし、無辺から客は帰ったと聞かされたはず。さもありなん、その客とは郡十右衛門で、寺男が庵に参じた時には辞しておったとか」

談判の中に名前が出て、能登に向かって持鑓を構える十右衛門がわずかに動揺した。

穂先が揺れるのを、与作は見た。

和泉は続けて言う。

「寺男はその後、無辺が唱える真言を聞き、焚いた香を嗅いだと聞いておりまするぞ。あまつさえ、手水(ちょうず)に立った無辺を見たと聞き及んでおりまする」

無辺の死は城内の一大事であり、それにかかわる風聞は虚実もしれないまま乱れ飛んでいた。その中で和泉が、いかに城内の見廻りも任されているとはいえこれだけ事の次第を摑んでいたことに、与作は驚きを隠せなかった。村重もわずかに目を見開き、それから、

「おぬしの聞いたことは、すべて正しい」

と言った。和泉のことばが、訝しげにまどう。

「さ、されば、客間にはただ無辺ひとりがあったのみではござらぬか。殿は、無辺は自らの命を奪う曲者を招き入れながら、それを寺男に秘したとでも仰せにござるか」

「そのようなことは言わぬ。客が来ておれば、無辺は客がいると言ったであろう」

「わかりませぬ。さっぱり、わかり申さぬ。曲者は、殿の仰せに従えばここなる能登は、いかにして庵に入ったと仰せになりまするか」

村重はこともなげに言う。

「表口から、案内を乞うて入ったのじゃ」

「殿！」

村重はぎろりと目を剝き、固唾を呑んで事の成り行きを見つめる諸将を睨めつける。

雷鳴が聞こえてくる。

「よう聞け、和泉、皆の者！　あの日あの庵でいかなることがあったのか、能登がいかにして無辺を殺したか、よっく聞け。およそこの有岡城にあって、いや北摂の地にあっ

て、儂の目を逃れるものはないと知れ！　あの日、無辺が草庵に下がった後、和泉の言う通り十右衛門が庵を訪ねた。用を済ませて辞去したる後、十右衛門は伊丹の町中で寺男を見ておる。寺男は青物を購って庵に参じ、庵主から、無辺が宿ること、その無辺に客が来ておることを聞いた」

「殿」

　ことばを挟んだのは、久左衛門である。目を吊り上げ、久左衛門は言う。

「あの庵主は、かつて池田にあった頃は明敏にござったが、人の定めとて昨今は衰え、ことばも明らかではござらぬ」

　村重は即座に言い返す。

「ことばは思うままにならずとも、目も耳も働いておる。寺男に日々の用を命じ、漬物にするゆえ青菜を買えと命じた者が、客が来たのか帰ったのかさえわからぬと決めつけるのが愚か。十右衛門が辞してのち寺男が参じるまでの間、望みとあらば聞かせてつかわすが日暮れ前の誰そ彼刻に、能登はかの草庵を訪れた。そしてどのような遣り取りをしたものか、能登は乱心し、無辺を殺した！　寺男が参じたのはこの後のことよ。おそらく、束の間もなかったであろう。客が来ておるそうだが酒を献じようかと言われ、能登は思わず、無辺に成りすました。客は帰った、行を勤めるゆえ近づくなと返したのじゃ。そして寺男が客間に来ぬように、香を焚いて経を唱え、あたかも無辺が生きておるように装った。慮るに、香は、血の匂いをくらますためでもあったのだろう。厠に立った男を見て、寺男が無辺と疑わなんだはなにゆえか。それはむろん……その男が、僧形であったがゆえよ」

久左衛門は、能登入道を見た。能登は仏道に心を寄せず、経の一つをだに唱えたことはないが、剃髪した僧形である。久左衛門の目に迷いが浮かんだ。本当に能登が無辺になりすましたのかと、刹那、疑ったのだろう。

声を上げたのは能登自身であった。

「されば、寺男が見た僧が無辺でなかったとして、僧形のものは城内にいくらもござる。それがしだとは決められますまい！」

僧形の将は能登と、いまは病に臥せっている瓦林越後入道だけである。だが将のほかに目を移せば、髪を剃っているものはいくらでもいる。与作は決して能登のことをこころよく思ってはいないが、事これに関しては、能登の言い分はもっともだと思えた。

久左衛門も、気を取り直して食い下がる。

「それがしもやはり腑に落ちませぬぞ。部屋の中で経を読み香を焚いておったのが無辺ではなかったと言い切る道理がわかり申さぬ」

村重は動じない。

「そも、客間で勤行する僧など聞いたこともない。庵には持仏堂もあった。まともな僧であれば、経はそこで読んだであろう。だがなにより寺男は、客間から聞こえてきたのは真言でもあったろうと言った。顕と密がさかしまとは思わぬか」

「は……」

村重の言わんとすることがわからないのか、久左衛門はことばに詰まる。だが、与作には、わかった。与作は無辺に、病人のための念仏を乞いに行った。無辺はふだん、念仏を唱えていたからだ。つまり無辺の宗門は顕教たる一向宗か浄土宗、あるいは時宗、ひょっとすると天台宗であったかもしれぬ。だが真言は密教のもの、高野山を総本山とする真言宗のものであり、廻国僧の中でそれを唱えるのは高野聖だ。

和泉が久左衛門に代わる。

「殿、されど、廻国僧の流儀など知れぬもの。無辺は念仏も真言も求めに応じて唱える僧であったやもしれず」

村重は頷いた。

「無辺は頼まれれば嫌とは言わぬ僧であった。おぬしの言うようなことも、あったであろう。だが肝心なのは無辺ではない、寺男よ。あの男は生涯を一向宗の寺で過ごした。習わぬ経も覚えたやもしれぬが、その男がなにゆえ、無辺が唱えたのは真言であろうと言ったのか」

「それは……」

和泉は力なく首を振る。

一生涯、経を聞き続けた男が、客間から洩れ聞こえてきたのは真言ではなかったかと言った訳とは、何か。与作はそれが、わかる気がした。それでつい、思いを口に出した。

「経ではなかった……いや、経には聞こえぬものであったがゆえではござらぬか」

与作が口を出すとは思っていなかったのだろう、村重は眉をひそめて与作を見る。だがすぐ、眉のあたりを和らげて、深く頷いた。

「で、あろうな」

無辺のような高徳の僧が読むからには貴い経だろうと思いつつも、寺男にはそれが、経には聞こえなかった。それでかれは、聞こえてくるのはおのれがまったく知らぬ経、つまり真言ででもあろうと考えたのだろう。

村重が能登入道を見据える。

「つまり曲者は、僧形であり、しかも経を読む真似事も出来ぬ者、不意を打ったとはいえ慣れた手並みで四郎介を討つ心得はある者じゃ。能登、おぬしこれでもなお、しらばくれるか」

かっと閃光が輝く。稲光である。次いで、腹を震わせるような雷鳴が本曲輪に届く。

持鑓を突きつけられ、身動きも出来ず、それでも能登は言い放つ。

「さような……さような理屈でそれがしを、この瓦林能登を捕らえると仰せになるか。そのようなことが、出来ようはずがござらん！」

能登の顔には血が上り、朱に染めたようである。

「我はこの摂津に根づく、誉れも高き瓦林に連なる者にござるぞ。道理など百万遍聞かされても承知はいたさぬ！　それがしを成敗なさるとあらば、ここな諸将が一人残らずうんと頷く証しを出されよ。殿が仰せになられたは、こうであったかもしれぬ、そうであったかもしれぬということばかりじゃ！」

「おそれながら殿！」

胴間声が、能登の言い分にかぶせられる。見れば、野村丹後であった。軍議でいつも戦の利を言い立てる大声が、本曲輪に響き渡る。

「能登の申すことをお聞き届けあれ！　殿の仰せはいちいちもっともなれど、それを束ねて無辺、四郎介を殺したのは能登であったと仰せになられては、この丹後も、ちと頷きかねまする！」

思わぬ助勢に勢いを得て、能登は唾を飛ばす。

「殿！　これでは誰も納得いたさぬ。それがしが無辺と四郎介を斬ったと仰せなら、誰がそれを見ておったと仰せになるか。それがしが無辺になりすましたと仰せなら、誰がそれを見たか！　見た者もおらぬ、聞いた者もおらぬ、風聞にも語られておらぬ、それでそれがしを搦めることなど、いかに殿なればとて、とうてい叶わぬことにござる！」

風向きが変わったことを、与作は知った。村重の言い分は道理だが、百の道理があろうとも、一の証しがなければ誰も納得はしない。村重が軍議への参集を命じる大太鼓を打って将を集めたのは、城内の主だった者全員の前で、能登を成敗するつもりだったからだろう。だがいま、村重は追い詰められた。

そのはずだった。

村重の目は細く、面はどこか眠たげでさえある。沈着な声音で、村重は言った。

「見た者か。それを知りたいか」

ぐっと声を詰まらせつつも、能登はなんとか笑って見せる。

「庵主は数に入りませぬぞ。ことばがわからぬでは、何を見たとも知れぬ」

村重は、かぶりを振った。

「おぬしはどうやら、風聞を真に受けたようじゃ。おぬしの顔を見たただ一人の男を、おぬしはおそれたであろう。斬ろうとも思ったはずじゃ。その男が死んだと聞いて、安堵もいたしたろうな。じゃが、天道を欺くことなど出来はせぬ」

手ぶりで村重が何事か合図すると、傍らに立つ足軽らしき兵が、陣笠に手をやった。紐をほどき、笠を脱ぐ。

与作は思わず、あっと声を漏らした。

そこに立っていたのは、背はわずかに曲がり、髪はまばらに白く、頼りない顔つきをした——草庵の寺男であった。能登がたじろぐ。

「馬鹿な。城外に捨てられたのを見たぞ。あのむくろは……」

村重は事もなげに言う。

「この城内、むくろには事欠かぬ。知りたいとあらば教えてつかわすが、あれは煙硝蔵の守りを懈怠した足軽よ」

寺男に向かって、村重が訊く。

「されば心して答えよ。無辺が死んだあの日、おぬしが見た男は、誰であったか」

　明らかに、寺男はこのような場には不慣れであった。ふだんはまともに目を合わせることも許されぬ身分の高い武士に囲まれ、何十もの険しい目を向けられて瘧にかかったように総身を震わせ、だがそれでも寺男は指を持ち上げ、伸ばした。

「あのお方にござりまする」

　指の先はむろん、瓦林能登入道に向いている。


　稲光が輝き、雷鳴が轟く。先ほどより近い。

　村重が言う。

「さて、瓦林能登、ようやく、おぬしに尋ねることが出来るようじゃ。なぜに無辺を斬ったのか……とは、儂は訊かぬ。この戦の世で、武士が僧を斬るなどありふれたことよ。もしおぬしが無辺を斬り、あやしき振る舞いをいたしたゆえ斬ったと言えば、誰もがそうかと思うたはずじゃ。しかるにおぬしは無辺を殺し、策を弄してそれを隠そうとした」

　諸将の間に、たしかにそれは妙だという思いが広がっていくのを、与作は感じた。いかに高徳といえ、僧を斬ったことを隠すために小刀細工を施し、あまつさえ味方までも斬るというのは、武士らしい振る舞いではない。

　充分な間を置いて、村重が続ける。

「答えてみせよ。おぬし、何のために無辺を訪ねたか」

能登はぐっ、と喉を詰まらせる。

「そもそもおぬし、袈裟を着て庵を訪れたな。なればこそ、笠、杖、行李を盗むだけで廻国僧に成りすましおおせた。しかも、馬も人も連れてはおらぬ。庵の外には馬が繋がれておらず、馬の口取りもおらざることは、御前衆が見ておる。身分に似合わぬ奇怪な振る舞いは、そも、何の為であったか」

「…………」

「言わぬか。ならば儂が言おう」

村重の眼光が鋭さを増す。

「籠城中の部将が、城外の人間とひそかに会って談ずることなど、一つしかあるまい」

立ち並ぶ諸将がざわめいた。この時、誰もが同じことを考えたのである。たしかに、一つしかない。

「能登。おぬし――織田に通じておるな」

無辺の正体を、与作は知った。

なぜ無辺は、戦場をわたってまで有岡城を訪れるのか。ただの廻国僧が城を囲む織田勢に見咎められず、幾度も城の内外を行き来できるのはなぜであったか。

無辺は織田の密使だったのだ。

織田に命じられて有岡城を訪れ、織田に通じた将に会うのが無辺の役割であった。そもそも無辺は、物を頼まれればなんでも聞く僧であった。臨終の者に引導を渡してくれと言っても、死者のために経を読んでくれと言っても、遠国の噂を聞かせよと言っても、いやな顔一つしない。与作の知らぬことだが、村重が書状を届けてくれといっても、引き受けた。そして、城将と話をしてくれと織田方に頼まれても、やはり、それを引き受けていたのだ。

「うぬ！」

一声唸って、能登は一息に刀を抜く。能登を囲む御前衆たちが持鑓の穂先をかれに向ける。能登は刀を横なぎに振り、気迫に押された御前衆が後ずさる。

「おのれ、おのれ村重！　ようもこの儂をたばかったな！　このような……皆の前で、ようも恥をかかせてくれた！」

能登が吠える。

「図に乗るな！　おぬしなど、わしら摂津国衆の支えがなくば、いまでも池田の犬じゃ。それを、下手な戦にわしらを巻き込みおって！　荒木と織田のいずれに先があるかなど、案ずるまでもないわ！」

四囲を睨めつけ、能登が刀を振り上げる。かれの目はおのれを囲む御前衆ではなく、その外側、様子を窺う諸将たちに向いている。

「村重、織田に通じたとて、儂を臆病とは言うまいな。知っておるぞ、儂は密書を見たのだ！　村重、おぬしが無辺にいったい何を頼んだか、天知る地知る、この儂も知っておる！　皆の者、よっく聞けい！」

そして能登は、おのれの刀を高々と天に突き上げる。

「村重は！」

轟音と閃光。

何が起きたのか、与作にはわからなかった。おのれが倒れていることにさえ、しばらく気づかなかった。

かろうじて体を起こした与作はその刹那、戦だと思った。戦陣で覚えた、ものが焼けるにおいが濃く漂っている。焼けているのは草木か、家屋敷か、人か……だが眩んだ目が復すにつれ、見えてきたものは火ではなく、かれと同じように地に伏した諸将と、そしていち早く立ち直って瓦林能登の傍らに佇む村重の姿であった。村重は誰にともなく言った。

「能登め。──死におった」

村重は天を仰ぐ。大粒の雨が、ぽつりぽつりと、そしてすぐ車軸を流すようにごうごうと、降り始める。

稲光が輝く。与作はもう、目を開けていられない。

12

瓦林能登入道の屋敷は、その日のうちに焼き払われた。

能登は落雷で死んだ。ほかに死んだ者、重い怪我を負ったものはいなかった。能登の必死の気迫が屈強の御前衆をも退かせ、それゆえ、能登はひとりで死んでいった。

能登の屋敷を焼いたのは、瓦林家の長、瓦林越後入道である。かれは病身を押して兵を率い、能登の近臣を揃って首にして、一族の者の不始末を村重に詫びた。火がかけられる前、郡十右衛門率いる御前衆が屋敷に乗り込み、無辺の行李を取り戻した。一千貫文や二千貫文では買えぬと言われる名物〈寅申〉は、箱の蓋も開けられることなく見つかった。

〈寅申〉を村重に戻す折、十右衛門が言った。

「殿。能登はなにゆえ無辺と四郎介を害したか、それがしにはわかり申さぬ」

村重は無言であった。

能登は無辺を介して織田に通じていた。おそらく、いつ露見するか、はなはだ心許ない日々を送っていたに違いない。その無辺が村重に呼ばれ、何事かを話し合ってきた。能登としては、その話がいかなるものであったか、聞かずにはおれぬ心持ちであったはずだ。村重とは何を話したか、おのれのことは話に出なかったか――と。無辺はその問いに答えただろうか。

常の無辺ならば、答えたかもしれない。だがそのとき無辺は、天下の名物〈寅申〉を預かっていた。些細（ささい）なことにも不安を覚え、振る舞いもいつもとは違っていただろう。

裏切者と密使の談判である。密談は、ことばの行き違いひとつで容易に刃傷に至る。

おそらくは、言え、申せませぬという押し問答が高じて、能登は無辺を殺した。能登はおのれが織田に通じている証しが残されていないか無辺のむくろを探り、襟の密書に気づいたのだろう。密書を持ち去らなかったのは、それが能登の探していた、おのれの内通の証しではなかったからだ。こんなものを持っていればかえって身の破滅を招くと恐れた能登は、密書を元に戻した。そうこうするうちに時が経ち、草庵には寺男が参じ、続いて御前衆が庵の四囲を固めた。

能登は、御前衆が無辺を守るために遣わされたことは知らなかったはずだ。なにゆえ御前衆がここにいるのかと訝りもしただろう。だがそんな能登に、四郎介は丁重に声をかけたはずだ。無辺殿、御出立か。殿の命により門までお送りいたす。そして四郎介は、能登に背を向ける。能登は、いましかないと思っただろう――。

そうしたことを、村重は言わなかった。

十右衛門に向かって、謀叛人の身になって考えればわかることだ、とは言えなかったのである。

無辺を殺した瓦林能登が雷に打たれて死んだことは、有岡城中の多くの者を驚かせ、かつ喜ばせた。風聞が城内に満ちていく。

やはり御仏はこの有岡城をお守り下さっている。見よ、無辺さまに手を下した不心得者の死に様を。あれこそ御仏の罰、まさに冥罰(みょうばつ)じゃ――。

冥罰を喜ぶ者どもは、時折、ふと本曲輪の天守を盗み見る。無辺さまに手を下した瓦林能登入道は、しかるべき罰を蒙った。では、無辺さまを守れなかった摂津守様はいかに……とでも言いたげに。

その晩、村重は書院に〈寅申〉を飾らせた。雷雲は風に吹かれて去り、か細いながら月明かりの射す、涼しい夜であった。砕かれたと思っていた掌中の玉が戻ってきた。村重は飽かず、その絶妙な色合いを見つめていた。

村重の後ろには、千代保が控えている。千代保が言った。

「殿。ようございましたね」

〈寅申〉を見つめたまま、村重はわずかに頷く。

村重が能登を糾弾し搦め捕ろうとした折、荒木久左衛門、池田和泉、野村丹後が異を唱えた。村重の前に出たのがこの三人だっただけで、あの一件を遠巻きに見ていた諸将のほとんどが村重に不賛であったのは、村重にもわかっていた。

もし去年の晩秋に同じことがあったなら、諸将は、理屈は呑み込めぬとしても、村重が咎めるのならば能登はたしかに曲事を働いたのだろうと考えたはずだ。だが冬が過ぎ、春が過ぎ、毛利は来ず、戦の先行きが村重の思う通りにはならぬことが明らかになり、将らはもう、村重の言うことならばともかく一理あるのだろうとは思っていない。

官兵衛は言った。この有岡城で村重のことばを本当の意味で解する者は、誰一人いない。官兵衛を除いて、誰もいないのだ、と。

土牢の囚人の戯言など、村重は気にかけていない。だがもしそのことばが本当だとしても――村重はひとりなのだとしても、少なくとも、〈寅申〉は戻った。村重はそのことに深い満足を覚えている。

無辺は死んだが、惟任日向守光秀との談判が破れたわけではない。別の者を立て、この名物を丹波に送れば、和談はふたたび進みだす。丹波が落ちる前に、なんとしても和談を進めなくてはならない。だが。

もういちど、これを手放せというのか。

村重は〈寅申〉を見つめ続ける。ただ一度でも生木を裂かれるようであったことを、二度、出来るのか。月明かりの中、村重はおのれに問い続ける。

六月八日、八上城の波多野兄弟、安土にて磔刑。

惟任日向守光秀は、丹波国をほぼ攻め取った。光秀が有岡城のために取次を務めたと伝える史書は、一切見つかっていない。

第四章　落日孤影

1

夜風が涼を含むようになると、天下の民はわずかに息をつく。実りの秋は遠からじ、まだ油断は出来ないが、どうやら一年かろうじて命を繋いだか——そう思うからだ。だが有岡城に立て籠るひとびとは、今年、その例に洩れている。

城内には田畑もあるが、そこで穫れる米や青物は、兵だけでも五千人に及ぼうかという籠城衆の口を養うには到底足りない。戦が始まって以来、至るところに新しく畑が拓かれてきたが、そうした場所はもとより農に不向きで、育つ青物の量は乏しい。必然、戦の前に城に運び込んだ兵粮の量が、そのまま城内のひとびとの命数であった。

村々では毎年秋に稲を刈り入れて米にして、米は売られて銭になる。武士はその銭を取り立て、あるいは武具に、あるいは寄進に、あるいは茶道具に換え、そして米を買う。村では米を売って銭に換え、武士は銭を払って米を買うのだから、米問屋は薄利でもいい商いになる。ところがこのところ、肝心の銭の出回りが悪い。唐渡りの銭の量が減り、割れた銭や欠けた銭ばかりが出回る。都に近い摂津でそうなのだから、坂東などではなおのこと銭が足りず、とうとう米で年貢を取り立て始めた家もあるという。このまま銭不足が続けば、いずれ当家もそうせざるを得ない……荒木家を興して以降、村重はしばしばこうしたことを考えてきた。だが今年に限っては、そうした思案は頭の先にも上らない。稲の作柄を検め、風損水損もろもろを差し引いて実際の年貢高を決めることも武士の務めだが、それもまた無用だ。町には往来もなく、北摂の村々はすべて織田に押さえられ、今年、荒木家の蔵には一文たりとも入らない。

七月下旬の晴れた日、村重は城内を巡見した。半具足で馬に跨り、口取り、鑓持ちを連れるほか、御前衆を前後に配している。こうした折は刀法に長けた秋岡四郎介、伊丹の事情に通じた伊丹一郎左衛門が扈従することが多かったが、かれらは既に亡い。この日村重に付き従ったのは、十人力の乾助三郎らである。

盂蘭盆会と施餓鬼会が済んで、寺町はひっそりとして人の姿もなく、ただどこからか念仏が聞こえるばかりである。店の立ち並ぶ一角に馬を進めれば、じとりとした温気の中で動く者は村重一行のみであった。織田に道が塞がれ往来が途絶え、目端の利く商人はとうに伊丹を去り、残った店者は売る物も買う物もなく、ただ蓄えた米を食いつぶして生きている。この頃、町では小競り合いすら起きず、鎧の直し、刀の打ち直しも用がないとみえて、鍛冶の槌音も聞こえてこない。

万人が死に絶えたような静けさの中、村重の馬が歩む沓音、御前衆たちの鎧鳴り、そして蟬の声ばかりが耳に届く。伊丹の民がみな身じろぎもせず、夏が、戦が終わるのをじっと待っているかのような静けさである。――いや、たしかに、民は隠れているのだ。村重の姿を遠目に見つけ、御領主のお目に留まればいかなる難事がふりかかるか知れぬと身を潜め、息を殺していて、村重はそれを知っている。

一行はやがて町屋を抜け、城の南側、鵯塚砦へと向かう。田畑や荒れ野の中に、先ごろ無辺が殺された草庵がぽつんと建つのが見える。広大な有岡城のうち、水堀と石垣で堅く守られているのは本曲輪のみで、城の外郭には柵木と空堀、要所にもせいぜい板堀が設えられているに過ぎない。その柵木を透かして、村重は城の外を見た。生い茂る夏草の中に、寄せ手が捨てていった竹束が残されている。竹束は寄せ手が矢玉を禦ぐための仕寄り道具、つまり城攻めの道具で、雑兵たちが後ろから押して、城に迫るのに用いられる。

主が馬の足を止めたことに気づいて、助三郎が訊く。

「殿、いかに」

「……いや。行こう」

そう言って村重が道の先に目を戻すと、御貸具足に身を包んだ足軽が数人、村重には気づかぬ様子でこちらに歩いて来るのが見えた。助三郎が警蹕よろしく声を上げると、足軽たちは慌てて道端に飛びのき、がばとひれ伏す。村重は馬を進めて平伏した足軽らの前を通り過ぎようとして、かれらの中に、風体が異なる者が交じっていることに気がついた。粗末な衣を着て、寸鉄も帯びていない貧相な男で、武士にも足軽雑兵の類にも見えなかった。足軽らは、無腰の男を警固しているようである。

「おぬしら」

村重が声をかけると、足軽らは死の予感でも覚えたように、いっそう深く首を垂れる。

それに構わず、村重が訊く。

「そやつは何者じゃ。直答を許す」

足軽らは目を交わし合い、一人が答える。

「解死人にございます」

やはりか、と村重は思った。

武士のみならず庶人にとっても、身内を殺されることは決して許せぬことである。一人殺されれば一人殺し、二人殺されれば二人殺さなくては臆病の謗りを受け、弱い者と見做されて、さらなる災いを呼び込むことになる。だが仇討ちが際限なく続けば、守るべき家や村をかえって弱らせる。そこで、殺した側に詫びの意を込めた人間を差し出させ、これをもって報復に代えるというのが、室町から続く古法であった。このときに差し出すのは人を殺した当人ではなく身代わりで、この身代わりのことを解死人という。

貴人らしくもない男が足軽に守られて送られていくとすれば、さしずめ解死人であろう、と村重は見抜いていた。ただ、解死人が出されたからには、どこかで死人を伴う争いがあったことになる。村重はそのような話を聞いていない。

「何者から何者へ出す解死人じゃ」

村重が訊き、足軽は畏まって答える。

「は。野村丹後様から、池田和泉様へ」

「丹後と和泉だと。仔細を言え」

足軽はひたいを地べたに打ちつけた。

「お許し下さりませ。わしらはただ届けよと命じられたのみにて、何も存じませぬ」

村重は馬上から足軽の頭を睨みつけていたが、やがて馬の首を巡らし、来た道を戻り始める。御前衆らは訝しげであったが、ことばを挟むことはなく、ただ忠実に村重の前後を守っていた。

2

二日後。雨の降る夕刻、御前衆の組頭を務める郡十右衛門が、村重への目通りを願い出た。大広間に十右衛門を通し、人払いを命じて、村重も部屋に入る。

雨の音が騒がしい。十右衛門は脛当てや籠手をつけたままで総身濡れそぼり、板張りの床にぽたりぽたりと滴を落としている。村重は十右衛門に、野村丹後が解死人を出すに至った仔細を探るよう命じていた。十右衛門は常のようにそつなく役目を果たし、雨中をいとわず言上に参じたのである。

「面を上げよ。近く寄れ」

十右衛門はことばに従い、胡坐のまま拳を用いて村重に近づく。

「されば、いかに」

「突きとめてござりまする」

「聞こう」

「は。事の起こりは四日前、兵粮を配る折にて。池田和泉様御家中の組頭が雑兵を用いて兵粮を鴨塚砦に運び、軍法通りに一人五合の米を配らんといたしたところ、野村丹後様の足軽どもが不平を鳴らし、五合では足りぬ、もっと寄越せと申したとのこと」

一日五合の米は足軽に配る量としては最少に近く、合戦に当たっては、その倍を配ることも珍しくはない。先の見えぬ籠城の中で、武具兵粮を差配する池田和泉が配る量を絞るのはもっともだが、五合では不満を溜め込む兵が出るのも無理はあるまい、と村重は思った。

「寄越せ、寄越さぬの言い争いから喧嘩に至り、丹後様御家中の若侍が刀を抜いて、和泉様の組頭を生害。野村丹後様は家中の非を認め、早々に解死人を送られた由」

「和泉は」

「解死人を送り返したと聞き及びまする」

詫びとして送られた解死人は、殺しても構わぬし、返しても構わぬというのが古法であった。

十右衛門が言を継ぐ。

「昨日、荒木久左衛門様の御屋敷にて、野村丹後様と池田和泉様が御対座。久左衛門様が中人なされ、両人は遺恨なしとして、席を同じくした由にござりまする」

村重は渋い顔になる。

「久左衛門がか」

荒木久左衛門は村重の信頼厚い重臣であり、今日も顔を合わせてことばを交わしている。だがかれは、丹後と和泉のあいだに諍いがあったことを言わなかった。

領内の諍いは、領主である村重が理非を見定める決まりである。村重に届け出ず刃傷沙汰に及べば、双方とも罰せられると定められていた。もっとも、すべてを村重が取り仕切るというのはあくまで建前で、実際には当人同士で手打ちに至ることも多い。丹後と和泉の諍いが解死人という古法で片付けられたことも、定めに反する曲事とまでは言えない。……だが村重は、それでよしとはしなかった。眉根を寄せ、呟く。

「気運が似ておる」

「は。気運、にござりまするか」

十右衛門がおうむ返しに問い、村重が頷く。

「さよう……儂らが筑後守勝正殿を放逐した折の気運よ」

ぎくり、と、十右衛門が身をこわばらせた。雨の音が高い。

村重の旧主、筑後守勝正が池田家の頭領に収まる折には、一悶着あった。かれは、おのれを頂くことをよしとせぬ老臣を斬って頭領になったのだ。三好家と将軍家、後には織田家が常に手を伸ばしてくる北摂にあって、勝正は織田を選んでその軍門に降り、よく家を保った。織田信長が浅井備前守長政の裏切りに遭って必死の窮地に追い込まれた折、殿軍として織田全軍を破滅から救った将の一人が勝正だ。

だが、池田家の諸将の心は、いつからともなく、勝正から離れていった。やがて勝正はおのれの家臣に——つまり村重や久左衛門らに放逐され、失意の中で死んでいった。

「殿の仰せではございまするが」

十右衛門が声に狼狽をにじませる。

「左様なことはございますまい。たしかに、人死にを出しながら殿に言上せぬ振る舞いはよからぬことと存じまするが、それも殿に無用の手間をかけさせぬためにございましょう。久左衛門様は申すまでもござらず、野村丹後様も池田和泉様も、無二の忠臣にござりまする」

「儂は二日前、鵯塚砦を見舞おうとした」

十右衛門のことばが耳に入らなかったように、村重は言う。

「城外を見れば夏草が茂り、寄せ手の竹束が打ち捨てられておった。……儂が何を言わんとしておるか、十右衛門、わかるか」

「は、されば……どなたが預かる柵かは存じませぬが」

と、十右衛門は慎重に答える。

「左様なことは、いささか、疎略かと」

城を守るには、むろん、寄せ手を近づけさせぬことが第一である。そのためにはいち早く敵を見つけ、矢玉を浴びせねばならない。夏草が茂っていれば敵に気づくのが遅れるし、竹束が捨て置かれていれば、寄せ手に繰り返し使われてしまう。城兵は草を刈らねばならず、近づかれた仕寄り道具は壊さねばならない。朝夕の薄闇にまぎれて行えば、それはさほどの難事ではない。戦に備えて見晴らしをあけるのは、村重が繰り返し諸将に命じていたことでもある。

「疎略にされておるのは、城の守りではない」

と、村重は言う。

「油断なく守れという儂の下知――それよ」

あの時もそうだった、と村重は思う。勝正が放逐される前、城壁の修繕は遅れ、御貸具足は数が揃わず、馬は痩せ、夏草は野放図に伸びていた。一つ一つは、謀叛というにはあまりに些事だった。だがそれらはたしかに、叛意であったのだ。

勝正は希代の名将ではなかったかもしれないが、愚将でもなかった。行き届かぬところを見つければ手当を下知し、とはいえあまり細かなことは言わずに諸将に預け、油断なきように務めよと日々言い聞かせていた。しかしかれのことばは、誰にも重んじられなかった。

この有岡城で夏草が伸びていることや、久左衛門が喧嘩を告げ知らせなかったことも、たしかに些事ではある。だが、このような些事が先ごろまで見られなかったことも、間違いないことであった。

「ここ一ト月、いや一ト月半あまり、諸将が務めを怠り、言上を控えるようになった。思うに、あの日からであろう」

一ト月半前の「あの日」――城の南にある草庵で無辺と秋岡四郎介が殺され、二人を殺した瓦林能登が奇禍で死んだ日のことである。

村重は体軀も振る舞いも、動かざる巌を思わせる男である。口数は少なく、激することも滅多にない。この乱世にあって、ずいぶん仕えやすい大将と言えるだろう。それでも十右衛門は、ことばを口に上らせかけて、ためらった。組頭の分際で大将に異見するには、死の覚悟がいる。いま主君を諫めることが出来るのはおのれだけだと自らを励まし、腹に力を込めて、十右衛門は言った。

「おそれながら、殿。なにぶん長陣にござれば気の緩みということも少しはござりましょうが、殿の御下知があらば、将卒みな身を慎んでそれに従いまする。われら荒木家中、みな最期まで殿をお支えする覚悟。どうか、お疑いになりませぬよう」

決死の言に、村重は何も言わなかった。雨の音ばかりが大広間に満ちる。十右衛門の顎の先から、滴が落ちる。その滴が雨であったか、おのれの冷や汗であったか、十右衛門にはわからなかった。

ふ、と村重が息をつく。その面に怒りはない。

「十右衛門。儂が乱心し、いわれもなき猜疑にかられたとでも思うたか」

「まさかのこと。滅相も」

体を小さくして平伏する十右衛門を村重はしばし見下ろし、やがておもむろに、懐から何かを取り出した。

「あの日なにかが変わったと考える、所以があるのじゃ。これを見よ」

村重の手の平には、小さな玉が載っていた。離れた場所からではあったが、十右衛門は目を凝らしてそれを見る。

「鉄炮の玉……にござりまするか」

「そうじゃ。あの日のことを、よも忘れはすまい。瓦林能登が死んだ日のことを」

主に言われ、十右衛門はその日のことを思い出す。入道雲が湧き立ち、遠くで雷が鳴る、蒸し暑い日であった。

あの日十右衛門は、御前衆に持鑓を持たせて瓦林能登を囲み、村重の合図で捕えるか、さもなくば討ち果たせと命じられた。本曲輪へ渡る橋で諸将を分断する村重の策が図に当たり、三々五々登城してくる将の中から容易く能登を取り囲んだ。村重の道理の前に、久左衛門や丹後らはことばを失い、寺男が出るに及んで、能登の非は誰の目にも明らかになった。追い詰められた能登が刀を抜き、それを振り上げて何事かを叫び……。

それからのことを、十右衛門は憶えていない。落雷が瓦林能登の命を取り、能登を取り囲んだ御前衆を弾き飛ばしたと知ったのは、後のことである。

あれから一ト月半、たしかに暑気は緩み、雨は冷たいものへと変じた。村重が言う。

「おぬしら御前衆が倒れ、儂はいち早く能登に近づいた」

「は。御前衆一同、不覚に思うております」

「そのようなことを責めはせぬ。御前衆は雷に近く、儂は遠かったというだけのことよ。――儂は能登の息が絶えておるのを確かめた。この鉛玉に気づいたのは、その折のことじゃ」

少しことばを切り、鉛玉を見据えて、村重は続ける。

「これは、能登のすぐ近くに撃ち込まれておった。二寸ばかり地にめりこみ、掘り出そうとすると、まだ熱かった」

「されば……」

と、信じがたい思いで十右衛門が言う。

「殿は、雷が落ちる前に、何者かが能登殿を撃ったと仰せにござりまするか」

「雷の前であったか後であったかは知らぬが」

村重は言って、鉛玉を握りこむ。

「そう、何者かが能登を撃ったぞ」

十右衛門は思わず勢い込んだ。

「しかし、なにゆえ」

対して、村重はどこかしら気のない様子である。

「わからぬ。能登に生きておられては困る者の仕業でもあろうか」

「能登殿は織田に通じておりました。すると、やはり織田に通じた、ほかの者の仕業にござりましょうや」

「十中八九はそうであろう。じゃがなにより間違いないのは、儂が能登を成敗すべきところ、何者かがそれを妨げたということよ」

それで十右衛門はようやく、村重が何を危ぶんでいるのかを知った。

およそ武士の家にあって、武士の行いを裁き、処断することが出来るのは頭領だけである。瓦林能登に不審の振る舞いがあったならば、その罪を明らかにして罰を下すことが出来るのは村重だけであり、そうでなくてはならないのだ。村重が能登の罪を問うている時に横合いから能登を撃つというのは、村重の権を侵している。それは、謀叛だ。

大広間はほの暗さを増していく。濡れた体のせいか、十右衛門はぞくりと寒気を覚える。

村重は言う。

「この有岡城には面従腹背の謀叛人がおるぞ。そうした輩(やから)は陰に潜んで刃(やいば)を研ぐものよ。この鉛玉は、そやつが迂闊(うかつ)にも残した、ただ一つの足跡じゃ。十右衛門、儂は、勝正殿の轍(てつ)は踏まぬぞ。この城を守れるのは、儂をおいてほかにおらぬ」

村重は立ち上がった。いっそう深く頭を下げる十右衛門に、掌の中の鉛玉を渡す。

「あの日、何者が能登を撃ったか、突きとめよ。誰がそれを命じたか、そやつの狙いは何か。わかることはすべて調べよ」

十右衛門は鉛玉を、金の粒ででもあるかのように頭上に捧(ささ)げる。

「は」

「出来るか」

「はっ」

かれらしい、常の通りに迷いのない応えであった。

だが十右衛門は胸のうちで、はたしてこの命を果たすことが出来るか、覚束なく思っていた。能登が死んでから一ト月半が経っている。忘れられたことも、失われたものも多いだろう。なにゆえ殿は一ト月半前にお命じ下さらなんだか、と、十右衛門は訝しく思っている。

3

数日が過ぎ、月が改まって八月となる。天正七年の八月は、宣教師が用いるユリウス暦ではほぼ九月に当たる。夏は終わった。

昨年十月、荒木家が織田を離れて毛利に付くと決した頃、日々の評定には冷たい熱気とでもいうような、独特の緊張が漲っていた。招集の太鼓が打ち鳴らされれば諸将は平服にせよ具足にせよ一分の隙もなく身支度を整え、先を争って天守に駆けつけて、村重のことばは片言隻句たりとも聞き逃すまいと前のめりになっていた。老いも若きも、日の出の勢いの織田家に敢えて挑戦する昂奮に、面を上気させていた。それから十ヶ月、ふと気づけば、あまりにも多くのことが変わった。

天守に集まる諸将は具足のよごれ、陣羽織のほつれを気にせず、髭は伸び、顔も土埃にまみれている。ほとんどの将はうつむいて評定の終わりを待つばかりで、中にはあからさまに眠気を催している将もいる。参じていない将も多い――病にて出仕かなわず、と言ってくる将が増えた。北河原与作は降参を訴えて以来、身の危険を覚えるようになったのかこのところ人前に姿を現さないし、今日は高山大慮も来ていない。そして交わされる軍議は、ここ十日ほど、まったく変わっていない。

「陸が塞がれても、海がござろう。小早川、村上の水軍を用いれば、毛利が尼崎に後詰を入れるのに一両日とはかかるまい。それが来ぬというのは、毛利は心変わりしたのだ。いや、事の始めから、われらを織田の矛先を逸らす楯にする算段だったのだ。あのような成り上がりを当てにしたことが、そもそもの失策よ。来もせぬ毛利など当てにせず、われらだけでも華々しく一戦遂げるべし。それが武士の面目であろう！」

熱を込めて言うのは野村丹後だ。村重は例のごとく眠たげな目で、しかし丹後の様子を窺っている。

味方を庇って敵を殺せばこの世のすべてが上手くいくと信じているような丹後の剛直さは、この長い籠城を経ても変わることがなかった。丹後が、村重を追い落とそうとする謀叛人ということはあるだろうか。丹後は家格が高く武威もあり、下克上を果たすだけの力はあるが、村重の妹婿という繋がりは、謀叛を起こすにあたり、かえって村重に近すぎるというきらいがなくもない。そもそも丹後は、表向き村重に従いながら裏で謀叛をたくらむような腹芸が出来る男ではない。それとも、ずっとそう見せかけていただけなのか？

思案顔で池田和泉が言う。

「丹後殿の申す通り、毛利の背信は明らかにござる。されどわれらだけで一戦と申されても兵が足り申さず、鉄炮が足り申さず、加えて織田はとうに付け城を築き終えておる。多数が籠る城に少ない兵で挑めと申されても、それは武士の面目にはあらで、いささか自棄というものにはござらぬか。ここは何としても策を練り、御味方を増やすことこそが先決」

和泉は籠城以前から華々しい手柄を立てたことはないが、物事の算段に長け義理堅く、人の信を集める男だ。武具兵粮から竹木に至るまでの差配を任されているだけに、城中に和泉とかかわりのない将は一人もいない。村重が頭領では先行きがあやしいと和泉が言えば、同心する者も多いだろう。和泉が逆心したということはあるだろうか。とても、村重を追って自らが頭領になろうという博打を打つ男には見えないが……。

荒木久左衛門はしかつめらしい顔である。

「われらは毛利に味方したと言うが、そうではなかろう。毛利といい宇喜多といい謀の多い家、当てになどする方が間違うておる。われらは本願寺に一味した、征夷大将軍に御味方したのじゃ。その本願寺は既に九年支えておる。われらも世の風向きが変わるまでどっしり構えておればよい。武田信玄は徳川に勝ったが、病に斃れた……信長とて人、寿命というものがある」

久左衛門はこのところ、待てということしか言わない。待つという策は何もせずともよいので、これでなかなか諸将の受けがいい。久左衛門が村重に背こうとしているということは、あるだろうか。たしかに久左衛門はいまでこそ荒木の名字を名乗るが、もとは池田家に連なる人物であり、村重を追って池田家の再興を訴えれば、久左衛門に従う者は少なくないだろう。疑わしいと言えば、これほど疑わしい者もいない。だが村重の見るところ、久左衛門の将器は、一家を率いるにはやや心許ない。久左衛門が村重を欺いて謀叛を進めるなど、出来ようものか。

「おのおのがた、何を仰せか！」

と声を荒らげたのは、中西新八郎である。

「毛利と一味同心し、この有岡城にて信長めを討つというのは、殿の立てられた遠大な策。その策は、いまだ何も破れてはござらん。われら家臣は殿の策を信じ、その成就に努めることこそ本分ではござらぬか。それがしは殿を、摂津守様を信じておる。殿を信じるゆえに、毛利は来ると信じており申す！　明日にも毛利勢が雲霞のごとく押し寄せようというのに、いったい何を仰せにござるか！」

評定の場は、しんと静まった。新参者の新八郎の放言を咎める者もおらず、といって賛同する者がいるわけでもなく、なんとなく興醒めした気配が漂う。村重は新八郎の上気した顔を見ながら、この男がおのれの追い落としを画策しておるとは考えられぬ、と思っていた。仮に新八郎にそうした野心があったとしても、この男に味方する者はおるまい。……とはいえそれは、新八郎が野心を抱かぬ、という意味ではない。

今日の評定も、昨日と同じであった。戦は膠着し、諸将も言うことがなくなってきている。だがその中でも村重は、毛利の不実を責める声が増えていることに気づいていた。織田を離れて毛利に付くことを決めたのは、村重である。毛利の不実を責めるのは村重の判断を責めるに等しい。諸将はそのことに気づいていないのだろうか。気づいていてなお、村重の代わりに毛利を詰っているのだろうか。

――村重には、どちらともわからなかった。

評定を終え、村重は御前衆に守られて屋敷へと戻る。

諸将の前に出る折、村重は籠手や脛当てなどは身に着ける。矢玉が飛ぶ場所でもないのに兜や胴まで皆具するのは大袈裟だが、万が一に備えてある程度の具足を身に着けるのは、武士の心得である。以前は、評定に出るだけなのに籠手などを着けるのは少々芝居めいていると思えたが、このごろ村重は、服の下に鎖帷子を着込むようになった。織田の刺客に備えてのことだと近習らは思っているようだが、実のところは、城内の者への備えであった。

それだけに、屋敷に落ち着けば安堵は深い。近習に手伝わせて具足を外し、盥で運ばせた水で身を清めて、村重は屋敷内の持仏堂へ向かう。

廻り廊下を進み、持仏堂の襖(ふすま)を開けると、板張りの薄暗い堂内で千代保が念仏を唱えていた。千代保の後ろには侍女が片膝(かたひざ)を立てて控え、襖を開けたのが村重だと気づくとすぐに首を垂れたが、千代保の念仏は変わらない。村重は襖を閉じ、座りもせずただ千代保の声を聴いていた。

村重の沈黙に焦(じ)れたのか、侍女が小さく声を出す。

「だしの方さま……」

千代保はその一言で、ふつっと念仏を止めた。仏像に向かい合ったままで言う。

「なあに」

「殿が」

首を巡らし、千代保は振り返った。長い籠城にもかかわらず、やつれの見えぬ若い横顔である。千代保ははっと目を見開き、仏像の正面を村重に譲る。

「これは殿。申し訳も」

「なに。大事ない」

村重は仏ではなく、千代保の正面に坐(ざ)した。

「熱心よな。なんぞ、願でもかけておったか」

そう村重が言ったのは、軽口であった。だが千代保は思いがけず黙り込む。やがて千代保は蚊の鳴くような声で、

「菩提(ぼだい)を」

と言った。

「菩提を弔うておりました」

「何者の菩提を」

「こたびの戦で果てた者どもの」

「何十何百とおろう」

「はい」

村重は仏像を見た。南都仏師の手になる、釈迦牟尼仏の坐像である。

千代保は大坂本願寺の坊官の娘であり、自身も熱心な一向門徒だ。おかしなことだ、と村重は思った。

「門徒は菩提を弔わぬと思うておったが」

一向宗は、人の祈りの効験を認めない。死者を救うのはただ阿弥陀如来あるのみで、生者の祈りでおのれや他人を救えるとは考えないのだ。

千代保は目を伏せた。

「さように存じます。……ではございますが、殿の御前で憚りもありまするが……」

体を小さくして、千代保は言う。

「御城の苦難を見ながら、何もせずにはおられず。父が見たら、さぞ叱りましょう」

一向門徒である千代保が釈迦牟尼仏の像の前で死者の菩提を弔うというのは、たしかに宗門の理屈に合わぬことである。それゆえに千代保はおのれの振る舞いを、ひどく不面目に感じているようだ。だが村重は戦を通じて死んでいった者ら——最後の奉公と言って織田に突き出していった森可兵衛、血塗れの手で子孫の取り立てを願った伊丹一郎左衛門、城内一の遣い手でありながら刀も抜かずに後ろから斬られた秋岡四郎介、最期に西へ行きたいと言ったという安部自念、星明かりにかろうじて顔が見えた大津伝十郎、下帯姿ながら死兵と化して村重の間近に迫った堀弥太郎、誰からも敬愛されながら城の内と外の双方に通じた無辺、もはやこれまでと刀を抜いて雷に打たれた瓦林能登入道、そして荒木方と織田方でそれぞれ死んでいった無数の兵、山に逃れたが撫で斬りにされていった民草——の顔を思い浮かべるにつけ、千代保の廻向を、尊いものと思わずにはいられなかった。

「父御の仰せはわからぬ。儂は、我が有岡城の者どものために祈ってくれたことを嬉しく思う」

千代保は胸を突かれたような顔になり、ゆっくりと床に手をつき、首を垂れた。

「もったいのうございます」

「念仏は終いか」

「もとより、唱うべき数に定めなどありませぬゆえ」

「そうか。門徒の教えには疎くてな」

手を戻し、千代保は顔を上げて微笑んだ。

そこで村重は、ふと思い当たった。千代保を室に迎えてから、織田を離れると決めてから、籠城が始まってから……いつでも訊けたことであるのに、一度も尋ねなかったことがある。いまが——いま、だと。籠城十ヶ月、将卒共に倦み、何者かがおのれに取って代わろうとしているいまが、か——よい潮ではないか。村重は釈迦牟尼像を見て、千代保に訊く。

「千代保。そなたは儂に、念仏を勧めぬのだな」

「はい」

「それは、なんぞ故あってのことか」

千代保の目元に戸惑いが浮かぶ。何事につけ、千代保はおのれの存念というものをほとんど語らない。問われても、答えていいものか迷うようなそぶりであった。

「構わぬ」

村重がそう促してようやく、千代保はなお迷う様子ながら、おずおずと口を開く。

「むろん、父からは、折ごとに殿に念仏をお勧めするよう言い含められてはおりました。されど池田に参り、またこの伊丹に移って殿の御役目を拝見するにつけ、後生のためとお勧め申し上げても殿にはかえって御厄介と思い、今日までそのことは申し上げずにおりました」

「厄介とは、なんのことか」

「さればにございます」

と、涼やかな声で千代保は言う。

「殿は荒木家の御大将におわします。仏のことは、力なき民草には救世の約、弓馬の武家には今生の護り――御大将には、武略にございましょう。武略の妨げになるは厄介かと存じます」

村重は、笑いたいような心持ちになった。たしかにそうである。頭領が宗門を選ぶのに、我が身の現世利益、極楽往生ばかりを考えるわけにはいかない。

高山大慮の以前の主君、和田伊賀守惟政は家臣に多くの南蛮宗信者を抱え、自身も南蛮宗に親しんでいた。だがかれは最期まで、おのれの宗門である禅宗を捨てることはなかった。南蛮宗に親しむことが家臣をまとめるための方便だったのか、心底から南蛮宗に心を寄せていたのか、それは誰にもわからない。ただ言えるのは、南蛮宗に改めるにせよ禅宗のままでいるにせよ、惟政は、和田家当主という立場を抜きにしてそれを決めることは出来なかったということである。

村重も同じであった。かりに千代保が一向宗を強く勧めてきたならば、その教えに理解のあるふりぐらいはしただろう。だが、改宗はしなかった。この北摂にあって一向宗に参じれば、誰もが、荒木は本願寺の風下に立ったと見なすからだ。

それを千代保が見抜いているとは、村重もついぞ思わぬことであった。

「違いない」

と村重は言った。

「武略じゃな。座禅も題目も武略じゃ。戦に参ずれば後生は安泰、進めば極楽退かば地獄と本願寺が嘯くも、また武略であろう。この戦ばかりの世の中で、森羅万象、武略に非ざるものは一つもないな」

千代保は困じたように眉を曇らせたまま微笑み、やがて、頭を下げた。

「賢しらぶった差し出口をいたしました。どうぞお許し下さいませ」

「馬鹿な」

村重も、つい釣り込まれて口許を緩める。

「賢しきことがなぜ悪い。心愚かな者を側に置きたいと思う武者がどこにおる」

「それはもう」

千代保も、微かに笑った。

「いずこにもございましょう」

持仏堂の外から足音が近づく。聞き覚えのある近習の声が、「申し上げます」と言う。

「何じゃ」

「郡十右衛門様、急ぎお目通りを願っております」

「すぐに行こう」

そう答えて近習を下がらせ、村重は立ち上がった。侍女が平伏する横を通り過ぎながら、村重は千代保を振り返り、

「されば、武略に参ろうか」

と言った。

4

密談には広い部屋が向く——聞き耳を立てるのが難しいからだ。村重は十右衛門を、今回も大広間に通した。刻限も先日と同じ、夕闇が迫る頃であった。

十右衛門は小袖に肩衣を重ねた平服である。板の間に坐し、両の拳をついて深く頭を下げて村重を迎える。村重は茵に胡坐を組み、言う。

「聞こう」

十右衛門は頭を垂れたまま、張りのある声で応える。

「は。御下命の件につき、言上仕ります。かの日に本曲輪に鉄炮を持ち込んだ者は、一人もおりませぬ」

「……おらぬか」

「は」

村重は顎を撫でた。

有岡城の兵は、大別して二種類に分けられる。村重自身に仕える兵と、村重に仕える諸将の兵だ。むろん村重は最も多くの兵を率いているが、それでもその数は、城兵の半分を超えない。そして本曲輪の守りには、村重が抱える兵だけが当てられる。例外は、抜群の技量を買われて要所に配される少数の雑賀衆だけだ。

　また、兵は、村重に近く将への栄達もあり得る御前衆から、もっぱら物運びに用いられる夫丸まで、さまざまな分際がある。本曲輪を守るのは御前衆と足軽であった。御前衆は自前の武具を持っているが、足軽どもが持つのはせいぜいなまくら刀程度で、必然、村重が鎧や弓、鎧、そして鉄炮を貸すことになる。それらを返すのは戦が終わった後だが、高価で数も少ない鉄炮だけは使いまわすので、扱いが異なる。

　本曲輪の守りに就く足軽のうち鉄炮を任される者は、まず本曲輪内の鉄炮蔵に赴いて鉄炮を借り受ける。そして番役が済むと、鉄炮を蔵に戻してから本曲輪を出る決まりであった。

　一方、御前衆には自前の鉄炮を持つ者もいるし、炮術が売り物の雑賀衆も、自らの鉄炮を持って本曲輪に上がる。また、軍議のため本曲輪に参集する諸将とその警固兵の中に鉄炮を持つ者がいたとしても、別段見咎められることはない。しかし瓦林能登が死んだ日、本曲輪に鉄炮は持ち込まれなかったと十右衛門は言う。

「足軽どもは言うに及ばず。諸将や、その供の中に鉄炮を持つ者は一人もおらずと、橋を守った御前衆が口を揃えておりまする。かれらも上意討ちの御趣意は承知しており、諸将の物具には意を払ってござったゆえ、間違いはなきことかと。また、あの日は鑓をもって能登殿を取り囲む手筈が整っており申したゆえ、御前衆にも鉄炮を持参した者はおり申さず」

「雑賀の者どもは、いかに」

「雑賀衆が本曲輪にあっては上意討ちの騒ぎを思い違いいたしかねぬと考え、それがしの一存にて、雑賀の者どもは登城に及ばずと前日に伝えてござりまする。言伝に従い、当日、雑賀衆は参じておりませぬ」

少し間を置き、十右衛門が続ける。

「殿もご存じの通り、鉄炮蔵には錠が下り、番卒がついておりまする。当日の番卒は足軽にござれど、諸人の話を合わせて考えまするに務めは懈怠いたしおらず、蔵からひそかに鉄炮が持ち出されたと考えるのも難しゅうござりまする」

鉄炮蔵にはもともと番卒がついていたが、夏に織田の手の者が煙硝蔵に放火を試みて以降、煙硝蔵、鉄炮蔵の守りはさらに厳重になっていた。足軽の中でも働きがよい者を特に選び、人数も増やしたのである。村重は頷くしかなかった。

「で、あろうな」

あの日、鉄炮は一丁たりとも本曲輪に持ち込まれず、鉄炮蔵からひそかに持ち出されてもいないなら、能登を撃った鉄炮の出所は一つしか考えられない、と村重は見る。

「ひそかに持ち出せぬとあれば、表立って持ち出すしかあるまい。されば、足軽どもか」

「は。蔵で鉄炮を借り受けた鉄炮足軽が、何者かの下知を受け能登殿を撃った。……それがしもはじめは、そう考えてござりまする」

村重の眉がぴくりと動く。

「はじめは、と言うたか」

「御意。足軽どもの言い分をいちいち聞き、言に信が置けるか検めるため、他人の言い分と比べ申した」

十右衛門は珍しく、熱を込めて言う。

「殿、あの日に本曲輪を守っておった鉄炮足軽は、互いに目を離しておりませぬ。そもそも本曲輪において、鉄炮足軽は二人一組で櫓に置かれまする。互いの目を盗んで櫓を下りることは出来ず、まして能登殿を撃つことなど思いも寄らぬこと」

「…………」

「鉄炮を貸し出す蔵奉行は御前衆が務め、あやしきもの、役目でないものに鉄炮を貸すことはありませぬ。あの日鉄炮蔵から貸し出された鉄炮は一丁残らず、誰がどこで持ちおったか、調べがついておりまする。能登殿を撃った鉄炮は、足軽どもに貸し出されたものではござりませぬ」

村重は、よく検めたのか、と一喝したい衝動を押し殺さなくてはならなかった。十右衛門は有能の士である。十右衛門が調べ、足軽どもは能登を撃っていないと言うのならば、そうなのだと考えるしかない。

十右衛門はことばを続ける。

「本曲輪の外から狙い撃ったということも、まず考えられませぬ。玉は地にめり込んでいたという殿の仰せに照らせば、鉄炮放は上方から能登殿めがけて撃ち下ろしたことになりまするが、本曲輪の外にそのようなことが出来る場所はござらぬゆえ」

「おぬしの言い条はわかった」

と、村重は言った。

「ほかに言うことがなければ、二つ訊こう」

「は」

十右衛門は畏まり、頭を下げる。

「なんなりと」

「能登を狙った者は、何処から鉄炮を放ったか。存念はあるか」

半身を起こし、十右衛門ははっきりと言った。

「ござりまする」

既に思料をまとめていたのだろう、十右衛門のことばには淀みがなかった。

「能登殿が斃れた場所、鉄炮が届く間合い、それに撃ち下ろしということを考えあわせれば、鉄炮放が潜みおりし場所は、三ヵ所のうちいずれかに絞られまする」

「ふむ。三つとは」

「松の木の上、天守の二階、御屋敷の屋根」

村重は、松の木というのは侍町へと続く橋近くに植えられた松のことであろう、と察した。たしかにその木に登れば狙い撃ちに向いていそうだが、まわりには茂みも何もなく、木から下りてしまえば近くに隠れる場所はない。

また、天守は軍議が行われる場所で、能登が死んだ折には、既に幾人かの将が入っていたはずだ。鉄炮放が二階から撃ったのであれば、逃げ場はない。

屋敷は死角が多いが、奥向きを始め、常に大勢がいる場所でもある。見知らぬ者が近づける場所ではない。

十右衛門の言う三つの場所はどれも、狙い撃つのに絶好という場所ではない。だが、鉄炮放が潜んでいたのはその三カ所に絞られると十右衛門が言うからには、ほかの場所からではどうしても狙えないのだろう。ただ一つだけ、訊いておく。

「天守の二階と絞ったのはなにゆえか」

「されば、一階からでは、御前衆や諸将の人垣が障りとなって能登殿を撃てませぬ。三階からではあまりに急な撃ち下ろしになり、これも狙えませせぬ」

「試したか」

「は。むろんにござりまする」

村重は頷いた。

「よし。されば、いま一つ問う」

「は」

村重の語気が、わずかに強まる。

「儂はおぬしに、能登を撃ったのは何者か突きとめよと命じた。おぬしの調べが行き届いておること、さらなる吟味には時がかかることは、ようわかった。されど——儂の命はいまだ果たされてはおらぬぞ。十右衛門、おぬしなにゆえ、検めの途上で目通りを願い出たか」

途端、十右衛門ががばとひれ伏す。

「恐れ入りましてござりまする」

「なんぞあったか」

「は。御下命についてまずは言上仕るべきと考え、つい、後先を違えてござりまする。それがし、御明察の通り、急ぎ申し上げるべきことありて参上仕った次第」

十右衛門ほどの者が、つい間違えたというのは頷けないことであった。先には言いかねることであったのだろうと、村重は察する。

「聞こう」

「は。城内を巡るうち耳に入ったこと」

欄間から垣間見える空が血のように赤い。十右衛門は言った。

「中西新八郎様に、風聞がござりまする」

5

翌日の評定も、やはり諸将は毛利を詰るばかりで、これという考えは出ない。もとより評定は村重が将らを見張り、将らが互いを見張る場ではあるが、それにしても何一つ決まることがない。侃々諤々、異見のための異見を聞き流しながら村重は目を閉じ、昨日の郡十右衛門の言い条について考えていた。

唾を飛ばし合っていた諸将が、ふと、それに飽いたように口を閉じる。図ったような静けさが天守に下りたその折、村重は目を開いた。

「中西新八郎」

突然名を呼ばれ面食らった様子だったが、新八郎はすぐ、野太い声で応じる。

「はっ！」

その顔には、抑えきれぬ昂奮が表れている。村重はしばらくその顔と、油断なく具足を身に着けた様相を見て、そして言った。

「おぬし、滝川左近から酒を受け取ったそうじゃな」

「おお、そのことにござりまするか」

新八郎は腿（もも）を叩いて笑う。

「は。たしかに。左近家中の佐治なにがし、いつぞや矢文を射込んで参った者が、陣中見舞いと称して持参してござった」

「返礼も届けさせたと聞く」

「まさに。いや、さすがは殿、お耳が早い」

機嫌よく言って、新八郎は得意げに諸将を見まわす。

「酒はそれがしと、上臈塚（じょうろうづか）砦の四将とで玩味（がんみ）いたし申した。さすがは織田の大将、なかなかの美酒を寄越したが、それがしの口にはやはり伊丹の水が合いまするな」

そう言って新八郎はからからと、心地よげに高笑した。だがその声も、新八郎が村重の眼光に気づくや、日に当たった雪のように消尽する。

村重の眼光には、秋水(しゅうすい)の冷たさがあった。

「おぬし、それでよいと思うておるのか」

村重の声音もまた、常とは異なる。新八郎は、何のことか皆目わからぬといった態である。

「と仰せあるは……」

「儂のあずかり知らぬところで他家と書状を交わすは、軍法に反する。進物(しんもつ)の取り交わしなど、言うにも及ばぬ」

目を丸くし、新八郎は大口を開けた。

「こ、これはしたり」

そして猛然と食ってかかる。

「何を仰せかと思えば、これは思いもかけぬこと。上臈塚砦はそれがしが殿より預かりしものにござる。何事もそれがしが差配すべきと思うておったに、一樽(いっそん)の酒でかようなお叱りを受けようとは」

「控えよ！」

と村重が一喝する。

「一城を預かる大将ですら、取次も通さず他家と遣り取りをいたさば、すなわち謀叛じや。わずかに砦一つ預かる分際で大言いたすな！」

村重の瞋恚に押され、新八郎は坐したまま後ずさりするかに見えた。がばりと平伏し、

「は、これは……それがしはそのような……」

と、狼狽をあらわにする。村重はここで、諸将の顔をさっと見まわす。

その刹那、村重は背に冷水を注がれたようなおぞけを覚えた。

軍議に参じた部将らは皆、当惑もあらわに、納得がいかぬというような――言うなれば、狐につままれたような顔をしていた。ふだん口数の少ない村重が、いきなり道理の通らぬことを言い出したとでも言いたげな、どこか白けた顔が、ずらりと並んでいたのだ。村重の言はもっともだと得心した顔は、一つとしてなかった。

新八郎は言う。

「されど殿、進物に返礼いたすは礼儀にて……荒木は吝嗇と嘲られては無念にござるゆえ」

上臈塚砦の守将に任じてよりこの方、新八郎は癖のある足軽大将らをまとめ上げ、織田を砦に近づかせなかった。織田が遠攻を選び、砦に攻めかかってこなかったためとはいえ、大過なく守りを固めてきた新八郎の力量は決して低いものではない。だが、将としての広い目配りは、まるでなっていない。官兵衛ならこのような間の抜けた返答はするまい、と、村重は埒もない怒りにかられた。

「たわけが。おぬし、滝川に何を送った」

「は、それは……鱸にござる」

鱸は姿も美しく、古来最も品位の高い海魚と称えられてきた、夏の魚である。

村重は声を荒らげる。

「何たる不覚か。新八郎、おぬしその鱸を、どこから手に入れた」

新八郎は、何を訊かれたかわからぬといった顔をした。構わず、村重は畳みかける。

「織田に四方を囲まれたこの有岡で、鱸が獲れるはずはない。闇商いであろうが！」

人と人が向かいあえば金品の遣り取りが始まるのは世の常である。明日には命を奪い合う敵味方でも、それは変わらない。有岡城以上に重く囲まれた大坂本願寺ですら、織田の雑兵が米や雑具を売ってひそかに小銭に換えているという噂が絶えない。有岡城のどこかで商いが行われているとしても不思議はなかったが、しかしもちろん、そうした商いは堅く禁じられている。

新八郎は、たどたどしく申し開きをする。

「左様なこともあろうかと存じまするが、足軽大将どもが持って参ったものゆえ、それがしにはわかり申さぬ。されど殿、それがし合点がいき申さぬ。四方手を尽くして糧を求むることは良き戦陣の心得と、お褒めもあろうかと思うておりましたものを」

新八郎のことばを聞いて、何人かが頷いたことに村重は気づいた。戦陣では、兵粮が尽きれば草をも煮て、石をも舐めて腹の虫をごまかす。鱸を手に入れたことは才覚でこそあれ、責められるいわれはない……将らのそんな戸惑いを、村重は鋭敏に感じ取る。

そうした気配を村重は、

「糧を求めたことを責めてなどおらぬわ」

と一蹴する。

「返礼に鱸を送られた滝川は何を思うか。滝川左近は織田きっての知将じゃ、陸で鱸が釣れるなどとは考えぬぞ。必ず、有岡にものを運び入れる商いがあると考える。そうとわかれば、往来を塞ぐも、商いに紛れて間者を忍ばせるも、滝川の思いのままよ。おぬしは織田に、有岡城にはこれこのような隙があると手を取って教えたようなものじゃ。かようなことがあるゆえ、他家との音信は取次を通せと定めてあると知れ。新八郎、おぬしの粗忽、罪は軽くないぞ！」

軍議の場は、しわぶき一つなく静まり返る。

村重には焦りがあった。当人の新八郎はさすがに悄然としているが、諸将は新八郎の非を悟る風もなく、なにゆえの譴責か腑に落ちぬという顔をする者ばかりである。もとより、軍議という場で新八郎を責めたのは、一罰を以て百戒に代えるためではある。だが村重のことばは諸将に届かず、強いて作った怒りは宙に浮いている。

まさに、と村重は思う。筑後守勝正を放逐する直前の、池田家中の気運そのままではないか。

「殿」

おずおずとことばを発したのは、荒木久左衛門だった。

「お怒りはごもっともと存ずる。されど」

嘘を言うな、と村重は思った。久左衛門の顔を見れば、村重に理があるとは髪一筋ほども思っていないことは火を見るよりも明らかだ。だが村重は心を静め、手ぶりで先を促す。久左衛門は一揖し、言う。

「たしかに新八郎の振る舞いは迂闊、軍法に照らせば重き罰は免れぬところと存ずる。……されど、新八郎はふだんの奉公悪しからず。将に取り立てられて日も浅ければ、心得違いもござろう。どうか、ここひとたびだけ、お許しあってはいかがか。四方を敵に囲まれる中、闇雲に御味方を罪に問うは、上策とは言えますまい」

村重はもう一度、天守に居並ぶ将らを見た。反発の色はきれいに消えて、それでよいのではないかと言いたげな、あいまいな沈黙が下りている。

荒木家の将たちは、愚かではない。新八郎の振る舞いがいかに軍法に外れ、織田に隙を見せることがいかに危ういか、わからない者ばかりではないはずだ。だが今日の軍議で、諸将は村重の道理から目を背け、新八郎に同情をよせる。その理由に、村重はいま、薄々ながら思い当たった。

おそらく諸将は、新八郎に憐憫を向けているのではない。彼らが本当に憐れんでいるのは、瓦林能登入道なのだ。織田に通じ、有徳の僧を斬り、民草を悲嘆の淵に突き落とした能登の死を、しかし諸将は無念に思っている。この北摂の名族瓦林家に連なる能登入道を、頭領とはいえ他国者の村重が恥辱の中で死んでいかせたことを、将らはいまだ、すっきりと呑み込んではいない。この沈黙は、それゆえなのだ。

やむを得なかった。村重は沈思し、黙考するふりをして、最後に言った。

「よかろう。久左衛門の執り成しと、今日までの働きに免じ、こたびは許す。……新八郎」

「はっ！」

「以後は慎め。いっそう励み、武功をもって償いとせよ」

「はっ、必ずや！」

新八郎の声は、感極まったように震えていた。


軍議の後で村重は、郡十右衛門一人を供にして天守の最上階に上った。風も空の色も、たしかに秋のものである。

かつて村重は池田城を手に入れ、後に思うところあって、それを破却した。池田城があった土地は古池田と呼ばれるようになった。いま、天守から見える古池田には、翩翻と旗が翻っている。織田は古池田に陣を築いた――いや、陣というよりも城に近い、堂々たる要害を築いた。仮に毛利が大挙して後詰に現れても、あの古池田の陣を本当に破れるのか、村重には、もうわからなかった。

今日の軍議は、憂うべきものであった。

中西新八郎は、頭領に無断で他家と進物を交わした。即座に疑われて処断されてもやむを得ない、軽率極まる振る舞いである。だがこれほど明白な違背でさえ、村重は咎めることが出来なかった。軍議の向きが新八郎の処断に賛同しなかったからだ。

かつて村重が織田家に属していた頃、信長は村重を、信長自身と同じように家中を統べる唯一無二のあるじと考えていた節がある。だがそうではない。そうではなかったことを、村重は今日、あらためて思い知らされた。

池田家が衰微するという危局に際し、北摂の国衆たちが担ぎ上げた新しい頭領、それが村重である。過日牢の中の黒田官兵衛が言った通り、村重にはかれらを統べる道理というものがなく、国衆の賛同がなければ荒木家は一日たりとも成り立たない。気運を見ることに長けた村重には、軍議の動向を退けることは出来なかった。

以前は、そうではなかった。軍議とは国衆が村重に掣肘を加える場ではなく、村重が国衆を統べる場であった。諸将は村重の言を重んじ、村重が白と言えばおおむね白と、黒と言えばおおよそ黒と答えたのである。多少の無理も、荒木久左衛門や池田和泉ら老臣に根まわしをすれば、思うように衆議を御して意を通すことが出来た。

だが今日、村重が新八郎の非を言い立てても、諸将はその言をまったく重んじなかった。人は元来、内心を糊塗するものである。心底では村重の指図を疑っていたとしても、表向きは、それをあからさまに顔に出しはしない。それが一瞥してわかるほどに諸将が白けていたというのは、おそるべきことであった。

かつて勝正が放逐された折のことを、村重はまたも思い出す。軍議がこのような気運にまで至った時分には、勝正を追わんとする将らの談合は、既に八分通り進んでいた。いまも、そうなのだろうか。誰かが、村重を有岡城から追い落とす算段を、八分通り進めているのだろうか。

城を追われた勝正は京に逃れ、後に世を去ったと聞く。だがもし村重が、いま、四囲を敵に囲まれた有岡城から追われれば、落ち延びることは出来ない。死あるのみである。

6

夜の有岡城天守を、村重は見上げた。暦は葉月に入ったばかりで月は見えず、天守の威容は、ただ星明かりに浮かんでいた。村重は手燭の明かりを頼りに、土牢へと向かう。村重を警固する兵はおらず、いま三、四人ばかりの刺客に襲われれば、さしもの村重もひとたまりもない。だが土牢に向かう折、村重は常にひとりであった。有岡城に事がある時、村重が地下へと下りていくことを知る者は、村重と、牢番と――地下に囚われる、黒田官兵衛だけである。

既に幾度、こうして階を下りたことだろう。落城に至る危難は幾度もあった。そのうち幾つかは村重が諸将に指図して退け、そしてまた幾つかは、官兵衛の知恵によって避けられた。その果てがこの秋である。

牢番の加藤又左衛門は、村重を見るとすぐ、鍵を鳴らして立ち上がる。この男はいつ眠っているのだろう、と村重は思う。部屋の隅に敷かれた筵の上で眠っているのだろうが、いつ訪れても目を覚ましていて村重を迎える。浅く眠るのが武士の心得というものだが、この牢番もまた、そのように身を律しているのだろうか。村重は知らず、

「苦労じゃな」

と声をかける。答える加藤はことば少なであった。

「は。……開けまする」

そうして地下へと続く戸が開けられ、冷気がそっと立ち上って来る。手燭を掲げ、村重は階を下りていく。その腰で、たぽん、と音を立てるものがある。徳利であった。

頼りない明かりの中で、影がうごめく。木格子を嵌め込んだ穴倉で、官兵衛はまだ生きている。官兵衛が目を覚ましていることは、村重にとって意外ではなかった。地の底に昼夜の区別などないからだ。横たわっていた官兵衛が起き上がり、のっそりと胡坐を組もうとするが、九ヶ月にも及ぶ監禁の中で官兵衛の足は曲がって固まり、その坐った姿は奇妙に傾いでいた。

村重は何も言わず、木格子の前に徳利を置く。黒ずんだ官兵衛の面の中で、白い目がほんの少し見開かれた。村重が懐から木の盃を二枚取り出し、それぞれに徳利の中身を注ぐと、白く濁った酒に揺らめく明かりが照り映えた。

村重はやはり無言のままで、盃を官兵衛に突き出す。官兵衛もまた物を言わず、枯れ

木のように痩せ細った腕をぬうっと伸ばし、その盃を受け取る。二人の将はどちらからともなく、盃を口に運んでいく。

共に盃を干すと、村重がふたたび酒を注ぐ。暗闇の中で、二人だけの酒宴はしばし続いた。

ようやくのことで、村重が口を開く。

「この酒をどう思う」

官兵衛は手の中の盃を見て、ぼそりと答える。

「沁みまするな」

「ほかには」

「伊丹は水がようござる」

「ほかには」

官兵衛の黒目が、ちらと村重に向いた。

「……この酒は、若い。城内の米を近ごろ酒に造ったものにござろう。米を酒に変えれば兵粮が減りまする」

戦陣において、米を酒にすることは頻繁に行われた。配られた米をことごとく酒に造って飲み、あげくに飢えて斃れる兵もいるほどである。そのため心得のある将は、米を兵に配る際に一度には渡さず、少しずつ渡すようにする。

「それを承知で酒を造るとは、摂州様は民草や兵どもが飢えてもおのれのために米を減らす御大将におわすか……」

官兵衛は盃を干す。

「さもなくば、御城内の兵粮はまだ充分にあるか。いずれかにござろう」

蔵の中の米で籠城を続けなければならない以上、有岡城に無駄に出来る兵粮はない。しかし、徳利一本の酒も造れぬほど逼迫しているわけではないというのも、またたしかであった。村重は束の間皮肉な笑みを浮かべ、官兵衛とおのれの盃に濁り酒を注ぐ。

「それだけか」

「されば……」

官兵衛の声に、嘲弄の色が混じる。

「それがしと盃を交わそうという心底は」

ちびちびと盃に口をつけ、官兵衛は続ける。

「もはやほかに交わすべき者もなし、と読み申す」

村重は、官兵衛のことばが当たっているとも、いないとも言わない。ただ渋い声で、

「良禽は木を択んで棲むと言う。おぬし、小寺家ではさぞ窮屈であったろう」

と言った。官兵衛は、愉快そうではなかった。飲み干した盃を未練がましい目で見つめつつ、呟く。

「窮屈など、何ほどのことぞ。摂州様は窮屈ゆえに勝正殿を放逐なされたか」

果たしておのれは、池田筑後守勝正の下で窮屈だったか、と村重は考える。英邁とは

言い難い主君の下で、傑物とは言い難い同輩と肩を並べて日を送るのは、なるほど窮屈でなかったとは言わない。満天下におのれの力量を示したいという、居ても立ってもおられぬような焦燥にかられたこともたしかだ。だが、それゆえに勝正を放逐したのかと問われると、

「いや……そうではなかったな」

という気がしてくる。将器はともかく、勝正は村重にとって悪いあるじではなかった。

「生きるためであった。すべては生き残って、家を残すためであった」

武士は死ぬ——むろん人はすべて死ぬが、武士にとって死は、売り物のようなものである。鑓の穂先に身を晒し、鉄炮の筒先を向けられながら生きるのが武士だ。死ぬのは構わぬ……というより、まことに已むを得ないことと了解してはいるが、それでも、いや、むしろそれ故にこそ、犬死には出来ない。

おのれが死んでも子が、子が死んでも一族が家を残し、何代前の誰それが勇ましく死んでこそいまの当家があるのだと物語られる日を思えばこそ、死を了解できる。落ち目の主家に従ってもろともに落魄しても、名も家も残らない——まさに犬死にである。村重はいつか死ぬ日のために、勝正を追放したのだ。

酒が尽きる。村重は盃を、闇の中に放り投げる。乾いた音がうつろに響いていく。

「じゃが、因果は巡るな。勝正殿を追った儂を、どうやら追おうとするものがおるらしい」

威のある声音に戻って、村重は言う。

「官兵衛。わかってもおろうが、儂だからこそおぬしを殺さなんだ。儂が追われればおぬしはよくて斬首、おそらくは誰からも忘れられ、この土牢で飢え渇いて死ぬであろう」

官兵衛は盃を傾けて酒が溜まらぬか試していたが、やがて諦めたように盃を置いた。

「左様なこともござりましょうが、それでは官兵衛、ちと困りまするな」

「ならば、一つ話を聞け」

そうして村重は、瓦林能登を誅殺しようとした折のことを話し始める。

村重は、織田に通じた能登を取り囲んだことを話した。討ち取れと下知する直前に、あに図らんや、雷が能登を打ったこと。能登のすぐそばに、まだ熱い鉛玉が落ちていたことを話した。郡十右衛門に命じて調べを進めさせたところ、その日、本曲輪の外から持ち込まれた鉄炮は一丁もなく、本曲輪の蔵から貸し出された鉄炮は一丁残らず在処がわかったことを語った。そのあいだ官兵衛は、久方ぶりの酒にしたたかに酔いでもしたかのように、目を瞑り、わずかに体を揺らしていた。

「ゆえに儂は」

と、村重は話をしめくくる。

「何者が能登を撃たせんとしたか、知らねばならぬ。謀叛人を炙り出さねばならぬのじゃ」

官兵衛はわずかに身じろぎし、野放図に伸びた髪の下から、上目遣いに村重を見つめた。――その目があたかも病人の死脈をとる医者のようだと思ったのは、村重の僻目であったかどうか。

　官兵衛は言った。

「左様にござりましょうかな」

「なに」

「謀叛人とやらを炙り出して……それで、間に合うか」

　それは官兵衛の独り言だった。だが村重には、そのことばの意がありありとわかった。

　――誰が瓦林能登を撃ったか突きとめて、それで、離れていく諸将の心を繋ぎ止められるのか。

「間に合う」

　と、村重は闇に言う。

「間に合うぞ、官兵衛」

　官兵衛は変わらず上目遣いに、村重を静かに見つめている。

　――やがて官兵衛は、暗い牢の中で目を伏せた。

「さあらば申し上げまするが」

　官兵衛の声音は、どこか諦めを含んでいるようでもあった。

「能登殿の奇禍より、既に二タ月ほどが経っておるとか。もそっと早う郡十右衛門とやらに検分を御下知なさらなんだは、いかなる御了見あってのことにござろうや」

村重は、沈黙する。

「お答えあらぬか。さもありなんと存ずる……なに、知れたこと。官兵衛が代わって申すまでもござらぬか」

官兵衛は陰にこもった声で言った。

たしかに、官兵衛は見抜いているのだろう、と村重は思う。能登が死んでから一ト月半、十右衛門に検分を命じなかった訳は、一つしかない。――十右衛門が、能登を撃たせた謀叛人ではないかと疑っていたからである。

能登は上意討ちのために御前衆に囲まれ、足が止まったところを撃たれた。歩く敵に鉄炮を当てるのは難事のため、鉄炮放は能登が足止めされることを知っていたのではないかと思われる。しかしそれを知っていた者は、城中でも多くはない。

能登が織田に通じていると知った村重は、御前衆を率いて能登を捕らえるよう、十右衛門に命じた。十右衛門はその夜のうちに御前衆への手配りを済まし、本曲輪警固の雑賀衆に、明日は参上に及ばずと伝えている。

つまり十右衛門は、村重自身を除く城内の誰よりも、能登が本曲輪で足止めされることを詳しく知っていた。それゆえ村重は、かれが鉄炮放に通じているのではと疑ったのだ。

村重は、十右衛門が特に親密にしている将がいないか、あやしげな振る舞いはないか、その素行を検めた。誰とも深い繋がりは認められず、油断は出来ないにせよひとまず十右衛門は潔白と考えてもよさそうだと結論した時には、一ト月あまりが経っていたのである。

　自らを守る御前衆の、それも最も信の厚い十右衛門でさえ、疑う。村重は、おのれのその心が官兵衛に見透かされたことを知り、恥を覚える。

「さて、何者が摂州様に企てをいたしおるか……」

　委細構わず、官兵衛は話を戻す。

「それは、それがしには見当もつきませぬ。およそ企ては人が為すもの、人の心というものがわからねば、読むも読まぬもござらぬ。しかるにこの官兵衛」

　誰を嘲ったものか、官兵衛はわずかに笑った。

「当城に罷り越して以来この土牢にござれば、荒木家の宿老は名を知る程度にござる。心底を量るなどは、とてものこと」

　官兵衛は手の中の盃を撫で、それが無二の宝でもあるかのように懐へと仕舞う。村重は官兵衛の返答に不満であった。

「儂の役には立たぬと言うか」

「それがしは天眼通ではござらぬゆえ、知らぬものを知ったようには申し上げかねまする」

　村重は、まったく不満であった。

「役に立たぬなら」

と、わずかに陰にこもった声で村重は言った。

「はや死ぬるか、官兵衛」

官兵衛は脂じみた前髪の下から、じっと村重を見た。村重は官兵衛の顔を見るでもなく、ただ揺れる手燭の火を見ている。

「なるほど、いまの摂州様であれば」

官兵衛は言う。

「それがしを斬れましょうな」

「たわけたことを。おぬしは俎上の魚、いつでも斬れた。役に立つゆえ、生かしておいたまで」

村重のことばに、官兵衛は首を横に振る。

「いや、左様にはござりますまい」

「何を言うか」

「いまさらそのようなことを仰せになられたとて、真に受ける官兵衛ではござらぬ。摂州様がそれがしを生かし置いたはなにゆえか、百も知れておりまする」

去年の冬、大和田城の人質安部自念を斬らなかったことで、官兵衛は村重の心底の、少なくとも一部を見抜いた。

村重は、信長とおのれは違うと言わんがために、斬るべき者を斬らなかった。織田方の城目付を生かして返し、高槻城を開いた高山右近の人質を斬らなかった。おのれが殺されぬことを悟った官兵衛が狼狽し、舌をもつれさせながら殺せと懇願するのを聞きもせず、かれを牢に放り込んだ。信長は斬り、村重は斬らぬ……その評判は天下に広がっただろう。風聞を流し、評判を高め、威名を得て味方を増やす、すべては武略であった。だが、すべては変わった。いまとなっては、村重が誰を斬ろうが斬るまいが、それで荒木家に鞍替えする者は、天下に一人としていないだろう。

もはや官兵衛を生かしておく理由は存在しない。たしかに、いまの村重ならば官兵衛を斬れる。

播磨に名高き俊英、黒田官兵衛をこの土牢で苦しめ続けるのも忍びない。では殺そうか、と村重が心を決めかけたその時、官兵衛が口を開く。

「ただそれがし、この戦の果てを見とうござってな。摂州様の仰せになる謀叛人とやらには見当もつき申さぬが、瓦林能登殿を撃った鉄炮放についてはいささか考えもござれば、命乞いまでに、一つ申し上げる。……摂州様。もし雷が落ちねば、当城はいかが相成ったとお考えか」

妙なことを言い出した、と村重は思った。あの時、もし雷が落ちなくとも、村重が能登を成敗して面目を保つという結末にはならなかっただろう。鉄炮が外れたのはおそらく、突然の落雷で狙いが逸れたためだ。雷が落ちなければ能登は鉄炮で死んでいた。

官兵衛が言い直す。

「鉄炮が当たっていたら、何が起こったか」

「能登は死ぬ。何も変わらぬぞ」

「左様にござりまするな」

村重は、官兵衛が埒もないことを言い立て、まさに命乞いをしているだけではないかと疑った。であれば、見苦しい。しかし官兵衛はことばを続ける。

「落雷がなければ、瓦林能登殿は、いずこからともなく飛来した玉で死んだでござろう。それを、御城中の方々はいかに見たか」

そのことなら、既に考えてある。村重はわずかに顔をしかめる。

「謀叛人が裁きに拠らずに殺されたは、儂の名折れと見たであろう。してみれば、落雷は儂にとって僥倖(ぎょうこう)であった」

「では、城内にはいかなる風聞が流れたとお思いか」

「……風聞だと」

意表を突かれ、村重はことばを繰り返す。

瓦林能登が頓死(とんし)した後、有岡城には風聞が渦巻いた。言い方はさまざまであったが、それらの風聞がおおよそ意味するところは、能登の死は御仏(みほとけ)の罰である、というものであった。

それも道理である。殺された無辺は徳高き旅僧で、ひとびとに深く慕われていた。無辺の姿は有岡城と外とを繋ぐ糸であり、救いそのものだった。その死は民を、悲しみというも愚かな絶望の底へと叩き落とした。無辺に手を下した瓦林能登の首がもし伊丹の四ッ辻に晒されたなら、投げつけられた石が雨と降ったであろう。

その能登が落雷という奇禍で死んだことは、まさに御仏の罰であると受け止められた。だがもし、能登を殺したのが雷ではなく、誰が撃ったともしれぬ鉄炮であったとしたら、ひとびとはそれをどう思ったか。

「そうか」

と村重は呟く。

「鉄炮でも同じことじゃ。むろん、落雷という天災に比べれば神妙不可思議ではないが、城中にはやはり……能登の死は仏の罰という風聞が流れたであろう」

「それがしも左様に思いまする」

だが仏は鉄炮を撃たない。

村重は、知るべきことの一端を垣間見た気がした。だがあくまで一端に過ぎず、その先は模糊として摑みえない。仏は鉄炮を撃たない……それは、何を意味するのだろうか。あるいは何も意味などなく、すべてはやはり官兵衛の弄舌に過ぎないのだろうか。

官兵衛は言う。

「察しまするに、摂州様は罰の正体を既にご存じにござろう」

官兵衛は牢の中から、じっと村重を見つめている。長らく日月も見ず、手燭の弱々しい明かりさえ見ることの稀な目は、いまや異様な、暗い光を湛えている。村重の心底まで見透かそうとするその目を、村重はおそれた。この男は何を言っているのか――本当に、儂は正体とやらを知っているのか。仮に知っていたとして、それが何者かに裏切られようとしているおのれを救うことに役立つのか。

村重は何も言うことが出来なかった。そして官兵衛は、そんな村重に見切りをつけたように目を伏せて、

「されば、いまだお気づきではござらぬか。埒もないことを申した罪、お許し下され」

と言い、一命を乞うだけの役には立ったと言わぬばかりに、それきり口を閉じて、一個の影のごとくもはや身じろぎもしなかった。

7

階を上った村重を、牢番の加藤又左衛門と松明(たいまつ)の明かりが出迎える。生ぬるい夜風が吹き込み、村重が持つ手燭の火を揺らす。村重が何も言わぬうちに又左衛門は土牢へと続く木扉に錠を下ろし、鉄の重い音が夜の静けさを破った。

村重はそのまま、牢を出ようとする。だが、おのれから声を発したことが絶えてなかった又左衛門が、しわがれ声でこう言った。

「月の細った夜に、御一人では危のうござる。供をお許し下され」

村重は、膝をつく又左衛門をちらと見た。又左衛門が帯びる刀の拵(こしら)えは、案外粗末でもない。村重はただ「許す」と言った。

風音の中に、虫の集く声がまじる。村重は又左衛門に、自らの前を歩くように命じる。むろん、後ろから斬られぬための用心である。二人が前後して牢を出ると、そこは天守の直下である。

満天の星の中に、糸のように細い月が昇っている。その月明かり星明かりに頼って、村重は天守を仰ぎ見る。黒々とした天守が夜空に突き立つのを見ると、有岡城が落成した日のことがいまさらながらに村重の胸をよぎる。伊丹城を天下の堅城に造り替えた時分、おのれはこの城で、何者を禦ぎ止めるつもりであったか。南から来る本願寺か、西から来る播磨国衆か……それとも、やはり東から来る織田を禦ぐつもりで、かくも壮大な城を築いたか。村重はその折の心算を、我が事ながら、もう思い出すことが出来なかった。

又左衛門の持つ松明が行く手を照らす。村重はふと、瓦林能登が雷に打たれた、まさにその場所に近づいていることに気がついた。

「又左衛門、待て」

と命じると、又左衛門は何も問わずに歩みを止める。村重はぐるりを見まわした。

こうして見ると、能登を狙った鉄炮放が潜めた場所は三カ所に限られるという郡十右衛門の言い分が、簡にして要を得ていることがよくわかる。村重が立っているのは、十右衛門が言った天守、松の木、屋敷を線で結んだ三角形のちょうど中央であった。天守は本曲輪の北端にあり、その先は塀と水堀が行く手を阻む。松の木は本曲輪と侍町を繋ぐ橋にほど近く、茂みの中にただ一本くねくねと立っている。屋敷は言うまでもなく村重が起き伏しする建物であり、夜を徹して篝火が焚かれているため、その方角はぼんやりと明るい。

村重はしばしその場に留まり、黙考する。その間、又左衛門もまた無言で、松明を掲げたまま四囲をそれとなく見まわしていた。

やがて村重が、

「よし。行け」

と命じるのに従って、又左衛門は屋敷へと歩き出す。

又左衛門に先を歩かせながら、村重は種々のことを考える。軍議のこと、戦のこと、仏のこと、毛利のこと、織田のこと、天下のこと、鉄炮放のこと、謀叛人のこと、黒田官兵衛のこと——気づくと村重は、先を行く又左衛門に声をかけていた。

「又左衛門」

「は」

又左衛門はそう応じたが、振り返りはしない。この近さで主君の面を見ることは畏れ多いからである。村重は構わず、問う。

「官兵衛はふだん、いかなる様子か」

「は……」

歩みを緩めず、やはり振り返りもせず、又左衛門が答える。

「飯を食って、寝ておりまする」

「そうか」

もとより何かを期して訊いたことではない。木で鼻をくったような又左衛門の返答にも、村重は別段、失望を覚えなかった。だが数歩を歩いて、又左衛門がことばを足す。

「それと、唄うております」

「歌か。――官兵衛ほどの者ならば、歌は詠むであろう」

「左様な歌ではござらず、節まわしのある、謡にて。それがしが番をいたしおると、時折聞こえて参りまする」

「……謡じゃと。猿楽か」

「不調法にて判じかねまするが、さにあらずと思うておりまする」

物音が響き、又左衛門が足を止める。風のほかに動くものはない。又左衛門は頭を垂れながら、わずかに村重を振り返る。村重が問いを重ねる。

「猿楽でないなら、官兵衛は何を唄うておる」

平家物語を唄う平曲、仏の道を唄う声明、いまは絶えて唄う者とてない今様など、謡もさまざまである。だが又左衛門は、

「何ということもなし、官兵衛が唄うのは、取るに足らぬ、その場限りの節まわしにて」

と答えた。

日の射さぬ牢の中で、官兵衛は唄うという。地下の牢から、謡が聞こえてくるという。

又左衛門はふたたび村重に背を向け、歩き始める。

「官兵衛の謡は――」

松明が燃える音に紛れて、又左衛門は言った。

「あれは、泣く子をあやし、寝かしつける唄にございりましょう。――それがしも人の親にござれば、あれはずいぶんと、さみしゅう聞こえまする」

有岡城に吹く夜風は蕭々（しょうしょう）としてうら寒く、既にして秋の風であった。

8

屋敷に戻った村重は、持仏堂に入った。部屋の外に宿直の近習を控えさせ、灯明ひとつ点（とも）した持仏堂でただ一人、籠手と脛当てをつけたままで、黙然と胡坐を組んでいた。

かれの前には釈迦牟尼仏の像がある。村重はふだん、仏道を軽んじることはないにせよ、釈迦を恃（たの）むことは少ない。不殺を説く釈迦如来は戦を加護しないからである。拝むならば、諏訪大明神や八幡大菩薩といった軍神を拝む。だがこの夜、村重は小ぶりな釈迦の像に向き合っていた。

罰――。

官兵衛はそう言った。まさに、罰であったのかもしれない。

村重が知らねばならぬのは、つまるところ、謀叛人は誰か、ということである。何者が瓦林能登を撃ったのか探るのは、あくまで、その謀叛人を炙り出すための手管に過ぎない。鉄炮放についてはわからないことが多い……官兵衛が言った通り、検分の下知を出すのが遅かった為でもあろう。だがそれでも、郡十右衛門の探索は実って、何が不分明なのかは判然としてきた。

まず、もちろん、何者が何者に能登を撃てと命じたのかが不分明である。もっとも、鉄炮放は誰に命じられるともなく、自ら思い立って撃ったということもあり得なくはない。

次に、鉄炮がどこから持ち込まれたのかということが不分明である。落雷の日、本曲輪に外から持ち込まれた鉄炮が一丁もなかったことは、十右衛門が明らかにした。また、鉄炮蔵から持ち出された鉄炮の所在が一丁残らず明らかであることも、確かめられた。では能登に向けられた鉄炮は、どこから現れたのか。

そして、鉄炮はどこから撃たれたのかということが不分明である。能登を撃った鉄炮放が潜んでいたのは、本曲輪北端の天守の二階、侍町へと続く橋に近い一本松の上、屋敷の屋根の三カ所のうちいずれかだということは、十右衛門が言上し、村重も納得している。では、そのいずれが正しいのか。

何が不分明であるかがわかる、というのは、何事によらず埒(らち)を明けるための第一歩である。そして官兵衛がもらした罰ということばは、それらの不明に一本の糸を通した。

「鉄炮放は」

灯明の揺れる持仏堂で、村重はひとり呟く。

「能登を撃って……それから、いかにするつもりであったか」

雷が落ちず、鉄炮の玉が能登を撃ち抜けば、村重や御前衆は鉄炮がどこから撃たれたのか咄嗟に見極めて、鉄炮放を見つければそれを取り囲んだだろう。生け捕りにしようと試み、あくまで抗（あらが）うのであれば、その場で討ち取っていたはずだ。つまり鉄炮放は決死の覚悟で能登を撃ったのであり、生きて帰ることは、まず考えていなかった……村重は思うともなく、そう思い込んでいた。おのれの命を軽んじて敵の必殺を図り、もって死中に活を求めるという行いは、武士である村重にとって不自然ではなかったからだ。

だがその考えは、どうやら間違っていた。

「討たれては、罰にはならぬ」

鉄炮放の本意が御仏の罰を知らしめることにあったのだとすれば、かれは討たれてはならない。鉄炮を撃った者が姿を見せてはただの闇討ち、狙い撃ちであり、目に見えぬものが下す罰にはならないからだ。鉄炮放は命を惜しまなかったかもしれないが、同時に、見つかるわけにも、死ぬわけにもいかなかった。

ということは、鉄炮放は能登を撃った後、隠れおおせなければならない。こう考えると、鉄炮放はどこに潜んでいたのかという問いには、おのずから答えが出る。

あの日、諸将は軍議招集の大太鼓に従って、侍町から橋を渡って本曲輪に入ってきた。橋に近い一本松は最も人目に付く場所であり、そこから鉄炮を撃てば誰からもたちまち看破されただろう。鉄炮放が潜んでいたのは、松の上ではない。

本曲輪に入った諸将は、軍議が行われる天守へと向かっていた。つまり、二階から能登を狙い撃っても、階下には将らが入っていた。将らは武士である。鉄炮の音が立てば、敵の姿を探す。将らの中に紛れ込むことは、決して出来ないだろう。やはり鉄炮放に逃げ道はなく、つまり天守もまた、鉄炮放が潜んでいた場所ではない。

一方で屋敷は、軍議へと参じる将や、それを見守る兵らの経路からは外れている。その屋根の上から能登を撃てば、鉄炮放は少なくとも諸将や御前衆、それに村重の目からは逃れることが出来ただろう。

「……真実、そうであったろうか」

村重は、釈迦牟尼仏に問うように呟く。木彫りの如来はあるかなきかの笑みを浮かべ、何も答えない。

屋敷の屋根から撃てば、将卒の目からは逃れられた――それは間違いのないことである。だがそれは、撃った直後のわずかな間だけのことだ。屋敷は無人ではない。村重の日々の用を勤める近習や小者、千代保に仕える女房衆らが常に役目をこなしている。村重の屋敷は、この有岡城の中でも最も人の目が多い場所と言えるのだ。ひとたび曲者がいるという報せが行きわたれば、鉄炮放は屋根から下りることもままならない。小者や女房衆は武芸の心得がある者ばかりではないが、みな互いに顔見知りであり、鉄炮放が紛れ込もうとしてもたちまち見抜くだろう。

鉄炮放が能登を撃ち、かつそれを御仏の罰に見せかけることが出来る場所は、一本松の上ではない、天守の二階でもない。この両者はあり得ない。だが、屋敷の屋根というのも、同等以上にあり得ないことではないのか。

灯明の火が釈迦牟尼像に照り、その表情をゆらゆらと変えていく。障子の外には近習が二人控えているはずだが、しわぶきひとつ聞こえては来ない。

屋敷に詰める者らに信が置けないとすれば、話はどう変わるだろうか。

屋敷に詰めるほどの者はみな、この北摂に生まれ育った、身元のたしかな者ばかりである。浪々の者を取り立てることもないではないが、始めのうちは屋敷には上がらせない。だが、人の心は変わるものである。誰の心も変わっていく。屋敷詰めの者らの中に、謀叛人に買われ、瓦林能登を鉄炮で撃った者がいるのではないか。

梯子か何か、屋根に上り下りするための道具が必要になるだろうが、それは調達する方策もあるだろう。……能登が撃たれてから、はや二タ月ほどが経っている。仮に梯子が用いられたのだとしても、もはやそれは隠されるか毀されるかして、見つけることは出来まい。屋敷詰めの者であれば、能登を撃った後で屋敷に戻り、忠義面をして曲者を捜すふりをすることが出来る。では、これがあの日に起きたことだろうか。

「それはあり得ぬ」

言って、村重は短く息を吐く。

「それでは、鉄炮はどこから出てきたのか、理屈が通らぬ」

屋敷詰めの者であれば、たしかに屋根に上がって潜むことは出来る。だが、鉄炮を持ち込めない。屋敷詰めの誰かが以前から隠し持っていたとすれば話は通るが、良き武具を持つのは誉れであり手柄でもある。鉄炮のように高価なものをあえて隠し持つ者がいるとは考えられない。

罰。

そのことばが、村重の胸に去来する。もしこの有岡城に御仏の罰が下るべき人間がいるとすれば、無辺を殺した瓦林能登ほどそれにふさわしい者はいないだろう。そこまで考え、村重は、ふと笑った。いや、違う。最も罰にふさわしいのは、むろん、この荒木摂津守村重だろう。兵と言わず民と言わず塗炭の苦しみに投げ込んで、あてにもならぬ毛利を待つふりをして、戦の終わりを一日また一日と遅らせている。それでも、たとえ伊丹の、北摂の民を一人残らず泥塗れ血塗れにするとしても、儂は織田の下では生きられなかった——。

村重は胡坐のまま、釈迦牟尼の像を見つめ、合掌する。

そして村重は祈る。釈迦如来、文殊菩薩、虚空蔵菩薩、何でもよい。仏でなくとも、鬼でもよい。儂に知恵を授けよ。この、儂が築き、儂が守る有岡城で何が起きていたか、すべてを見通す知恵を！

……村重は、どうしておのれはこれほど能登の死にこだわるのか、ふとわからなくなった。謀叛人を探すためのはずだ。だがいま、仏にすがってでも真実を見極めたいと切望する訳は、それではないという気がする。もっと大きな何か、この城を覆いつくす何かが、あの一発の鉛玉から見えてくる、おのれはそう考えているのではないか。

ああ、官兵衛はどう言っていたか。

そう、きゃつはこう言った。

――摂州様は罰の正体を既にご存じにござろう。

まったくその通りだ。官兵衛は正しい。

村重は既に知っていて、いまは、そのことに気づいてもいる。


罰ということばが有岡城に流れたのは、今回が初めてではない。

むろん、雨が降るのも風が吹くのも神意、冥罰、天道の報いと信じるのが人である。馬の糞を踏んで、とんだ罰だと顔をしかめた者もいただろう。だがそうした起き伏しの中のことではなく、城の命運を左右する時分に流れた噂があったではないか。

あれは春だった。

高山大慮率いる高槻衆と鈴木孫六率いる雑賀衆は共に手柄を立てる機に恵まれず、城中にあって無聊をかこつ不面目に甘んじていた。その折も折、手柄を焦ったか織田家中の大津伝十郎が突出し、村重はその軍略の誤りを見逃さず、高槻衆と雑賀衆を率いて夜討ちをかけて、見事大津を討ち取った。だが、家中に誰も大津の顔を知る者がいなかったため、高槻衆と雑賀衆いずれが大手柄を立てたのか、確としたことがわからなかった。

城内にあって南蛮宗を奉じる者は高槻衆に、一向門徒たる者は雑賀衆に味方し、勝ち戦が一転、手柄争いが城をも割りかねぬ有様と成り果てた――その折に、奇怪なことがあった。高山大慮が自ら挙げた、首実検の際には何事もなかった首が、いつの間にか片目を瞑り唇を嚙む大凶相へと変じていたのだ。

あの折、城下には罰の噂が流れた。古い神仏の信心を軽んじ、寺社を焼いて愧じぬ南蛮宗の高山大慮の挙げた手柄首が凶相に変じた。これぞ神仏の下した罰、祟りの兆し、御仏の戒めは軽んずべからず……と。その挙句、南蛮宗徒が彌撒に用いていた小屋に火が放たれ、死人を出す騒ぎにまでなった。

付け火を重く罰した一方で、村重は首の変事については追及しなかった。手柄争いは華々しく、そして醜いものだ。おのれの手柄を美々しく言い立て、ひとの手柄をつまらぬものと貶す振る舞いは、戦のたびに見る。悪相の首は大将に見せない習いをいいことに、雑賀衆ひいきの何者かが首をすり替えたのだろうと、事を簡単に済ませたのである。

しかし、手柄争いは武家の常とはいえ、既に実検に供した首をすり替えるというのは、さすがに尋常ではない。大将を侮る曲事であると言っていい。それなのになぜ村重は、誰が首をすり替えたか、検分させようともしなかったのか。

恐れたからである。何者が首をすり替えたか、そこをあくまでも検めていけば、目を背けたくなるような結末を突きつけられるのではないかと鋭敏に察したからである。

武士が首級を挙げる。首は本陣に持ち込まれ、化粧を施されて大将の実検に供される。

化粧を施すのは誰であったか？　言い換えるなら、武士が首を挙げてから大将が実検するまで、首は何者の手元にあったか？

そうだ。遡れば、罰の噂が流れたのは、あの首争いが初めてでもなかった。はじまりは冬の日ではなかったか。昨年十二月、大和田城の安部二右衛門が織田に降り、本願寺と有岡城の往来が断たれた。織田勢を真正面から受け止める高山右近の高槻城、中川瀬兵衛の茨木城が開城したのは避けがたいことでもあったかもしれないが、大和田城までが降ることは、さすがの村重にとっても思案の外であった。安部の人質である自念を斬るべしという家中の声を抑え、自らの極楽往生のためにもどうか成敗をといら自念自身の訴えも退けて、村重はかれを牢に入れることを決めた。その訳は、つまるところ官兵衛が見抜いた通りである。

自念は官兵衛と同じ土牢に放り込んでもよかったが、官兵衛の近くに余人を置くことが何となく危ぶまれ、新たに牢を建てることにした。牢が建つまで、村重はかれを屋敷の納戸に閉じ込めた。見張りは厳であった――だが牢が建つまでの一日の間に、自念は無惨な死を遂げた。殺されたのである。

奇怪な死であった。自念は明らかに矢に射貫かれて死んでいたが、その矢はどこにも見つからなかった。納戸にはもとより、自念一人しかいなかった。件の納戸に通じる廊下はすべて警固されていて人の往来はまったくなく、新雪が薄く積もった庭を伝っていくよりほか自念に近づくすべはなかったはずなのに、庭には足跡ひとつなかったのだ。

自念がどのように死んだか知れ渡るにつれて、城内には風聞が流れた。安部二右衛門は大坂の門跡に背を向けた、その因果があわれ年端もゆかぬ自念にめぐって、目に見えぬ矢が自念の胸に突き立ったのだ、と。御仏の罰が矢の形を取って人を射貫くはずがないと考える村重にとっても、自念の死のありようには、どこか怖気を覚えずにはいられなかった。

自念の死の実相を知るため、村重は初めて、土牢に官兵衛を訪ねた。死の細目を伝える村重を官兵衛は疑い、さんざん嘲弄した挙句、狂歌を口走った。その歌が手づるになって、何者がどのようにして自念を殺したかはすべて明らかになった。自念を殺した森可兵衛は一命を宥され、その後、戦の中で果てた。

だが、あの折、すべてが明らかになったわけではなかった――いまにして村重は、そう思う。

可兵衛が自念を殺すためには、自念がある決まった場所に、目印として灯火を持って立たねばならなかった。少しでも左右にずれれば、あたかも御仏の罰であるかのような奇怪な死は起きえなかったのだ。自念がその決まった場所に立ったのは、偶然だったのだろうか。何者かが自念と談合し、極楽往生を願う自念に、手燭を持ってこれこれの場所に立てと言い含めたのではなかろうか。つまり自念の死は、手の込んだ自害だったのではないか。

もしそうだとすれば、囚われた自念とあらかじめ細目を談合することが出来たのは誰か？　納戸に火の気を持ち込んだのは誰か？　別の言い方をするならば――自念の世話をしていたのは、何者であったか？

冬の人質生害、春の手柄争い、そして夏の鉄炮放の三件は、これは御仏の罰であるという風聞が流れた、その一点で結びつけられる。

では、この三件に通じるものとは、何か。

釈迦牟尼像が微笑んでいる。右手は施無畏印の形に持ち上げられて真理を畏れずともよいことを表し、左手は与願印の形に垂らされて衆生の願いを受け入れることを表している。仏は救うものである、と坊主は言う。仏は救うものであるがゆえに人に罰など与えはせぬ、と。だが日々の起き伏しの中で、人は、いつか御仏の罰が下るのではないかと恐れずにはいられない。この世は穢土で、乱世に生きる人間は、武士であるとないとを問わず修羅の巷を生き延びている。罪がないはずがなく、罪があるならば、罰の下らぬはずがない。それゆえに、高徳の僧がいかに仏の慈悲の広大無辺を説いても、人は見えざる罰を恐れる。いま村重は、衆生を救うために仏法を説いた釈迦牟尼仏が、おのれをあざ笑っているように見えてならない。

冬の一件、安部自念の世話をしていたのは、女房衆である。

春の一件、挙げた首級に化粧を施したのも、女房衆である。

そして夏の一件――。

かすかに音を立てて、障子戸が開く。持仏堂に村重がいると知って、声をかけずに障子戸を開ける者は一人しかいない。村重の背後から、たおやかな声がかけられる。

「殿。夜も更けてまいりました。お休みになられるのがよろしいのでは」

村重は揺れる炎に照らされる釈迦牟尼仏を見つめたままで、言った。

「千代保。――そなたが、撃たせたのだな」

9

瓦林能登を撃とうとした何者かは、屋敷の屋根に潜んでいたとしか考えられない。だが、首尾よく能登を撃ち殺したとしても、その鉄炮放には逃げ道がない。村重や御前衆の目からは暫時逃れることが出来ても、近習や女房衆が数多詰めている屋敷から誰にも見られず逃げおおせるなど、出来ることではないからだ。だが、別の見方もある。――屋敷の者どもが初めから鉄炮放に意を通じて、かれを匿っていたのではないか。

屋敷は村重の起き伏しする場であり、着るもの食べるものはここで賄われる。屋敷はまた、眠る場所、そして人に会う場所としても用いられる。この屋敷で働く者どもを差配するのは、ひとえに、千代保である。屋敷の者どもが結託して鉄炮放を隠し、能登を撃つ機を窺わせたのであれば、千代保がそれを知らなかったとは考えられない。

屋敷に鉄炮放の味方がいたと考えれば、鉄炮がどこから現れたのかも、たちどころにわかる。郡十右衛門は、能登が死んだその日に本曲輪に持ち込まれた鉄炮は一丁もないこと、鉄炮蔵にあった鉄炮も一丁残らず所在が知れていたことを明らかにした。であればもちろん、鉄炮は前日から持ち込まれていたのだ。

本曲輪の警固に就く鉄炮足軽どもは、まず蔵で奉行から鉄炮を受け取り、番役を終えると蔵に鉄炮を返す。鉄炮の所在は常に明らかで、行方知れずのものはなかった。つまり鉄炮足軽は、たとえ屋敷の者どもの助力があったとしても、鉄炮を携えて能登を待ち受けることは出来ない。となれば、鉄炮放の正体はひとつしか考えられない。

村重はゆっくりと振り返った。けがれない雪野のように美しい千代保が、影の中に立っている。村重が言う。

「撃ったのは、雑賀の者か」

「はい」

そう答え、千代保は静々と村重に近づいて座る。村重は胡坐、千代保は片膝を立て、ふたりは釈迦牟尼像の前で向かい合う。

この場で抜き打ちに斬るべきではないか——そうした衝動が村重を襲い、そして潮のように引いていく。村重は言う。

「否まぬのだな」

千代保は澄んだ声で答える。

「摂津国主様からの御下問に、なにとて偽りを申し上げましょう。たしかにわたくしが、雑賀衆の者に頼んで、瓦林能登様を撃たせたのでございます」

本曲輪の番役には、村重自身が抱える足軽のほかに雑賀衆が就いていて、かれらは自前の鉄炮を持っている。能登が死んだ当日に限って雑賀衆の番役は解かれていたが、前日までは、雑賀の者どもは鉄炮を携えて本曲輪に入っていた。そのうちの一人が番役を終えた後で下城するふりをして本曲輪に留まり、屋敷内に匿われて一晩を過ごしたのだろう。

村重は、自らが辿り着いた結論の意味を解そうとしていた。

瓦林能登を撃たせたのは謀叛人であり、鉄炮放を捜せば村重を有岡城から追おうとしているのが誰なのか辿れると思えばこそ、十右衛門に検分を命じ、土牢に官兵衛を訪ね、御仏に知恵を乞いさえした。そしていま、鉄炮放を差し向けたのが誰なのかは明らかになった。だが千代保は謀叛人なのだろうか。千代保が、村重がかつて池田勝正にしたように、村重をこの城から追おうとしているのだろうか。

惑い、不審に心揺れつつも、村重はおのれの考えを改めることが、俄かには出来なかった。そのため、かれはこう言った。

「何者の差し金か。誰が、そなたに能登を撃たせんと唆したか」

すると千代保は、村重自身が半ば予期していたように、首を横に振った。

「そのような者はおりませぬ。すべて、わたくしひとりの了見でいたしたことにございます」

「春の夜討ちの折、実検したはずの首が凶相にすり替えられた。あれもそなたか」

「さすがは殿、慧眼恐れ入ります。はい、わたくしが侍女に命じて捨てられた首を拾わせ、入れ替えさせてございます」

「あれで城内の一向門徒は勢いづき、南蛮宗の者が焼き討ちに遭って一人死んだぞ」

村重がそう言うと、千代保のかんばせに影が差す。

「まこと、心が痛みます。かの者が、ぱらいそと申しましたか、南蛮の極楽に行けると信じて果てたことを、わたくし願わなかった日はありませぬ」

この乱世にあって見知らぬ一人の死を惜しむことは、どこか嘘めく。だが、嘘を武略と言いくるめる武士の中で生き抜いてきた村重が、その千代保のことばには嘘を見つけることが出来なかった。

「されば、冬の一件はどうじゃ。安部自念が突き殺された朝、そこに立てと自念に教えたのは何者か」

千代保は微笑んで答える。

「それは、わたくしが」

「自念は、おのれが死ぬと知っていたのか」

予期せぬ問いであったのか、千代保はわずかに目を見開いた。

「もちろんのことにございます。自念殿は一族の不面目を償って西方浄土に旅立つならば本懐、むしろありがたく存ずると神妙に仰せられ、さすがに武家の子は潔いものと、わたくしも深く感じ入りました」

村重は、怒りを発することが出来なかった。怒りよりも、何のためにという戸惑いが先に立ったのである。村重には、わからなかった。

冬、春、夏、それぞれで有岡城は存亡の機に立った。村重は武略の限りを尽くし、ある時は談合で、ある時は鑓と鉄炮で、この城を守ってきた。その裏側で千代保が行っていたことは、いったい何であったのか。

「罰……」

と、村重は呟く。あたかも、おのれの了見で言ったのではなく、牢の中の官兵衛に言わされたかのように。

「千代保。そなたは、仏の罰を下さんとしたのか」

「なんと、殿、滅相もなきこと」

千代保は、身をのけぞらせさえした。

「おろかな人の身で、畏れ多くも御仏に代わって、なんで罰など下せましょう。わたくしは、ただ……」

許しを請うように、千代保は両の掌を合わせていく。わずかに俯いて、千代保は言った。

「ただ、罰はあるのだと信じさせたかっただけにございます」

「誰に」

「むろん」

灯明が揺れる。千代保のかんばせは、観音にも似る。

「民に」


「民、と」

村重は絶句した。

民。米を作り青物を育て、布を繕い鍬を打ち、家を建て、井戸を掃除し、酷暑も厳寒も、ただじっと耐えて生き抜く者ども。有岡城の柵木に囲まれ、織田に遠巻きにされ、戦うすべもないままに籠城のただなかにある、数千の者ども。

「仏の罰を民に示すために、そなたは自念を死に導き、武者の首をすげ替え、瓦林能登を撃たせんとしたと言うか」

「仰せの通りにございます」

合掌したまま、千代保はそう言った。

村重は、千代保が本願寺の坊官の娘であることを思い出す。加賀を領し、南摂を押さえ、伊勢、三河、能登ほか、あらゆる国で火の手を上げた一揆と、千代保は繋がりがある。それに気づいて口走る。

「されば仏の罰で民を叱咤し、この北摂で一揆を煽り立てようとの算段か。父御の仰せに従っての振る舞いか」

「殿」

　両の手を戻し、千代保は深く静かな声で言う。

「それは既にお答え申し上げております。何者の差し金でもなく、わたくしひとりの了見でいたしたこと、と。民を煽るなどとの仰せは、わたくし、かえって情けのう存じます」

「わからぬ。わからぬぞ千代保」

　と、村重は声を荒らげる。思えば、この年若の室に対してことばを荒らげたのは、これが初めてであったかもしれない。いま村重にとって千代保は、美しい室ではなく、何か得体のしれないものであった。

「言を弄して、この村重を煙に巻かんとするか。自念の生害も、首級のすげ替えも、軽薄の徒が薄気味悪く言い立ててこそすれ、まことに仏の罰であると信じたものなど絶えておるまい。そなたは何をせんとしたのか」

「殿」

　目元に憂いを漂わせ、千代保が答える。

「わたくしは殿の御下問にすべて答え、迂遠なことなど一言たりとも申しておりませぬ。殿がおわかりにならぬと仰せあるは、それは、殿が御武家であるから、大剛の武士であるからにございましょう」

「千代保、ことばを誤ってくれるなよ。そなたの行状が罪でないとは思うておらぬ。ゆえなくこの有岡城を騒がせたとあらば、儂は大将として、そなたを斬らねばならぬのじゃ」

「されば殿、この千代保をお斬りあそばす折には、どうぞ痛みのないよう、一太刀にて願いまする。死は……死は来るものにございますが、痛いのは嫌でございますゆえ」

そして千代保は、心なしか居住まいを正す。

「殿。千代保の愚かなる問いとおぼしめして、ひとつお答え下さりませ。民は、何をもっとも恐れておりましょうか」

「死じゃ」

と、村重は即座に断じた。

「人は、死を最も恐れる」

「では殿は、何よりも死を恐れておいででしょうか」

「儂は」

村重がわずかに身を揺すると、籠手の小札がかちりと音を立てる。敵の刃を幾度となく受け止め、弾いて、腕を切り落とされて死すべき村重の定めを変えてきた道具である。

「武士じゃ。死を恐れぬとは言わぬ、死を恐れぬ武士は犬死にをする。じゃが、この世の何よりもまず死を恐れては、武士は成り立たぬ」

「まこと、さように存じます。御武家衆は総身に具足を着込んで鑓鉄炮を持ち、死にあらがうすべをお持ちにございます。民もまた、ようやく購った薄い鎧と鈍い刀で、どうにかあらがおうといたします」

　千代保は言う。

「そして、それすら持てぬ民は、犬畜生か虫けらのように、ただただ死ぬのみ」

　釈迦牟尼仏が、向かい合うふたりを見ている。

「……いえ、犬畜生や虫けらは、見かけたが故にただ殺すことはあっても、山中に分け入り藪をかきわけてまで殺すことはありませぬ。民は、ひとたび不都合とあらば草の根分けても殺されまするゆえ、人の命は犬や虫けらのそれよりも、よほど軽いと申せましょう」

「世の定めじゃ。世に命ほどつれなきものはない」

「はい。まことに」

　灯明の火が、小指の先ほどの頼りなさで、四囲から押し包んでくる夜を押しとどめている。

「されば殿、申し上げます。殿は、民がもっとも恐れるのは死であると仰せになられました。わたくしは、そのようには考えませぬ。民がもっとも恐れるのは死ではございません。――わたくしは、それを見てございます」

「いずこで見たか」

「伊勢、長島にて」

声は持仏堂の闇に吸い込まれていく。

伊勢長島。

織田の本国たる尾張から指呼の間にありながら、雲霞のごとき一向一揆が立て籠った地である。木曾川の河口に生じた数多の中洲に砦を設え、城を築き、遂には大要害と成して、いまから数えること八年前に門徒らが立て籠った。既に伊勢一国を征していた織田から見れば、領国の最奥に突然敵地が現れたようなものである。

戦は激しいものになった。初戦で信長の弟の彦七郎信興が自害に追い込まれたのをはじめ、美濃攻め最大の手柄者ともいえる氏家卜全、家老の林新次郎らが討ち死にした。修羅のごとく戦い続けた信長は多くの家臣を討ち死にさせてきたが、この長島攻めほど、将が次々に死んでいった戦はない。それはまさに、血で血を洗う戦であった。

「本願寺の御用で父が長島に赴いた折、よんどころない事情で、わたくしも同道いたしました」

と、千代保は話す。

「その時、戦は落ち着いておりました。織田は決して長島を見過ごさぬが、再度の力攻めまではまだいささか間があるだろうという風聞を、父は信じてしまったのでございます。長島の城は目を疑うばかりの勇ましさで、河の中洲に築かれた長島城はあたかも水に浮かぶよう、近づく舟には容赦なく矢玉が浴びせられるのでございます。塀は高く櫓は多く、わたくしのような戦に疎い者には、このような城がどうして落ちることがあろうかと思われました。

城中に果たして幾人いたのか、わたくしも存じませぬ。五万とも十万とも、いや実は一万を少し超す程度であろうと申す者もおりました。薙刀や鉄炮を持つ法師武者、思い思いの物具を手にした門徒衆があふれ、かれらは魔王でもこの長島城は落とせぬと豪語し、進めば極楽退かば地獄と言い立てて、その意気はまさに天を衝くばかりにございました」

ふたたび、千代保の手が合掌する。

「されど、織田は来たのです。天魔も寄せ付けぬ天険の水堀と思われた木曾川は安宅船に埋められ、織田の焚く篝火は天を焦がし、鬨の声は毎夜をどよもし、鉄炮大筒は板壁を容易く穿ってゆきました。威勢のよいことばは陽炎のようにたちまち消え失せて、討ち死にすれば極楽往生疑いなしと、そんなことばかりを聞くようになったのでございます」

束の間、千代保の澄んだ声がふるえる。

「……戦いの中でわたくしは、父とはぐれました。そうなってしまえば、わたくしなどただの足弱。むしろ、身の証しも立てられぬのによう殺されなかったと、いまでは思います。長島城の片隅の、屋根といい壁といい腐り果てたような小屋で、わたくしは数千の同じような弱い者の中で生きておりました。兵粮は乏しく、日に一度薄い粥が出るか出ないか。鉄炮の音は昼夜を問わず聞こえて参ります。小屋にいたのは病み衰えた者、飢え細った者、手足を失った者、老いた者、幼き者、乱心した者、力弱き者。餓鬼道とはあのようなところでもございましょう。そしてわたくしどもはみな、おのれは死ぬのだとわかっておりました」

千代保の指先が小刻みにふるえるのを、村重は見た。

「それゆえ、わたくしどもは念仏したのでございます。救いたまえ阿弥陀仏、極楽往生させたまえ、お救いくだされませ、と。——死を受け入れたその折にわたくしどもがもっとも恐れたことが、殿にはおわかりになりましょうか」

死ぬことではないというのは、村重にもわかった。だが、ことばは出なかった。

千代保の声はどこまでも美しい。

「わたくしどもはただ、死をもってすら、この苦しみが終わらぬことを恐れたのでございます」

「…………」

「殿。極楽を、贅沢のかなう豊かな地と思う者もおりまするが、わたくしどもの聞いた教えはそうではございませんでした。極楽浄土とは無量光明土、光、ただ光……何もない場所と聞き、わたくしどもはそれに心安らいだのでございます。早く、一日も早く、極楽に行きとうございました。ひもじさの苦しみはことばにもなりませぬ。殺気立った兵らがわたくしどもを戦の障りと見て、且つは殺し、且つはあさましき振る舞いに及ぶさまも、恐ろしき苦患（くげん）にございました。生老病死のすべてが苦で輪廻（りんね）など思いも寄らぬこと、わたくしどもはもう、苦しみたくなかった。この世に、あの長島の朽ちかけた小屋にあったほど混じりけのない信心がほかにあろうとは、わたくしには思われませぬ。……されど、わたくしどもはそれでも、この祈りが御仏に届くのか、どうしても心安んじることができずにおりました。おわかりでございましょう、殿もしばしば仰せになり、あの長島城でも聞かぬ日はなかったことば……進めば極楽退かば地獄というあの文句が、わたくしどもを縛ったのでございます。進めば極楽。さればわれらは、手に小刀一つ持たぬわれらは、進んでいると言えるのか。僧俗が血みどろになって戦うのをよそに、城の片隅で肩寄せ合ってその日その日を生きているだけで、仏法護持の戦いに参じていると言えるのか。進もうにも進めぬ者にも極楽は開かれるのか……。無心の念仏のうちにも、ふと疑いの影が差すことがなかったとは申せませぬ。――そして、戦の終わりが近づいて参ったのでございます」

長島一揆の行く末は、村重も知っている。夢にまで見た。

「仏法のために死ねと薙刀振りまわした者らが織田と和議を結んだことは、殿もご存じにございましょう。舟が支度され、わたくしどもは城を出ることになったのでございます。その時分には、城中の者どもは半ば死に絶えておりました。討ち死にではなく、飢えて死んだのです。数多のむくろを後にして、長島城を去る舟の中で、足弱の衆は互いに顔を見合わせておりました。我が身に降りかかった幸運を、どうしても信じられなかった。まさか助かるはずはなかった、どうして命助かったのか、と。わたくしどもはあまりに長いあいだ苦に浸かりすぎて、喜ぶすべを忘れてしまったのでございましょう。これには何か、おそろしい落とし穴があるのではないか……大河を渡る舟の中では、誰が言うともなく、そんな漠とした不安が広がっておりました。そして誰かが言ったのです。われらは退いたぞ、と」

　隙間風が灯明を揺らす。

「おそれは、わっと広がってございました」

　進めば極楽。

「退かば地獄ではなかったか。われらは助かって、本当によかったのか？　あそこで、一蓮托生（いちれんたくしょう）と信じ、共に声を合わせて念仏した者どもがばたばたと死んでいったあそこで、死ぬべきではなかったのか？　生き残ってしまっては……退いてしまっては、待つものは地獄だけではないのか。そこに、織田方の鉄炮が撃ちかけられたのでございます」

　千代保の声音には、いつしか、地の底からの響きが伴っている。

「餓鬼道の次は無間地獄。ひとたびは受け入れた死がしあわせにも遠ざかったと思ったその時、死は戻って参りました。極楽往生も信じ切れず、いま、堕地獄を疑ったその刹那に！　鉄火の中で、わたくしは叫びを聞きました……阿弥陀仏、われは退いてはおらぬ。退いてはおらぬのだ、どうか極楽へ、極楽へ！　本当にそのように叫んだ者がいたのか、実は、わたくしにもわかりませぬ。わたくしの胸のうちのみに響いた声であったのやも。なにぶん、あたりはすべて、むくろにございましたから」

「………」

「犬死にをおそれる殿のお気持ちも、わからないではございませぬ。それも武門の心得にございましょう。されどわたくしは――この先も苦しみが続くと思いながら迎える死こそが、もっとも残酷と思うております」

長島城を去る舟に鉄炮を撃ちかけた後、織田は残る城塞を取り囲み、火を放った。火の中で死んだ者は、二万人とも伝わる。

「気づけば舟は岸にあり、あたりには織田勢も一揆勢もおらず、眼前には無人の漁師小屋がございました。わたくしが生き延びたのは御仏の加護であると父は申します。わかりかねることにございました。山に逃れたわたくしは、長島城の生き残りが織田の本陣に斬り込むさまも見ております。悪鬼羅刹を現世に見た思いがいたしました」

と、千代保は話す。

「大坂に戻って抜け殻のように生きていたわたくしは、河内国門真荘は願得寺にて、さる高徳の御住持にお会いし、教えを乞うたのです。あの時、退いた者どもは地獄に落ちたのか。わたくしも地獄に落ちるのか。その方は、かつて罪を得て本願寺から放逐されたことのあるお方、何を仰せになるにも他人の耳があったはず。されど、わたくしに教えてくださいました。さにあらず、祖師の教えはそうではない。末法の世、凡愚の身で自らを救うことの不可を説き、ただ弥陀の本願にすがるのが宗門の教え。進めば極楽とはつまるところ、自らの力で自らを救おうとする、教えに沿わざる振る舞いぞ。退かば地獄とは、阿弥陀仏がなにとてそのようなことを誓われようか。なんたる愚かな方便よ、と——御住持は、そうお怒りになられたのです」

　仏法のために戦に参ぜよ、従わねば破門する、破門されれば堕地獄だとは、一向一揆が常に言うことであった。それが宗門の教えに照らして間違っていると言えば、我が身を危うくもしたであろう。

「そのような経論にもなき片言隻句で衆生が迷いながら果てたと聞けば、無常の風がいまさらながらに身に染みる——。そう嘆いたあのお方のおことばを、わたくしは忘れませぬ。それから殿に迎え入れられて夢のような日々を送り、はからずもふたたび織田に囲まれた時、わたくしは誓ったのです。勝敗は時の運、万が一敗れることがあっても、この伊丹の民草を長島のようには死なせまいと。御仏はそのために、わたくしをあの長島の無間地獄から戻らせた、そう信じることこそ、わたくしには救いでございました」

　そして籠城が始まる。

「わたくしがことばをかけられる者には、進もうにも進めぬ者にも極楽はあるのだと伝えて参りました。多くの者がわたくしの話を聞き、わたくしを助けてくれたのです。ことばをかけられぬ者には——御仏はそばにいる、そう信じるよすがを与えんといたしました」

村重は、千代保が屋敷詰めの女房、小者らだけでなく、広く兵や民からも慕われていることを思い出した。千代保を見かければ多くの者が控え、頭を垂れた。それは千代保が村重の室であったからであろうが、それだけではなかったのだ。千代保の教えを聞き、それを受け入れた者らは、千代保のために労をいとわなかった。

だから千代保は、御仏の罰を演じることが出来た。

「大坂を見捨てた安部の人質が奇怪な死を遂げ、仏法に背を向けた南蛮宗の取った首が凶相に変じ、無辺さまを弑（しい）した大悪人がどこからともなく飛来した玉に撃ち抜かれる。それを見た民は、冥罰が下ったと思うたことでしょう。それは取りも直さず、御仏は見ていると知ることにございます。わたくしはそのようにして、死にゆく民を安んじようといたしたのでございます」

村重は、それらが御仏の罰であると信じたことは片時もなかった。だが、風聞は流れた。

「殿は、わたくしの細工をまことの冥罰と信じたものなどおるまいと仰せになりました。左様でもございましょう、身を鎧（よろ）って自ら死に抗う大剛の武者であれば、つくりものの罰になど用はございますまい。笑止ともお思いになられたかと存じます。

されどおそれながら、この城には、憂き世には、そのように抗えぬ弱き者の方が多いもの。宗門の教えにもなき片言隻句が人を惑わすのもこの世なら、いつわりの奇瑞（きずい）が人を救うのもまた、この世の習いではございますまいか」

千代保のことばを、村重は否むことが出来なかった。

このところ民は穏やかであった。町屋は、息を潜めて夏をやり過ごしているというだけでは説明のつかない静けさに包まれていた。村重はそれを何かの兆しだとは思いもしなかったが、いま俄かに、その静けさが奇妙に思われてきた。無辺の死を知った折の、あの火の出るような悲しみと怒り、激しさは、どこへ消えてしまったのか。

むろん、無辺を殺した能登が落雷で死んだことを知り、民は静まったのだ。――大罪人に罰が下り、天道は罪に報いた。天網恢恢(てんもうかいかい)疎にして漏らさず。御仏は見ているぞ――民はそう考え、溜飲(りゅういん)を下げたのである。

仮に能登を殺したのが鉄炮であったとしたら、これほどまでに明白な効験はなかったかもしれない。だがたしかに、ひとすじの糸ほどの救いを、もたらしはしただろう。

「わたくしは死にゆく者のことをのみ思うておりました。それが殿の武略の妨げであったのならば、どうぞ御成敗くださいませ。わたくしは……長島から参るはずだった、極楽に行きとうございます」

そして千代保は目を瞑り、厳かに念仏を唱える。

灯明の火に照らされて、釈迦牟尼仏は何も言わない。

10

村重は土牢にいる。

栗を太く切り出した木格子に隔てられ、黒田官兵衛とふたり、差し向かっている。ふたりは共に背を丸め、暗がりの中の湿った土を見ている。官兵衛は足を痛めて左足を伸ばしているのに対し、村重は胡坐を組んでいる。村重は摂津国主らしく小袖に肩衣を羽織り、籠手と脛当てはつけたままだ。官兵衛は、昨年十一月に牢に入れられた折のまま、いまとなっては黒ずみ、垢じみた襤褸をまとっている。村重は刹那、どちらが木格子の内にいて、どちらが外にいるのかわからなくなった。

刻は深更に及んでいる……そのはずである。村重には、いまが何刻かわかっていなかった。あの持仏堂から、いつ千代保が去ったのかもわからない。気づくと村重は、また、地の底の土牢にいた。

村重は官兵衛に、千代保から聞いた話を伝えた。これという思惑があったわけではない。ただ誰かに話したかった。官兵衛もまた何も言わず、何も聞こえていないかのようだった。村重がすべてを語り終えると、官兵衛はどろりとした目で村重を見つめて、ぼそりと言った。

「束の間に……おそろしくお窶れになられましたな」

水鏡を覗くはずもなし、村重は官兵衛のことばが当たっているかわからなかった。ただ、総身に漲っていた何か、大将として欠くべからざる何かが抜け落ちたと言われれば、そんなこともあろうかと思ったかもしれない。

官兵衛は言う。

「さもあろうと存ずる。おだしの方さまの御了見を煎じ詰めれば——謀叛人はいない、ということになりましょうからな」

村重の体軀がびくりと顫えた。

瓦林能登に鉄炮を放った何者かを辿っていけば、村重に取って代わろうとする謀叛人が見つかる。それが村重の算段であった。

だが、すべては虚しい皮算用に終わった。たしかに千代保は、村重の意に反して数々の不埒な行状を重ねていた。だがそれは村重を放逐し織田に通じようという裏切りでは、なかった。千代保を斬ったところで何も戻ってこない。それがわからないほどには、村重もまだ、錯乱してはいない。

謀叛人はいない……。

官兵衛のことばが村重の肺腑に滲みわたっていく。謀叛人がいないとなれば、城内の懈怠は何であったか。軍議の乱れは何であったか。諸将の、あの冷ややかな目は何であったか。いや、謀叛のはずだ。謀叛であるがゆえに、首魁を斬ればすべては元通りに収まるはずなのだ。

だが、謀叛人はいない！

それでは、あれら城中の緩みにはこれという訳がなくなってしまうではないか。……たくらみも謀もなく、ただ単に、家臣の心が村重から離れたと解するよりほかになくなってしまうではないか。

「いや、謀叛人はいるのだ」

村重は呟く。

「鉄炮放の一件が謀叛人に繋がっておらなんだ、というだけに過ぎぬ。儂の見立てに狂いはない。諸将から人質を取らねばならぬ。妻子を出させて本曲輪に入れるのじゃ。さすれば何者が慮外いたそうと、容易くは動けまい。官兵衛、そうであろうが」

「左様かもしれませぬな」

「将卒は儂に従っておる。たまさか、不心得者が二人か三人、いや五、六人ほどおるに過ぎぬ。儂は摂津守村重じゃ。生涯を通じて勝ち続けてきた大将じゃ。人心が離れようと……いや、そのようなことが起きるはずはない」

官兵衛は深々と頷き、かすれた声で言う。

「まさに左様にございましょう。摂州様は、勝ち続けることで家中をまとめてきたお方。勝ち続ける内は、御家中は一人残らず、水火さえ厭うことなく戦い続けたであろうと存じまする」

「負けてはおらぬ！」

声を荒らげた村重を、官兵衛はじっと見つめる。

負けてはいない——だが、勝ってもいない。そして、勝つ見込みもないのだ。村重は

それを、誰よりもよくわかっている。

「たとえ勝ってはおらぬとしても、なぜ、それで家中を失わねばならぬ。信長が志賀や金ケ崎で負けて、織田の家老が家を離れたか。羽柴筑前に至っては、断りもなく軍を離れる大失態を犯しながら、かえって中国攻めの重責を任されたではないか。なぜ儂は、勝っておらぬというだけで失わねばならぬのか」

荒木久左衛門、池田和泉、野村丹後、数えきれない家臣の多くは、村重が池田筑後守勝正の一家臣であった頃から、轡を並べて共に戦ってきた同輩である。初陣から十数年、村重はかれらと苦楽を共にしてきた。北河原与作や中西新八郎ら若年の者どもにも、村重は悪い大将ではなかったはずだ。命がけの歳月をかけて培ってきたその信義、紐帯が、一年も経たぬうちに崩れていく。村重にとって、認められることではなかった。

暗闇から官兵衛が告げる。

「それは摂州様が、勝つことで、勝つことのみで家中をまとめて来られたがゆえにござる。……人の心の綾とは、まこと難しきもの」

村重は、黙った。

声が絶えてしまえば、土牢はおそろしいほどに静かである。それにしても、なんと狭い牢であることか。村重は、北摂を統べたおのれが高槻を失い、茨木を失い、池田を失

って、とうとうこの牢だけに押し込められたように覚えた。

「……ここから勝ちを得るには」

　不意に、官兵衛が言う。

「策は、一つしかありませぬ」

　村重は耳を疑った。織田に囲まれて十ヶ月、勝つ策などあれば、とうに試している。

「戯れるな官兵衛」

「戦のことで、なにとて戯れましょうか」

　ふと、木格子の向こうで官兵衛が威儀を正す。曲がった足で胡坐は組めないが、上半身を真っ直ぐに起こし、両手は腿の上に据えると、深々と村重に頭を下げたのである。衣といい顔といい汚れに塗れてはいるが、この時、村重は官兵衛に昔日の清しさを見た。

「機は熟してござる。それがしがここまで命を惜しんだは、まさにこの日のため。いまこそこの官兵衛、摂州様の御為、策を献じようと存ずる」

　まさかの思いが、村重のことばを遅らせる。

「お許しいただけましょうや」

　そう念を押されてようやく村重は、

「許す」

　と返すことが出来た。官兵衛はゆっくりと半身を起こし、胸を張る。古の張子房、諸葛孔明のように、官兵衛は堂々と策を献じる。

「さればお申し上げまする。それがしが申すまでもなく、戦の趨勢を決めるは一にかかって毛利の動向。されど、宇喜多が織田方に転じたいま、仮に織田の目を盗んで書状を届け得たとしても、毛利は動きませぬ」

村重は頷く。官兵衛の口舌は、あくまで滑らかである。

「されど摂州様直々に毛利本国の安芸まで出向き、鞆の将軍家を通じて毛利家当主右馬頭輝元様に談判いたさば、話は別と存ずる。毛利にも体面というものがござる。摂津守様御自らの来駕に返礼を致さねばあまりに不面目、家中が揺らぎまする。必ずや、兵を出すでござろう」

「何と」

家と家との談判に頭領自らが使者に立つというのは、村重も聞いたことがない。単純ながらあまりにも常道に外れた、それゆえに思いつきもしなかった、奇策である。将軍家を巻き込むというのも、いかにも、もっともらしい。

援兵を請うこと自体は、家同士の上下を決めることではない。だが頭領自らが膝を屈して助けを求めれば、荒木家は将来にわたって毛利家の風下に立つことになるだろう。しかし村重はこの期に及んで、家の格にこだわるつもりは毛頭ない。出来ぬ理由は何もなかった。

「まずは北河原与作殿を召されるがよろしかろうと存ずる。かの者は尼崎への使者に立ったことがあるとか。まさか織田の陣を破ったはずもござらねば、与作殿は織田に見つからぬよう尼崎へ抜ける道を知っておりまする」

「おお」

「尼崎に入った後は、浦兵部丞殿を御頼りなされ。それがしかの御仁とは干戈を交えたことがござるが、なかなかに気持ちのいい武者にござる。主家に物申すことまではいたさねど、合力の約定を果たせぬことを情けなく思うておることは必至。摂州様が頼むと仰せになれば、万難を排して安芸までの舟を仕立てましょうぞ。陸路はいざ知らず、海路であれば宇喜多にも手が出せますまい」

「浦兵部丞なら知っておる。いかにも、さもあらん」

「安芸に着到の後は、まず安国寺を訪れるがよろしかろうと存ずる。住持の恵瓊殿は右馬頭様の信が厚く、しかも名うての織田嫌い。必ずや摂州様のお力になり、右馬頭様へ取り持って下されましょう」

　村重は二度、大きく頷く。官兵衛の言はいよいよ熱を帯びる。

「御当主右馬頭様は小人なれど、それゆえに名物が効くと存ずる。摂州様に限って物惜しみはなさるまいが、進物は佳き物をお選びなされ。小早川左衛門佐隆景殿への手当ても、ゆめお忘れなきよう。当主の右馬頭様がよしと言っても、左衛門佐殿がいかぬと言えば物事が進まぬのが毛利にござるゆえ」

「そうか。それは憶えておこう。官兵衛、おぬしは牢の内にあって、このような策を練っておったのか」

官兵衛は一揖し、わずかに面をやわらげる。

「ここまでは支度に過ぎませぬ。毛利の合力を引き連れて戻られても、織田に勝てる見込みはせいぜい五分にござろう。戦上手の摂州様にそれがしなどが何の申し様もござりませぬが、存分の戦をなさりませ」

「おお、おお！」

官兵衛の策は、まさに天恵であった。知らず村重は笑んで、夢を見た。

瀬戸内海を埋め尽くす軍船（いくさぶね）で毛利勢を引き連れ、尼崎城に入る。尼崎城を守る倅（せがれ）の村次は口を開けて驚くだろう。それ以上に狼狽するのが織田である。おそらく信長自らが出てくるはずだ。あの男の戦はどこか神懸かりのようなところがあるが、尼崎から攻め上がるなら、有岡城との間で織田を挟み撃ちする形になる。いい戦が出来るだろう。その日のために、これまでどれほど策を練ってきただろう。地の利は我にある。事前の通謀に応じそうな敵将も、二、三人ばかりはあたりをつけている。無辺が死んだことは痛恨だが、調略に適した使僧がほかに見つからぬということもないだろう。使者のことであれば、毛利から気の利く者を借りてもよいのだ。

いまが八月、決戦はおそらく冬になるだろう。枯れ野と化した摂津の野を存分に駆け、武略の限りを尽くして織田前右府（さきのうふ）信長と雌雄を決する。郷義弘を腰に帯び、具足は岩井（いわい）派、木曾駒の丈夫なるを択（えら）んで跨（またが）り、長年使い込んだ采配（さいはい）を振るのだ。息の詰まるような籠城の果てにその大戦、なんとなんと、晴れがましいことか。

勝って有岡城に戻り、居並ぶ諸将に迎えられるおのれを思い浮かべ、村重は身震いする。よし負けても、本朝ある限り語り継がれる大合戦の雄として華々しく散るならば、武士としてこれに過ぎる死に様はない。

　こうしてはいられぬ、なにゆえおのれは土牢などで時を費やしているのか、と、もどかしくなった。いまにも立ち上がろうとしたその時、村重は、自らの手の甲を這う一匹の蜘蛛に気づく。

　あまりに小さな蜘蛛であった。暗闇の中で生きているためか体の色はなく、村重の手の甲を我が物顔に歩んでいた。

　虫けらか、と潰そうとした手が止まる。不意に胸に甦ったのは千代保のことばであった。人の命は虫けらよりも軽いと千代保は言った。村重は、続けて何かを思い出しかける。千代保はほかに、何を言っていたか。何が世の習いと言っていたか。

　――奇瑞。

　奇瑞が人を救う。千代保はそう言っていた。

　いや、そうではない。その前にもことばがついていた。それは何であったか。

　なぜそのようなことが気にかかるのか、村重にはわからない。虫けらなど叩き潰して、この暗い牢を出るべきだ。戦の支度をせねばならぬ。早く支度をして、殺し、殺されねばならぬ。

だが、そうだ。村重は千代保のことばを思い出していく。この世の習い——いつわりの奇瑞が人を救うのもまた、この世の習い。

なにゆえ、このようなことを思い出したのか。いま官兵衛の策を得て、すべての埒が明こうかというこの時に。弱き者ならば、作りごとをまことの救いと思いなして飛びつくこともあろうが、この摂津守村重はそのような者らとは違う。違うのだ。

真実、違うだろうか。

官兵衛が村重を見ている。野放図に伸びた髭と髪の間から覗く目からは、何も読み取ることが出来ない。いまさっきの策のことなど忘れ果てたように、官兵衛は空を見ている。

闇の中に腕を振って蜘蛛を捨て、村重は言った。

「そうか。つまりこれがおぬしの戦であったか」

官兵衛の面に影が差した。

11

毛利は来ない。幾度も考え抜いた。そしてわかっていたはずだ、毛利は来ないと。

しかし、胸の内のどこかに、よもやという思いが残っている。人は、おのれが破滅するという読みを認めないためなら、どんな些細な奇瑞にもしがみつく。そこを官兵衛にかからせた折に。

衝かれた。思えば、そうだ、官兵衛は言っていた。牢番をその舌で籠絡し、村重に斬り
——牢の中からひとを殺すというのは、存外、難しいことではござらぬな。

「官兵衛、おぬし……牢の中から、儂を殺そうとしたか」

気づいてしまえば、すべては明白である。

古今東西逃げる者は、逃げるとは言わない。必ず、それらしい口上を吹聴（ふいちょう）する。無論、軍略として退くことはある。むしろ、退くすべを知らないのでは戦にならない。だが、助けを呼んでくると言って戦場を去った者を、いったい誰が、なるほどあれは助けを呼びに行ったのだと信じるだろうか。まして村重は大将である。不利な戦で家中をまとめて城を立ち退くことは尋常の戦だが、まだ支えている城から大将一人が抜け出すなど、物語にも聞いたことがない。

村重は言う。

「おぬしの策に乗れば、儂は千載（せんざい）に悪名を残すこと必定じゃ。おぬし、儂の首を討ち取る代わりに、儂の名をば討ち取らんとしたか」

いま、官兵衛の形相は変じていた。目が、油を塗ったようにぎらついていた。村重は官兵衛の、こうした目を見たことがあった。昨年官兵衛をこの牢に閉じ込めた後、安部自念の死について話した時、官兵衛はこうした異様な目をしていた。

官兵衛が忍び笑いを漏らす。

「よもや踏みとどまるとは。これはいささか慮外にござる」

「官兵衛！」

「それがしの了見では、摂州様は一も二もなく飛びついたはず。それがしの知らぬ、なんぞがござったかな」

天の助けだ、と村重は思った。先に、人を惑わし安心させるいつわりの話を千代保から聞いていなければ、決して踏みとどまれはしなかっただろう。官兵衛の語った夢は、それほど甘美であった。

いま官兵衛はわずかに身をゆすり、たくらみが見破られたというのに、どこか愉快げにさえ見える。村重は必殺の罠を避け得た安堵にひたると共に、官兵衛のたくらみの遠大さに気づいて呆然とした。

「官兵衛おぬし、この九月は、すべてこのためであったか」

官兵衛はほくそ笑むばかり。

有岡城に落城の危機が迫ると、村重はこの土牢に下り、官兵衛に問いを下した。官兵衛はそのたびに村重の心を探り、村重が言うつもりのなかったことを聞き出し、そして村重が危難を乗り越える手づるを与えた。むろん官兵衛には、村重の下問に答える道理などない。それでも官兵衛が答えるのは、おのれの知恵への自負が抑えきれぬからだ。

――村重はそう思ってきた。だがそれは違っていた。すべては今日この時、村重の誉れを永遠に葬る一太刀のために。

「たとえ儂の名を地に落としても、おぬしの武功になどはならぬぞ。なにゆえそれほど儂を憎んだか。命助けたこの儂を」

村重が言うと、官兵衛は声を上げて笑った。

「摂州様の都合で勝手に生かしたものを、恩着せがましく命助けたと仰せられてはまことに笑止。それがしが殺せと請い願ったこと、よもやお忘れではござりますまい」

「生かしたことを恨むと言うか。それほどに、牢に入れられたことが不面目であったか」

「面目など！」

濁った眼を村重に向け、官兵衛は吐き捨てる。

「いまに至るもなお、なにゆえ憎むかなどと口に上す。それだけでも理由に過ぎよう」

恨まれる覚えは、いくらでもある。これまでの生涯を戦と謀略に明け暮れた村重である。心当たりは降るほどあった。だがいま、ふと思い当たることがあった。

「よもや、松壽丸のことか」

応えはない。

つまり、それだ。

村重は驚くというよりも、たじろいだ。人質を死なせてしまうことは武門の恥だが、同時に、この憂き世では絶え間なく起きていることでもある。子が人質になれば子を見捨て、親が人質になれば親を見捨てて生き延びる、それは浅ましくもしたたかな、たしかに武士の一面だ。官兵衛がそんなことのために遺恨を持つというのが、信じられなかった。

「未練であろう。官兵衛、子を亡くしたあわれがわからぬとは言わぬが、されど、それも武門の定め。それしきのことをおぬしが弁(わきま)えておらぬとは、到底思えぬ」

「武門と仰せか」

官兵衛はせせら笑う。

「松壽丸が戦場にて討たれたならば、まことに誉れある武門の死であろう。それがしが織田を見限って松壽丸が刑されたならば、それも武門よ。主家と織田の板挟みに遭って、泣く泣く松壽丸を見捨てたとしても、武門なれば致し方なしと呑(の)み込んだであろう。しかるに松壽丸はなぜ死んだか」

そして官兵衛は、激した。

「おれがこの有岡城から首になって帰っても、生きて帰っても、松壽丸は無事であったはず。しかるにおぬしは、おれを捕えて帰さぬということをした。尋常の世の習いを曲げたのじゃ。おれは言ったはず、世の習いを曲げれば因果が巡ると。左様、因果は巡って、松壽丸の一命を取った。村重、我が子を殺したのは、おのれを慈悲深く見せようというおぬしの見栄(みえ)よ！」

痩せ衰えた体軀から、官兵衛は震える手を持ち上げる。あたかも、その両手で村重の首をへし折ろうとするかのように。

「あれは聡(さと)い子であった。強い子であった。黒田の——おれの光だった。村重、百度殺しても飽き足らぬ。おぬしはおのれの見栄を武略と言い張り、我が子を殺した。おぬしは松壽丸から武士の死を奪ったゆえ、おれもおぬしから、武士の死を奪うと決めたのだ。その名は未来永劫恥辱にまみれるがいい」

木格子が消え失せ、官兵衛が眼前に迫ったかのような錯覚に、村重は身をのけぞらせる。……だが官兵衛は、むろん依然として牢にあり、その手は村重には届くはずもない。

「それがおぬしの心根か」

と、わずかなりとも怖じたおのれをいつわって、村重は言う。

「おぬしの策は破れた。もはやおぬしに打つ手はない。そこで死んでいけ、遠からず子にも会えるであろう」

「会いとうござるな。この官兵衛の子なれば見苦しき最期ではなかったと存ずるが、そうでなかったたなら叱らねばならぬ。そして摂州様」

ふたたび、官兵衛は軽侮するがごとき笑みを浮かべた。

「摂州様は間違うておられる。それがし、機は熟したと申し上げげた。わが策は既に成ったのでござる」

「なに」

官兵衛は手を大きく広げていく。

「献策など、いつでも出来申した。九月待ったのは何の為とお思いか。なにゆえ、摂州様の物語をお聞き申し上げ、この有岡城の危機と聞けば三寸不爛の舌を振るったとお思いあるか。今日この日まで、城が落ちてもらっては困るからにござる。その訳がおわかりか」

「それは、儂の信を得ようとしてのことであろう」

村重が言うと、官兵衛は笑って膝を打つ。

「信とは！　そうではござりませぬぞ、摂州様」

引き攣れた傷跡の残る頭を撫で、官兵衛は言う。

「ここをお考えあれ、摂州様が早々と戦を諦め開城なされば、松永弾正がそうであったように、まず帰参は許されたはず。されば摂州様はただの謀叛人、働き次第では雪辱も難しゅうはござるまい。それではつまらぬ。それがしが内外の難事に口を挟み、摂州様がそれらを落着なさったがゆえに、戦は長引いてしまったとはお思いにならぬか。はや十月も経った。信長卿はもはや決して御赦免なさるまい」

もし官兵衛がいなければ、有岡城はとうに開城していた——あるいはそうであったかもしれぬ、と村重は思った。信長の機嫌は量りがたいが、一ト月か二タ月、遅くとも春ぐらいに城を開いていれば、帰参もかなったかもしれない。だが村重は官兵衛に諮り、難事を乗り切ってしまった。遅れれば、許されない。

官兵衛の面から、笑みは消えない。

「もひとつござるぞ、こちらの方が面白うござる。それがしが長く待っておったのは、ほかでもござらぬ、御家中が摂州様を見限る日であったと思し召せ。流言蜚語が飛び交って、誰もが裏切者を捜し始める、その日を待っておったのでござる。毛利が来ぬ限り荒木家中は決して持たぬというのは、それがしにとって火を見るよりも明らかにござった。まず半年と持つまいと思うておったに、存外、支えたものよ。これはなかなか、おだしの方さまのお働きのゆえでもござろうか」

そして官兵衛はふと面を改め、村重をじっと見る。垢じみた顔の中で、官兵衛の目は濡れていた。官兵衛の声はいまや、ほとんど優しいといっていいほどに穏やかである。

「摂州様。御味方なき御城中で、これより何をなさるおつもりか」

「…………」

「兵粮の最後の一粒を食べ尽くすまで、何も決まりはせぬ評定を続けるおつもりか」

「…………」

「それがしの献策、たしかに十中八九は画餅に帰し、摂州様の御名は汚辱に塗れるでござろう。されど残る二か一は、実らぬとも限らぬ。摂州様ほどの大将が大望を忘れ、乾坤一擲の術策を耳にしておきながら、坐して死を待つことが出来ましょうや。摂津の野に大軍を率いる夢を、忘れたふりが出来ましょうや。否、遠からず摂州様はこの城をお出になる。それがしにはそれがわかっております。……ゆえにそれがしは、機は熟した、我が策は既に成ったと申すのでござる」

そうはなるまいと村重は思う。官兵衛の語った夢は、毒である。毒と知って、それを口にするものなどいない。

だが村重の心は、既に戦場に飛んでいる。

「それがしの命の用は終わり申した。後は御存分になさりませ」

そう言って、官兵衛はうなだれる。何か張り詰めていたものを失ったような、あたかも、そのまま牢の闇に溶けていきそうな様相であった。いつか有岡城が滅びるまで決して光の射さない土牢で、ふたりの武士が同じように背を丸め、向かい合っていた。

やがて、村重が手燭を手に、のっそりと立ち上がる。村重には、官兵衛を殺すつもりはなかった。もはや官兵衛が生きようと死のうと、大した違いはない。であればいまさら、いたずらに罪障を作ることはしたくなかった。階に足をかけたところで、まるで天気の様子でも尋ねるように、官兵衛が訊いてきた。

「摂州様。この後どのような命運が巡るにせよ、大将と囚人(めしうど)として対面いたすは、これが最後にござろう。それゆえ、これだけお尋ねいたす」

村重は足を止めて振り返る。手燭の弱々しい明かりでは官兵衛の姿は暗がりに沈んで、どこにいるともわからない。

「許そう」

村重がそう応じる。

「されば」

と、官兵衛が訊く。

「摂州様は、なにゆえに御謀叛なされたのでござろう」

「ふ……」

村重は、我知らず笑った。いまになってそれを訊かれるとは、まったく思っていなかったからである。

「おぬし自身が申しておったではないか」

「それがしが……？」

「よかろう、聞け」

村重は闇の中へと話す。

「儂には摂津を治める名分がない。儂にとって摂津は父祖伝来の地でもなければ、いまや任として治める地でもない。かといって、儂は人を惹く力で万人に望まれておるわけでもないと、おぬしはそう言った。なるほど一理なしとはせぬ。じゃが、それがわかって、なにゆえ儂が織田に背いた訳がわからぬか」

応えはない。

「信長めも同じとは思うたことはないか。あれは尾張の守護代家の、さらに庶流。元をたどれば越前の出とも聞く。天下を統べる家格ではない。では任として天下を統べておるかと言えば、それも違う。右大臣まで進みながら、あの男はそれを辞した。いま天下の民は織田の強さを認めても、なにゆえおのれらが織田に統べられているのか、わからずにおる。強さのみで国を獲る者は末期哀れ……これもおぬしが言うたことよ」

村重は、安土城を訪れた日のことを思い出す。あれはなんと荘厳華麗な城であったことか。家中の者や同輩らが巨城の偉容を褒め称える中、村重はこう思っていた。——まるで阿房宮だ。

「それでも、信長には人を惹く力があった。誰もあの男から目が離せなかった。儂も、織田に賭けてみたいという思いを抑えることが出来なんだ。だが……あの男は自ら、その力を手放した。儂も相当殺してきたが、あれは殺し過ぎる」

戦国の世である。誰もが殺し、殺されている。根切りも焼き討ちもありふれた世で、しかしそれでも、信長はよく殺した。

「伊勢長島しかり、越前しかり。たしかに一向一揆は厄介じゃが、人間を一万、二万と殺してゆくのは、やはり正気ではない。一昨年の播磨上月城に至っては……おぬしも見たであろう」

赤松蔵人の籠る上月城は、村重や羽柴筑前守秀吉らの手によって落とされた。羽柴勢は陥落した上月城に入り、赤松残党を皆殺しにした。ここまでは、村重もよく知る戦のありようである。だがその後は、常とは異なっていた。

「女子供を捕らえ、国境に並べて串刺し、磔にしおった」

二百人、ずらりと晒されたという。

「宇喜多を脅し、去就定かならぬ播磨国衆への見せしめとする、という理屈は聞いた。されどあれは、まともな戦ではないぞ。だいいち、宇喜多は怯えず、播磨国衆はそれからも離合集散を繰り返した。見せしめにもなっておらぬ、女子供らは無駄死にじゃ」

官兵衛は本当にこの闇の中にいるのだろうか。何も、聞こえては来ない。

「織田の戦いぶりは、誰もが見ておる。命じられれば子供を煮えた油に放り込むこともするのが人というものじゃが、限りというものがある。民も、織田家中の者どもも、遠からず織田を見放す。いや、もう見放しておるのかもしれぬ。官兵衛、主君の罰には詫言で謝すことが出来る。神仏の罰は祈りで免れることも出来よう。じゃが、民や家中が下す罰には、何者も抗うことは出来ぬ。儂が恐れたものは、それじゃ。ゆえに叛いた。儂はただ、荒木の家を残そうとしたまで。武士として生き残るすべを求めたまで。――倒れていく織田に、巻き込まれぬようにしたまでよ」

しかしもしかしたら、ほんの少しだけ、早まったのかもしれぬ。村重は初めてそう思い、かすかに苦みを胸に覚える。

「じゃが儂は戦いに酔い、おのれが何のために叛旗を翻したかを忘れた。儂の不覚はなによりも、そこよ。……さらば官兵衛、儂はもう征く。松壽丸のことは気の毒に思うぞ。儂が言えば業腹でもあろうが、憂き世には、いろいろなことがあるな」

そう言って村重は、修羅の巷が待つ地上へと戻っていく。後にはただ闇。

天正七年九月二日、荒木村重、有岡城を抜け出る。

有岡城の命運はここに極まった。

終章　果

1

夕映えの葦原に血煙が上がる。

敵は六人。荒木摂津守村重の味方は郡十右衛門、乾助三郎、雑賀衆の下針の三人である。ただし乾助三郎は背中の行李に大事の茶道具を入れていて、割ってはならじと思えば碌に動けない。敵は六人とも陣笠をかぶって胴丸を着込み、手の三間鑓を見れば、どうやら見廻りの足軽らしい。敵は村重らを落ち武者と見て、大いに侮る。足軽の一人が迂闊に間合いに踏み込んだところ、村重の奈良刀がさっと閃き、さっそく敵を五人に減らした。

おのれ、と叫んで、足軽どもが三間鑓を構える。仲間の仇を報じるつもりがあると知り、村重はひそかに安堵する。一目散に逃げられて助けを呼ばれては、万事休すであった。

「油断いたすな」

具足を返り血に染めながら村重が野太い声を張り上げれば、郡十右衛門は持鑓を構えると見せかけて、それを足軽めがけてひょうと投げつける。不意を突かれた足軽は避けもならず、喉に穂先を突き立てられて絶命する。十右衛門はすらりと刀を抜いた。

たちまち数の有利を失って、足軽どものの顔におびえが走る。いまが好機と、村重は足軽の一人を選んで突き進む。十右衛門もまた、別の一人に斬りかかっていく。狙われていない足軽二人は村重らの速さにたじろぐが、さすがに乱世の兵なればいつまでも泡を食ってはおらず、一人が三間鑓を振り上げ振り下ろして村重を狙う。そう来ると読んでいた村重が体を躱すと、鑓は村重に斬りかかられていた足軽の肩をしたたかに打ちつけた。あまりの痛みに鑓を取り落とした足軽の首を、村重の刀が深々と切り裂く。

「鑓ではいかぬ、刀を使え」

残った三人の足軽のうち、年長らしい者がそう叫ぶ。三間鑓は屈強の馬上武者を容易く止めるが、こうも互いに近づいては取りまわしが悪い。足軽らは三間鑓を足元に落として刀を抜くが、十右衛門はそれを待っていた。先ほど投げた持鑓を足軽のむくろから引き抜いて構え、二段、三段と突きを繰り出す。捌きかねた足軽が、たちまち胸元を突かれて朱に染まる。

村重は残る二人に挟まれ、左右からいっせいに斬りかかられる。右の敵を刀で禦ぎ、左から来る刀は、諏訪大明神の御加護に任せる。刀は急所を逸れ、村重の具足の袖を傷つけるに留まった。村重は右の敵に幾たびも刀を振り下ろし、敵もかろうじて切り返す。数打ちの奈良刀はたちまち欠け、曲がっていくが、最後には村重が繰り出す裂帛の突きが、足軽の薄い胴丸を貫いた。

残る敵は一人、これは刀も投げ捨て、物も言わずに背を向ける。あれを逃がしてはまずい、と思った刹那、下針が言う。

下針はいつの間にか火縄銃を構え、逃げていく足軽にぴたりと狙いをつけている。

「撃てまする」

「よし撃て」

村重が言うが早いか筒先から炎が吹き出し、玉は狙い過たず足軽の頭を撃ち抜いた。

夕暮れが迫って、あたりは炎熱地獄を思わせる赤である。村重は曲がった奈良刀を鞘に納めようと試み、不可を悟ってそれを捨てた。十右衛門は手傷を負ったのか、右腕を押さえている。下針はまだ敵がいないか葦の間に目を光らせ、いつでも玉を込められるよう、早合を握りしめている。戦いに加われなかった乾助三郎は、どこか無念らしい顔をしていた。

「筒音で敵が来るやもしれぬ。急ぐぞ」

村重がそう言うと、十右衛門がその前に膝をつく。

「殿。それがしはここまで」

「なに」

「最後に一鑓御奉公仕らんと願うており申した。それが叶ったいま、それがし、尼崎への御供は仕りかねまする」

籠城十ヶ月、難しいと言うことはあっても、出来ぬと言うことはなかった十右衛門の言である。よもやの思いに、村重は眦を吊り上げる。

「暇を取るということか。儂を見捨てるか」

十右衛門は頭を深々と垂れ、腹に力を込める。

「それがしは見捨てませぬ！」

声を詰まらせ、十右衛門は血を吐くような声で言う。

「及ばずながら、それがしは御前衆の組頭。御前衆はそれがしの下知に従い、ただひたすら二心なく殿をお守りしてきた者ども――苦楽を共にし、戦場を駆けた者どもにござりまする。なんであの者どもを残して城を出られましょうや」

「儂は有岡城を捨てるのではないぞ、十右衛門。必ず戻る。毛利を連れて戻るのじゃ」

「それがし、その日を心待ちにいたしまする。ただし、殿のおそばではなく、有岡城にて、御前衆らと共にお待ちしとうござりまする。殿、どうかそれがしに、御前衆を率いて留守を預かれと御命じ下されそれ。それがしは……それがしは、きゃつらを見捨てられませぬ！」

地に着いた十右衛門の腕を、血が伝っていく。

十右衛門は死を賭して言っている。それがわからない村重ではなかった。だらりと腕を下げ、村重は、ぼそぼそと呟くように言う。

「よかろう。十右衛門、おぬしは有岡城に戻り、儂が戻るまで支えよ」

「必ずや」

「そして、万が一……いや、万々が一……」

と、村重は言う。

「儂が戻らぬ時は、十右衛門、死ぬな。おぬしには将たる器がある。いま儂の下で死なせるには惜しい。いずれ……」

その声に自嘲が滲む。

「いずれ、よき時に、よき主の下で死ね」

「殿！」

「行け。下知に従え！」

「は！」

十右衛門は最後に、乾助三郎を見た。助三郎の目は潤んでいた。

「助三郎。殿を頼んだ」

「組頭殿、お任せ下され。御同輩によろしゅうお伝え下されよ」

助三郎のことばに、十右衛門は微かに笑った。

「承った。さらば、御免仕る！」

十右衛門は深々と頭を下げ、持鑓を手にして踵を返す。

それを見送り、背に火縄銃を背負いながら、下針が言う。

「されば、それがしも参る」

「……行くのか」

下針はひょいと頭を下げた。

「それがし摂津守様の家臣にあらず、鈴木の孫六殿に付き従う者にござるでな。摂津守様の御供とは光栄じゃが、孫六殿と別れては、雑賀庄の者どもに後ろ指をさされまする」

言い分はもっともであった。村重は頷く。

「そうか。よう働いた」

「それがしごとき軽輩、摂津守様の御前に出るのも畏れ多うござるに、親しゅう御言葉をかけて頂き、恐悦にござった。されば……」

下針は少し言いにくそうにことばを淀ませる。

「実は、能登入道殿を撃ったのは、それがしにござる」

「……そうであったか」

鉄炮は、狙い撃ちには向かない道具である。それでも能登を狙ったというのは、雑賀衆でも選りすぐりの手練れの仕業であろうと村重は考えていた。下針なら、首尾よくやりおおせただろう。

下針は頭を掻く。

「おだしの方さまのお頼みとあらば、嫌とは言えず。当てられるとは思うておったが、あの雷には、何とも驚き申した。……これが最後と思うて申し上げれば、孫六殿のところに戻ると申したのは嘘にはあらねど、まあ口実にござる。殿の御前で申すのも畏れ多うござるが、おだしの方さまはそれがしに、進めば極楽退かば地獄とはいつわりぞ、進まずとも極楽はあるぞと教えて下さった、ただ一人のお方じゃ。それがし、戦え、進めと言われ通した生の中で、初めてふっと息がつけたように思うてござる」

身分を弁えぬ不遜な物言いではあったが、村重は不快ではなかった。千代保が救った誰かを目の当たりにするのが、不思議と、嬉しいような心持ちさえした。

「殿のおらぬ有岡城では何が起きぬとも限らぬでな。同じ死ぬなら、あのお方をお守りするために死にとうござる」

「わかった。存分にいたせ」

村重がそう言うと、下針はもう一度頭を下げて、

「おさらば。摂津守様も、なにとぞ御無事で」

と言い、葦の中へと去っていく。

暮れかけた葦原の中で、村重は乾助三郎と二人であった。助三郎は村重から託された行李を、我が命のように大事に守っている。その行李の中には名物の茶壺、銘〈寅申〉が入っているのだ。毛利に助けを乞う切り札である。

「行くぞ、助三郎」

「ははっ」

助三郎は畏まる。

主従は足軽のむくろと血溜まりを残し、暮れゆく北摂の野を歩いていく。ふと村重が振り返ると、有岡城は緋色と群青色の境のような空の中で、影のような姿を摂津の大地に黒々と横たえていた。

2

——因果は巡った。

有岡城は——。

十月十五日、中西新八郎が滝川左近に内応し、織田勢を城内に引き入れた。有岡城の北、西、南を守る砦は悉く陥落し、伊丹の町は織田に取られ、侍町は焼かれて、本曲輪が残るのみとなる。残された家臣らはそれでもなお一ト月あまり支えたが、毛利は来ず、ついに落城に至る。

野村丹後は——。

自らが守る鵯塚砦が攻められた折、雑賀衆を含む兵のほとんどを失う。降伏を申し出るが容れられず、殺された。

荒木久左衛門は——。

諸将の妻子らを人質に取られ、ほかの家老と共に尼崎城の村重を説得する役目を与えられる。村重が説得を拒むと有岡城には戻らず、淡路へと逃げ去った。

池田和泉は――。
有岡城に残って留守居役を務めていたが、荒木久左衛門らの逐電によって女子供らを守るすべがなくなったことを知ると、鉄炮で自らの頭を撃ち砕いて自害した。辞世が伝えられている。

露の身の消ても心残り行
なにとかならんみどり子の末

3

中西新八郎は――。
有岡城に織田勢を引き入れた後、北摂を与えられた池田勝三郎恒興の臣下に組み込まれた。その後は、目立つ武功を立てなかったようである。

高山大慮は――。
有岡城落城後に助命され、北陸の柴田修理亮勝家に預けられた。先に降っていた息子の右近が、織田家で重く用いられていたためでもあろう。

鈴木孫六は――。

戦いの後、消息が知れない。鵯塚砦を守る中で討ち死にしたのかもしれず、また、しぶとく生き延びたのかもしれない。後に、息子が紀伊徳川家に仕えたという。

北河原与作は――。

死を免れ、北摂に留まって小野原（おのはら）という土地に住んだ。後に、孤児となった村重の孫を迎え入れ、これを育てたと伝わる。

下針は――。

かれもまた、生きたとも死んだとも伝わっていない。ただし史書には、有岡城の雑賀衆は、ほぼ全員が討ち死にしたとある。

無辺は――。

北摂の露と消えた無辺の名声を盗もうと、その名を騙（かた）る者が安土に現れた。評判をとったがほどなく騙りが露見し、成敗されたという。

乾助三郎は――。

村重と名物の茶器を、見事に尼崎城まで守り通した。その後の行方は知れない。村重と共に転戦したのだろうか。

郡十右衛門は――。

有岡城の戦いを生き延び、それから三十六年後、豊臣秀頼(とよとみひでより)の下で大坂の陣に臨む。郡主馬(しゅめ)の名で大坂方の精鋭七手組の一人に数えられ、旗奉行に任じられて命の終わりまで戦い抜き、七十年あまりの戦いの日々を切腹で閉じた。

4

部将らの妻子親族は、その多くが処刑された。

尼崎城の近くで百二十二人が磔(はりつけ)。

有岡城内では女三百八十八人、男百二十四人が家に押し込められ、焼き殺された。

京では、名のある将らの妻子三十数人が首を斬られた。

千代保は――。

京に送られた。経帷子(きょうかたびら)の上に華やかな小袖を纏(まと)い、六条河原(ろくじょうがわら)へと運ぶ車から下りると帯を締め直し、髪を高く結い直して小袖の襟を後ろに引き、いささかも取り乱すことな

く、穏やかに静かに、首を斬られた。辞世は数多く残っている。その一つが、

みがくべき心の月のくもらねば
ひかりとともににしへこそ行(ゆけ)

西は極楽浄土の方角である。千代保と共に斬られた女房衆の多くは、千代保と同じように従容と死に就いたと伝えられている。

5

荒木村重は――。

生き延びた。有岡城を脱け出した後も尼崎城、花隈城を頼りに、さらに翌年七月まで戦い続けた。毛利を待っていたのだろう。花隈城が落ちても村重は、毛利領内に逃れて生き延びた。

後に茶人として摂津に戻り、有岡落城から七年後に天寿を全うした。辞世は、おそらくあったのだろうが、知られていない。誰もかれのことばを書き残さなかったのだろうか。

6

織田信長は――。

有岡落城から三年後、京都本能寺にて最期を遂げる。

むくろは見つからなかったと伝わる。

7

黒田官兵衛は――。

有岡城が落ちた時、官兵衛は自らの家臣、栗山善助らに救い出された。牢番の加藤又左衛門が手引きをしたのである。官兵衛は痩(や)せ衰え、頬はこけ、腹ばかりが餓鬼のように膨らみ、手足は枯れ枝のようで、頭の傷は瘡(かさ)となって残り、曲がった脚は長く治らなかった。羽柴筑前守秀吉は官兵衛が生きて戻ったことを殊の外喜び、後のことは任せてしばらく静養してはどうかと伝えた。官兵衛はそれに従い、有馬(ありま)の湯で傷ついた自らの心身と向き合っていた。

日が経つにつれ、自らの力で起き伏しが出来るようになり、粥(かゆ)ではなく飯が喉を通るようになり、杖にすがって歩けるようにもなっていく。しわがれた声は澄みはじめ、目は光に慣れていく。頃は十二月、天下は冬である。

　官兵衛が静養する宿には栗山善助ら数人が詰めていて、官兵衛の用を務めていた。だが、千代保の処刑を聞いた官兵衛は杖を持ち、供を連れずに宿を出た。冬は深く、山深い有馬の里は雪の中にある。官兵衛が有岡城に囚われたのは昨年の、やはり冬のことであった。あれから、一年が経った。官兵衛にはそう思えなかった――すべては、ただ一夜のことであったかのようにも思われる。

　雪の中、官兵衛はゆっくりと歩く。雪には二本の足と、一本の杖の跡が残っていく。あの土牢でのことは、すべて夢であったのではないかと思われる。だとすれば、おぞましい夢であった。官兵衛はおのれの知略を、一人のおとこの名を永遠に貶めるために用いた。だがその結果はどうだ。戦が長引いて数多の兵や民が死に、何百人という人間が磔にされ、焼き殺され、首を斬られた。

　雪の重みに耐えかねて、竹の枝が大きくしなる。ばさりと音を立てて雪が落ちる。官兵衛は音の方を、見ることもしない。

　あの牢の中で、おのれは、魔に憑かれていた――。官兵衛は、そう思おうとする。だが、ほかならぬ官兵衛の叡智が、その逃げを許さない。おれはたしかに、我が子に誉れなき死をもたらした村重の、名を殺そうとした。それが何をもたらすか、考えもせずに。

　同時に、官兵衛の智は、おのれにすべての責めがあると背負い込むことも認めない。

荒木久左衛門ら家老衆が誘降の使者として尼崎に赴くのはあり得ることだと思っていたが、その家老衆が村重を説得し損ねるや風を食らって逃げてしまうというのは、さすがの官兵衛も思わぬことであった。伝え聞く話によれば、信長は村重が有岡城を出たことよりも、説得に赴いた家老らが逐電したことに怒りを発したという。もしこの一事がなければ、千代保の助命はあり得ずとも、ほか数百名の処刑までには至らなかったのではないか。

そう考えていけば、戦が長引いたことについても、別の考えが出来ないことはない。信長は村重の謀叛を知ると、北摂や播磨の山中に兵を出し、逃げた民をことごとく殺させたという。信長の怒りが新たなうちに有岡が開城すれば、伊勢長島のごとく伊丹の民は鏖殺されていたかもしれず、だとしたら戦を長引かせたおのれの策は信長が頭を冷やす時を稼いで、民の命を救ったと言えるかもしれない――。

「いや……」

官兵衛はひとり、首を横に振る。自らに嘘はつくまい。あの牢の中でおのれは、我が子松壽丸の非業の死と、世の習いを曲げた村重への怒りばかりを思っていた。その報仇に誰かが巻き込まれるなどとは考えてもいなかったし、仮に考えが及んだとしても、何百人何千人が死のうとそれは村重の罪の報いであると閑却していただろう。そう思うと、やはり牢の中で、おのれには魔が憑いていたとしか言いようがない。そしてその魔は消えることなく、いまもおのれの内にある。

風が竹林を揺らし、ざざ、と音を立てる。

村重の見栄が松壽丸を殺し、その恨みは官兵衛に宿って、巡り巡って有岡城の女子供らを磔殺し、焼殺し、斬殺した。だがもとはと言えば村重は、信長の戦いぶりは世の人に容れられないと考え、自分は違うと言おうとしたのだという。では信長が殺し過ぎたのがすべての悪因かと問えば、信長が殺しに殺し尽くしてゆくから織田領国には取りあえず戦が少ないのだと、言って言えなくもない。つまりこの乱世では悪因がたとえようもなく複雑に絡み合っていて、憂き世の至る場所で悪果をもたらしているのだ。このような世では我が子を大切に思うこと自体が、世の習いに反し、悪因を生じる歪みであったのかもしれない。だとすれば、やはり罪は我にある——官兵衛はそう考える。そしておそらくあらゆる武士、あらゆる民、あらゆる僧、あらゆる人間が同じように罪障を背負っていて、それに耐えかねて人は念仏したり、寄進したり、南蛮宗に改宗したり、そして多くの武士がそうしているように、つまりは弱い者が悪いのだと物事を簡単に片づけて心を楽にしようとするのだ。それもやむを得ないことではないか。悪因が悪果を生み、悪果が悪因を生じさせるこの世の道理に、人が抗うすべなどないではないか。であればおれはこの先も策を講じ、殺しに殺してゆくのだろうか。

いつしか、官兵衛は竹林を一巡りしていた。冷え切った体を引きずり、官兵衛は宿へ戻ろうとする。官兵衛を探していたと思しき善助が「あそこに！」と声を上げ、駆け寄って来る。

「殿、この寒空に、なんとしたこと。どうか御身を案じなされませ」

「なに、大事ない」

うっとうしげに手を振って、官兵衛は善助を追い払おうとする。だが善助は引き下がらず、声を改める。

「殿に客人でござる」

官兵衛は眉をひそめる。羽柴秀吉が寄越すなら使者だろう。客ということばに心当たりがなかった。

宿には、客を迎えるだけの格式ある部屋がない。官兵衛は少し考え、

「では持仏堂にお通しせよ。すぐに行く」

と命じた。

家臣らに手伝わせ、人前に出るべき服へと着替える。善助が官兵衛を案じて用意した薬湯を呑んで体を温め、誰が何用であろうかと訝りながら、客を待たせる持仏堂へと赴く。宿の主人が気を遣い、板敷の部屋には茵と脇息が用意されていた。

客は官兵衛を見ると、深く一礼する。腰の刀を見るまでもなく、この気配は武士であろうと官兵衛は察する。持ち上げられた顔は誰かに似ているようでもあったが、客はやはり、官兵衛には見覚えのない男であった。

茵に坐す時、官兵衛は一言断る。

「足を痛めてござるゆえ、御無礼いたす」

そうして片足を立てて座ると、客は案外涼やかな声で言った。

「御静養のところ押しかけ、お詫びいたす」

官兵衛は客の正体を量りながら、名乗る。

「それがしが小寺官兵衛にござる」

いちおう小寺家が存している以上、官兵衛はまだ、小寺と名乗らざるを得ない。だがそれも長いことではなく、近々黒田を名乗ることになるだろうと官兵衛は胸のうちで思った。客は頷き、自らも名乗る。

「それがし、竹中源助と申す者。官兵衛殿にはお初にお目にかかる」

竹中と聞き、官兵衛はそうかと頷いた。この客は、羽柴筑前守家中にして官兵衛とは未来を語り合った友、竹中半兵衛重治の面影があるのだ。半兵衛は今年の夏、官兵衛が牢にあるうちに、世を去っていた。

「竹中というと、半兵衛殿の」

「半兵衛はそれがしのいとこにして、義兄にござる」

「左様にござったか」

官兵衛は目を伏せ、神妙に言う。

「御義兄上には世話になり申した。最期にいまひとたびお会い出来なんだことが無念にござる」

「大変な御苦労をなさった官兵衛殿にそのように仰って頂けて、泉下の義兄も喜びましょう」

旧知の友の身内と知り、官兵衛は少し心を和らげる。

「して、御用の向きは」

「実は」

源助は居住まいを正す。

「官兵衛殿はご存じあるまいが、御子息松壽丸殿の成敗を命じられたは、我が義兄にござった」

「……何と」

官兵衛はそう呟いたきり、ことばもない。信長は、官兵衛と半兵衛が知音の間柄であることを知っていたはずだ。そうと知ってなお半兵衛に松壽丸を斬らせたというのは、あまりに酷な下知である。

「義兄は陪臣の身も顧みず、黒田の人質を斬ることの非を上様に言上いたした。それゆえに御勘気をこうむり、かえってかような命を下されたものと推察いたす」

「さようか。半兵衛殿はあれを庇って下されたか。半兵衛殿であれば」

ようやく、官兵衛は声を絞り出す。

「……我が子を、苦しませることはなかったでござろう」

すると源助は、困じたような顔をした。官兵衛はすぐそれと気づき、訊く。

「何か、ござったか」

「いや……もちろんのこと」

「されば、今日はあれの最期をお聞かせ頂けようか。それとも、形見でもお持ち下されたか」

　源助は目を伏せ、唸(うな)るように言った。

「お恥ずかしゅうござる。それがし、義兄のような知恵者にござらねば、いかにお伝えするべきかここまで思案して参ったが、やはり工夫がつき申さぬ。さればやはり、まずお目にかけるに如(し)くはなしと存ずる」

　訝る官兵衛をよそに、源助は「入られよ」と声を出す。「はっ」という歯切れのよい応(いら)えが聞こえたかと思うと、障子戸が開いて冬の冷気が持仏堂に流れ込む。

　縁側に、小さな武士が平伏していた。

　源助が言う。

「義兄は、やはり黒田の人質を斬れば一つには中国経略の誤りとなり、一つには天道に恥じ、一つには官兵衛殿に申し開きもできぬと言って上様をたばかり……つまり、かくのごとき次第と相成り申した。羽柴様、上様のお許しを頂くのに時がかかり、今日まで延引いたせしこと、詫びの申しようもござらん」

　小さな武士が顔を上げる。気づくと官兵衛は、叫んでいた。

「松壽丸！」

　寒い廊下で待たされたためか、松壽丸の頬は真っ赤であった。

「父上！」

官兵衛の両手は震えていた。目を見開き、わななく唇で、官兵衛は言う。

「半兵衛殿は善因を施された。半兵衛殿は一命を賭して、善因を施されたか。これが憂き世に抗うすべと申されるか、半兵衛殿」

源助は戸惑うばかりである。松壽丸は満面の笑みで、声を張り上げた。

「お久しゅうございます、父上。父上のお話は、やっぱりわかりませぬ！」


後に黒田官兵衛は、自らの心得をこう遺(のこ)している。

――神の罰より主君の罰おそるべし。主君の罰より臣下百姓の罰おそるべし。

――臣下百姓にうとまれては、必(かならず)国家を失ふ故、祈(いのり)も詫言しても其罰はまぬかれがたし。

――故に神の罰、主君の罰よりも、臣下万民の罰は尤(もつと)もおそるべし。

松壽丸は長じて黒田筑前守長政(ながまさ)となり、博多(はかた)一帯を領して町の名を福岡と変えた。

官兵衛の遺訓は後々まで伝えられ、治世の礎となって、福岡を大いに栄えさせたという。

参考文献一覧

天野忠幸『荒木村重』戎光祥出版、二〇一七年
安藤弥『戦国期宗教勢力史論』法藏館、二〇一九年
大桑斉『戦国期宗教思想史と蓮如』法藏館、二〇〇六年
小澤富夫・編『武家家訓・遺訓集成』ぺりかん社、一九九八年
神田千里『信長と石山合戦――中世の信仰と一揆』吉川弘文館、二〇〇八年
黒田基樹『百姓から見た戦国大名』ちくま新書、二〇〇六年
佐藤弘夫『アマテラスの変貌――中世神仏交渉史の視座』法蔵館文庫、二〇二〇年
清水克行『喧嘩両成敗の誕生』講談社選書メチエ、二〇〇六年
諏訪勝則『黒田官兵衛――「天下を狙った軍師」の実像』中公新書、二〇一三年
高木久史『撰銭とビタ一文の戦国史』平凡社、二〇一八年
竹内順一『山上宗二記』淡交社、二〇一八年
武内善信『雑賀一向一揆と紀伊真宗』法藏館、二〇一八年
東郷隆『歴史図解　戦国合戦マニュアル』講談社、二〇〇一年
中西裕樹『戦国摂津の下克上――高山右近と中川清秀』戎光祥出版、二〇一九年
西股総生『「城取り」の軍事学』角川ソフィア文庫、二〇一八年
畠山浩一「岩佐又兵衛と荒木一族」『美術史学』第三〇号、東北大学大学院文学研究科美

術史学講座、二〇〇九年
平岡　聡『浄土思想入門――古代インドから現代日本まで』角川選書、二〇一八年
丸島和洋『戦国大名の「外交」』講談社選書メチエ、二〇一三年
光成準治『本能寺前夜――西国をめぐる攻防』角川選書、二〇二〇年
矢部良明『エピソードで綴る　戦国武将茶の湯物語』宮帯出版社、二〇一四年
山田邦明『戦国のコミュニケーション――情報と通信』吉川弘文館、二〇一一年

また、時代考証について堀新先生にお検めを頂きました。深くお礼申し上げます。

解説　ジャンルを超える知的浸透圧、その底力について

マライ・メントライン（ドイツ公共放送プロデューサー）

『黒牢城』に接したのは、書評家の杉江松恋(すぎえまつこい)氏とクイック・ジャパンウェブで行う「直木賞全候補作読んで受賞予想」のときだった。いくら日本語が達者とはいえ私はガイジンさんである。正直なところ「時代物」系の小説は苦手だ。文体・用語に独特のクセがあったり、マニアックな史実を知らないと充分に楽しめなかったりしがちだからだ。でも最近の直木賞候補って、なぜか必ず時代物が入ってるんだよなぁと、本作についても正直、読み始めはあまり前向きな気分ではなかった……のだが！

まず、ページを眺めると確かに漢字密度が高くてザ・時代劇な雰囲気なのに、なぜか読みやすい。リズム感が良く、見かけ以上に意味と背景を汲(く)み取(と)りやすい文章なのだ。著者が意図しているかどうかは不明だが、これは背景知識を持たない、あるいは薄い読者にとって凄(すご)い推進力になる。実にありがたい。しかも読むほどに、進むほどにオモシロイ。いや、オモシロさが加速する。読む傍らで「荒木村重(あらきむらしげ)」「有岡城(ありおかじょう)」などを検索して背景知識を得るのもまったく苦ではない。作中、思いっきり大胆に『羊たちの沈黙』のオマージュパロディを（シリアスタッチで）盛り込んでしまう遊び心も素晴らしい。

な、なんなんだこれは……!? と怒濤のごとく読みふける。まさに作品世界との圧巻の接続体験。そしてその勢いゆえというべきか、実際のところ『黒牢城』についての端的なインプレッションとしては、読んだ直後、杉江松恋氏との対談で自ら述べた以下の言葉以上のものは出てこない。

今回のイチオシ作品です。ミステリと思想・軍事の融合小説としてもピカイチでしょう。歴史的知識がさほどなくても話の骨格だけで読めてしまう言霊力があります。また、読み進むにつれて内容が拡大深化することに驚かされます。スペック紹介は「包囲下の城で続発する難事件を描く連作短編」とミステリー文脈に沿ったものになっていますが、それだけではない。最初のエピソードこそ単なる不可能殺人ぽい感触ですけど、次第に戦術→戦略→政治→哲学レベルへと底なしに緻密な深みとおもしろ味を増していきます。それゆえに王道のエンディングも実に効く。

読み終えたとき、脳内で万雷の拍手が轟いたのをよく覚えている。ていうか読書人たるもの、ここで拍手しないでどうするよ。

本作は、その独特の読みやすさを根拠に他の時代小説よりも価値が高い、などと不遜なことを言うつもりは毛頭ないが、やはりこの美点は内容の「一般論化」による知的効果とリンクしているように思う。特に物語の後段、戦国乱世の「権謀術数」「サバイバル」「価値観の食い合い」「カルトの台頭」といった要素が複合的に展開して、登場人物を、というか作品世界を深く侵蝕してゆく場面で実感できるだろう。その絵巻的情景には、単に戦国の史的要素の再構築というにはとどまらないイメージ誘発力がある。ありていにいえば私は、近現代のイデオロギー戦争の多面的な力学をまざまざと想起させられていた。これはおそらく、読者が自らの知識を意図的に眼前の読書に結びつけた結果ではない。作品の筆致が普遍的な知性に接しているため、深くひそかに連関する情報どうしの関係が活性化するのだ。実に興味深い。

そうやって蓄積したエネルギーが最大の劇的効果をもって炸裂するのが有岡城内で展開するクライマックス場面であり、ここで本作はミステリでありながら、ある意味ミステリを超越してゆく。

ときに私は、ミステリが好きであっても、そのジャンルのお約束めいた点に一種の知的ポテンシャルの縛りを感じていた。根本的には小説ではなくパズルを起源とするのではないか、的な。しかしそれは「エンタメ」として市場形成するのに必要なリミッターなのだろう、と自分を納得させていた面がある。

この葛藤を明快に暴く傑作描写が、2011年に翻訳ミステリランキング三冠を成し遂げた（ということはつまり、ドイツの天才作家シーラッハの『犯罪』による三冠を阻止しよった）デイヴィッド・ゴードンの長篇『二流小説家』の結末付近に存在する。

推理小説を書くにあたっていちばん厄介なのは、虚構の世界が現実ほどの謎に満ちてはいないという点にある。(中略)だからこそ、ぼくは大半の推理小説に落胆してしまうのだろう。そこに示される解答が、みずから蒔いた途方もない疑問に答えているとはとうてい思えないからだ。

好き嫌いはあるだろうけど、じつに至言である。
この強力な言霊が、まさか『黒牢城』で見事に崩されるとは。

『黒牢城』のクライマックスは、実は古典的な演出だ。テレビのサスペンスドラマ的といってもいい。主人公と真犯人が一室で対峙し、真犯人が長広舌を振るうという例のアレである。「断崖絶壁で犯人に逆襲されてピンチに陥るヒロイン」と同様、現実でそんな展開ゼッタイ無いでしょというツッコミを誘いがちな、どちらかといえばダサいお約束シーン……となるはずだが本作の場合、まるで感触が違うのだ。
主人公はそこで、「真の道理とは何か。それは真の救済と両立し得るのか」「恐怖を突き詰めるとどこに行きつくのか」「その中で自らが拠って立つ伝統的価値観、特にマチズモはどこまで正当性を維持できるのか」といった因果律の問題を極限まで突きつけられる。特に、ホロコーストをめぐる議論でもしばしば語られる「理不尽な極限の暴力から生還してしまった人間は何を信じればよいのか」という問いが持つ観念的威力は絶大で、密室というシチュエーションにありがちな不自然さはまったくない。そしてさらに恐るべきは、それまでの各章で発生した「大小さまざまの怪事件」の真相が、すべて主人公の人間的座標を深く問う心理的凶器として機能し、人類史的宿業としての権力マチズモを少しずつ削いで切り刻んでゆく情景だ。ここにはまさに、自ら蒔いた疑問をはるかに超える途方もない解答が展開している。落ち着いた筆致ではあるが鬼気迫る、無限の闇を湛えながら「道理」の矛盾が主人公と読者に迫る。デイヴィッド・ゴードンも納得であろう。凄いぞ米澤穂信すごすぎる！

　日本の戦国末期という舞台設定でありながら、その疑似宗教性と疑似哲学性から発する強大な倫理の倒錯は例えば、東欧・ソ連に侵攻したナチスドイツの「観念を現実よりも優先させる」世界改変の信念にもとづく殺戮や、中世フランスのカタリ派異端討伐の凄惨さ、シトー会修道院長アルノー・アマルリックの「異端派信者も正統派信者も皆殺しにせよ。死後、神が正統派信者だけを天国に送ってくれるから問題なし！」といった異様かつリアルな価値基準と、ダイレクトにつながっている。

　そのように狂った世界に対抗しうるのは、果たして「正気の」救済思想なのか？

　あの告発のクライマックスで、私は読みながら、ＮＨＫスペシャル『映像の世紀』のビジュアルとサウンドを自然に脳内再生していた。実は主人公も、私とともにスターリンの恐怖支配、ヒトラーの怒号、文化大革命、ホロコースト、ベトナムの村落に投下されるナパーム弾、原爆の惨禍などを、朧にも視てしまったのかもしれない。時代と国境を越えて果てしなく続く、真摯で狂った偽りの向上思想による「地獄」のヴィジョンの圧倒的な連なりを。

　彼のその後の人生行路からして、それは何かふさわしいことのように思えてしまう。


　そんなわけで（いやそれだけではなく黒田官兵衛の大仕掛け等もあるけれど）本作は、通例「ミステリの守備範囲」とされる領域をはるかに超えて世界と人間の本質と宿業を描き抜く凄い作品なのだが、ミステリ成分を薄くして通常小説に寄せてそれを成し遂げたのではなく、あくまでミステリの作法やお約束をしっかり守り、メインデバイスとしてミステリ的な要素を駆使しつつ「成し遂げた」という点が実に凄い。なんとなく、ミステリというジャンル自体の価値が上がった気がして私は大変嬉しいのだ、とまで言ってしまうと業界コア層からお叱りを受けてしまいそうだけど、そういう面はたぶん確実にあるはずだ。

　というかそれは「米澤穂信」という知的システムの秘密&おもしろさを読み解く大きなカギでもあるのだろう。すっごくいいなぁ。

　ちなみに直木賞と本作について、対談時の杉江松恋氏による事前観測では「傑作であることは疑いないけれど、史実や人物をいじりすぎる作品を拒絶する選考委員がいそうだから受賞は厳しいかも」とのことで、確かにその可能性はあるけれどちょっと理不尽なのでは、と思ったのだが、結果的に第１６６回直木賞を受賞できてよかった。ほんとうによかった。

本音ベースで、これからの執筆展開にも大いに期待なのだ！

本書は、二〇二一年六月に小社より刊行された
単行本を文庫化したものです。

黒牢城（こくろうじょう）

米澤穂信（よねざわほのぶ）

令和6年 6月25日　初版発行

発行者●山下直久

発行●株式会社KADOKAWA
〒102-8177　東京都千代田区富士見2-13-3
電話　0570-002-301（ナビダイヤル）

角川文庫 24195

印刷所●株式会社暁印刷
製本所●本間製本株式会社

表紙画●和田三造

●お問い合わせ
https://www.kadokawa.co.jp/（「お問い合わせ」へお進みください）
※内容によっては、お答えできない場合があります。
※サポートは日本国内のみとさせていただきます。
※Japanese text only

ISBN 978-4-04-114722-1　C0193

◇◇◇

角川文庫発刊に際して

角川源義

第二次世界大戦の敗北は、軍事力の敗北であった以上に、私たちの若い文化力の敗退であった。私たちの文化が戦争に対して如何に無力であり、単なるあだ花に過ぎなかったかを、私たちは身を以て体験し痛感した。西洋近代文化の摂取にとって、明治以後八十年の歳月は決して短かすぎたとは言えない。にもかかわらず、近代文化の伝統を確立し、自由な批判と柔軟な良識に富む文化層として自らを形成することに私たちは失敗して来た。そしてこれは、各層への文化の普及滲透を任務とする出版人の責任でもあった。

一九四五年以来、私たちは再び振出しに戻り、第一歩から踏み出すことを余儀なくされた。これは大きな不幸ではあるが、反面、これまでの混沌・未熟・歪曲の中にあった我が国の文化に秩序と確たる基礎を齎らすためには絶好の機会でもある。角川書店は、このような祖国の文化的危機にあたり、微力をも顧みず再建の礎石たるべき抱負と決意とをもって出発したが、ここに創立以来の念願を果すべく角川文庫を発刊する。これまで刊行されたあらゆる全集叢書文庫類の長所と短所とを検討し、古今東西の不朽の典籍を、良心的編集のもとに、廉価に、そして書架にふさわしい美本として、多くのひとびとに提供しようとする。しかし私たちは徒らに百科全書的な知識のジレッタントを作ることを目的とせず、あくまで祖国の文化に秩序と再建への道を示し、この文庫を角川書店の栄ある事業として、今後永久に継続発展せしめ、学芸と教養との殿堂として大成せんことを期したい。多くの読書子の愛情ある忠言と支持とによって、この希望と抱負とを完遂せしめられんことを願う。

一九四九年五月三日

氷菓

米澤穂信

何事にも積極的に関わらないことをモットーとする折木奉太郎は、高校入学と同時に、姉の命令で古典部に入部させられる。さらに、そこで出会った好奇心少女・千反田えるの一言で、彼女の伯父が関わったという三十三年前の事件の真相を推理することになり——。米澤穂信、清冽なデビュー作！

愚者のエンドロール

米澤穂信

古典部のメンバーが先輩から見せられた自主制作映画は、廃墟の密室で起きたショッキングな殺人シーンで途切れていた。犯人は？　その方法は？　結末探しに乗り出したメンバーが辿り着いた、映像に隠された真意とは——。〈古典部〉シリーズ第二弾！